读客知识小说文库

读小说　学知识

侯大利

刑侦笔记

一部集侦查学、痕迹学、社会学、尸体解剖学、犯罪心理学之大成的教科书式破案小说

大结局

小桥老树 著

《侯卫东官场笔记》作者

河南文艺出版社

·郑州·

图书在版编目（CIP）数据

侯大利刑侦笔记 . 9, 大结局 / 小桥老树著 . — 郑州 : 河南文艺出版社 , 2023.1

（读客知识小说文库）

ISBN 978-7-5559-1458-7

Ⅰ . ①侯… Ⅱ . ①小… Ⅲ . ①长篇小说 - 中国 - 当代 Ⅳ . ① I247.5

中国版本图书馆 CIP 数据核字 (2022) 第 237737 号

著　　者 小桥老树
责任编辑 崔晓旭
责任校对 李亚楠
特约编辑 景柯庆　　黄雅慧
策　　划 读客文化
版　　权 读客文化
封面设计 章婉蓓
封面插画 刘小梅
出版发行 河南文艺出版社
印　　刷 三河市龙大印装有限公司
开　　本 680mm × 990mm 1/16
印　　张 21.5
字　　数 309 千
版　　次 2023 年 1 月第 1 版　2023 年 1 月第 1 次印刷
定　　价 59.90 元

如有印刷、装订质量问题，请致电 010-87681002（免费更换，邮寄到付）

目　录

第一章

老一辈的恩怨情仇

山南省，江州市，2010年9月3日。

车祸惨烈，伤亡人数众多。江州市刑警支队法医张小舒忙了十几个小时，回到江州刑警老楼时已经累到极点。洗澡之后，正要打开烟盒，手机响了起来。她一把抓过手机，问道："大利，你身体怎么样？"

侯大利站在院内，仰望四楼灯光，道："没有什么问题，轻微脑震荡。当时我为了躲避爆炸产生的碎片，趴在地上，没有料到地面有震动。"

"炸弹威力大，如果出意外，那就是粉身碎骨。"张小舒想起爆炸现场，心有余悸。

侯大利道："大难不死，大家说必须加餐。"

下楼后，张小舒用手遮住额头，没有让侯大利看到伤口。但坐在餐桌前时，她额头的伤便遮挡不住了。

吴雪惊讶道："小舒，你的额头怎么了？"

张小舒讲了尸检经过，道："死者家属不服我得出的死因结论，冲过来打人。被拦住后，有人扔了一个茶杯过来，我没有躲过。"

吴雪怒道："这是袭警，重处！"

张小舒摇了摇头，道："扔杯子的是死者家属。死者亲朋好友多，围住了长荣交警大队。现在长荣县最想做的就是息事宁人，免得弄出群体事件。挨了也是白挨。”

这是现实，所有侦查员都知道，有人唏嘘，有人摇头，有人吐槽。

朱林、老姜局长等人陆续过来。大家聚在刑警老楼底楼，用饮料替酒，共祝侯大利大难不死。“酒”过三巡，街边汽车喇叭声响起，随即传来李永梅的说话声。

李永梅脸色不善，将儿子从底楼餐厅叫了出来，训斥道：“你这个娃儿一点儿孝心都没有。如果你这次真出了事，你妈怎么办？你爸有两个儿子，我只有一个儿子。你如果出事，我活着还有什么意思？”

她抹起眼泪，放低声音道：“你调到省公安厅，是公安厅的人，在江州办案，凭什么由你来抱炸弹？别人不上，你冲上去，傻瓜啊，儿子。”

“干妈每次听说有警察牺牲、受伤就睡不着觉。”宁凌拿出纸巾，递给李永梅。

侯大利解释道：“这次真是意外，恰好我离矿业大厦最近。妈，同事都在等我吃饭，你去见见面。”

李永梅出现时，张小舒便紧张起来，想去楼上化妆，又觉得过于刻意，便缩着身体，躲在人群之中。

老楼院子里昏黄的灯光下，儿子明显老了，面容有些陌生。李永梅伸手摸了摸儿子的头顶，道：“今天跟妈回家住。”在儿子小时候，她是俯身说话，如今，她仰头说话，手也得高高抬起。

侯大利意外地没有拒绝，爽快道：“回哪个家？我不想回高森那边。”

李永梅自嘲道：“奋斗一辈子，我在江州连个窝都没有了，只能回江州大酒店。我和你爸分了家产，江州大酒店在我名下。这是妈给你争得的财产。当妈的不为你着想，以后等到那个人势大以后，家产就没有你的份了。老关家的事是大悲剧，我要引以为戒。关百全老婆以前和我关系不错，我叫她二姐。二姐太软弱，一味退让，结局太糟糕了。”

“妈，你要注意安全，平时不要大大咧咧。”侯大利经历了炸弹下的生死考验，家庭内部矛盾在他眼中实在算不得什么大事。但是外在威胁实实在在，不能不防。

李永梅道：“你当了警察，越来越胆小了。警察是不是都胆小？”

侯大利道：“不是胆小，是见过太多黑暗。绝大多数人一辈子都见不到一起凶杀案，我们面对凶杀案是家常便饭，胆子越来越小，这才是正常反应。我还算正常，很多老侦查员心理或多或少有点儿问题。”

李永梅道：“既然这样，何必当警察。我知道你想破杨帆案，可是天下没破的案子多得很。”

侯大利道：“这就是命吧。”

提起这个话题，气氛便沉重起来。李永梅朝餐厅看了一眼，道：“朱林和老姜局长还在屋里，我们在外面站久了不礼貌。”

回到餐厅，李永梅倒了杯饮料，笑道：“姜局，朱支，我敬你们，请多关照大利，这个娃儿脾气太犟，说话直，办事不转弯，得罪人都不知道，你们要多担待。”

老姜局长道：“大利早就成长起来了，李总还将大利看成小孩。”

李永梅笑道：“豆芽长成天高，也是一盘小菜，还得两位领导照看，别犯错，不要走歪路。”

老姜局长抹了抹头顶，道：“最初见到李总时，我还算年富力强，转眼间，成糟老头了。我们是辅助大利做点儿事，有点儿经验，趁着还能说话办事，在大利面前多唠叨，希望他不要烦。”

张小舒坐在角落悄悄打量李永梅。在她心里，亿万富翁的妻子应该是那种贵妇人做派，实际上，李永梅很接地气，说话办事毫不矫情。侯大利的干妹妹宁凌站在李永梅身边，漂亮、安静、优雅。看到宁凌第一眼，张小舒便觉得宁凌眼熟，似乎在哪里见过，一时之间又想不出在何处见过。当宁凌起身给李永梅舀汤时，她忽然想起了眼熟的原因——宁凌和杨帆有几分神似。

宁凌之所以出现在侯家，是夏晓宇主动操作的结果。为了拯救“不近女色”的侯大利，夏晓宇到各大高校去寻找杨帆替身，经过反复挑选，宁凌因为神似杨帆而进入侯家。宁凌扮演杨帆并不成功，原因很简单，无论是谁，都无法以“杨帆”的身份在侯大利心中立足。田甜是以“田甜式”的风格走进侯大利心中，与杨帆无关。在经过绑架案以后，宁凌恢复了本色，成为李永梅的干女儿，反而和侯大利慢慢走近了。

张小舒并不知晓这些细节，坐在人群中望着神似杨帆的宁凌，孤独袭来，忧伤如大雨，从天空飘洒而下。

加餐无酒，结束的时间大大提前。

站在刑警老楼的院子里，李永梅对儿子道：“你刚才说了跟我回酒店，现在不能反悔哟。”

侯大利道：“我是跟你回家，又不是闯龙潭虎穴，为什么要反悔。”

看着儿子上了自己的车，李永梅的心情才真正好了起来，轻轻哼起“今儿晚上，真呀真高兴”。

江州大酒店如今归于李永梅名下，李永梅是货真价实的大老板。总经理顾英对侯大利特别热情，上楼后，亲自将侯大利送到房间，安排水果和江州毛峰，还检查了房间设备，特别是床上用品。

离开房间前，顾英道：“大利，等会儿老板要喝茶，我让服务员过来叫你。”

侯大利早就不适应这种无微不至的保姆式服务，摆了摆手，道：“我休息一会儿，自己过去。”

房门关上，世界安静下来。

侯大利在不久前去过阳州国龙大酒店。女主人由李永梅换成了乔亚楠，总经理李丹对侯大利的态度有了微妙变化，热情中带着疏离。经历过生死，侯大利对世事理解得越来越透彻，他理解顾英，也理解李丹。

稍事休整后，李永梅、宁凌和侯大利围坐在江州大酒店顶楼茶室。这是只对内部人员开放的茶室，空间弥漫着别样幽香。幽香如顶尖杀手，无形无色，无处不在。

坐在茶台前，能够俯视江州城区。江州城区向西不断发展，新城区面积远远大于老城区。两条宽阔笔直的大道连接东、西城区，大道两旁的路灯明亮，不仅照亮了公路，也让江州河流光溢彩，美不胜收。侯大利看世界的眼光很特别，对城市表面的璀璨没有太深的感觉，但目光总是停留在灯光照不到的黑暗之处。黑暗之处有人世间的阴面，罪恶、悲惨、无奈、痛苦。阴面和阳面，共同构成真实的世界。

茶台前，宁凌姿态优雅地往茶壶里注水。她的眼神停留在侯大利身上，毫不掩饰。以前她是假扮杨帆以获得侯大利好感，以便在国龙集团站稳脚跟。如今她深入这个富豪之家，对拯救自己于深渊的侯大利柔情日深。

与亲密的人独处，李永梅卸掉伪装，神情忧郁，道："大利，我听了很多传言。张冬梅被丈夫害了，徐静又被关老三杀了，我们江州的老一辈老板们几乎家家都遇到了伤心事。到底怎么回事？是江州风水不好，还是其他原因？"

"树大招风。我妈神经大条，安全任务交给宁凌，绝对不能马虎。"侯大利不能透露案情，言简意赅。

宁凌道："哥，你放心，我会尽心尽力的。"

门外传来说话的声音，顾英进了茶室，身后是夏晓宇。夏晓宇笑道："稀客啊，没有想到大利居然在这里。"

侯大利道："我在这里很正常吧。"

"原本应该正常，现在一年来一次，很不正常。"夏晓宇喝了一口茶水，道，"大利上次给我打电话，让我注意安全。当时我就意识到这事不寻常，肯定有大事发生。等了几天，知道了关家惨事。关百全已经退居二线了，居然要吃牢饭。在江州老一辈中，就属关百全算得最精，步步为营，精打细算，没有料到会是这个结局。人算不如天算，还不如我这样稀里糊涂过日子，今朝有酒今朝醉。"

李永梅斥道："你少在这里得意，一大把年纪还没有结婚，和小妹儿胡混。你前段时间找的小妹儿是大利的同学吧，我真不知道怎么说你。"

夏晓宇在李永梅面前就是一个调皮任性的小弟弟，道："大利叫我晓宇哥，说明我和大利是一辈人，更说明我的生命力旺盛，对女人还有激情。如果一个男人连这点儿爱好都没有了，那就真的老了。"

李永梅"呸"了一声，道："简直就是一派胡言，你不要用自己的坏想法污染大利。”

夏晓宇嘿嘿笑道：“你太小瞧大利了，大利见过的事，比起我的这点儿烂事要肮脏得多。大利，我对你有点儿意见啊，你的口风太紧，一概不肯告知。”

侯大利道：“晓宇哥想知道什么？”

夏晓宇道：“关江州杀死了徐静，关百全为了救儿子，把自己搭进去了。世界疯了，邱宏兵杀了张冬梅，关江州杀了徐静。这是些什么烂事啊。我听到很多传言，应该是真的。”

侯大利道：“事情肯定有原因，只是我们还没有参透。晓宇哥，我想听关百全的故事。你别问原因，我想听他本人的故事，特别是在中年时代的故事。不要思考，就讲你最先想起的故事。”

“关百全的故事多得很，我能脱口而出。”夏晓宇是明白人，知道侯大利想要什么，开玩笑道，“大利不给我透露半点儿口风，反而要从我这里掏情报，这不公平。”

“你们男人还有什么故事，除了赚钱，就是裤裆下那点儿事。你们都说关百全精明，我觉得他是小处算得精明，大处实在糊涂，特别是在对待二姐的事上，犯了大错。如果不那样对二姐，也就没有今天的事情。”说到这儿，李永梅不由得想起了侯国龙，近三十年夫妻，二十多年恩爱，还是抵不过年轻漂亮的乔亚楠。

夏晓宇拍了下大腿，道：“关百全让我记忆最深的事情就是和杨国雄争女人。”

李永梅评价道：“这么无聊的事情，你居然记得最清楚。”

夏晓宇笑道：“大利让我不要思考，在不思考的情况下，关百全给我留下最深刻印象的就是这件事。”

侯大利一直在寻找杨永福要对关百全下手如此之狠的原因，听到关百全曾和杨国雄争女人，眼前一亮。

夏晓宇道：“那个年代流行选美，本质上是暴发户选妃，通过这种时髦的方式满足内心的真实欲望。江州搞过三届选美大赛。第一届选美大赛是关百全搞的，当时关百全的公司修了楼盘，开业之时，举办了江州之光选美大赛。大赛初选放在楼盘前，有泳装秀，整个楼盘人山人海，老男人、小男人都挤过来看泳装模特，轰动一时。决赛放在江州大酒店，当时江州大酒店刚刚装修完，办决赛可以增加人气。用现在的话来说，这也是出于引流的需要。”

李永梅道：“把这种烂决赛弄到酒店，就是晓宇出的烂点子。”

夏晓宇道：“决赛之后，杨国雄跑过来请模特比赛季军夏爽吃饭，关百全也过来请夏爽吃饭。杨国雄和关百全当场争执起来，互不相让。到最后，两人失去理智，为了赢得和美女吃饭的资格，开始竞标，从一万开始往上涨，涨到一年五十万的时候，杨国雄被迫退出。当时杨国雄的现金流已经非常紧张了，不敢再往上加。杨国雄争强好胜，极好面子，喜欢拿钱砸女人，这一次丢了大面子，狼狈得很。其实这事细究起来怪杨国雄，本来就是关百全主办的模特比赛，杨国雄跑到关百全的地盘抢食、闹事。”

侯大利道：“这事后来怎么处理的？”

夏晓宇道：“夏爽跟了关百全两年，最后才把这一百万拿走。”

侯大利对涉及杨国雄的事情都非常有兴趣，追问细节：“杨国雄和关百全争夺模特季军，这是哪一年的事情？”

夏晓宇道：“我记得很清楚，1999年。比赛时取了一个噱头，大致意思是迎接新千年的选美比赛。”

侯大利道：“杨国雄是睚眦必报的人，丢了这么大一个面子，难道就没有报复？”

夏晓宇道：“杨国雄以前和胡卫搅得很紧，老板们都不想和胡卫这种人有冲突，都容忍了杨国雄，对他多有退让，让他产生了错觉，认为可以在江州横着走。可是，1999年不是1994年，胡卫死在枪口下，他手下几大‘金刚’要么被杀，要么进监狱。没有了胡卫和几大‘金刚’，谁还会惯着杨国雄。1999年，杨国雄的企业已经格外困难，都没钱运转了，这在江州企业界成为公开秘密。正因如此，关百全这么精明和谨慎的人才没有给杨国雄面子，为了一个女人当场和他争执起来。”

侯大利若有所思，道：“以你对杨国雄的了解，这件事情对杨国雄来说应该是奇耻大辱。以杨国雄当时的处境，难道没有自知之明，还要跑到关百全和晓宇哥的场子挑事，太自不量力了。”

夏晓宇道：“夏爽是先跟了杨国雄，与杨国雄有情人关系，估计是发现杨国雄的企业出现了危机，这才跟了关百全。夏爽是季军，但比冠军和亚军更性感，女人味十足。”

李永梅道：“你们这些男人都是这个臭样，老得脸皮都起皱了，看见年轻漂亮的女人还会双眼放光。”

夏晓宇耸了耸肩，道：“我在永梅姐面前向来坦荡。不管是成功男人还是失败男人，只要是男人，一辈子都在为了两样东西奋斗，概莫能外。第一，是为了吃饭，这是最基本的生存条件；第二，是为了满足欲望，更主要的是性欲，性欲的起源很古老，和吃饭同样是人的本能，没有性欲，人类这个种族就会灭亡。所以，我们男人找女人的行为是为了种族繁衍做贡献。进入文明社会，不可能和原始人一样婚配，所以就有了一妻多妾制，通过这种方式让优秀的男人能够占有更多的女性资源。而失败男人则失去了满足欲望的机会，更准确地说是失去了留下后代的机会。我看过一个资料，在我们社会，多数人往上追溯，都可以找到曾经辉煌过的祖先，这其实是有科学道理的，留下后代最多的一定是占有社会资源最多的人。”

李永梅道：“借口！你这都是为自己混乱的私生活找的借口。”

夏晓宇道：“姐，不是借口，是真相，是很多人不愿意接受的真相，是我们摆在桌面上的理论不敢说出来的真相。我认识的很多男人为了不犯错，一辈子都在和自己的欲望做斗争，用法律、用文化来绞杀自己的欲望。我这个人崇尚自由，喜欢无拘无束的生活，不愿意束缚欲望，所以被很多人看成了离经叛道之人。”

李永梅道：“都像你这样想，社会就会一团糟。弱肉强食，很多人都娶不到老婆。”

“晓宇哥，当年杨国雄那么强势，你和他产生过矛盾没有？”侯大利以前得到过一份“被诅咒的名单”，这个名单有一个先后顺序，关百全排位很靠后。从这一次关百全受到的伤害来看，由办公室前副主任马刚提出的“被诅咒的名单”并不完全准确，至少在排位上并不完全准确。他想要从另一个侧面，重新捋一捋“被诅咒的名单”的排位。

夏晓宇呵呵笑了起来：“你以为杨国雄就那么甘心让江州摩托垮掉？他有很多小动作，我们也是被迫应战，见招拆招。”

李永梅道：“以前的事情就别说了，当年市场不规范，很多人都乱来。”

李永梅发了话，夏晓宇不再谈这个话题。

在侯大利心目中，母亲总是以一个啰唆的中年妇女的形象出现在自己面前，如今换个角度，他慢慢发现是自己过于“小看”母亲了。

9月4日，侯大利和江克扬在看守所见到了阶下囚关百全。

关百全穿着“江看”囚服，短发，眼睛挂有血丝，脸色苍白。在以前，侯大利脑中的关百全是扁平的，是江州老板的通用形象。随着调查的深入，关百全的血脉、骨骼渐渐凸现出来，成为有血有肉的立体人。

侯大利不再是初出茅庐的新手，审讯过各种各样的犯罪嫌疑人，关百全只是其中一名普通的犯罪嫌疑人，是被儿子拉下水的犯罪嫌疑人。他用居高临下的眼光审视江州有名的老板，盘算着能从关百全嘴里获取何种信息。

江克扬问得心平气和，关百全答得有气无力。等到江克扬捋完案子以后，侯大利才开口，用平和的语气抛出了一个尖锐的问题：“徐静有多重身份，在她父母家里，她就算长到三十岁也是小公主；在你们家，她是你的妻子；在她和未出生的孩子之间，她是正在孕育下一代的准妈妈。徐静遇害，你发现了凶手，却只想着包庇自己的儿子，没有想到为徐静伸张正义吗？”

这正是关百全最痛苦之事。在事情没有暴露之时，每当看到岳父岳母痛不欲生的神情，他就觉得万箭穿心，痛苦到极点。他的痛苦不仅仅是因为妻子和未出生的儿子的逝去，还要叠加知道“骨肉相残”真相的痛苦。双重痛苦本来就是人生之至痛，得知关百彬被儿子打死以后，又增加了一重痛苦。关百彬是他的堂弟，却不是一般的堂弟，是伴随他事业成长的心腹嫡系，一起拼搏过，一起经历过大风大浪。他万万没有料到能力超强的堂弟会丧身在自己的儿子手里。

“关百全，你知道关江州杀人之事，为什么要包庇他？”

侯大利冷冷的声音又从远处传来，越来越近，达到耳膜，在关百全的大脑中回响，震得他无比痛苦。

关百全落了几滴泪水，道：“我能怎么样？闯祸的是关江州，关江州是我儿子。难道我要亲手将自己的儿子送去吃枪子儿吗？徐静已经死了，我把儿子送上死路，也换不回徐静。如果能换，我肯定会换的。我是当爸的人，当爸的人只能这样选择。”

“关百全，你是什么时候发现关江州吸毒的？”

按照李永梅的说法，关百全小事精明大事糊涂，还颇为自负。所以，侯大利选择了进一步施压，不给关百全留下“自以为是”的小心思。

关百全道：“只要吸毒，人生就差不多毁掉了。发现老三吸毒时，我感到五雷轰顶。我在书房的书柜上放了一个高重心的瓶子。有一天，我发现瓶子倒了，搞卫生的阿姨没有进屋，我便意识到是有人从通道过来。知道通道的只有我们三人，关江山不可能搞这事，只能是老三。我拿了电警棍在通道里等着这个兔崽子。关江州进来之后，我就用电警棍电倒他，一点儿都没有手软。一尸两命啊，如果不是我儿子，我就当场打死他。我把关江州绑住，询问徐静的事。这个小兔崽子没有承认，躺在地上，嘴巴硬。过了一段时间，他状态不对，我才发现他吸毒了。”

侯大利道：“你为什么让关江州逃跑？”

关百全苦笑道：“我给前面审讯的警官反复说过，我做不到大义灭亲，还想给老三找一条生路。他如果不吸毒，我哪怕坐牢，也会直接就把他送出国。他染上毒，只能先戒毒。戒不了毒，出国也是死路一条。”

侯大利道：“关江州吸毒的时间很短，是谁让关江州吸毒的？”

关百全愤怒道："这个蠢货，被人做了局，一点儿都没有察觉。老三以为自己是聪明人，其实资质平庸，比起老大和老二差远了。这也是我坚持让老三从底层做起的原因，能力不行，坐不稳高位。我现在最后悔的是让老三到国外混文凭，没有增长见识，学了一堆坏毛病。如果不出国，在公司找个相对安逸的职位，他这一辈子也能过得很好。"

侯大利道："你刚才说被人做了局，具体一些。"

关百全抬起头，咬牙切齿，恨恨道："我思来想去，想了很久，终于想明白了。老三受了杨永福的挑拨、蛊惑和引诱，这才做出蠢事。杨永福让老三修两幢楼，又提出必须用关家的施工队，这就是圈套，逼着老三来找我。杨永福是杨国雄的儿子，我一直不同意老三和他交往。杨永福用很简单的离间计挑拨了我们父子关系。老三在这一段时间，经常和杨永福混在一起，经常泡在金色酒吧。我敢肯定，老三在金色酒吧被杨永福下了毒，这是杨永福针对我们关家做的局。杨永福化名吴新生，整了容，隐姓埋名，处心积虑，骗了朱琪。黄大磊打打杀杀一辈子，最后粉身碎骨，老婆被别人睡，财产迟早也会落到杨永福手中。"

关百全在江州企业界素来以精明著称，做事思前想后，步步为营，极少失手。侯大利接触到关百全以后，并没有觉得关百全有多精明，反而觉得他是自作聪明，一步步把自己弄死。但听他分析"做局"，和省命案积案专案二组的推断高度一致，他的能力确实不错。

侯大利喜欢聪明人，最怕执迷不悟的蠢人，他盯紧关百全的眼睛，追问道："你和杨国雄有什么深仇大恨？"

关百全道："在20世纪70年代后期，煤矿行情好，我做煤矿，发了横财。1994年、1995年，煤矿生意不好做，我想要将煤矿转手。恰在这时，杨国雄来买矿，给了我一个地板价。这个价格会让我惨亏，我承受不起，所以宁愿继续亏钱，苦等煤矿行情好起来。杨国雄和胡卫有勾结，准确来说两人本来就是一伙的。胡卫派手下拿枪顶住我老婆的头，让我以地板价卖矿。胡卫团伙穷凶极恶，我不敢报案，找到重案大队黄卫、田跃进、秦力等人，请他们出面。胡卫给了黄卫面子，价格稍稍涨了一点儿。我被迫卖掉煤矿，拿着卖煤矿的钱做房地产、修公路。我的运气比较好，楼市慢慢火起来了，江州城市发展得快，路桥生意也好。杨国雄接手煤矿以后，价格没有马上起来，持续亏损。恶人自有天收拾，多行不义必自毙，胡卫猖狂一时，横死街头。杨国雄和胡卫狼狈为奸，最终跳楼，摔成一摊烂泥。杨国雄跳楼不久，煤矿价格暴涨。如果杨国雄知道这事，会气得从棺材里钻出来。”

田甜的母亲甘甜当年之所以要与田跃进离婚，是因为被胡卫的手下拿枪顶了头，这和关百全老婆的遭遇一模一样。侯大利想着以前的事，略有几分失神，没有开口。

江克扬及时插话，道：“你和杨国雄就是因为这事结了仇？”

关百全道：“断人钱财如杀人父母，当时我是怕胡卫，所以才忍气吞声。”

侯大利迅速从失神状态中调整过来，道：“胡卫死后，你是否报复过杨国雄？”

关百全道：“杨国雄资金链断裂时，我还是踩了几脚。”

侯大利道：“踩了几脚，具体是指什么？”

关百全抬头深深地看了侯大利一眼，道：“江州企业界达成共识，不和杨国雄合作，让他的业务萎缩。银行界和我们的态度一样，断了他的资金链。还有一件事，我和夏晓宇联合搞了一场选美比赛，就和现在的模特比赛差不多。夏晓宇把比赛放在江州大酒店，鼓动杨国雄的情人夏爽参赛。”

侯大利道：“夏晓宇为什么要鼓动夏爽参赛？”

关百全道：“夏晓宇曾经喜欢一个女孩，杨国雄也看上了这个女孩，还和夏晓宇争风吃醋。这个女孩后来被胡卫弄到夜总会去了，夏晓宇从此以后再也没有见到她，估计坏事了。夏晓宇气得吐血。夏爽得了选美比赛季军，后来在我的公司工作。杨国雄不希望夏爽出来工作，让我开除夏爽。夏爽愿意到什么地方工作是她的自由，和杨国雄没有关系。杨国雄气量小，几句话不对就翻脸，是一个狗性子，报复心极强，最会挑拨离间。”

侯大利道：“既然杨国雄气量小，是狗性子，为什么要把夏爽留在你的公司？”

“这是为了恶心杨国雄，当年他强取豪夺，用枪顶我老婆的脑袋。这是奇耻大辱，我就要报复他，出口恶气。夏爽的事情，是我有意在江州地盘上当众扇杨国雄耳光，打得还挺狠，大大出了一口恶气。可是这口恶气的代价太大了。”说到这里，关百全懊悔之情溢于言表。

侯大利道：“夏爽的具体情况，尽量详细一些？”

关百全道：“夏爽是湖州人，是红山机械厂工人子女。她的父母是从江浙那边搬到湖州的。夏爽在江州住了有两年时间，1996年离开。她回到阳州工业园，住在红山机械厂在阳州的家属区。”

侯大利和江克扬离开看守所，与吴雪碰面以后，马不停蹄地直奔阳州工业园。侯大利在初中时曾经到过阳州工业园，凭着记忆，很容易就找到了国龙集团的那幢标志性建筑。站在当年的标志性大楼前面，侯大利惊讶地发现大楼上面并不是“国龙集团”四个字，而是“国龙地产”四个字，也就意味着，国龙集团的总部不在此楼。

侯大利客气地询问保卫。

“国龙集团搬走三年了，你难道还不知道？你是谁，都不知道这些情况，过来找谁办事？”保卫是个帅小伙，制服笔挺，骄傲得很。

侯大利道：“好几年没有过来了，以前来过，还记得这里就是总部，上面是‘国龙集团’四个金色大字。”

“总部搬到国龙湖那边了，你们过去问吧。”保卫见来者气质不凡，还能说出以前的金色大字，扬起的下巴这才放下来。

工业园区附近有一个老水库，距离国龙集团不远。侯大利在初中时曾经到工业园区来玩过，夏晓宇带他到水库钓鱼。十年未到工业园，国龙集团搬到水库边上，而水库居然更名为了“国龙湖”。侯大利虽然和父亲一直不和，可是见到父亲取得的成就，还是感到骄傲。

开着越野车几分钟就来到了湖边，他们随便找了一个停车场。从停车场步行十几米就到了湖边，站在湖边能看到湖对岸的“国龙研究院”。

吴雪道：“太漂亮了，这儿给我的感觉像是景区。国龙集团在阳州大名鼎鼎，是大学生投递简历最多的企业。今日一看，果然名不虚传。大利啊，我真有点儿替你惋惜。”

“每个人都有自己的命。”侯大利打量国龙湖，心道，“难怪我爸舍得把阳州以外的不少资产分给我妈，这里应该才是国龙集团的核心。”在这一瞬间，他生出帮助老妈打理资产的想法，这个想法来得突然，又随湖风飘散。

老水库经过彻底的整治，除了水坝，拆除了岸边的所有水泥设施，全部恢复成自然状态。湖水清澈，岸边芦苇等植物随风摇曳。白鹭或在空中飞翔，或站在湖边。湖岸修有一排排红色房子，有白色的窗和装饰性的烟囱。

房子周围有很多香樟树，树干多在三十厘米左右。世安厂家属区有很多香樟树，多是在建厂时种下的，到了侯国龙离开世安厂时，香樟树已经郁郁成林，成为世安厂的特色。侯大利看到湖边、房后的香樟树林，明白这是父亲的世安厂情结在起作用。

沿湖修有环湖通道，通道上有观光车行驶。观光车是国龙集团湖滨组团的交通车，不停有人上下。三人正在湖边张望时，一辆观光车开了过来。从三人面前开过去以后，突然又停了下来，跳下一人，扬手挥臂，喊道：“大利，真是你啊！”

来人朱强是国龙集团的老前辈，从世安厂出来的“国龙老将”之一。朱强挥了挥手，让观光车继续开走，回过头，笑道：“眼睛不行了，车开过去，才认出是大利。稀客啊，今天怎么有空过来？”

侯大利道：“朱叔，您也挤观光车？”

朱强笑道：“观光车是内部通行车，招手即停，非常方便。我们在园区都用这个车，你爸也经常坐这个车。”

国龙集团园区是开放式园区，除了办公区，其他地区皆不设防。侯大利的职业病顿时发作，道：“朱叔，园区这个样子，保卫部门没有办法有效管控外来人员。”

朱强压根儿没有想到这个问题，道："国龙湖在工业园区内部，外来人员不多，很安全。"

侯大利见过一幕又一幕血淋淋的场面，根本不相信这种四处透风的管控，道："湖边园区等于不设防，谁都可以进来。晨光叔在江州的厂区，里三层外三层都有防范。"

朱强见侯大利说得认真，收起笑容，道："丁总是一朝被蛇咬，十年怕井绳。国龙湖是集团大脑所在地，不是生产基地，有许多知识分子，不能搞得戒备森严，要营造宽松自由的环境。我回去给保卫部门打招呼，让他们多出来巡逻。内紧外松，哈哈，就是这样，内紧外松。"

想起关百全的惨状，侯大利便对松懈的保卫工作深感揪心，决心与夏爽见面之后，探一探国龙研究院的安保水平。

朱强主动陪着侯大利找到红山机械厂。国龙集团与红山机械厂有业务来往，红山机械厂杨副厂长亲自接待了侯大利，保卫科科长作陪。

听闻三名警官找夏爽，杨副厂长有些迟疑，道："你们来找夏爽啊，她不是我们的员工，只是退休员工的子女。"

从杨副厂长和保卫科科长的表情来看，夏爽应该是红山机械厂的名人，提起名字，根本不用介绍，大家都知道。

侯大利道："夏爽平时住在厂里吗？"

杨副厂长道："她在城里有公司，还有门店，生意做得挺好。平时住在厂区家属院，每天回家。夏总很支持我们保卫科的工作，这两年搞了多次赞助。你们要找她，我先给刘科长打个电话。"

打完电话后，保卫科刘科长脸色有些尴尬，道："对不起啊，夏总不想见你们。"

杨副厂长到另一间房和夏爽通话。

夏爽在电话里道："杨叔，这些人怎么和苍蝇一样，这么多年了，还在找麻烦。"

杨副厂长道："不是以前那些人，是几个年轻警察。带头的警察是侯国龙的儿子。"

夏爽道："就是女朋友被淹死的那个？这人还有点儿意思。我在家，让他们过来吧。"

红山机械厂搬迁后，有两个车间留在山南省。这两个车间在阳州工业园发展成颇具规模的新厂，主要生产船舶上使用的液压件。新的红山机械厂保持了老厂习惯，家属院和厂区一体，被一道长栅栏分为不同区域。最初，新红山机械厂准备修建那种老式的红砖围墙，工业园区的工作人员审看图纸后，多次提意见，新红山机械厂才把厂区围墙修成了栅栏。通透的栅栏让大院失去了神秘感，也让大院和外界联系起来。

东区是家属区，一幢幢家属楼排列整齐，如车间的机器一般。房屋侧面立墙上有数字，数字还被圆圈圈住，表示这是第几幢楼。这是侯大利十分熟悉的风格，走在里面犹如回到了世安厂。红山机械厂和世安厂都是三线厂，尽管厂址分别位于湖州和江州，但是具有相同的文化基因，犹如双生子。

夏爽住在第六幢楼的第五层。每层楼有八户人家，共同使用两部电梯。夏爽买下相邻的三套房子，然后打通。每一套房子有120平方米，加在一起就有300多平方米，是厂区最奢侈的家用房。夏爽生活的区域在房屋东端，客厅是一个大茶室。

侯大利见过夏爽的身份证照片，客观来说，夏爽的身份证照片并不是很漂亮。真人比身份证上漂亮得多，五官不算精致，但有一种异域风情。夏爽应该有三十七八岁，但实际上看起来也就三十岁左右。

三名警察坐下后，夏爽专心泡茶。玻璃杯里出现红色茶汤，淡淡的蜜香在茶室浮动。请来客喝了两杯后，她直截了当道："你们找我做什么？如果不是看永梅的面子，我不会接待你们。"

侯大利道："我们来了解关百全和杨国雄的事情。"

听到这两个名字，夏爽如吞了苍蝇一样难受，脸色沉了下来，道："你应该是了解当年情况的，这是揭我伤疤。夏晓宇就是幕后指挥者，你直接问他。"

侯大利道："我们找过夏晓宇，该问的都问过了。"

"我在很多年前就不和这帮人接触了，在阳州做点儿小生意，生活在厂里，谁都不招惹。"夏爽说话时，随手撩了撩头发。

侯大利眼光非常锐利，注意到夏爽靠近左耳的脸颊有一条若隐若现的伤痕，伤痕有三四厘米，被头发巧妙遮住。从伤痕长度来看，当年这条伤口还是挺恐怖的。

侯大利道："左脸的伤口是哪一年留下的？应该是2006年3月前后吧。"

夏爽赶紧用头发遮住左脸，道："你调查过我？"

侯大利道："我是最近两天才听说你的名字。"

夏爽惊讶道："你怎么知道是2006年，还明确是3月，难道有类似的案件吗？"

侯大利没有回答她的问题，继续道："从伤痕来看，犯罪嫌疑人是冲着毁容来的。如果没有遇到阻挡，后果不堪设想。"

夏爽道："你既然在两天前还不知道我的名字，那就不会去调取当年的案子。这是在2006年发生的事情。有一场模特比赛，我是评委。开车到停车场，我刚下车，就遇到袭击。"

侯大利已经猜到是谁下的手，道："袭击你的人是个年轻人，骑摩托车。"

夏爽不再撩头发，略微低垂着头，道："嗯，你们掌握了什么信息，居然和在现场一样？"

侯大利道："这人下手狠，但是只划了一刀，是谁救了你？"

夏爽道："那天是我开车，后座有两个男模特，都是一米八的大个子。我下车的时候，他们在车上修眉毛，比我稍慢一步。那个行凶的人看到有人从车里冲了过来，就加大油门，跑得比兔子还快。"

侯大利道："摩托车是什么牌子？"

夏爽道："我对摩托车不熟悉。据我的同伴回忆，他骑的是一款雅马哈摩托车。"

这也在侯大利预想之中。杨永福从2001年就开始骑那辆半新的江州摩托，到了2006年，应该换了摩托车。侯大利在手中的笔记本上打上着重号，道："你报案后，此事不了了之？"

夏爽道："那人戴着头盔，上来就动手。有人出现，立马就跑。警方立案，查来查去，没有结果。"

侯大利评估了夏爽的性格，道："夏总是聪明人，也是爽快人。我就不绕弯子了，我想要了解与杨国雄有关的情况，他本人的情况，他周边人的情况，他亲戚的情况。"

夏爽道："什么原因？"

侯大利道："见谅，我暂时不能回答这个问题。"

夏爽嘴角翘起，露出嘲讽的神情，道："你要我回答问题，却不回答我的问题，这样公平吗？"

侯大利静静地注视着夏爽。

夏爽与侯大利对视片刻，眼神微微朝左，道："尽管你不回答我的问题，但是我明白这是要算老账。有些话憋在心里很多年了，不吐不快，希望能够帮助你们。杨国雄是坏人，也是蠢货。我知道夏晓宇肯定会和你说那一次模特比赛的事情，关百全和杨国雄把我当成货物来竞标。两人砸钱赚面子，就是我给关百全建议的。原因很简单，我恨杨国雄。杨国雄这人非常要面子，负债累累，还要在外面一掷千金。我抓住他的这个弱点，让关百全用钱来羞辱他。"

侯大利道："关百全为什么要听你的？"

"杨国雄仗着胡卫的势力，明抢关百全的煤矿。杨国雄这人好吹嘘，我无数次听到他在公众场合提起这件事情。我把杨国雄的真实家底全部告诉了关百全。况且，我年轻时长得挺漂亮，关百全不会不动心。我就要报复杨国雄。"

夏爽喝了口茶，点了支细长的女士烟。在袅袅烟雾中，她自嘲道："我读高中的时候，成绩一般，肯定考不上大学，背着父母偷偷参加了模特队。有一次表演结束，模特公司老大陪着杨国雄过来找我，请我吃饭。我们表演结束，经常有人请吃饭，这是常事，再加上有老大作陪，我也没有多想，欣然赴会。"

这些陈年旧事，夏爽一直埋在肚子里。今天开了口，便痛痛快快地讲了出来。

“我原本以为就是一次普通的晚餐，结果这一次晚餐改变了我的命运。我以为自己与众不同，模特队其他同事纷纷傍大款的时候，还能够独善其身。现在看来，是我想多了，高估了自己。我和其他女人没有什么区别，只不过是别人眼中的猎物，是一只养在笼子里的金丝雀。那天晚上，杨国雄的眼光和苍蝇一样，一直落在我身上，特别烦人。喝了几杯酒，模特公司老大借故离开。我还有点儿懵懂，继续吃饭，莫名其妙喝醉了。等到醒来的时候，已经睡在杨国雄的床上。我又哭又闹，威胁要报警。杨国雄一点儿不生气，拿了一沓钱，扔在我面前，还说没有想到我是处女，以后跟着他。我稀里糊涂把第一次给了杨国雄。杨国雄表面上豪爽，实则抠门儿得很，花点儿钱就像是便秘一般。这个人特别小心眼，把我看得死死的，醋劲特别大。我是模特，表演时有男有女，都是年轻人，难免打打闹闹。我敢保证说，我们只是打闹而已，没有其他行为。杨国雄为这些事情吃醋，派手下殴打了我的男同事。我被迫退出模特队，只能跟着杨国雄。杨国雄的抠门儿到后来表现得淋漓尽致，不准我出去工作，每个月只给我五百块零花钱。到了后来，五百块零花钱都给不出来。给不出来的原因有两个，一是那个阶段杨国雄确实没有钱了，煤矿出事，修桥出事，银行又不放款，放钱的人见了他都躲着走；二是杨国雄确实抠门儿，但凡杨国雄真是个豪爽人，该给的钱给够，也不会众叛亲离。如果没有吴佳勇死撑杨国雄，杨国雄早就该跳楼了。”

侯大利道：“你认识吴佳勇？”

夏爽道：“怎么不认识，吴佳宁的弟弟。”

侯大利道：“你为什么说是吴佳勇死撑着杨国雄，吴佳勇有什么能力死撑杨国雄？”

夏爽道：“吴佳勇做事干脆，为人大方，还有几个结拜兄弟。在杨国雄扩张最快的时候，吴佳勇应该是看出了危机，就自己开了煤矿和公司。”

侯大利道：“吴佳宁是杨国雄的老婆，吴佳勇为什么会容忍姐夫的行为？”

夏爽道：“我是后来才知道原因，吴佳宁身体不好，生了杨永福以后，一直和杨国雄分居。我听杨国雄说起过，吴佳宁性冷淡，有妇科病。”

侯大利道：“刚才你说起，吴佳勇有几个结拜兄弟，具体有哪些人？”

夏爽道：“我见过两个，叫不出名字。他们互相之间都叫绰号，严格来说不是绰号，是结拜兄弟之间的排序，我见过二哥和老五。”

侯大利拿出朱富贵的照片，道：“这是结拜兄弟的老几？”

夏爽摇了摇头，道：“我不认识这个人。二哥是瘦脸，头发密，这是个秃头大胖子。老五年龄要小得多，没有什么特点。”

侯大利收起照片，道：“杨国雄和吴佳勇的关系怎么样？”

夏爽道：“杨国雄和吴佳宁结婚的时候，吴佳勇还小。那时吴佳宁的父母先后走了，就是姐姐带着弟弟，日子过得很不好。吴佳宁嫁给了杨国雄以后，吴佳勇就跟着姐夫。有一次，我们模特队的男模特和杨国雄手下发生冲突，杨国雄手下吃了亏。吴佳勇过来解决此事，把腰上的枪亮出来，我的同事都被吓住了，谁都不敢还手。”

侯大利道：“吴佳勇有枪？”

夏爽道：“在20世纪90年代早期，社会大哥没有枪，那就是丢面子的事情。”

侯大利道：“既然吴佳勇这么凶，你跟了关百全，不怕被报复？”

“我没有办法，被逼的。那时杨国雄已经疯了，居然抢我的钱，还三天两头打人。在杨国雄跳楼前，吴佳勇、二哥、老五这几个人都消失了。当时我一心想要离开杨国雄，正在找机会。得知模特比赛的消息以后，我报了名，看能不能攀上夏晓宇。比赛开始之后，杨国雄大发脾气。他把我当成了笼中的金丝雀，想把我锁在他的后宫。他随时可以来‘宠幸’，呸，他是什么人啊。如果他对身边人不苛刻，我也还能忍。可他是铁公鸡，天生就不是成大事的人，开局是一把好牌，最后打得稀烂。黄大磊开局不如他，却越打越好，眼看着就要彻底上岸，可惜被自家的兄弟炸了。黄大磊是枭雄，只不过下手太狠了，最后被反噬。”

夏爽谈起往事，眼中有泪光闪烁。对夏爽来说，20世纪90年代是她的青春年代，是人生中最美的时光。可是，那段时光对她来说又是动荡的、痛苦的，是一段为了理想和美梦付出巨大代价的时光。年少时不知代价为何物，等到明白时已经看到了青春的背影。

这一段对话对吴雪来说是极为宝贵的，对于构建杨国雄以及杨永福的性格极有好处。她飞快记录着，问道："杨国雄的企业破产了，可他还有东山再起的机会，为什么非要自杀？"

夏爽道："杨国雄表面上是个大男人，实则心胸狭隘，睚眦必报。现在回想起来，如果我换作他，忍辱负重，变卖一些产业，牢牢守住煤矿，几年之后，就能满血复活。他性格有些极端，这种极端最初让他成功，最后也让他付出惨重的代价。"

吴雪道："杨永福的性格怎么样？"

夏爽道："我不喜欢杨永福。杨永福是站在他妈那一边的，视我为侵略者，每次见到我，就扬着他的朝天鼻，目光恶狠狠的，非常恶毒。"

侯大利问道："你对吴佳勇、二哥、老五这几个人最深的印象是什么？性格特点、身材、外貌、社会关系等，有没有让你记忆很深的印象？"

"我其实和他们接触得不多。当年地位很尴尬，年龄又小。"夏爽想了想，又道，"我对吴佳勇印象最深的是这人平时不显山露水，话很少，阴沉沉的。有一次过春节，吴佳勇喝了几杯，有点儿兴奋，在席上学说各地人讲话，还有一些著名影视里的台词，学得惟妙惟肖，大家都叫好。他平时不怎么说话，突然间露了一手，所以反差特别强烈。这是我对吴佳勇印象最深的事。"

省命案积案专案二组一直在寻找"会表演口技"的人，谁知踏破铁鞋无觅处，得来全不费工夫，夏爽居然指出吴佳勇会模仿其他人说话。吴佳勇是杨永福的舅舅，在几次面包车事件中都有人"模仿说话"。而且，每一次面包车出现，杨永福都是隐形受益者，其中的联系几乎是明摆着的。

侯大利道："吴佳勇的口技是跟着谁学的？"

夏爽道："不知道。"

侯大利道："湖州红山机械厂里有没有口技特别厉害的人？"

夏爽道："吴佳勇又不是表演口技，达不到这个水平，就是学别人说话而已。"

侯大利道："那个所谓的二哥、老五有什么特点？不用思考，就是平时的印象。"

夏爽道："这俩人平时都跟在吴佳勇身后，没有太多存在感。如果硬要找特点，老五比吴佳勇要年轻，脸上有道伤疤。二哥年龄比吴佳勇长几岁，但总是尊称吴佳勇为'勇哥'。"

侯大利道："这些人之中，有谁和聋哑人有接触？"

夏爽道："没印象。"

通过关百全这条线，省命案积案专案二组找到了夏爽。在与夏爽见面之前，侯大利等人并没有想到会有这么大的收获。与夏爽见面之后，吴佳勇的面貌清晰起来。

离开夏爽的家，三人坐上越野车，继续讨论。

江克扬道："吴佳勇肯定是杨永福的同伙，甚至可能是幕后黑手。杨永福以前做事的风格更像一只孤狼，后来才慢慢有章法。比如骑摩托车撞李明全的外孙、用刀划伤夏爽，都是孤狼行为，和之后的案件明显不同。吴佳勇会口技，这简直是天赐线索。我建议立刻调查吴佳勇的行踪。只要在案发当天，吴佳勇的行踪不定，那就很可疑了。如果面包车出现当天，吴佳勇有明确可靠的不在场证明，那就排除与口技有关的怀疑。"

吴雪道："吴佳勇是老大，老大跑到面包车里学别人说话，不靠谱。不一定就是吴佳勇亲自出马，吴佳勇完全有可能把口技教授给同伙。根据夏爽描述的吴佳勇的性格，吴佳勇不应该冲到第一线。吴佳勇如果真有口技的本领，可以教徒弟，或者让他的手下来学口技。"

侯大利道："我想得更多的是另一个问题，吴佳勇只是杨国雄的妻弟，是否有动力进行持久而漫长的报复？”

江克扬和吴雪异口同声道：“有。”

侯大利道：“理由？”

江克扬道：“从我们调查的情况来看，吴佳勇曾跟随杨国雄生活，这不是普通的妻弟和姐夫的关系，有复仇动机。”

吴雪道：“从我们的视角来看，杨国雄是一个具有重大性格缺陷的老板。但是从杨永福和吴佳勇的角度来看，杨国雄则应该是另一副模样。现在我还没有办法描绘出杨永福和吴佳勇的视角，但是，他们的视角应该和我们不一样。我建议再把葛教授请过来，让夏爽、马刚回忆，给他们两人画像。”

“我觉得动机还是不够。”侯大利刚刚启动汽车，电话响了起来。电话里，阳州刑警支队副支队长、重案大队长张阳说道：“大利，肖霄这边出了状况。”

侯大利、江克扬和吴雪来到山南音乐学院外的小吃街，找到肖霄所租房屋。刚进小区就见到警戒线，空中飘浮着淡淡的血腥气。警戒线内的地面上有一串点状血迹，在路灯电杆旁边留有小型血泊，随后又出现点状血迹，点状血迹延续七八米，出现了大型血泊以及擦拭状血迹。所有血迹形状完整，没有受到干扰。从血迹来看，伤者从楼洞跑出来以后，手扶路灯电杆，休息片刻，又继续跑路，最终体力不支，倒在地上。

现场勘查已经进入扫尾阶段。张阳没有寒暄，直接介绍案情：“被捅的人是程永红，伤人者是作曲系大三学生张毅。肖霄在支队录笔录。”

案发地在单身女性房间，房间用暖色调装饰重新布置过，多数是粉色、桃红色物品。桌上盆栽用了迷你包装纸，还打上蝴蝶结，俏皮又别致。

侯大利环顾一圈后，道：“谁报的警？”

张阳道：“肖霄报的警。据她说，她和程永红正在房间练琴。张毅怒气冲冲进屋，根本不听招呼。张毅和程永红吵了几句，情绪激动，到厨房拿了一把水果刀，捅向程永红。程永红没有想到张毅会下狠手，来不及逃跑，被捅了好几刀，现在还没有脱离危险，正在抢救。张毅捅人后，想冲进卧室。肖霄拿桌子抵住卧室门，没让张毅进屋。张毅发泄一通后，就被闻讯赶来的保安围住。他没有反抗，束手就擒。我接到通知后，立刻就给你们打电话了。”

侯大利道：“肖霄有没有日记本、电脑等物品？”

张阳道：“我们扣押了两本日记本、一台笔记本电脑和一部手机。你们可以到重案大队去查看，我们也会制作副件和复印件。”

两个办案老手心有灵犀一点通，没有废话。

扣押，是指侦查人员对在勘查、搜查中发现的可用以证明犯罪嫌疑人有罪或者无罪的物品和文件，依法予以提取、留置、封存。在侦查过程中，需要扣押物证、书证的，由办案部门负责人决定。在现场勘查或者搜查中需要扣押物证、书证的，由现场指挥人员决定。办案部门对扣押的物证、书证，经查明确实与案件无关或者不需要继续扣押的，应当在三日内解除扣押，退还原主或者原单位。肖霄是省刑总和江州警方紧盯的人物，突发案件发生以后，张阳在现场扣留了一些必要的书证和物证。

案发现场布置简单，很快勘查完毕。侯大利等人跟随着张阳来到刑警支队，在监控室观看对张毅的第一次讯问。

张毅垂头丧气，脸色灰白。两名侦查员开口时，他终于没有忍住，哇地哭了起来：“我真没想捅程永红，就是脑袋发热，大脑完全空白。”

侦查员道：“不管程永红能不能抢救回来，你现在最应该做的是主动交代，原原本本讲清楚案件经过，不要有任何隐瞒。”

张毅道：“我这算是自首吗？”

侦查员道：“是否算是自首，有严格的政策规定。我们现在需要你的态度。”

张毅沉默了几秒，道：“程永红横刀夺爱，明明知道我和肖霄在谈恋爱，还要来插一脚。”

从张阳到参加讯问的侦查员都看到过肖霄和程永红在一起的监控视

频，听到张毅如此说，都很惊讶。侦查员道："你在和肖霄谈恋爱吗？"

张毅道："我是肖霄的男朋友。在肖霄第一天来音乐学院外面租房子时，我就认识了她，然后开始交往。程永红有时会到校外辅导班教课赚外快。他就是趁着这个机会，认识了肖霄，然后利用自己的老师身份，纠缠肖霄。"

侦查员道："肖霄对程永红是什么态度？"

张毅道："肖霄很讨厌程永红，不想见他。只不过，她这人胆子小，面子薄，拒绝得很委婉。程永红利用了肖霄的软弱，一直纠缠她。"

侦查员道："可不可以这样理解，肖霄在和你交往的时候，还在和程永红交往。"

张毅愤怒地道："绝对不可能。前一段时间，我跟随老师在山区采风。我每天晚上都在10点钟准时和肖霄交流。她是一个很勤奋、很自律的人，也非常善解人意，还和我有共同爱好。你们说她脚踏两条船，是对她的污蔑。"

监控室内，吴雪用恨铁不成钢的语气道："我开始佩服肖霄了，不管老男人、中年男人，还是年轻男人，都被她玩得团团转，邱宏兵最后肯定难逃一死，在他临死前都会坚信肖霄是一个好女人。这就是一个'绿茶'，而且是自学成才的高级'绿茶'。只有大利这种火眼金睛，才能识别这种女人。"

江克扬撇了撇嘴巴，道："你太片面了，我也能识别肖霄的真面目。"

吴雪道："从我们掌握的情况来看，肖霄至少要同时与程永红和眼前这人交往。她把两人耍得团团转，涉及如何分配时间和分配感情，想想都头皮发麻，我根本办不到这种事情。"

江克扬感叹道："'绿茶'也是技术活儿。"

审完张毅，江克扬口中的"绿茶"在询问室里开始接受询问。

肖霄年龄不大，但因为屡经大案，此时情绪很稳定。她坐在江阳刑警支队的询问室，扭开矿泉水瓶盖。喝完这瓶矿泉水，江阳警察仍然没有进来。肖霄的心情渐渐坏了起来，回想起张毅拿刀捅程永红的模样，忍不住骂道："真是个蠢货。"

程永红和张毅都比肖霄年长，可是论社会经验，论见到过的社会阴暗面，程永红和张毅加在一起都没有肖霄经验丰富。

肖霄经历过家庭破产，从千金小姐直接摔到尘土中。她从江州技术学院出来以后，陆续与吴煜、施文强、李小峰、邱宏兵等人交往，习惯逢场作戏，对男人虚情假意。在她的价值观里，这样的生活就是真实的生活。看电视剧时，她对那种为了爱情寻死觅活的情节深感厌恶，嗤之以鼻，经常为此嘲讽拿着一大包面巾纸看连续剧的"炮姐"。"炮姐"最喜欢看这类你死我活的爱情片，时常哭得稀里哗啦。当然，这并不妨碍"炮姐"在现实生活中与不同男友同时交往。

肖霄是用"金色酒吧世界观"来看待与程永红和张毅的关系的。和两个帅气有才华的大学生在一起挺愉快，仅此而已。她从来没有想到与这两人谈一场决定命运的恋爱，只是享受在一起的快乐和欢畅。张毅外出采风时，她与程永红来往密切，这是理所当然的事情。

肖霄想起张毅冲进屋后被挖了祖坟似的表情，再次骂了一句脏话。

虽然这是发生在校外的事情，但是涉及两名在校学生，肖霄意识到自己报考山南音乐学院的事情不太妙。从与山音教授沟通的情况来看，她原本很有希望考入音乐学院，此事一出，考山音的事多半要黄。考山音对肖霄来说才是大事，为了两个臭男人，搞黄了正事，肖霄在肚里一阵大骂。

询问室进来一男一女两名警察。见到警察时，肖霄的眼泪一颗颗往下掉，声音透着胆怯："程永红怎么样了？"

男警察道："还在抢救中。"

肖霄道："能抢救成功吗？"

男警察道："这个要靠医生。他伤得很重，肾破裂，就算救活了，也得摘一个肾。"

肖霄眼泪唰唰地往下流，哽咽道："我没有想到会发生这样的事情。"

走完必要程序以后，男警察道："那你说一说今天发生了什么事情。"

肖霄抽泣着道："我准备参加明年的山南音乐学院考试，所以在学院外面租了房子，参加培训。我小时候学过音乐，丢了许久，要考上山音，还是有难度。程永红是培训班老师，音乐水平高。我经常向他请教，他对我也很有耐心。今天上午，我请他到出租房内，单独开小灶。谁知，张毅突然闯了进来。他进来以后，不分青红皂白，大骂我和程永红。他情绪激动，不听劝阻，跑到厨房拿刀子捅程永红。事情就是这样的。我被吓傻了，不敢上前劝阻，躲到里屋，关了房门，不让张毅进来，然后在里屋报了警，还打了120。”

……

男警察道：“你知道张毅要回来吗？”

肖霄道：“我不知道。他给我打了电话，说是要给我一个惊喜。结果不是惊喜，是惊吓。”

男警察道：“张毅是自己带的刀子，还是从厨房拿的刀子？”

肖霄道：“张毅没有带刀，是厨房里的刀子。这把刀子还是程永红买的。为了节约钱，我经常在家里做饭，程永红发现我的刀具不太好，就买了一套。”

男警察道：“你和程永红是什么关系？”

肖霄道：“我们就是师生关系。”

男警察道：“你们在谈恋爱吗？”

肖霄摇头道：“走得近一些就叫谈恋爱吗？我不觉得我在和程永红谈恋爱，至少我是这样认为的。”

男警察道：“那你和张毅是什么关系？”

肖霄道：“我和张毅是比较谈得来的朋友，他学业优秀，我经常向他请教问题。”

男警察道：“你和张毅在谈恋爱吗？”

肖霄道：“我们就是比较谈得来的朋友。”

女警察插话道：“那我就问得直接一点儿，你和程永红有过性行为吗？”

肖霄楚楚可怜地又开始抹眼泪，羞涩道：“在这件事情上，我没有任何过错。这是我的隐私，我可以不回答。”

女警察继续道：“你和张毅有过性行为吗？”

肖霄可怜巴巴道："你们应该问张毅，不要问我。就算我和程永红亲密一些，也不是张毅捅人的理由。我没有和张毅有过任何法律上的承诺，甚至口头承诺也没有。张毅捅人这件事情，和我没有任何关系。如果要怪，就只怪我胆子太小。张毅一直在追求我，程永红也对我表达了好感，我不擅长拒绝人，不忍心伤害别人，所以才导致了这个结果。"

监控室里，江克扬做出一副呕吐的表情，道："肖霄把脚踏两条船说成不忍心伤害别人。如果不是对肖霄持续关注，知道她是什么样的人，我今天听到她说的这一番话，会觉得很有道理。"

吴雪道："我觉得肖霄说的是真话。"

江克扬道："这些话假得要死。"

吴雪道："老克是钢铁直男，不理解女人的心思。肖霄同时与张毅和程永红交往，这不是她的刻意行为，只是她的习惯行为。从其经历来看，这种生活方式就是她认为的正常生活方式。她是真心不想挑逗两个男人打架，这不在计划之内。在肖霄心里，男女关系并不是什么大不了的关系，根本没有走心。但是，程永红和张毅是大学生，把爱情看得比天还大，张毅当然不能忍受女朋友移情别恋。这是一起价值观错位引起的冲突，不是肖霄刻意设计的。"

侯大利的目光透过监控器，集中在肖霄脸上，捕捉其细微表情："发生这种事，肖霄考入山南音乐学院的可能性会大大降低，甚至不可能被录取。肖霄下一步是打算到其他地区考大学，还是回到江州与杨永福同流合污？"

这是一个重要问题。肖霄与杨永福狼狈为奸，在做坏事上是绝配。如果肖霄要回江州，说不定又要弄出新的鱼竿模型。从破案角度来说，有新案就能拔出萝卜带出泥，破旧案的希望更大。但从人道角度来看，有新案意味着会有新的人身伤害。

询问结束不久，医院有消息传来，大学生程永红没有抢救回来，死在了急救室。

肖霄是重要当事人。没有肖霄，这起因为"争风吃醋"发生的恶性事件不会发生。但是，从侦查角度来说，肖霄与此事没有直接关系，她就是一个旁观者，甚至从某种程度上来说是受害者。

不论肖霄是否脚踏两条船，都不是张毅杀人的理由。

程永红和张毅都是风华正茂的大学生，人生画卷正在徐徐展开。此事后，程永红永远失去了展开画卷的机会，另一位当事人张毅最好的年华必然是在监狱度过。等到他从监狱出来时，年华已逝，人到中年，事业和人生将成为一场梦。

与张阳大队长在伙食团吃过午餐，侯大利、吴雪和江克扬便返回江州。在返回江州的途中，侯大利想起程永红和张毅的经历，多次发出感慨："冲动是魔鬼啊。"

说话时，侯大利松了松油门，降下车速。这辆E级越野车开了三年多，性能依旧卓越。李永梅多次要给儿子换车，可他觉得没有必要。

"肖霄非常冷静，冷静到冷血，全身而退，不伤一根毫毛。可怜的是两个热血青年，付出了惨痛的代价。如果两个大学生的父母知道了实情，估计会气得吐血。"吴雪坐在后排，欣赏略带忧伤的吉他曲。她经常坐这辆越野车，吉他曲在耳朵里磨出了茧子，听到吉他曲响起，便觉得是在和多年老友交流。

江克扬道："人生会遇到太多不公平的事情，关键还是看我们如何处理。肖霄是外因，内因还是在两个大学生身上。为了肖霄这种女人，真不值。"

吴雪道："我不同意老克的说法。程永红和张毅是正常的大学生，肖霄是不正常的女人。肖霄出现在山南音乐学院是对两个大学生降维打击。与久历江湖的肖霄相比，这俩人就是'小白'。接下来肖霄是打算留在阳州继续考音乐学院，还是回江州？"

江克扬道："从理论上来说，肖霄留下来继续考山音没有任何问题，法律、政策等诸多方面都符合要求。但从现实角度来说，肖霄在考试前弄出这么大一堆烂摊子，估计会轰动整个山音，成为山音今年最大的新闻。在这种情况下，山音估计很难录取她，一定会在规定范围内找理由不录取她。所以我觉得肖霄会回到江州，与杨永福再次同流合污。"

山南音乐学院外的小区里，肖霄独自徘徊了一阵，还是决定离开山音。除了随身证件、银行卡和一直随身携带的小提琴，其他东西暂时都留在出租房内。

正在等出租车时，肖霄的手机响起，来电者是江阳刑侦支队的警察。

警察客客气气道：“程永红父母从外地赶过来，下午六点左右到达警局，他们想见你一面。”

肖霄用可怜兮兮的语气道：“这位警官，我不想和他们见面。”

警察道：“程永红父母大老远从外地过来，儿子又出事了，希望你能和他们见一面。”

肖霄道：“我和程永红就是培训班老师和学生的普通关系，没有必要见面。出了这事，我很遗憾，谁都不想这事发生。我的正常生活被打乱了，还遭人白眼，培训班也没办法再上，我也是受害者。”

警察劝道：“出于人道，建议你和他们见面。”

“我没有和程永红谈恋爱，这是他一厢情愿。我去见了他的父母，如果又来其他亲戚，是不是还要去见面，这事就没完没了。还有张毅的亲戚，也是同样情况。警官，我是受害者，一个小老百姓只想过平静生活，请你理解。”说完这句话，肖霄挂断了电话。

叫到出租车，肖霄坐上后座，面无表情地望着车窗外迅速后退的街景。

第二章
开棺验尸

9月5日，杨国雄办公室副主任马刚到刑警老楼辨认从监控中调取的朱富贵照片。

马刚拿到照片，取下眼镜，仔细看后，道：“我没见过这人，真没有见过。以前杨老板公司没有这个人。虽然我年龄大了些，记忆力可不差，绝对没有这个人。”

朱富贵曾经利用假身份证，进入环卫站，成为收垃圾的环卫工人，每天进入刑警老楼。他还在刑警老楼外围租了房子，方便俯视刑警老楼。侯大利在内心隐隐将“朱富贵”与吴佳勇的手下联系起来，遗憾的是当年的知情人均没有在吴佳勇身边见过“朱富贵”。这条线索走不通，只能暂时搁置。

侯大利收起照片，递给马刚一支烟，笑道：“杨国雄和吴佳勇关系怎么样？”

马刚点燃火，抽起烟，道：“两人关系特殊，吴佳勇近似于杨国雄的半个儿子。”

“为什么这样说？”侯大利希望听到多一点儿的细节，故意装作不知情。

马刚道：“吴佳宁和吴佳勇姐弟的父母都走得早。那些年，江州穷得很，吃得差，医疗条件更差，一个小病就可能一命呜呼。吴佳宁半姐半母，拖着吴佳勇长大，后来早早就嫁给了杨国雄，主要是因为家庭困难。吴佳宁是好女人，就是身体差了些。生了杨永福以后，她就和杨国雄分居了，但不是因为感情问题，是身体问题。在我的印象中，她总是端着一个茶杯，茶杯里都是中药。她从我身边走过，空气里都会有一股中药气味。”

侯大利道：“杨国雄后来应该找了不少女人，吴佳宁是什么反应？”

马刚道：“杨国雄和吴佳宁长时间分居，吴佳宁不管杨国雄的私生活。”

侯大利道：“这不像是正常夫妻。”

马刚道：“杨国雄当年血气方刚，不可能一辈子当‘和尚’。”

侯大利道：“姐夫找外面的女人，难道吴佳勇不管吗？”

马刚道：“吴佳勇是对外人凶狠，但是对姐夫是真好。这跟少年时期的经历有关系，吴佳勇很早就跟着杨国雄，姐姐算是半个妈，姐夫算是半个爸。”

侯大利道：“吴佳勇的性格特点是什么？”

马刚道：“吴佳勇性格有点儿阴沉，不爱说话，但办事牢靠，说话算话。”

侯大利道：“吴佳勇父母很早就死了，这对他的性格和心理有没有影响？”

马刚道：“吴佳勇比较幸运，有一个靠谱的姐姐。他姐姐平时病恹恹的，有时候会发火，也会骂人。吴佳勇这人是天不怕地不怕的性格，但是被姐姐骂的时候，一句话都不敢顶嘴。”

侯大利道：“杨国雄跳楼以后，吴佳宁是什么反应？”

马刚道：“虽然杨国雄和吴佳宁分居了，但毕竟是夫妻，鞋子是否合脚只有自己知道，夫妻之间的内情也只有自己知道。杨国雄外表强硬，实则内心脆弱，吴佳宁外表柔弱，实则内心坚强。遗憾的是吴佳宁身体太差了，没有精力管公司，否则杨国雄不至于走到跳楼的地步。我听吴佳勇多次说过，吴佳宁之所以身体差，是因为爸妈死得早，有点儿吃的，姐姐要先顾着弟弟。穿的也很差，下雪天也穿一双漏水的破布鞋。”

侯大利道：“吴佳勇和杨永福都对吴佳宁的感情很深？”

马刚道：“那是当然。凭着我的观察，杨国雄、吴佳宁、吴佳勇和杨永福构成的家庭中，天天喝中药的吴佳宁是绝对核心。我不是说工作，而是说家庭生活。我这人是搞后勤出身，对细节比较敏感。在杨国雄跳楼以后，还有一系列的麻烦事情，内忧外患，全部都齐了。当时吴佳宁挺身而出，应付了一堆债主和讨要工资的员工。我现在还记得，吴佳宁被愤怒的债主和员工围住，抱起一个中药杯，不管谁来问，就是那一句话，‘冤有头，债有主’，杨国雄跳楼了，你们要钱，就到地下去找他。面对女流之辈，大家也没有办法。”

侯大利道：“吴佳勇年龄也不小了，还未婚，在婚恋方面有什么问题？”

马刚笑着摇头，道：“吴佳勇是纯爷们儿，没有啥问题。要说问题，就是这人不想结婚，喜欢付钱办事。给女人钱时很爽快，但绝不谈恋爱。”

杨永福一个人很难完成如此多的案件，背后一定有人支持，这是省命案积案专案二组在办案过程中逐渐形成的共识。吴佳勇曾经在杨国雄身边工作过，又是杨永福的亲舅舅，最有可能成为杨永福背后的那个人，也就是警方要寻找的幕后黑手。

激情犯罪相对来说容易发生，持续很长时间的犯罪，一般来说有两种情况。

第一种是精神上出了问题。山南政法刑侦系费主任曾经对连环杀手做过深入的研究，据他的研究成果，绝大多数连环杀手存在严重的心理障碍，而且这些障碍的形成与他们成长过程中所处的社会和家庭环境有关。导致这些人成为连环杀手主要有三方面因素，一是童年时期遭受过性或心理上的虐待，大脑机能出现紊乱；二是脑部受过创伤；三是先天妄想型人格。

从现在了解的情况来看，吴佳勇精神状态正常，没有特别的怪癖。

第二种就是有特殊动机。从时间线来看，包括杨帆遇害一案，都是在吴佳宁病逝之后。或者准确来说，一系列疑似与杨永福有关的案件都发生在吴佳宁病逝以后。杨国雄跳楼、吴佳宁病逝，杨永福从富家子弟跌落凡间，自然有复仇动机。如果仅仅是杨国雄跳楼，吴佳勇参与持续犯罪的动机不够，加上半姐半母的吴佳宁病逝，吴佳勇的犯罪动机就得到了明显强化。

侯大利又问道："吴佳勇身边是不是有什么二哥、老五这些人？"

马刚道："侯警官还真下了功夫，连二哥、老五这些人都知道。二哥、老五不是我们公司的人，是吴佳勇自己公司的人。吴佳勇是杨国雄办公室主任，但在外面也有自己的公司。他是杨国雄的小舅子，有特权。我是他的副手，所以知道的事情多一些。"

侯大利道："杨国雄开的是大公司，虽然最后败了，仍然是大公司，办公室主任肯定忙得团团转，怎么会有时间打理自己的公司？"

马刚道："吴佳勇有几个结拜兄弟，是在利用结拜兄弟打理自己的公司。你别嘲笑结拜兄弟，这在江州是很流行的事，特别是当年，结拜兄弟是非常慎重的事情。这就是江州的地方文化。"

侯大利道："吴佳勇这群人的结拜方式是以什么来定长幼？"

马刚道："主要还是以年龄。"

侯大利道："不对啊，这几个人都叫吴佳勇为'勇哥'，二哥明显就比吴佳勇的年龄要大。"

马刚道："以我的了解，吴佳勇应该在结拜兄弟中排行老四。不过，吴佳勇是结拜兄弟中最能干的，又是杨国雄的小舅子，大家都在吴佳勇开的公司混。所以大家都叫他'勇哥'，不管年纪是大还是小，都如此称呼。"

侯大利道："你们都在说二哥和老五，那老大和老三到哪里去了？"

马刚道："他们不止五个，是六兄弟结义，称为'六大金刚'。我从来没有见过老大，一次都没有见过。老三和老六都见过，老三就是吴佳勇公司的大管家，吴佳勇平时在杨国雄这边上班，他的公司实际上就是由老三来打理。我对老三印象最好，这人非常精明，看起来却非常普通。杨国雄的公司和吴佳勇的公司没有联系，所以在杨国雄破产的时候，吴佳勇的公司没有损失。当时我还以为这是杨国雄的金蝉脱壳之计，佩服得不行。后来杨国雄跳楼，我才明白他确实是走投无路了。”

侯大利道：“哪里能够找到吴佳勇几个结拜兄弟的照片？”

马刚摇头，道：“这几个人不是我们公司的，我只是认识他们，并不熟悉，甚至不知道他们的真名，更没有照片。”

侯大利道：“如果让你面对面认人，能认出这几个人吗？”

马刚道：“能够认出来，没有问题。我虽然年满七十，但头脑还清醒，没有昏庸。”

与马刚谈话完毕，侯大利拿出小笔记本，记下今天谈话的心得体会。这和询问笔录不一样，询问笔录有规范，要能够作为呈堂证供，在小笔记本上的心得体会绝大多数都是无法作为证据的推断以及侦查要点。这些推断和要点相当重要，能够提供破案方向，是侯大利必须随身携带的小宝贝。记录完毕，侯大利合上笔记本，静坐十几分钟，才来到自己办公室，给老朴打电话汇报最新进展。

老朴表扬道：“你的思路不错，要想破白玉梅案，必须把这条线作为重点。”

侯大利道：“我建议从湖州刑警支队抽几个人，成立一个专案组，负责清查吴佳勇的几个结拜兄弟。当初之所以选择秦阳刑警支队作为技术支撑，主要是考虑到杨永福和吴佳勇活跃在江州和湖州两地。吴佳勇在湖州有两三个企业，我担心他们也会渗透。我没有任何证据，就是想做到万无一失。”

老朴摇动折扇，道：“我同意你的意见。这事我要给程总队汇报，如果他同意，我就给湖州公安打招呼，请他们刑侦或经侦出面，查一查这几个企业。大利啊，我始终有一个感觉，我们正在一步一步逼近幕后黑手，你要注意幕后黑手最后的疯狂。”

向领导汇报之后，侯大利继续翻看笔记本。刑警老楼是闹中取静的地方，整幢楼住的人很少，安静中带着严肃。他反复思考后，拨打了长青县刑侦大队副大队长吴青的电话。

吴青接到电话后，急忙道歉，道："大利，我刚刚遇到一起盗窃案，忙昏了头，孙大队已经回来了，昨天回来的。我已经给他打了电话，让他到刑警老楼来找你们。"

侯大利道："孙大队是前辈，不能让他跑路。我们到长青去找他。"

侯大利叫上江克扬和吴雪，直奔长青县。

退休刑警孙虎接到电话以后，特地在楼下买了一个大西瓜，切成两半，覆上保鲜膜，放在冰箱冷藏室。客人进了屋，他就把去除了暑气的西瓜切成厚薄均匀的薄片。

"这是我特地去挑的瓜，是本地瓜，绝对翻沙。"孙虎退休已经有五六年时间，头发花白，衣服款式陈旧。他身上刑警特有的状态慢慢淡去，恢复成了普通人的生活状态。

诸人也不客气，大口吃瓜。侯大利接连吃了三大块，伸手扯了纸巾擦嘴巴，然后进入正题："孙大队，你还记得当年红源煤矿和银沟煤矿争夺资源的事情吗？"

谈起往事，孙虎脸上的笑容消失了，严肃劲慢慢就回来了，道："你是说秦永强的事吧。当年红源矿出事，我带队出警。秦永强的伤在头上，是煤块砸的。"

侯大利道："孙大队负责此案，与红源煤矿和银沟煤矿两边的人都有接触吧？"

孙虎道："那是自然，为了办案，我做过调查。我们当时技术不行，但是搞调查非常扎实细致。可惜当年没有立案，时间又隔得长，我估计找不到当年的资料了。"

侯大利点了点头，道："你还记得吴佳勇吗？"

孙虎道："杨国雄是矿长，到煤矿的时间不多，主要在江州。吴佳勇是银沟煤矿实际负责人，在煤矿坐镇指挥。我办案的时候，经常与吴佳勇打交道。"

侯大利道："孙大队，麻烦你聊一聊吴佳勇，想到啥说啥，大事、小事都说。”

孙虎道：“十几年前的事，我记不太清楚了。要说对吴佳勇的感受，就是这个人阴沉、说话少。”

侯大利道：“经常跟着吴佳勇的人，孙大队有没有很深的印象？”

“吴佳勇的手下比较多，我不知道说哪一个手下。我去拿笔记本，也许我记下了。隔了很多年，早就忘在脑后了。”孙虎到里屋，拿出一个黑皮笔记本。放置多年，黑皮笔记本外皮严重磨损，有许多霉点。

看到黑皮笔记本，侯大利顿时双眼放光。

“我是大老粗，文化水平不高，从部队转业就到了长青公安局。我以前从来不记笔记，记笔记是朱支队逼的。朱林当上支队长后，把我们各区县搞刑侦的人弄去参加刑侦学习班，要求我们每个人在平时工作中准备一个笔记本，有什么想法和线索就记下来。现场调查都要做调查笔录的，做了调查笔录，还要记小本本，同样的事情做两遍，我当初觉得是脱了裤子放屁。朱林脾气犟，坚持让我们做笔记，每次到大队来，就要看我们的笔记本。我这才被迫记笔记，记着记着，发现离不开这个小本本了。在办案过程中，有什么思路，有什么值得注意的事情，就随手写在本本上。当思路堵塞的时候，拿出小本本来琢磨，经常会有意外收获。‘好记性不如烂笔头’，这句话说得真好。”

孙虎戴上眼镜，来回翻页面，终于停了下来，笑道：“哈哈，我在小本本上记有吴佳勇二哥的情况，二哥姓吴，是湖州人，对，叫吴顺源。”

“吴顺源是什么情况？”侯大利听到“吴顺源”的名字，脑海中立刻想到了湖州明杨县高马镇，也就是杨永福非法换户口的那个镇。在这个镇，吴姓是大姓。

孙虎道：“银沟煤矿和红源煤矿当时矛盾很深，闹得凶，打架斗殴不止一次。我去过很多次，每次到银沟，都是这个吴顺源接待。吴顺源说话带笑，为人圆滑。我在笔记本上记了一条，吴顺源，绰号二哥，湖州人，是吴佳勇的结拜兄弟。”

侯大利还抱着一丝希望，道：“笔记本还有没有其他人的名字？”

孙虎摇头，道：“没有其他人的名字了，等会儿你们可以把笔记本拿走，我留着没有用处。当年，我们的重点是查找秦永强出事的原因，调查最多的还是红源矿上的人，严格来说吴顺源不是银沟矿上的人，是吴佳勇的跟班。”

侯大利郑重地接过笔记，谢过之后，道：“秦永国现在还反映他弟弟秦永强是被人杀害的。”

孙虎神情严肃，瞪大眼睛，道：“从现场情况看，确实是冒顶事故。我们是亲眼所见，没有问题。那一段时间，红源煤矿和银沟煤矿多次发生冒顶事故。后来长青县进一步加大了对煤矿的管理力度，强制在井下增加设备，改进技术。我在井下走过几回，对当年的事还有印象，比如，提高单体柱的初撑力，严格控制采高，我都在墙上看到过。具体我不太懂，只是有印象。”

“从记录来看，似乎没有明确是哪一块煤炭砸中了秦永强的脑袋。”侯大利翻看了孙虎的笔记本，当年现场勘查和尸检非常粗糙，居然没有找到符合秦永强伤口痕迹的煤块。

孙虎露出不可思议的神情，道：“当时一大堆煤炭压在秦永强身上，煤炭黑乎乎的，到处是血，怎么找得出是哪一块煤炭砸中了脑袋？”

侯大利道：“我再确认一下，是冒顶事故还是人为砸的？”

孙虎眼神有些迷茫，摇了摇头。

侯大利道：“没有做尸检？”

孙虎道：“那是十来年前的事情，现场勘查和技术都远远不如现在。我们当时的法医最初是赤脚医生，自学成法医。以前我认为他还行，后来看过市局法医李建伟解剖尸体，我才知道什么是专业。我不是批评以前的法医，那是历史造成的。我只是想讲一个事实，用现在的眼光看以前的案子，不考虑以前的法律法规和技术水平，不考虑当时的人们的法律意识，就会觉得有些事情不可思议。”

吴雪参加工作就在省公安厅，接触过不少大案。当今的刑侦技术和意识比起前些年有了明显进步。尽管如此，她还是被孙虎的说法震撼了一下。

侯大利在心里叹了口气。限于当年的理念和技术，现场勘查做得极为粗糙。如今侦查条件缺失，秦永强之死将会成为永远的谜。要想找到真相必须满足两个条件，第一是确实存在犯罪，第二是犯罪嫌疑人被其他案件带出来。

吴雪道："有一个办法，开棺验尸，检查死者头部伤痕。如果是谋杀，也许会看得出当年的伤痕。"

副大队长吴青面露难色，道："秦永强是土葬，确实做得到开棺验尸。但江州风俗对挖坟墓特别忌讳，有一个挖祖坟的说法。如果开棺后，能够通过头骨的伤痕查出问题，那就没得话说。但如果开棺后无法查出问题，事情就麻烦了。"

最初，侯大利只是质疑现场勘查的粗糙，并没有想到可以开棺验尸。吴雪提醒之后，他思考了一会儿，下了决心："开棺验尸是一个可行的办法。当年是秦永国报案，说明他有所怀疑。如今只要秦永国和秦勇同意，问题倒不是很大。"

吴青郑重道："大利组长，秦永强的死当时被认为是冒顶事故，所以没有尸检报告，也没有现场勘查的图片。开棺验尸，你有几分把握？"

侯大利实话实说道："没有把握。但是，开棺验尸是现在条件下唯一能够判断是不是案件的办法。"

吴青道："我听从指挥，但是也希望大利组长能和我们县局丁局长进行沟通。"

孙虎是直肠子，听说侯大利等人想要开棺验尸，面上不悦，坐在一边闷头不说话，使劲抽烟。

回到长青县刑警大队办公室，侯大利用办公室电话打通老朴的办公室电话。

老朴笑道："湖州警局很配合我们的工作，正在抓紧时间成立专案组。你这个专案二组组长了得啊，指挥了湖州和秦阳两支专案组。这是一条经验，下一次开总结大会的时候可以推广。"

等到侯大利讲完开棺验尸的想法以后，老朴的笑声戛然而止，沉默了几秒钟后，道："这毕竟是十几年前的案子，没有立案。这个事情有风险，你要有心理准备。"

侯大利道："如果秦永强是被谋害，那么白玉梅案和秦永强案就有关联，凶手是一伙人。"

老朴道："如果开棺验尸以后，仍然查不出秦永强的死因，怎么办？"

侯大利道："那就了结一桩公案，可以明确秦永强不是遇害，也能安慰其家人。这事其实只涉及秦永国和秦勇，他们的意愿强烈，不管结果如何，都没有太大问题。"

老朴道："开棺这种事很少见，我和老骆说一声，他应该有兴趣。"

侯大利随即又给关鹏局长打电话汇报此事。

电话里传来关鹏局长很平稳的声音："秦永强被谋害是秦永国提出来的观点，或者说是诉求，我们听到这个诉求不可能无动于衷。开棺是小范围的事，只要死者的直系亲属不反对，没有大问题。如果有书面材料，那更妥当。"

侯大利道："平静的水面总得丢一块石头才能激起水花，沉在水底的渣滓才能浮起来。我想丢块石头试一试，否则白玉梅案没办法突破。另外，如果秦永强真是被谋杀，也是一件命案积案。"

关鹏局长道："我支持你。挖出两面人和幕后黑手，我的职业生涯就算完美了，可以安享晚年生活了。"

侯大利道："关局还没到年龄吧？"

关鹏局长道："按照江州规矩，我在公安局局长位置上最多还有一年，五十八岁转岗，要么到人大，要么去政协。小伙子，努力吧，争取在我转岗前能把这伙犯罪分子连锅端起。"

得到老朴和关鹏局长的支持，侯大利心里有底了，来到小会议室，道："老克联系秦永国，我们马上到他家去，最好是秦勇也在。吴大队，我肚子饿了，刚才你说的酸菜肥肠火锅鱼，我还真想尝一尝。"

吴青道："丁局听说你过来了，等会儿要过来吃饭。"

侯大利参加工作前曾经在刑警二中队实习过，当时丁浩是二中队中队长。尽管共事的时间短，但是两人曾在一起战斗过，再加上田甜的关系，就走得近。

侯大利、吴青等人刚刚落座，丁浩就出现在门口。丁浩在二中队时喜欢穿色彩比较明亮的服装，再配上一双红色运动鞋，非常拉风。如今成为县局领导，色彩趋于保守，不穿大红大绿的衣服，脚下的大红鞋也换成了有红色线条的运动鞋。

酸菜肥肠火锅鱼是新近改良的菜品，在酸菜鱼基础上增加肥肠，又酸爽、又过瘾。服务员用大盆端鱼上桌，雪白鱼肉、红色辣椒粒、黑色花椒、绿色芹菜，还有若隐若现的肥肠，视觉效果一流。鱼肉、调料、肥肠和芹菜互相影响，发生了复杂的化学反应，融合在一起，散发出诱人香味，让人垂涎三尺。

丁浩用漏勺给侯大利盛了半碗肥肠，道："酸菜肥肠火锅鱼的灵魂在于肥肠，肥肠有异香，酸菜能解腻，这是我的最爱，就算胆固醇高一点儿也认了。"

比起肥肠，侯大利更喜欢草鱼片，经过烹制的草鱼片彻底散去了土腥味，鱼片细嫩，鲜美无比。

吃了半锅，丁浩笑容消退，要了白酒，倒了一碗，道："这杯酒敬李大嘴，这家伙话多嘴馋，肯定喜欢吃火锅鱼的肥肠。"

他又倒一碗，道："这杯酒敬田甜。她是优秀的警察，如果当初选择留在法医室，也就没有后来的事。世上没有后悔药，我们活着的人要好好活着。我年纪大了，经常想起牺牲的战友，他们的音容笑貌历历在目，仿佛还在我身边一样。"

为了解救被拐的妇女和儿童，丁浩指挥突击队往前冲，田甜和老民警老唐守在后方。谁都没有想到，穷凶极恶的犯罪分子居然从地道钻了出来，与守在后方的田甜和老唐狭路相逢。

侯大利拿起酒杯，朝地上倒了一点儿，道："愿师父、田甜和所有牺牲的同志都能安息。"

丁浩望着侯大利鬓间的白发，道："我不该提这个话题。"

侯大利道："我没有这么脆弱，这些都是我们必须面对的。"

丁浩叹息一声，道："铁坪战斗以后，战刚局长承担了所有责任，提前从岗位上退下来。战刚局长是刑侦战线的好领导，退早了一些。但是没有办法，牺牲了两名民警，必须有人负责。我们后来多次复盘这次战斗，认为虽然摸底调查中存在瑕疵，可是解救妇女和儿童根本容不得细细布置，我们动作稍稍慢了一些。这伙人转移之后，世界这么大，我们到哪里去找人？对我们来说，动作慢一些，没有成功解救被拐卖的妇女和儿童，最多就是一次工作失误，责任不会太大，但对那些被拐卖的妇女和儿童来说就是生死一线，他们被解救以后，就能回到亲人身边，生活恢复正常，可以慢慢治疗心灵和身体上的创伤。但如果我们动作慢了，他们就彻底消失在正常世界，极可能被卖到穷乡僻壤。被拐卖的妇女会被强迫和一些没有文化的中老年单身汉生活在一起，如果逃跑被捉回来，就会面临一顿毒打。我印象最深的是当时解救一个被关在地窖里的妇女，那个妇女是中专生，被关进地窖整整十四年。抗战都打完了，她还被关在里面，生了两个女儿和一个儿子。等我们将她解救出来的时候，她都痴傻了。我们要带人离开，全村的人都围过来，不准我们带走她。我们是打拐警察啊，竟然被迫给了那个男人五千块钱，才能从村里离开。这是现实，有一句时髦的话，'理想很丰满，现实很骨感'，我们无法选择。"

侯大利原本严格执行纪律，滴酒不沾，见丁浩说得眼泪汪汪，也就倒了一小杯，道："丁局、老克、吴雪、吴大队，我们碰一杯，为牺牲的战友。"

丁浩道："你别叫我丁局，听起来别扭。还是和李大嘴一样，称呼我为丁队，称呼浩子也行。我在二大队的时候，经常和田甜聊天。我问过她，法医室本来就缺人，她为什么愿意调到二大队，而且意愿很强烈。她说，她是在为一个被拐卖的儿童做过伤残鉴定后产生了调到二大队的想法。那个小孩子被解救的时候才六岁，已经被拐了两年。为了让他更容易乞讨到钱又无法逃跑，乞讨团伙的人将小孩子的右脚脚掌砍了。小孩子的父母看到儿子的惨状，当场晕死过去。正是有了这次经历，田甜对拐卖妇女和儿童的事情充满了愤怒，这才主动要求调过来。"

侯大利了解田甜的想法，所以支持了她的选择。谁都没有料到，她的牺牲来得如此突然。早上他们还拥抱在一起讨论晚上吃什么，噩耗竟突然降临，计划中的晚餐成为永远无法完成的晚餐。他扭过身，不让眼里蒙上的那层泪花变成泪珠。

吃过忧伤的午饭，诸人前往秦永国的住所。

秦永国的住所在长青县和江州之间，附近有一个小湖，名为青湖。来到青湖之后，一座白色大院极为醒目。这是如今远近闻名的秦家大院，因为墙体雪白，被村民称为白院子。

白院子建在河边高地，院后是大片竹林，院前不远便是修整一新的河道，有白鹤在河边飞翔。河堤上有茂盛的芦苇和数十棵垂柳，芦苇和垂柳随风摇动。

看到如此美景，吴雪再次感慨："很多人朝大城市挤，但大城市是钢筋水泥森林，冷冰冰的，人潮涌动，没有空隙，哪里有住在乡下舒服。说到底，还是有钱好，进退自由。"

提起有钱，所有人都看向侯大利。

侯大利自动忽略了吴雪的感慨，道："秦永国和秦勇都在门口，比上一次见面主动。"

秦永国穿了一件老头衫，脚上是拖鞋，拿一把蒲扇，站在门口望着前进中的越野车，道："秦勇，你猜他们来做什么？"

秦勇道："我猜不出，还是在调查白玉梅的事情吧。"

秦永国用蒲扇拍了拍蚊子，仍然盯着逐渐驶近的越野车，道："江克扬给我打电话的时候，特意让我叫上你。为什么要叫上你？矿上没有出事，他们又不是到矿上，我估计是为了你爸爸的事情来的。"

"为了我爸来的？"秦勇刚刚从市里回来，还没来得及换衣服，大热天仍然穿着皮鞋和衬衣。

秦永国道："我多次和侯大利说，你爸死得可疑。他们正在追查白玉梅的事情，我觉得两个人都被吴佳勇害了。"

“隔了这么久，要想破案，只能是神仙了。这些人早干什么去了？”秦勇以前也怀疑父亲之死，可是警方没有立案，过了这么久，已经渐渐忘记了这事。

秦永国瞪了侄儿一眼，道：“你这是什么话，完全是放屁。冤有头，债有主，侯大利这群人是来帮我们的，不管事情办得怎么样，都得感谢。你别摆起臭脸，侯大利是人才，加上侯国龙的背景，你要多和他接触，说不定以后有大用。”

侯大利等人走到院前，秦永国热情地迎上去，道：“稀客啊，快请屋里坐。屋里有井水泡过的西瓜，比冰箱冷藏的好吃。”

客厅里有河风穿堂而过，带走了暑热，刚从井水里提出的西瓜又甜又翻沙。侯大利吃了一块西瓜，开门见山地道出此行目的。

秦永国哀叹道：“侯警官，当初我就怀疑弟弟是被人害死的，可是没有真凭实据，这件事不了了之。现在水过三秋，还能有办法？”

侯大利道：“秦永强出事的时候，头部有伤痕，对不对？”

秦永国点了点头，道：“出了冒顶事故，煤炭从顶部垮下来，砸在他头上。我弟弟被砸出几个大口子，头上全是血。”

侯大利道：“身上有没有伤痕？”

秦永国道：“我弟媳妇给我弟擦身体、穿寿衣的时候，我在一旁。我弟弟主要伤在头上，身上没有伤。”

侯大利道：“头上的伤痕，你看得清楚吗？”

秦永国摇了摇头，道：“我弟头发密，又全是煤渣子，我看见血往外冒，心里早就乱成一团。”

侯大利道：“冒顶事故后，垮下的煤炭多不多？”

秦永国道：“不算特别多，但是埋住了我弟弟。”

侯大利道：“如果秦总真怀疑你弟弟是遇害，可以写一份申请交给我们。然后，我们准备开棺，请省公安厅法医来看你弟弟颅骨上的伤痕。”

“隔了这么久，能看得出来吗？我不懂你们那一套，我相信现在的技术比起十五年前要先进得多。”秦永国反复搓揉双手，犹豫不决，过了半晌，道，“你们等会儿，我和秦勇找弟媳妇来商量一下。”

过了十几分钟，秦勇妈妈开车过来了。三人在二楼商量了约有半小时，回到楼下。秦勇拿出请求开棺验尸的书面申请。

下定决心以后，长青县分管刑侦副局长丁浩便联系县民政局请求支援。县民政局派出小队伍，携带口罩、高度白酒等防护品，开了一辆没有殡仪馆标志的江州面包车，前往青湖附近的白院子。

秦永国从矿上调来一个班组，准备挖开坟墓上的土堆。

为了减少影响，两支队伍到白院子集合后，先由矿工班组挖开坟墓上的土堆。坟墓建在半坡上，没有动用机械，纯粹用人工挖土，进展甚慢。省刑总骆援朝主任、市刑警支队法医李建伟和张小舒等人来到现场时，土堆才挖开一半。

骆援朝主任重新询问了秦永国当年的案发情况后，转头问李建伟：“发生事故的时候，市局法医室没有参加调查？”

李建伟道：“那是1995年的事情，我还没有调过来，不太清楚情况。”

骆援朝又对侯大利道：“你这个小伙子胆子不小，做这个决定是冒风险的。”

侯大利道：“沿着我们的侦查方向往下调查，迟早会遇到这事，躲不过，只能面对。”

坟墓土堆全部清理完毕时，暮色已至，太阳落到树梢，西面天空呈绚烂的火红色。一行人走出白色小院后门，沿茂密竹林朝秦家墓地走去。墓地在半山腰处，背靠山坡，前方开阔，山脚环绕被夕阳映红的江州河。山坡近百米，骆援朝主任年龄虽大，体力尚好，不喘息，不歇脚。秦永国近些年长了不少肥肉，走几步就喘气，停了好几次，只能远远地看着前行的几个公安人员背影。

矿工班组挖开坟墓土堆，拿了工钱以后，相约到附近场镇喝一杯。

县殡仪馆的工人们喝了白酒，戴上防护口罩，开始撬棺盖。棺盖用的是上好木料，很重。四个工人费了些工夫才移开棺盖。十几年时间，尸体已经变成尸骨，衣服全部腐烂，只剩下了皮带、钱包和手表。

秦勇望着父亲的遗骸，抹起眼泪。秦勇母亲根本不敢看现场，站得远远的。秦永国神情不定，往日事如马蹄，在其脑海中踏过。

尸骨捡出后，被装入袋子放进车里，众人直奔江州殡仪馆。

在殡仪馆法医中心的手术台上，李建伟和张小舒按照顺序摆放骨骼。骆援朝站在一边观看，不时指点两句。他发现张小舒摆放骨骼的速度明显快于李建伟，基本功非常扎实，暗自点头。

骨骼摆放完毕，骆援朝察看了颅骨上的伤痕，心中就有了数。他有意考察张小舒，道："张小舒，这是怎么回事？"

这是摆明了考校张小舒，也就意味着骆主任心中有数。侯大利心中大定，跟在张小舒身后，凑到头骨前。法医室主任李建伟也来到台前，观察头骨情况。

张小舒拿起颅骨观察一会儿，道："颅骨遭受钝器损伤后，一般情况下，将产生三种基本变形。一是颅脑整体变形，二是剪切变形，三是局部弯曲变形。摆在台上的头骨属于局部剪切变形。"

骆援朝面无表情。

张小舒又道："小的平面钝器打击颅骨，其边缘接触到颅骨时，钝器边缘会对颅骨产生剪切作用，在发生剪切变形的截面上分布剪应力，当达到某个值时，就会发生骨折。由于骨折发生在凶器边缘，所以从凶器打击面来看，这是用圆形铁锤进行的敲击。"

颅骨正中有非常明显的孔状骨折，正是用铁锤猛击形成的典型骨折形状。

骆援朝道："不是冒顶事故之后垮塌下来的煤炭砸的？"

张小舒很肯定地说道："绝对不是。圆形锤击骨折是最早发生的，随后在颅骨上还有两处伤痕，这两处伤痕属于局部剪切变形，从伤口形状上来看类似于斧头之类的凶器，只是在颅骨上造成了很小的创伤，和圆形锤击骨折无法相提并论。而且骨折线出现了明显的阻断现象，圆形锤击最先发生，其次是两次创伤。我认为，铁锤的敲击非常猛烈，这是致死原因。后来的两次敲打，力度明显减弱，结合现场条件，我推断凶手先是用铁锤打击秦永强，致秦永强失去抵抗力，然后将其带到发生冒顶事故的地方，用煤块砸了两次，伪造了冒顶的事故现场。"

骆援朝道："你不是法医专业毕业，但能这么快进入角色，还不犯常识性错误，不错。"

"来到法医室，李主任经常和我说，我们的工作看起来不起眼，实则提笔千钧，写下结论会影响人的命运，所以必须有真材实料。在李主任的指导下，我在抓紧补课。"张小舒从小寄人篱下，早早就学会了察言观色。这一段时间她和李建伟主任生出隔阂，便有意在领导面前表扬李建伟，以修复关系。

李建伟接受了这个善意，道："张小舒很注重学习，有空就看书，跑现场也积极。"

骆援朝道："苗子难得，老李要好好培养。"

多条线状骨折线交叉时相互截断，可推断为多次着力所致，并可推断暴力作用的先后顺序。线状骨折有两条以上骨折线互相截断为二次以上打击，第二次打击的骨折线一般不超过第一次打击的骨折线，这称为"截断现象"。在性质不明确的案件中，通过尸体检验，根据颅骨线性骨折的形态特征和骨折线之间的关系，判断颅骨线性骨折的成伤机制和成伤方式，可以确定案件性质。

这些知识对刑侦系的学生来说是常识，侯大利虽非法医专业，也能做出最基本的判断。当年刑侦大队没有准确判断出这是事故还是案子，有可能是技术问题，也有可能是其他问题。他肩负挖两面人的任务，想到此，习惯性地皱起眉毛。

秦永国站在一边，最初目光集中在弟弟遗骸之上。张小舒开始说话时，他的目光便转向张小舒。张小舒与她母亲的相貌有六成相似，气质却大不相同。白玉梅开朗活泼，顾盼之间，神采飞扬。她的女儿漂亮倒是漂亮，只是从见面到现在毫无笑意，神情严肃，面对一堆骸骨镇定自若。

尽管躺在台上的是自己的亲弟弟，秦永国还是有些惧怕，不敢靠得过近。他退后两步，有些悲伤地想道："如果玉梅看到女儿成天摆弄尸体和骨头，会不会生气？唉，她生气的样子也好看。"

骆援朝把长青刑侦副大队长吴青叫到身边，道："这是最简单不过的案子，当年居然粗糙到没有做尸检，水平太差了。这个案子我会写到今年年底的报告中去。”

吴青有些发窘，红了脸道：“当时我参加工作不久，还在派出所。”

骆援朝又看着秦永国，道：“你是死者的亲哥，既然觉得有疑点，当时怎么不提出来？”

骆援朝久在省公安厅，很有气势，压得秦永国不敢直面。秦永国嗫嚅道：“那一段时间，红源煤矿和银沟煤矿不时发生冒顶事故，县里正准备统一整治。出事的时候，我正在矿上开会。我看见永强的时候，他已经被抬上来了，脸上、身上全是煤渣，头上有几个血窟窿。伤得太重，那时他已经没有呼吸了。我后来下了井，查看过发生冒顶事故的地方，确实是我们重点关注的危险地区。虽然我心里怀疑，可是警方认定是事故，现场也没有任何证据说明是有人要害我弟弟。这些年，我越想越觉得怀疑，我弟弟下矿井的时候不多，十天半月才去一次。这次事故太巧了，竟然在我弟弟一个人经过时发生冒顶事故。有了这些疑点，我才多次向侯警官提起这事。”

吴青解释道：“我问过当年的办案民警，他们赶到现场时，看见秦永强伤口处全是煤渣子，又查看了出事的地方，再调查井下工人，便认定是事故。十五年前，技术和意识比起现在确实差得有点儿远。”

骆援朝道：“侯大利，江州又多了一起命案积案，你的任务更重了。”

这是一起相对简单的尸检，竟然惊动了省厅专家。李建伟深感不安，特意解释道：“骆主任，我得知是十五年前的尸骨，下意识觉得难度很大，这才给您报告。谁知不是太复杂，让您跑了一趟。”

骆援朝拍了拍李建伟的肩膀，道：“老李，一家人说两家话了，这也是我的工作职责。既然非常明确是案子，那我就放心了。案子肯定得搁到省命案积案专案二组，难度很大啊，侯大利，你有没有信心？”

9月7日清晨，杨永福早起，在公园跑步之后，又到公园角落练单杠，先做引体向上，再做反身单立臂和背拉下，最后来了十几个大回环。他的动作非常干净利索，观众“啊、哇”赞叹，热烈鼓掌。

杨永福大汗淋漓地回到家，朱琪仍在酣睡。昨夜朱琪有一个无法推脱的应酬，喝了点儿酒，回家以后仍然兴奋。卧室、卫生间、寝室、书房，到处都有昨夜大战留下的痕迹。

朱琪兴尽之后能酣睡，杨永福不能。他知道侯大利每天早上定时要到刑警老楼的底楼锻炼，雷打不动。最大的对手不松懈，他更加不能松懈，必须还要加倍努力。

正在洗澡时，朱琪出现在卫生间门口，脸上还略带潮红，只着寸缕，端了杯咖啡，靠在门框，道：“谢谢你的咖啡。”

杨永福笑道：“你醒了。这是我给自己弄的咖啡。昨天你太厉害了，弄得我都举白旗了。”

“平时都是我举白旗，我早就预谋让你尝一尝老娘的厉害。”朱琪说了句粗话，很过瘾，咯咯笑了起来。

谈笑时，杨永福欣赏站在门外的美女。尽管两人已经度过了蜜月期，他仍然发自内心地觉得朱琪是天生尤物，用如花似玉来形容朱琪是非常恰当的。她五官精致，身材苗条又凹凸有致，曲线优美，皮肤白皙，吹弹可破，如丝绸般柔滑。除了感叹朱琪的美，他还在暗自感叹金钱的魔力，黄大磊粗鄙，十足一个土包子，但手握大把金钱，便可娶到如花似玉的老婆。

“你盯着我做什么？”朱琪故意用手遮住身体。

杨永福道：“来都来了，放下咖啡，请进。”

朱琪喝了一小口咖啡，顺手将杯子放在洗手池边。

8点50分，杨永福准时将朱琪送到了办公室。进入办公楼的瞬间，原本娇滴滴的朱琪就变得冷冰冰的，下巴微微上扬，犹如战场上的将军，高傲无比。

杨永福离开矿业大厦，先到金色酒吧与肖霄说了一会儿话，又到新琪公司。离开新琪公司，在城里绕了一圈，又驾车出城。开车约40分钟，停在了江州河边。江州河在此流入湖州，名字变成了湖河。这一段河水比在江州境内更为开阔，两岸长满翠竹，竹叶掉落河水中，向下游漂浮。

下车时，杨永福将手机放在车上，背着渔具，沿河边走了半小时，确定无人跟踪，又步行几分钟，在一处茂密竹林处停下来。此处已经在湖州境内，如果带有手机，就会收到“湖州电信欢迎你”的短信。

杨永福钓上第一条鱼时，有一个人从湖州方向走了过来。此人背着渔具，走路一瘸一拐。来者正是杨永福的亲舅舅吴佳勇。

杨永福的车和手机放在江州，行踪隐蔽。吴佳勇的行踪更为隐蔽，乘坐一辆拉煤的车来到此处，手机扔在家里。两人各自沿河边步行，在竹林处会合。坐在竹林边田坎上，两边是稻田，是否有人跟踪一看便知。

杨永福道：“舅舅，下雨天，你的腿还疼吗？”

吴佳勇坐在外甥身边，道：“怎么不疼，比天气预报还准。”

杨永福道：“我最近被侯大利那伙人跟着，他们阴魂不散，实在不方便。”

吴佳勇取出香烟，在铁盒子上顿了顿，道：“你知道侯大利到长青做了什么事情吗？”

杨永福摇头道：“侯大利是疯狗，一天到晚四处乱窜。”

稻田中一尾小鱼悠然游动。吴佳勇随手抓起一颗小石头，扔进稻田。小鱼受到惊吓，钻进稻田深处，消失不见。他指着水面被扰动的地方，道：“侯大利不是疯狗，是极为难缠的人物，我们惹不起，要躲，就和刚才那条鱼一样，见势不对，赶紧撤退。侯大利去了长青，挖出了秦永强。现在警方已经认定秦永强不是死于事故，而是被人敲了天灵盖。”

杨永福道：“秦永强真是被人杀的？”

吴佳勇的脸上没有半点儿表情，道：“秦永强是死是活，是事故还是谋杀，和我没有半毛钱关系。今天叫你过来，主要是提醒你，避其锋芒，别再搞事情了。二哥和五弟暂时都不会到江州，你老老实实做好企业。”

“侯大利难缠，我也是。他们抓不到我的把柄，就算猜到是我，但没有任何证据，我不怕。舅舅，我忘不了爸爸跳楼前和我说的话，那份遗书是用血写的。我妈是被那些债主活生生逼死的，只要不逼那么紧，稍稍让我妈喘过气来，我妈也不会死。大仇未报，让我放手，绝不可能。舅舅，我妈是你亲姐，你从小跟着我妈在我爸家里长大，他们的仇，难道不报了？还有舅妈，被秦家炸死，这个血海深仇，难道就不报了？”

杨永福最初还是心平气和，说到后来，情绪越发激愤。

吴佳勇心平气和道：“报仇，那是我的事情。你妈临走前，交代过我，让我照看你，让你走正道。常在河边走，难免不湿鞋，被省厅、市局盯上以后，最好的办法就是别动，学乌龟。君子报仇，十年不晚，只要你不动，专案组迟早会解散。”

“舅舅，我爸最恨侯国龙，他是罪魁祸首，其次就是夏晓宇，他是侯家恶狗。还有关百全，他是帮凶，敢抢我爸的女人，罪该万死，还有李明全，小小的镇街头目，居然敢在我爸面前耍威风。你最恨的是秦永国，住在白院子，逍遥自在。秦永强的儿子秦勇，开豪车，抱美女。这一切都应该是我们的。我们联手，再做一个大单，然后再收手。”

杨永福如困兽一般，在水边来回走动，捡起石头，用力砸在水中，激起了一圈又一圈的涟漪。

“你真不愿意暂时放手？”吴佳勇将烟头弹进河里，锤了一会儿受伤的大腿。

杨永福咬牙切齿道：“杀父之仇，害母之恨，还有舅妈，我怎么能够不报？我的父母死的时候，我还是小孩子；外公外婆死的时候，舅舅还有姐姐在身边，不能感受我的世界在刹那间垮塌的感受。”

吴佳勇道：“你还有舅舅。”

平时在对待外人时，杨永福素来非常冷静，此刻在舅舅面前没有了伪装，愤愤不平道：“舅舅是亲舅舅，对我很好。但是，亲舅舅代替不了爸爸妈妈，从2000年9月7日起，我就成了孤儿。世界上最爱我的两个人在一年多时间里先后走了，我曾经有一个被人羡慕的家庭，我妈走后，我就是丧家之犬。舅舅曾经和我妈相依为命，知道当孤儿的感受。你和我相比，你还有一个姐姐可以相依为命，我只能一个人舔伤口。”

杨永福的心性和他的爸爸简直一模一样，一条道走到黑的性子。杨永福在少年遭逢丧父逝母之变，比他的爸爸还要极端。吴佳勇望着外甥，半天说不出话。

话不投机，不到一小时，杨永福和吴佳勇分手。

吴佳勇没有立刻离开，坐在石头上又抽了一支烟，目光随着外甥的背影移动。

姐夫没有跳楼、姐姐没有病逝的时候，外甥有点儿丑，不像爸爸，也不似妈妈，之所以丑，败就败在特别明显的朝天鼻。每个人第一次和外甥见面，目光肯定会聚焦在他的鼻子上，他在学校就有了“猪鼻杨”的绰号。为了“猪鼻杨”这个绰号，他打了无数次架。打架之后，总是自己去擦屁股。

除此之外，外甥没有特别之处，沉迷游戏和漫画，还喜欢去网吧、台球厅和电子游戏厅。成绩不算太差，也不优秀，没有受到老师表扬，也没有受到排斥。

姐姐和姐夫去世后，外甥在迷茫状态中突然被惊醒，犹如变了一个人。特别是失踪归来后，“猪鼻杨”已经成为过去时，杨永福变得相貌堂堂。只不过，没有了最有特色的朝天鼻，他几乎认不出眼前的青年是自己的外甥。在杨永福的请求下，自己找到老朋友，让杨永福变成了吴新生。从此，外甥不再是以前的外甥。从小到大，外甥最听吴佳勇的话，可是外甥变成吴新生以后，表面平和，实则桀骜不驯，胸中充满仇恨。

“儿大不由娘，更不由我这个舅舅。走一步看一步吧。”吴佳勇清醒地意识到自己无法说服亲外甥，将烟头弹入河中，站起来拍了拍屁股，朝湖州方向走了一段，看到等待于此的司机。

司机是个快乐单纯的年轻人，笑道：“吴老板，没有钓到鱼啊。”

吴佳勇道：“随缘，它要咬我的钩，我们就有缘分。它不来咬我的钩，那就没有缘分。”

司机又笑道："那有缘分就意味要糟糕，没有缘分反而活得自由自在。"

吴佳勇一瘸一拐朝前走，不回头，道："这就是上辈子的孽债。佛家讲轮回，你以为你和另一个人没有关系，错了，只要在今生见面，上辈子一定纠缠过。"

这是吴佳勇的人生感悟，感悟中有惨痛的人生经历。司机是快活小年轻，自然不能体会吴佳勇的心境，哼着歌，一路开车回湖州。

杨永福也不能体会舅舅的心境，在开车回江州的过程中，狠踩油门。等到小车开到城区，才慢慢减速。

杨永福控制情绪的能力很不错，除了在舅舅等极少数人面前有时失态，一般情况都是待人心平气和，偶尔的发怒都带有表演性质，是为了发怒而发怒。他走进金色酒吧，和员工阿代开了几句玩笑，进入办公室。

十几分钟后，办公室的门打开，肖霄如猫科动物一样，静悄悄地走进办公室。

杨永福坐在办公桌后，指了指椅子，道："你才到阳州这么几天，怎么搞出这么大的风波，还死了人。"

肖霄靠在椅子上，拿起桌上的烟，道："这怎么怪我？他们主动追求我，我根本没有招惹他们。我发誓，真没有招惹他们。既然他们要追求我，我总得试一试，看谁更合适吧？谁知这些小年轻没有见过世面。人的生命只有一次，他们为了一个根本不了解的女人，寻死觅活，太幼稚了。"

杨永福调笑道："这说明，他们对你都是真爱。"

肖霄不屑道："不过是荷尔蒙旺盛导致的冲动。我不相信爱情，爱情都是骗人的。他们以为我是幼稚女孩，想要骗我上床而已。"

杨永福道："我们上床是真心的。难道你没有爱过我吗？"

肖霄故意做出极度惊讶的表情，张大嘴，睁圆眼，道："我们的关系早就超越了'爱'这个字，你提爱，是侮辱了我们的关系。真没有想到，你这人变了。"

杨永福道："我们是什么关系？"

肖霄道："一条绳上的蚂蚱。"

杨永福叹气道："我还以为我们是苦命鸳鸯。"

肖霄抛了一个媚眼，道："永福哥，你变了，我回来以后，居然找不到你。"

香烟在肖霄的呼吸中，升起了轻烟。轻烟中的女人，漂亮又模糊。杨永福透过轻烟看着女人，微笑道："前一段时间，黄大森放了颗炸弹在矿业广场，朱琪吓破了胆，只要出办公楼，就要让我陪着。天天陪着，真烦人。我原本想要多走几个矿，这个女人坚决不准。"

肖霄道："她不是有专职司机吗？还要你天天陪着。"

杨永福道："这是炸弹综合征，她现在回到别墅就必须要我出现，烦死了。我成了金丝雀，被朱琪变相圈养，失去自由。不提这些烦心事，我给你说个正事，你见过那两个男生的家长吗？"

肖霄摇头道："这是他们狗咬狗，和我没有任何关系，我对他们没有任何义务。我为什么要去见他们，给自己找麻烦？"

杨永福道："你也要注意安全，冤冤相报，这才是人的本性。比如我，比如你，都是这样。这一段时间别单独行动，进出开车。"

肖霄道："音乐学院找过我，我见面就哭，哭得说不出话，很可怜的。山音的老师原来肯定准备训斥我，后来听我说是被两个学生纠缠，而且张毅还拿刀威胁，话便被堵回肚子里。我哭诉道，我还以为大学生素质高，谁知和街上的流氓差不多。那个老师脸皮薄，红一阵白一阵，我哭着哭着，差点儿笑场了。"

谈笑几句，两人沉默下来。

肖霄满脸无奈，道："我是真心想要考山南音乐学院。人算不如天算，居然滚回来了。"

"有钱的日子怎么样？"杨永福单手支在桌上，撑住下巴。

肖霄道："当然很好，但是钱还不够多。如果坐吃山空，隔不了多久，我又得上台唱歌了。我想成为朱琪那样的人，拥有很多很多的财产。"

杨永福微笑道："有一个捷径，你想办法和侯大利谈恋爱，让他爱上你。你就能拥有很多很多的财产，比朱琪的财富还要多得多。”

肖霄想起侯大利冷峻的面容，摇头道：“难度太大，和公鸡下蛋一样。侯大利不是一般人，我搞不定他。他那双眼睛太厉害，扫我一眼，我都感觉被他看透了。唉，如果真能够嫁给他，我这辈子就满足了，什么事情都不做，专心给他生孩子，生一群。”

杨永福是心高气傲之人，唯独在面对侯大利时总觉得矮了一头。肖霄最后几句调侃之语，也透着些真心，这些真心刺痛了他。他咬了咬牙齿，道：“侯大利克妻，杨帆淹死，田甜被开枪打死，你要嫁给侯大利，也没有好下场。”

肖霄有些惊讶地看着杨永福，突然间哈哈笑了起来，道：“永福哥，你吃侯大利的醋了，难得，很难得。”

杨永福意识到自己失态，挤出微笑，道：“你在做白日梦，我又没有做白日梦，更不会吃醋。我问你一个问题，侯大利最爱的人是杨帆，还是田甜？”

肖霄翻了一个白眼，道：“这还用问，当然是田甜。”

杨永福道：“你为什么不假思索，说得这么肯定？”

肖霄道：“论到对男人的了解，我还是有些心得的。侯大利和杨帆谈恋爱的时候才读高一，我估计他们没有上过床，没有上过床的男男女女能有多深的感情，就是少年维特的烦恼。田甜不同，和侯大利谈婚论嫁了，处于热恋状态。侯大利必然是对田甜的感情更深。”

杨永福竖起大拇指，道：“你对男人的了解超过了男人本身，我一直在琢磨这事，一会儿觉得侯大利和杨帆感情更深，侯大利为了追查杨帆的事，居然不回国龙集团；一会儿我又觉得侯大利和田甜感情更深，田甜死了以后，侯大利转眼间白了很多头发。听你这么解释，我觉得他和田甜的感情更真实。我给你看几张照片，有点儿意思。”

杨永福从抽屉里取出一个信封，信封里有几张照片。

“这个小男孩叫侯大吉，照片是在阳州工业园区的国龙湖拍的。”提起这个名字，杨永福突然间愤怒起来，道，“工业园区的这些人脑袋里装的全部是屎，把那个小水库改名为国龙湖。有钱能使鬼推磨，工业园区居然拍企业老板马屁。”

肖霄道：“这是侯大利的那个弟弟？”

杨永福道：“乔亚楠生的那个，侯大利同父异母的弟弟。”

放下小男孩的照片，肖霄拿起另一张照片，道：“这个女孩很漂亮啊，长大了绝对是一等一的美女。”

杨永福道：“那当然，她的姐姐杨帆就是一等一的美女。”

肖霄“啊”了一声，道：“原来是杨帆的妹妹。”

杨永福道：“她叫杨黄桷，正在读小学一年级，在阳州。”

第三张照片也是一个女孩，这个女孩十五六岁的年龄，穿了一件带有元宝领和泡泡袖的天蓝色连衣裙，随意挎着斜挎包，脚下是小皮鞋，留有一头披肩发，发梢有点儿淡红色。

杨永福道：“你猜，这是谁？”

肖霄道：“和侯大利有关？嗯，那就是田甜的妹妹。”

杨永福道：“聪明，猜对了，这是田甜同母异父的妹妹杨可。我再问你一个问题，在这三个人中，侯大利最在意谁？”

肖霄歪着头想了一会儿，道：“如果说最在意的，我觉得是杨黄桷。”

杨永福皱眉道：“刚才你说侯大利最喜欢田甜，现在为什么又说他最在意杨黄桷，这是自相矛盾。”

肖霄道：“我这么说是有道理的。侯大吉虽然和侯大利有血缘关系，可是侯大利是站在李永梅这一边的。他和侯大吉年龄相差大，又没有在一个屋檐下长大，谈不上有多深的感情。杨可没有与田甜生活在一起，同母异父，关系一般，感情不深，侯大利不会太在意杨可。唯有杨黄桷，是杨帆的亲妹妹，而且是在杨帆死后才出生的，从某种意义上来说，杨黄桷就是杨帆的再生版。侯大利从内心深处，最在意的绝对是杨黄桷。”

“你真聪明，是读大学的料子。”

“永福哥，这只是我的看法，你肯定另有想法。”

“你猜。”

“你的想法很奇特，总是让我想不到。”

杨永福没有深入细谈这个话题，他把三张照片并排放在桌面上，不断调换顺序。换了几次顺序以后，他拿起三张照片来到碎纸机前。随着嘎嘎声音响起，碎纸机如老虎一样，吞掉了这三张照片。照片中的人被碎纸机裁得支离破碎，变成一堆残渣。

杨永福回到桌前，抱住肖霄，道："我给你金色酒吧的股份，以后，你就是金色酒吧的老板之一。"

肖霄感受到那只在衣服里游走的手，头朝后仰，靠在杨永福胸前。她闭着眼享受了一会儿，道："有朱琪在，我就不当老板，麻烦事情多得很。亲兄弟都要明算账，我最喜欢现金，直截了当，互不相欠，不拖泥带水。"

肖霄和杨永福接触得越久，就越发现杨永福是个神秘的人，神通广大，要做什么事情都能如愿以偿。比如这三人的照片，看起来能轻易到手，可是真要拿到，难度极高。杨永福多数时间周旋在生意场，工作之外的绝大多数时间在陪朱琪，并没有嫡系心腹来帮助他做这事。

肖霄认定杨永福身后还有人，大体能猜到是谁。

肖霄从来不打听杨永福身后的人，仿佛根本没有察觉一般。她随时都可以离开杨永福，但前提是做一笔大生意，赚到足够多的钱。然后人间消失，不再和杨永福有半分瓜葛。

第三章
跪倒在草丛中的尸体

9月9日，江州大饭店雅筑小厅里，夏晓宇独坐窗边，小口喝茶。今天有非常重要的事情，他特意穿了白衬衣、西裤和皮鞋。

林风要参加演出，演出结束以后才能过来。

电话响起，是老家的座机号码。夏晓宇母亲的声音传了过来，第一句话照例是："灰娃，在做啥？"

夏晓宇道："等着吃饭。"

夏晓宇母亲道："要10点了，我和你爸都要睡觉了，你还没有吃饭啊。灰娃，你也老大不小了，还不成家，回家没有人照顾，连口热饭都吃不了。"

夏晓宇道："我要吃热饭，那是太容易了。随便到哪家，都能吃。我没有吹牛，是真话。"

夏晓宇母亲道："灰娃，时间拖不得啊，你爸都七十五岁了，我七十二岁，我们还能活几年啊，就是不放心你。"

夏晓宇道："你们二老长命百岁。"

夏晓宇母亲道："我们家的房子在村里是最好的，吃的用的也是最好的。可最好有什么用，还不是被人戳脊梁骨，说我们老夏家无后。你爸在别人面前抬不起头，天天长吁短叹。"

这是一个老生常谈的话题，夏晓宇打断道：“你们放心，明年肯定让你们抱上大孙子。你们干脆搬到城里来，少听村里那些长舌妇嚼舌头。”

夏晓宇母亲道：“我们在农村生活了一辈子，到城里住不惯。你的别墅外面全是花，我想种菜，怕被人嫌，更别提养鸡养兔。你以前上学，家里没钱，就靠妈养鸡养兔赚钱缴学费。你爸更是过不惯城里生活，吐口痰都要被罚钱，解手也要钱。灰娃，村里有人说你有病，生不出娃儿，你要到大医院检查，现在你也不缺钱。如果真的生不出娃儿，那就收养一个。”

小厅内传来脚步声，林风出现在门口。

“好了，不说了，我这里还有事情。”夏晓宇用手指了指座位。

夏晓宇母亲抓紧时间叮嘱道：“你爸年龄大了，还想抱孙子。”

夏晓宇道：“我知道了，明年就行。”

夏晓宇母亲还以为儿子仍然在敷衍，道：“你说话要算数，我去和你爸说，你爸肯定高兴。”手机里传来夏晓宇母亲说话的声音，“老头子，灰娃说了，明年能够抱孙子。”母亲的电话一直没有挂断，夏晓宇知道母亲又忘记挂电话了，听母亲和父亲说了几句话，这才挂断电话。

林风身穿白色连衣裙，乳白色项链和雪白皮肤在柔和灯光下相得益彰。她坐在夏晓宇对面，轻轻搅动咖啡，道：“今天有事吗？”

“上一次就想说这事，又怕被你拒绝。这两天想明白了，有话必须说出来，不管是拒绝还是同意。伸头是一刀，缩头是一刀，我不管了。”

夏晓宇取过盒子，打开，送到林风面前。

盒子里是一个钻戒，在灯光下熠熠生辉。

这一段时间，夏晓宇和林风的关系发展得十分迅速，可以用突飞猛进来形容。林风在暑期和夏晓宇单独飞了两次红眼航班。他们也不是故意飞红眼航班，只是玩到了深夜，临时想起到海边继续玩，便买机票，乘飞机。上飞机前，原本就有些酒意，坐上头等座，睡一觉，睁开眼，便来到风景如画的海岛。

整个假期，夏晓宇除了工作，几乎所有时间都和林风在一起。林风从夏晓宇体贴入微的态度感受到了这一天必将来临。如果这一天来临，自己该如何选择？虽然江湖上戏称年龄不是问题，可是年龄确实是实实在在的问题。

但是，成功的中年男人往往具有让年轻女子无法抵挡的魅力，经济条件是一个重要原因，除了经济条件，成功的中年男人都是社会竞争的胜利者，经过残酷竞争，从千万失败者身前走过，拥有年轻男子没有的从容不迫和稳重理智，对年轻女友更宽容。夏晓宇是成功中年男人中的佼佼者，帅气，机智，人脉宽阔，有着在林风眼里几乎是“难不倒”的能力。

林风望着夏晓宇热烈的眼神，在略微犹豫之后，露出笑容，道：“这是什么？”

夏晓宇道：“钻戒，我准备向你求婚。”

林风道：“你姿势不对。”

夏晓宇有点儿蒙，道：“什么姿势？”

林风俏皮道：“在我的理解中，求婚时，男士应该单膝跪地，恳求对方嫁给自己。”

这一句话就透露出林风的真实心思，夏晓宇大喜，拿起钻戒，单膝跪地，正式向林风求婚。

顾英刚刚推开门，正好见到夏晓宇单膝跪地向林风求婚。她没有打扰这甜蜜的一幕，轻手轻脚退出门，立刻安排手下送鲜花。

求婚完毕以后，夏晓宇拍了拍胸口，道：“这个钻戒买回来好多天了，我一直犹豫是否开口。”

林风道：“你也有害怕的时候。”

夏晓宇道：“什么都不怕，那是因为不在意。小林，我们干脆快刀斩乱麻，拿下结婚证。”

“你要容我消化一下。”接受了夏晓宇的求婚，往日的挣扎便烟消云散，林风异常轻松。

夏晓宇牵着林风的手，道：“趁热打铁，把事情办妥当。从今天起，我就是林风一个人的男人。”

夏晓宇素来风流，和很多女人都有着深入交流，林风对此心知肚明，这也是她颇为纠结的地方。她没有想到夏晓宇会直截了当挑破此事，认真道：“我会记住这句话。”

夏晓宇郑重道：“我是男人，一口唾沫一颗钉，绝对说到做到。”

江州的江湖上流传着许多夏晓宇的传说，其中“花心传说”是重要的一项，但是，夏晓宇在江湖上也有“信誉卓著”的好名声，说出去的话，基本能做到。

林风也很郑重道：“从今天起，我就是夏晓宇一个人的女人，说到做到。”

完成了求婚仪式，两人重新面对面坐下。四目相对，看对方的目光已经与刚才截然不同。林风道：“你为什么最终选择了我？别骗我。论漂亮，我比不上肖婉婷。”

夏晓宇道：“想听真话吗？”

林风道：“想。”

夏晓宇知道这时说具体的优点并不讨喜，他握住林风的手，微笑道：“没有理由，我就是想和你在一起，和你在一起，轻松，愉快。”

凌晨3点，夏晓宇的手机爆响。深夜铃声总是让人毛骨悚然，夏晓宇表面上嘻嘻哈哈，实则长时间处于紧张状态，具体表现之一就是在房间里总是放着自卫武器。自卫武器是他小时候用过的一把镰刀，装有木柄，不长不短，是室内搏斗利器。

他下意识地拿起锋利的镰刀，四处张望，见房间仍然紧闭，便放下镰刀，取过手机。

“灰娃，我是三舅，赶紧回来。”

“什么事？”

“我姐房子着火了，火大得很。”

“我爸妈出来没有？”

“没有见到他们。我起床解手，看见我姐房子在冒烟，还有燃火。

屋子全是火，我进不去。我姐和姐夫没有出来。”

“报警，报警，赶紧报警！”

“给杨所长打了电话，他们正在朝这边赶。”

“屋外有自来水，让大家浇水。”

“大家都来了，在朝屋里泼水。火太大，灭不掉。”

……

对话之时，夏晓宇意识到父母估计很难幸免于难，声音突然嘶哑，内心一片冰凉。放下电话以后，夏晓宇没有办法冷静下来，匆匆朝楼下跑去，一边跑一边给司机打电话。到了楼下，等了五六分钟，一辆小车从远处驶来，刹车声惊天动地。

夏晓宇此时已经冷静下来，对司机道：“不用太快，我们赶到家，再快也得一个半小时，提前一二十分钟，没有意义。”说到后面一句话，语带哽咽。

小车开出小区，夏晓宇拨通了侯大利的手机。

侯大利早就习惯了突如其来的手机响声，翻身抓起手机，看到是夏晓宇的号码，一颗心顿时悬在高处。这一段时间来，他天天琢磨“被诅咒的名单”，半夜来电，必然有大事发生。

夏晓宇是“被诅咒的名单”上的人，正在省命案积案专案二组的工作范围内。专案组诸人赶紧起床，迅速做好前往长贵县的准备。楼上动静惊醒了张小舒，她出门后遇到江克扬。江克扬道：“夏晓宇老家的房子着火了，我们准备过去瞧一瞧。剑波今天恰好不在，你跟我们一起去。”张小舒道：“我需要回避吗？”江克扬道：“情况不明，不用回避。”

张小舒赶紧回寝室，提起备用箱，下楼，坐上越野车后座。

两辆小车开了近两个小时，来到夏晓宇父母的小院。小院距离场镇有两公里左右，有一条修到家门口的乡村公路。从场镇到夏家小院这一段公路由夏晓宇出钱修建，标准高，水沟、路沿等设施非常规范，这一段路被称为夏家路。

院外已经有救护车、消防车、殡葬车等车辆，周边是闻讯而来的村民。夏家在村里风评甚好，夏家出事，前来帮忙的村民很多。大火烧成这样，他们只能眼看着房屋毁掉。

夏晓宇在今晚向林风求婚时神采奕奕，谁知，幸福之后接踵而至的便是悲伤，父母丧生于火灾之中。他神情木然地坐在院外木凳上，一句话都不说，直到侯大利的声音响起。

“晓宇哥，节哀。”侯大利来到夏晓宇身边，右手轻轻搭在夏晓宇的肩膀上。

“你看看现场，到底是怎么回事。我给派出所的人打了招呼，他们没有进去。”夏晓宇这才从麻木中清醒过来，声音嘶哑低沉。

侯大利道：“爷爷奶奶是什么情况？”

“医院来了人，我爸我妈都走了。消防正在勘查火灾现场，中队老鲁和我明确说了，这是人为纵火，用我家的液化气罐在卧室烧的。液化气罐平时在厨房，有人把它搬到了卧室。”夏晓宇说话带着哭腔，全然没有平时的从容镇静。

火被扑灭，冒着青烟。床上有一具尸体，床下还有一具尸体。两具尸体高度炭化，看不出是否有外伤。侯大利退回院中，抬头看了周边情况。院子独立，围墙高两米五左右，有造型，盖有琉璃瓦，被汽车灯照亮，略有反光。

侯大利道：“你们来的时候，院门是否打开？”

夏晓宇指了指旁边的房屋，道：“那边住的是我三舅，他半夜解手，站在窗口，看到我们这边起火，就冲了过来。他没有提到关门的事。我叫他过来。”

夏晓宇三舅满头是汗，脸上、头发上都有烟尘，闷头喘粗气，如尾巴被点了火的水牛，侯大利问了三遍，他才道：“我着急进院救火，不记得院门有没有关。”

侯大利道：“你是怎么进门的？”

夏晓宇三舅道：“一把就推开了。”

侯大利道：“你姐晚上睡觉是否锁院门？”

夏晓宇三舅道：“他们胆小，平时把院门锁得死死的。”

院门是大铁门，内侧有一把大号老式挂锁锁着门。挂锁呈打开状，结构完好无损。侯大利简单询问了情况后，拨通了宫建民副局长的电话。

宫建民接到电话，骂了一句粗话，道："这没良心的，向老人下手。滕麻子过来还要些时间。你在现场稳住局面，如果有线索，不必等滕麻子。"

几分钟后，一名矮胖子走了过来，问道："哪位是侯组长？"

侯大利道："我是。"

矮胖子原本想握手，见对方神情严肃，没有寒暄的意思，便将手缩了回去，道："我是派出所所长，接到曾局电话，请侯组长指示。"

侯大利道："现场勘查、尸检这一块，不用你们负责。你赶紧组织排查，查看是否有可疑人员入村，请大家提供线索。如果发现可疑人员，立刻控制，不能犹豫。"

派出所民警正要行动，江克扬道："你们所里有几个人？"

所长道："我们有六个正式民警，还有四个辅警。一个民警和一个辅警值班，其他人全部都到了。"

江克扬道："大利，他们人太少。我建议你和小舒留下来，其他人都跟随所长一起参加排查。"

在江州刑警操作规范中，到达现场的刑警大体上有以下分工：技术人员分工包括现场勘查组、尸检组和警犬追踪组，侦查员分工包括询问组、走访组和追击堵截组等，要完成清查和搜查、定时定位、核查破案线索、审查重点人、通报情况等复杂工作。派出所是基层公安工作综合战斗实体，集"打、防、管、控、建"于一身，但是面对复杂命案便力有不逮。此时，派出所人手不足，很难完成询问、走访和有可能出现的追击堵截工作。

省命案积案专案二组共有七人，秦东江手臂骨折，张剑波临时回原单位参加一起命案尸检。来到此地的有侯大利、樊勇、江克扬、吴雪和戴志五人。侯大利是现场指挥员，必须留在现场。张小舒是法医，更适合留在案发现场。情况非常清楚，侯大利没有矫情，道："你们去吧，老克指挥。现场比较复杂，天亮以后，老戴有可能还得负责组织现场勘查。吴雪、樊勇跟着所长，注意安全。”

“我在这里工作七年了，绝对没有问题。我这边留下一名老同志，他熟悉当地情况，有事可以问他。”派出所所长正在忧心参加排查的人数太少，分组排查会花费很长时间，说不定就要错过战机。省厅专案组主动提出跟自己一起排查，总算多了人手。

方案定下来以后，杨所长与夏晓宇说了两句话，便带着队伍离开小院。

侯大利、张小舒和一名头发花白的老民警留在院内，保护现场免遭破坏。

消防队鲁中队长从卧室内走了出来，先与夏晓宇说了几句，再到侯大利面前，做了自我介绍后，道：“我们看了现场，火灾是由液化气罐燃烧引起的。有人将液化气罐从厨房搬到卧室，打开液化气罐，放出气体后点燃。我们的工作基本结束，按照要求，现场移交给你们，调查材料也随后移交。中队官兵将离开，指导员留下来配合你们工作。”

室内余火彻底熄灭，温度下降。

十来分钟后，张小舒走出室内，道：“我在没有燃透的地面发现了血迹，不能判断是凶手还是死者的血。男性尸体没有炭化的前胸有刀痕，刀痕在左胸。死者没有穿上衣。结合消防员提出的人为纵火说法，这确实是刑案。”

室内温度高，张小舒短时进入仍然大汗淋漓，衣衫尽透。侯大利继续打量小院的情况，眉头紧锁。张小舒喝了大瓶水后，随着侯大利的目光巡视四周，问道：“现场有什么不对吗？”

侯大利道：“有不对劲的地方，我还要再看一看。”

派出所留下的老民警和一名村民在院子里维护警戒线。头发花白的老民警很有威信，不断和围观群众打招呼，又说又骂，让群众远离警戒线。

沿警戒线走了一段，侯大利停在一处围墙前。

围墙外侧有一圈低矮花台，种了些月季等带刺又能开花的植物。花台泥土中有两个印迹。

“这应该是梯子的位置。”侯大利用强光电筒照了照琉璃瓦。琉璃瓦容易清洗，也容易吸附灰尘。在强光之下，能看到琉璃瓦明显有擦拭痕迹。“凶手是从此处进入，带有梯子，大概率是铝合金梯子。他们爬上围墙后，先坐在上面，然后跳下去。”

张小舒迷惑不解道：“他们爬进屋，作案后依然可以从围墙爬出去，为什么要打开院门？”

“还没有想透整个环节。”侯大利的额头起了浅浅的川字纹，用强光电筒继续照射琉璃瓦上的灰尘，道，“灰尘擦拭区面积比较大，还有几个疑似手掌印。我怀疑是两个人。等戴志排查回来，得好好研究这处擦拭区。”

两人进入院子，查看疑似凶手爬入点的围墙内侧区域。夏晓宇是按照城市院落标准修建父母的农家院落，小院地面布置有数段花台，其余地方铺满地板砖。凶手落脚的地方恰好避开花台。

侯大利道：“围墙内侧大部分是花台，只有几处是地板砖。这说明凶手不是临时起意，是经过前期侦察，选择了一个不会跳进花台的落脚点，避免留下脚印。”

张小舒道：“这伙人有反侦查经验，难道不知道跳到地砖板上也有可能留下脚印？”

“从琉璃瓦的情况来看，地板砖上的脚印应该也被擦掉了。”侯大利蹲在地上，用强光手电照射地板砖。靠近围墙地板砖有一处擦拭痕迹，且只有一处。

夏晓宇父母的院子连接着夏家路，尽管夏家路标准高，但毕竟在乡镇，车来车往，院子里的灰尘着实不少。地板砖除了被擦拭区域，其他地方都有不浅的灰尘。灰尘在强光手电侧射下非常明显。

侯大利道：“凶手并不打算掩饰杀人的企图，没有将我们引入歧途的打算。他们有反侦查经验，知道我们会查什么，没有留下指纹、脚印，毛发等痕迹也被一把火烧掉。这伙人很狂啊，他们觉得我们没有办法破案。”

看现场时，侯大利脑海中浮现出吴佳勇面无表情的脸，暗道：“吴佳勇旗下有企业，还有神神秘秘的老二、老三和老五，他的手下作案的可能性更大。湖州专案组刚刚成立，很难完全监控吴佳勇。”

张小舒见侯大利突然陷入思考状态，问道：“又发现了什么疑点？”

侯大利摇头道：“此案还有猜不透的地方。”

长贵县刑侦大队大队长武志带着人匆匆而至。武志紧握侯大利的手，客气道：“实在惭愧啊，我们在县城，大利组长在江州，结果是你们先到。”

侯大利实话实说：“死者是夏晓宇的父母。我是接到夏晓宇的电话后赶过来的，当时还无法确定是不是案子。”

“夏总每年都要为家乡捐款，为县里开发区拉来不少企业。如今出了这事，县委县政府很重视，我在过来的路上，先后接到书记、县长的电话，要求早日破案，抓到真凶。”武志说到这里，这才看见呆坐在院内的夏晓宇。他松开侯大利的手，过去安慰夏晓宇。

武志作为长贵县公安局党委委员、刑侦大队大队长，除了抓案件，还要管队伍，方方面面的事都要涉及，各行各业的人都要打交道。他是侦查员，也是官员。与之相比，侯大利则是纯粹的侦查员，眼中只有案件，不管其他事。

武志和夏晓宇交谈时，侯大利目光如扫描仪，继续观察院内情况，在脑中还原案发时的情景：两名凶手架起梯子，从琉璃瓦处爬入，跳入院中，一人进屋，捅死两位老人，另一人搬来液化气罐，纵火。

想到这里，他浮起一个疑问：“凶手并不掩饰行凶，用液化气罐来纵火，纯属多此一举，节外生枝。”

武志大队长来到侯大利身边，低声道：“夏总想把他的父母运到殡仪馆去。”

夏晓宇坐在石凳上，垂着头。侯大利来到夏晓宇身边，道：“晓宇哥，还有一个小时，天就要大亮了。强光灯的效果不如日光，为了不放掉一丝线索，再等等。”

夏晓宇抬起头，道：“大利，能抓到凶手吗？”

侯大利道：“尽力而为。晓宇哥有什么仇家吗？”

夏晓宇眼神有些迷茫，隔了一会儿，道：“年轻时候，我百无禁忌，天不怕地不怕，得罪了很多人，那是十几年前的事了。这些年，我修身养性，吃喝玩乐，真没有什么死敌。我听说一个消息，有人专门和我们过不去，是不是有这回事？”

挖两面人和幕后黑手是绝密消息，从夏晓宇口中说出类似的话，侯大利内心紧了一下，用平静的口气道：“谁和晓宇哥说的这条小道消息？”

夏晓宇用双手按住头，道：“脑袋乱得很，记不清楚了。”

侯大利道：“爷爷奶奶一般将钱财放在哪里？”

夏晓宇道：“现金少，存折在卧室。”

滕麻子也赶到了现场，跟随他来的是伍强探组。探组有四人，伍强、袁来安、马小兵和新调来的何勇。何勇原本在侯大利曾经实习过的刑警二中队，是经验丰富的老侦查员。江克扬借调到省命案积案专案二组，短期内不会回来，支队便将何勇调到重案大队，补齐四人。

伍强和侯大利等人打过招呼以后，加入排查队伍中。

天渐渐亮了，太阳染白东边云层，头顶天空依然昏黑。

一辆小车开到门口，发出急促刹车声。一个年轻女子跳下车，想要进院，被民警拦住后，她急忙给夏晓宇打电话。夏晓宇得知父母双亡以后，便坐在院子里的石凳上，长时间一动不动，除了和侯大利、武志说了几句话，其他人打招呼，都没有回应。他接到林风电话后，仍然不起来，低声对站在身边的侯大利道：“林风在外面，让她进来。”

林风跑进院子，俯身抱住夏晓宇，道：“这么大的事，怎么不和我说？”

夏晓宇摇了摇头，道：“说了有什么用，他们走了。”

借着晨光，林风发现夏晓宇一夜之间老了许多，心疼得很，将男人紧紧抱在怀里，一遍遍抚摩和拍打男人的后背。

夏晓宇的头埋进林风怀里，在外人面前强忍着的眼泪潸然而下，抽泣着道：“在和你见面前，我还和我妈通了电话。我爸我妈一直想抱孙子，他们的年龄早就该有孙子了。我不孝，没有如他们的意。我本来想在今年要小孩，可是，他们走了。我不孝，这些年不让他们省心。”

林风安慰道：“安葬了爸妈，我们就生孩子。有了孩子，他们会高兴的。”

副支队长老谭、法医室主任李建伟、勘查室小林以及DNA室主任张晨等刑警支队技术班底陆续到达。

天空彻底明亮以后，勘查室小林带领勘查室技术人员对夏晓宇父母的院子和各个房间进行勘查。

滕鹏飞将在一旁休息的张小舒叫到身边，询问尸表检查情况。

张小舒道：“床上和床脚地面都有血迹。女性死者左胸中刀，这一刀是致命伤。她只中了一刀，暂时没有看到其他伤痕。男性死者胸口和腹部各中一刀，手臂、手掌的内侧面还有刺伤。更详细的情况要尸检以后再说。”

滕鹏飞道：“内侧？”

“对，全在内侧。”张小舒点了点头，道，“从刺伤位置来看，是主动性抵抗伤。面对伤害时，死者主动去夺取对方的刀。如果是被动性抵抗，损伤会集中在手背及上肢的外侧。”

滕鹏飞又道：“只有刺伤，没有砍创、切创？”

张小舒道：“没有，只有刺伤。”

滕鹏飞道：“刺伤最致命。凶手不是一般人，是用刀好手。”

侯大利了解夏家情况，解释道：“夏晓宇父亲是退伍军人，参过战，应该是突然遇袭后，想去夺刀。没有烧尽的地面和桌面都有血迹，要多提取，查看是否有两名死者之外第三人的血迹。”

初步勘查，围墙琉璃瓦处的痕迹是由两人留下的，没有找到指纹和脚印。围墙外侧花台里的两个方形孔是铝合金梯子所留。围墙内侧地板砖被清扫，擦去了脚印。从院落地板砖提取到的两个脚印，戴有鞋套，没有留下有价值的痕迹。

滕鹏飞道："这是欲盖弥彰。从另一方面来说，这两人反侦查意识非常强，知道我们侦查的套路。"

小林道："卧室门是从内向外打开的，没有损坏。"

"两名凶手跳下墙，可能发出声音，夏晓宇父亲听到声音后，打开了房门，然后与凶手搏斗。"滕鹏飞突然用力揉搓脸颊，道，"不对，不对，如果夏晓宇父母听到声音以后，不打开门，直接报警，那么凶手就会非常被动。"

侯大利也想到了这一点。

夏晓宇父母的卧室旁边是卫生间，也就是说，如果夏晓宇父亲或者母亲起夜，必然要打开卧室门。如果凶手知道夏晓宇父母的生活习惯，那么跳进院内以后，等到夏晓宇父亲或者母亲出门，此时动手就不会损坏卧室门。由此推断，最有可能的情况是夏晓宇父亲出来解手，刚打开门，便遇到突然袭击。夏晓宇父亲一边抵抗，一边朝后退，最后不支倒地。夏晓宇母亲被惊醒，刚坐起，被一刀捅在左胸，倒在床上，当场死亡。

侯大利脑中出现了清晰的画面，这些画面环环相扣，能将初查现场串起来。这时，刚才的疑问又浮现在脑海里：凶手是老手，杀人后，静悄悄退走，至少可以争取到好几个小时的逃脱时间，为什么要纵火？肯定是为了掩饰什么。

殡仪馆的车准备运走逝去的两位老人，夏晓宇上前一步，拦住工人。林风抱住夏晓宇的胳膊，道："晓宇，老人需要安息。"

夏晓宇道："我要见爸妈最后一面。"

侯大利上前拉住夏晓宇的另一只胳膊，道："我建议不要见，烧得不成样子。"

夏晓宇愤怒道："不管多么不像样子，那也是我爸妈。"

侯大利见惯了生死，非常冷静，道："逝者已逝，生者还要好好活。晓宇哥在脑海里保留爷爷奶奶平时的模样，这就是最好的纪念。我去陪爷爷奶奶最后一程。"

侯大利坚持天天锻炼，练过擒拿，看上去不壮实，力量着实不小。

夏晓宇的力量根本无法与侯大利抗衡，试了十几次，累得气喘吁吁，仍然被侯大利抓紧。他停了下来，颓然道："大利，你一定要抓住凶手，一定要抓住凶手。你要答应我，抓住凶手。"

"我会为爷爷奶奶报仇，一定会为他们报仇。"侯大利见夏晓宇不再反抗，这才松开手。松手之时，他看到夏晓宇的手腕青肿了一大块。在这一瞬间，他想起了杨帆遇害之初的细节，当时他很冲动地要去寻找杨帆，被夏晓宇带来的青壮压住，挣扎不脱，直到力竭。当日的情景与今天的情景很相似，往事重现，只不过悲伤的人不同。

殡仪馆的车开走，林风找到侯大利，道："晓宇身体有点儿问题，情绪不稳定，能不能让他回家休息？"

侯大利道："晓宇哥最熟悉家里的情况，我们看完现场，还要询问他，最容易破案的是黄金72小时，线索出现得越早越好。你让晓宇哥到他的房间休息。"

为了破案，夏晓宇非常配合，到房间休息。躺在床上，他想起母亲昨天打电话所言，拉起薄被单，蒙头抽泣。

林风紧跟夏晓宇，一步不离。

支队诸人穿戴整齐，进入被烧毁的房间。

进门右侧有一个液化气罐，火灾正是由本应该在厨房的液化气罐引起。由于亲戚发现及时，大家积极相助，火灾被限制在卧室，没有引燃其他房间。

在未燃尽的地面、桌子和墙体上皆有血迹分布，肉眼可见。

小林向诸位领导报告现场勘查情况，首先讲的是起火情况。

侯大利来现场最早，思考得最多，进屋后，很快发现了问题，蹲在大门右侧，指着大门右下侧的隐蔽位置，道："这里有喷溅型血迹，位置比较低，晚上看不清。"

老谭蹲下，拿出放大镜看了一会儿，道："确实有问题啊。张晨有没有提取这一块血迹？"

负责现场勘查的小林道："我们注意到门侧的十几滴血迹，正准备报告这个情况。男性死者中刀部位是胸部和腹部，头朝里，脚朝外。从中刀位置和倒地位置来看，喷溅型血迹不应该出现在大门下端。我们推断，这个血迹应该是凶手留下的。凶手受伤了。”

侯大利站起来，环顾四周，道：“使用鲁米诺试剂，再查一下屋内血迹分布。”

对于多数命案而言，寻找血迹极其重要。凶手在行凶后常会清理现场。当现场被处理到肉眼无法找到血迹的时候，就要靠鲁米诺试剂来寻找。用鲁米诺试剂寻找血迹的原理是鲁米诺溶于碱性溶液后会和一些金属催化剂，比如Fe（铁）、Cu（铜）等，发生氧化反应，产生荧光。这个原理和萤火虫体内的荧光反应相似。在氧化反应里，金属催化剂的含量越高，反应就越强烈，荧光就越明亮。人体血液中的血红素扮演铁元素，当血液和鲁米诺试剂接触，会产生蓝绿色的荧光。

江州刑侦支队勘查室经常使用鲁米诺试剂，经验丰富。他们将配置好的鲁米诺试剂放在罐中，在现场使用很方便。关紧门窗，用窗帘挡住光线。使用鲁米诺试剂后，屋内隐藏的血迹很快显现出来，墙上、屋顶、地面、床上都有荧光反应，非常清晰。荧光反应仅有三十来秒，室内有三台相机，他们抓紧时机，录、拍下屋内荧光反应。

侯大利环顾房间，大脑如摄像机一样，将屋内所有荧光痕迹全部记录下来。荧光反应结束以后，所有的发光点在他脑海中闪烁。

在杨帆出事以后，侯大利出过一次车祸。车祸之后，他发现自己脑袋似乎出了点儿问题，眼睛像是摄像机一般，能快速且敏锐地捕捉观察到的每一个细节。一旦闭上眼睛，关注点的画面便会自动跃入脑中，就像是摄像机的画面回放功能一样。这个特殊才能为早期破案工作提供了便利。进入行业越久，侯大利越体会到侦破工作是系统工程，需要所有参战民警配合，个人能力再强，也只能是锦上添花，没有集体力量，一切都会成为无源之水。这并不是否认特殊才能的作用，有了这个特殊才能，观察现场就比其他人更敏捷、更全面。

重新打开房门后，侯大利指着墙面道：“沿着大门右下端这十几滴喷溅型血迹斜上方，有一块比较明显的擦拭区。说明凶手发现了血迹，还试图抹擦。沿着擦拭区再往上，有一串点状血迹。”

老谭道："这一串点状血迹应该是夏晓宇父亲挥舞工具时洒落的，血迹前面粗，后面细，符合血滴洒落的形状。"

进入现场以来，侯大利就在思考凶手为什么会纵火，夏晓宇父母已死，纵火不能让他们再死一遍。从现场痕迹来看，凶手具有反侦查经验，纵火极有可能是想要烧掉自己的血迹。

滕鹏飞考虑的是另一个问题，道："喷溅型血迹的位置很低，死者是在猝不及防的情况下遇袭。如果捅中了左胸，还击的可能性小。当时死者还能反击，伤了凶手，说明第一刀多半就是被捅中了腹部。他是拿什么工具让凶手受伤的？从血迹在内门框和墙壁的分布情况看，凶手伤势不轻。"

大门处传来夏晓宇的声音："是镰刀。我爸平时在屋里放了一柄镰刀，就在桌子后面。"

卧室不算大，靠近窗边的地方有一张老桌子。夏晓宇指着桌子一侧，道："我爸当过兵，警惕性很强，平时会在家里放一把镰刀。"

小林仔细勘查过起火的房间，很明确地道："我没有看到那柄镰刀，肯定没有。"

侯大利心中的疑惑到此时完全解开了，道："凶手受伤，出血多。他发现自己的血迹留在现场，由于是晚上，即使开了灯也不能全部消除，他们便想到了纵火，烧掉所有痕迹。他们这是半桶水响叮当。不过，他们反应也挺迅速，想到了火烧痕迹的办法。"

在确定火场尸体死因的过程中，查明死者是生前烧死还是在其他原因死亡后被焚尸尤为重要，这将决定下一步的侦查方向。殡仪馆内，负责尸检的有市刑警支队法医室李建伟主任、法医张小舒和长贵县刑侦大队的法医老张。

支队负责病理和毒物的技术人员到来以后，尸检开始了。

夏晓宇没有去解剖室，夏家两个亲戚到了殡仪馆，这两个人都来自夏晓宇奶奶那一边，一个是转业军人，据说是上过战场，另一个则当过屠户。

人员到齐，李建伟望了一眼解剖台，道：“今天就由张小舒来解剖吧，老张负责照相，其他同志各自就位。”

烧焦的男性尸体颅骨崩裂、胸腔烧透，部分内脏暴露在外。除了后腰还有少量没有烧掉的裤子，其他地方的衣服全部烧掉了。

夏家两个亲戚素以胆大著称，可是他们看到解剖台上的惨状时，脸色顿时苍白。一人转过身，另一人全程闭眼。

手术无影灯下，张小舒摒弃杂念，开始检查尸表。

从尸表上来看，生前烧死会有生活反应，死后焚尸一般则无。生活反应是指机体受到暴力作用后出现的一系列反应，与人死后身体组织对外界刺激产生的超生反应有明显区别。

生前烧死的生活反应主要表现在“热作用呼吸道综合征”，咽喉、气管及支气管黏膜充血、出血、坏死，形成灰白色、易剥离的假膜，黏膜上可见水泡；还有“睫毛症候”，眼睛紧闭，只烧焦睫毛尖端等方面；还有“鹅爪状改变”，外眼角起皱，皱褶凹陷处未受烧伤，眼睑形成“鹅爪状”外形，眼睑裂内可见炭灰。

死后焚尸则无上述表现。

张小舒发现，女性尸体没有任何生活反应，胃内没有见到炭末，仅在口鼻部出现炭末，这说明焚烧是发生在夏晓宇的母亲死亡以后。男性尸体还有一定的生活反应，胃内出现了少量炭末，这说明夏晓宇的父亲被焚烧时没有死亡。

病理专业法医取了气管和肺的切片，再利用显微镜进行观察，从而判断死因。

毒物专业鉴定人员要对血液进行检测。血液中如果有高浓度的碳氧血红蛋白，则证明是生前烧死，反之则为死后焚尸。

解剖结束后，张小舒将不用做检测和做证据的器官放回死者身体，放置填充材料后，准备缝合。

一直在配合的李建伟轻声道：“用不着缝合了，直接装袋，早些火化。这也是夏总的意见。”

有部分死者清洗后要完整缝合，主要是死者家属方要开追悼会，在追悼会上会有遗体告别程序。夏晓宇父母被烧得太惨，无法进行遗体告别，所以没有必要做后续工作。

尸检工作持续了整整5个小时。尽管张小舒年轻，精力充沛，可还是累得够呛。洗漱后，她坐在办公室喝了一大杯冷茶，又拿了支烟。以前，她从来不抽烟，也不喜欢朋友在她面前抽烟。自从到法医室工作以后，每次完成尸检，抽一支烟，能慢慢缓解她身体和心理的紧张与疲惫。

李建伟洗漱以后，走过房门，看到张小舒正在抽烟，停下脚步，想了想，走了进来，道："你的操作规范，进步很大。"

在判断徐静死因时，李建伟和张小舒发生了明显分歧。李建伟认为徐静死于癫痫导致的窒息，而张小舒坚持徐静是遇害。事实证明，张小舒是对的。此事后，李建伟和张小舒之间的关系变得微妙起来，单独相对时经常不说话。

冷静之后，李建伟意识到是自己出现了问题，经过一段时间调整，心情慢慢平复，主动寻机改善两人的关系。

张小舒又深吸了一口烟，才将香烟摁灭在抽屉里的烟灰缸中，努力笑了笑，道："看来，我们法医室建不成无烟办公室了。"

在江州公安局各警种里，刑警支队的吸烟率一直排在前列，每次召开案情分析会，无数支香烟便会在会议室燃起。这是由来已久的传统，大家都没有改变的欲望，"无烟办公室"便成为刑警新楼各办公室互相调侃的梗。

今天解剖的是熟人父母，且尸体被烧得很惨，这对张小舒的心理颇有冲击。她在此时说这个梗，很牵强，一点儿都不好笑。

李建伟完全能够理解张小舒的心情，道："嗯，给我一支烟吧。我抽得少，但偶尔还要抽两支。"

"我原本还是想给死者缝合，最后帮他们擦干净，走得体面一些。但是，没有办法，烧得太狠。"张小舒又道，"我在解剖台工作的时候，好几次想起了夏晓宇，感觉自己今天有点儿脆弱。我不应该出现这种消极情绪。”

李建伟点燃香烟，轻吸一口，道：“给你讲一个秘密，与张剑波有关。剑波是山南省法医界冉冉升起的新星，骆援朝在外讲座时，多次以剑波做过的解剖为案例。剑波每次完成尸检，不管难度如何，不管尸体状况如何，都会在卫生间呕吐。每次都这样，无一例外。这是一个半公开的秘密，老一点儿的法医都知道。但没有人嘲笑张剑波，因为每个人都有心理弱点。侯大利很强吧，也有心理弱点。他怕水，站在水边要眩晕，遇到大红连衣裙，便会不舒服，甚至呕吐。这些都是杨帆遇害给他留下的阴影。”

吸完一支烟，与李建伟聊了一会儿，张小舒觉得心情舒缓不少。

此案由江州市重案大队接手侦办，长贵刑侦大队配侦。省命案积案专案二组全程参加，了解情况。

法医尸检的同时，侯大利、滕鹏飞、老谭、武志和派出所杨所长以夏家堂屋为办公室，指挥各组行动，为下午2点的第一次案情分析会做准备。

初动侦查结束后、专案侦查开始前，必然会有一次案情分析会，对初动侦查所获得的材料进行剖析，目的是使专案侦查有明确的侦查方向、准确的侦查范围、清晰的作案人轮廓，并依此制订出侦查计划。

所有参与初动侦查的侦查员、技术员、法医、警犬训导员、派出所民警以及其他警种民警全部集中起来，逐一汇报各自承担的侦查任务和完成情况，让全体参战人员了解本案的基本情况。

夏家堂屋挂有镇政府村建国土办提供的一幅地图，夏家住宅周边情况在地图上反映得非常清楚。滕鹏飞站在地图前，道：“从现场勘查的情况来看，现场至少有两名凶手，也可能还有接应。凶手并非流窜作案，应该是在事前踩点。凶手进院以后，除了卧室，没有进入其他房间，没有侵财目的，直奔杀人去的。我们要着重考虑凶手的动机，夏家两位老人一辈子务农，在村里多做善事，少与邻居红脸。他们家唯一与周边邻居不同的是有一个有钱的儿子。但是，凶手又不是冲着钱财去的。”

“被诅咒的名单”在侯大利脑海中反复浮现。

滕鹏飞又道：“我们回到狗叫的问题上。如果凶手是外来人，必须得有交通工具，摩托车、自行车和汽车，这几样交通工具都有可能。不管是摩托车、自行车还是汽车，到达夏家院子都得经过周边七户人家的门院。七户人家都养有土狗，土狗晚上听到动静，总有一只会叫唤。昨天起火前，村民家的狗没有叫，村民也没有听到汽车声。杨所长，你谈谈这七家人的情况。”

杨所长道：“这七家人有五家与杨家沾亲带故，都是没有出五服的亲戚，关系融洽，每家都养有农家土狗，守家护院，忠心耿耿。我们晚上行动，每次经过夏家院子时，狗叫声此起彼伏，热闹得很。”

滕鹏飞问道：“为什么夏家没有养狗？”

杨所长有些迟疑，道：“这个还没有调查过。”

“我给夏总打个电话，问一问具体情况？”武志拨通电话后，道，“夏总，夏叔家隔壁都养了狗，夏叔为什么没有养狗？”

夏晓宇声音低沉，道：“前些年，家里的狗老死以后，我爸就不养狗了。”

这是一个合情合理的解释。滕鹏飞没有再谈这个问题，指着地图上夏家院子后面的小山，道：“你们注意看，在小山背后就有一条乡村公路。如果凶手把车辆停在小山背后的乡村公路上，步行穿过小山，那就能避开七家人的院子，直接到达夏家围墙。我左思右想，只有这样才能做到没有狗叫。”

刚谈到这里，就有电话打到武志大队长手机上：“我是警犬中心朱彬，在背山支路发现了一具尸体。”

从发现夏家纵火到现场勘查，所有参战指挥员都认为死者只有夏晓宇父母，完全没有料到还会出现另外一具尸体。

周边村民没有反映有人失踪，这一具尸体的出现异常古怪。

侯大利、滕鹏飞、老谭、武志和派出所杨所长沿着后山小道往山上走。后山小道道路平整，铺着青石板，行走方便。小道两旁多有树木，林间野草茂盛，不时有野鸟飞起，鸣叫声在头顶盘旋。

走了约10分钟，一行人遇到了几个民警，还有两只警犬。

警犬训导员朱彬道："我们走到这里时发现了情况，进去探查，发现一人跪在地上，已经死亡。我们马上退出来，没有破坏现场。"

发现尸体的地方没有路，是一块相对平整的台地，台地野草茂盛。

为了保护现场，侯大利、滕鹏飞等人沿着小道往上走了十来步，从台地上面绕了过去。台地上，一个人跪在地上，如磕头一般，脸埋入草丛。

在等待技术人员的时候，侯大利蹲在坡上，观察跪地死亡之人。尽管死者的脸埋在草丛里，可是他仍然觉得此人似曾相识。

他微微闭眼，在脑海中检索。往日存于脑海中的人像一个一个浮出来，与眼前之人进行比对。

"朱富贵。"

侯大利脑海中出现了那位每天早上收垃圾的环卫工人形象。朱富贵混入环卫所，每天早上进入刑警老楼院内收走垃圾，经常与晨练的侯大利碰面。周涛陷入看守所至今未得解脱，便与此人有关。警方苦寻此人无果，想不到他竟死于夏家后山。

滕鹏飞大声道："朱富贵，确定？"

侯大利道："肯定是他。"

滕鹏飞骂了一句粗话："这家伙死了，周涛怎么办？"

青石小道拉起警戒线，不准行人通过。此处原本就是背山，没有农田，上山村民很少。拉起警戒线，反而惹来村民围观。警戒线范围大，距离事发现场足够远，村民不了解情况，议论纷纷。

朱富贵、手腕带文身的年轻人尸体、面包车上跳下来的聋哑人、疑似被绑架的少女、伏击樊勇和秦东江的皮卡车、"被诅咒的名单"、承担着猥亵名声的杨为民。往日的疑点如井喷一般在侯大利脑海中涌出，这些疑点有些互相关联，有些没有任何关系。朱富贵死于此，这些事则全部关联起来了。

滕鹏飞骂了一通粗话，道："朱富贵跪在地上，是不是被同伙胁迫后再被杀死？伤在哪里？"

技术人员没有到达，暂时无法查明死因。

老谭在足迹研究上颇有心得，独自沿小道往下走，寻找可能存在的带血的印记。从火灾现场来看，凶手中有人受伤，流了不少血。如果受伤之人便是死亡之人，必然会在小道上留下血迹。

沿小道来回走了两遍，老谭没有发现青石板上有血迹。

勘查室小林、小杨等人带着勘查设备到达以后，老谭换了鞋套、头套，戴上手套和口罩，带着小林、小杨等人进入草丛。

草丛里有警犬脚印，还有三个人的鞋印。有两个人的鞋印是警犬训导员的，另一个鞋印就是死者的。死者跪在草丛中，脸朝下，鞋底露了出来。此鞋还套着鞋套，和提取到的鞋印在大小上是一致的。

老谭道："死者戴鞋套，凶手之一。"

滕鹏飞骂了一句"死有余辜"之后，道："现场发生了什么事？凶手逃得这么仓皇，到了后山，居然没有脱下鞋套。"

"不清楚。"老谭摇了摇头，蹲下，看死者侧脸，道，"这人是从火场跑出来的，头发被火燎过。"

滕鹏飞问道："这人腿部受伤没有？"

老谭道："四周没有血迹，裤子没有发现破损，衣服也没有破损。"

凶手为何要纵火？这是侯大利一直在思考的问题。信息越聚越多，这个疑问慢慢解开了。他推断：凶手应该有两名，其中一名受伤，血液四处喷溅。另一名未受伤者从火场出来后，倒毙在后山。仅仅从跪地状态来看，有可能是被胁迫致死。但是，这一片草丛土地松软，容易留下鞋印。除了两名警犬训导员的鞋印，只提取到死者鞋印。则可以判断凶手并非受胁迫而死，是死于其他原因。

在这个判断基础上，他尽量还原室内情况：两名凶手行凶后，受伤的凶手拿了死者的钥匙，从正门离开，沿后山青石板路前往停在乡村公路的汽车。另一名凶手留在室内纵火，结果不小心受伤，此人沿着后山青石板上行，是为了避开有狗的院子，从后山前往停在乡村公路的汽车。最终，出于某种原因死于草丛。

法医室的李建伟和张小舒到达现场以后，立刻对死者进行初步检查。

张小舒语速较快，道："死者的头发、眉毛，嗯，还有鼻毛、耳毛，都发生了轻微卷曲，被火烧过。衣服上有炭灰，鼻腔有炭灰。暴露在外的身体部分没有见到外伤。腿上没有伤。"

随即，她又检查了死者衣裤，没有发现任何能够证明身份的物品，没有发现衣服有破损。

滕鹏飞道："没有手机？"

张小舒道："衣袋是空的。"

滕鹏飞道："这家伙非常谨慎，在行凶前，取出了所有能够证明身份的东西。如果我的推断没错，他应该是想从这条青石路到达乡村公路，走到这里，身体不支。他想要藏入草丛，结果葬身于此。"

现场相对简单，勘查结束后，现场指挥员全部撤到长贵县刑侦大队会议室。

9月10日，下午2点，"9・10"案件第一次案情分析会召开，除了在夏家院子参与调查的指挥员，江州市公安局副局长宫建民、长贵县公安局局长曾华也参会了。

按照江州案情分析会规定，第一个汇报的是案发地派出所民警。

杨所长道："接近凌晨3点的时候，我在所里值班，接到熊孝勇电话。熊孝勇说他姐姐家失火了，火烧得很大。接到电话后，我立刻带人赶到现场，现场已经有村民救火。火太大，大家无法靠近，就在外面泼水。卧室的火太大，没有扑灭，但避免了引燃其他房屋。我让民警保护现场，包括围墙周边现场，没有让群众靠近。消防、医院、殡仪馆的车陆续到达，除了消防，我把其他同志集中安排到院外。在这期间，我询问了熊孝勇和其他几家人，没有发现异常情况，也没有发现可疑人员。"

侯大利暗自点头，这位杨所长水平不错，较好地保护了现场，没有让现场受到过多损害。虽然村民救火使院内足迹失去价值，但是围墙两侧没有受到侵扰，保留了完整性，这为侦查员判断凶手的进入路线提供了重要依据。

第二个汇报的是现场勘查员。

勘查室主任小林汇报道："我们在凌晨5点37分到达现场。到达现场时，消防中队已经灭火，对现场进行了消防勘查。案发现场位于长贵县旧街镇朝东约2.3公里的夏方明院子的东卧室，西卧室、堂屋、厨房以及二楼都没有起火，也没有人进入。东卧室被烧毁，夏方明和熊孝芬死亡，无法统计是否有侵财行为。但是其他房间没有扰动，没有损失财物。经查，凶手是从围墙架设梯子进入。从提取到的足迹来看，有两个人从围墙进入院内。这两个人戴了鞋套和手套，所以没有提取到有价值的脚印和指纹。门锁没有损坏，凶手是用钥匙开门，从大门离开。目前没有找到夏方明的钥匙，只找到了熊孝芬的钥匙。作案工具是单刃匕首，夏方明身上有两处伤口，熊孝芬身上有一处伤口，从伤口形状来看，是同一把匕首造成的。"

他低头看了看材料，又道："第三具尸体的指纹与朱富贵房间提取到的指纹比对成功。环卫所看了第三具尸体的照片，指认死者就是朱富贵。"

朱富贵死亡，一条线索中断。侯大利额头上形成深深的川字纹。

第三个汇报的是法医张小舒。

张小舒首先汇报了对夏方明和熊孝芬的尸体检验情况，做出结论："从解剖的情况来看，凶手纵火时熊孝芬已经死亡，没有生活反应，其碳氧血红蛋白含量为0。夏方明胃内有炭末，碳氧血红蛋白含量为19%。说明凶手纵火之时，夏方明还没有死亡。"

滕鹏飞皱眉道："夏方明腹部中了一刀，左胸也中了一刀，而且左胸这一刀伤在心脏。伤得如此重，他在凶手纵火之时，仍然没有死亡？"

张小舒道："从尸检情况来看，确实如此。"

滕鹏飞用力搓动脸上的麻子，然后停下手来，道："这有点儿奇怪啊，有些环节没法说清楚。你继续说第三具尸体的情况。"

张小舒道："第三具尸体的情况与夏方明和熊孝芬不一样。从外观上来看，他的头发、眉毛、鼻毛和耳毛都被火烧过，衣服有炭末，前胸有被火烧过的痕迹。在鼻腔、喉头部位以及气管上段有烟灰。气管下段充血，支气管内充血，气管内有泡沫样血性液体，形成的尸斑呈暗红色，心脏表面出血，肺充血水肿，有明显的捻发感。碳氧血红蛋白含量为7.2%，身体没有外伤，没有捂耳鼻和扼颈机械窒息死亡征象。对胃容物进行毒物检测，未检出。"

她说到这里，略微停顿，这才说出结论："第三具尸体距离明火很近，前胸衣物和毛发都有被烧过的痕迹，吸入了燃烧性气体。吸入的燃烧性气体被引燃，造成了急性进行性呼吸器官损伤。他的碳氧血红蛋白不高，说明他很快离开了火场，沿青石板路上行。爬坡上行，需要消耗氧气，加重了呼吸道损伤和肺部水肿损伤，因而发生窒息，导致身亡。"

张小舒讲完这一段，大家都没有说话。

宫建民捶了一下桌子，道："多行不义必自毙。"

法医张小舒汇报之后，由长贵县刑侦大队大队长武志介绍被害人夏方明、熊孝芬以及被害人儿子夏晓宇的基本情况。

常规的汇报重点是被害人的各项基本情况，一是姓名、性别、年龄等情况；二是被害人人品、性格、优缺点、有无劣迹、接触人员等情况；三是经济状况、精神状态等细节情况。通过这几方面情况，可以让所有参战指战员了解被害人全面的情况。

武志没有把重点放在两个老人身上，着重谈夏晓宇的基本情况以及村民们对夏家的态度。汇报结束时，他总结道："夏晓宇与村民没有矛盾。他这些年出钱搞了基础建设，附近院子好多农民子女都在国龙集团上班。夏晓宇为人公道，威信很高，村里人提起夏晓宇都竖大拇指，全都说好话，基本可以排除本地人作案的可能性。"

参加案情分析会的侦查员都默契地把目光集中到夏晓宇的照片上，

只不过案情不是特别明朗时，暂时还不能排除其他情况。

武志大队长介绍完情况以后，便由各组侦查员分别汇报走访工作相关情况。

除了当地派出所，省命案积案专案二组较早介入此案。在警力不足的情况下，为了抓紧时间，积极与当地派出所一起及时组队排查周边情况。最有价值的线索是由戴志和另一名派出所民警姜平获得的。

戴志汇报道："我和姜平一起，沿着夏家院子的后山走了一圈。后山附近没有农房，是一大片开阔的水稻田，当地俗称夏家坝大田。在夏家坝大田的对面，直线距离有四五百米的地方才有三户农家。我们了解到，其中一家的主妇凌晨三四点起夜，看到夏家后山那条乡村公路上有车灯闪烁。这位女同志无法判断是小车还是货车，只能确认是机动车。"

戴志和姜平这一小组的发现很重要，与后山发现的朱富贵尸体一起，基本确定了凶手前往夏家院子的方式以及汽车离开的方向。侯大利在小笔记本上打上三个大大的着重号。

滕鹏飞问道："老戴，你刚才说到主妇是凌晨三四点起夜，这个时间跨度太大。"

戴志道："我仔细询问过看到灯光的女同志，她有起夜的习惯，起夜之时，习惯不开灯，正好面对窗外看见有车灯，还在移动。凭着记忆，她猜测是凌晨三四点钟。她本人当时没有看时间，有点儿模糊。"

滕鹏飞道："在夏家坝大田的农户，能不能看到这边起火？"

戴志道："如果在白天，能看见烟尘，但是在夜晚，看不见火光，火光被后山遮住。这一点，我向那位女同志确认过。"

滕鹏飞没有再多说，向长贵视频中队的侦查员问道："视频中发现皮卡车是几点钟？"

随着长贵县的警力不断加入，侦查员走访的范围不断扩大。特别是戴志和姜平获得的消息传回来后，三个组的侦查员立刻寻找公路沿线监控点，调取了周边能够调取到的所有视频资料，交由长贵刑侦大队视频中队集中处理。

接受任务以后，视频中队放下手中所有工作，全力以赴开展图侦工作。在案情分析会之前，视频中队终于在距离夏家院子约23公里的贵青路第五监控点找到一辆从东往西行驶的皮卡车。

视频中队图像侦查员道："皮卡车出现在长贵交警大队设在贵青路第五监控点的时间是凌晨5点17分，方向是从东往西，皮卡车是灰色，车牌为山B×××××。经查，该车牌是假牌。司机戴着一顶有长帽檐的帽子和深色眼镜，看不清楚面部。"

滕鹏飞问道："夏家院子起火是凌晨3点，这是比较准确的数字。从凌晨3点到凌晨5点17分，一共有多少辆车经过了贵青路第五监控点？"

图像侦查员道："一共37辆，其中36辆车的车牌是真车牌，车行轨迹明确，从长贵县开往长青县，先后出现在第三监控点、第四监控点和第五监控点，从时间上来看都没有问题。唯独那辆假牌照的皮卡车没有出现在第三监控点和第四监控点，夏家院子恰好在第四监控点和第五监控点之间。综上，我们认为皮卡车的疑点最大。"

滕鹏飞道："3点钟起火，皮卡车5点17分才出现在第五监控点，从夏家院子到第五监控点也就不到20公里，皮卡车到达第五监控点的时间未免太长了吧？从常理上来说，杀人、纵火后，越早离开现场越好。只有一种情况，开车的凶手为了接应死去的朱富贵，一直在等待，所以耽误了时间。"

这是一种合理的推断，朱富贵没有带手机，又偏离了夏家后山的青石路，死在草丛中。另一名凶手无法联系朱富贵，就算这名凶手沿着后山青石板寻找，黑灯瞎火，也很难找到跪在草丛中的朱富贵。

滕鹏飞问道："这辆皮卡车过了第五监控点后，朝什么方向走？"

侦查员道："皮卡车驶过第五监控点以后就会有两条道路，一条是湖州方向，另一条是秦阳方向，我们的同志沿着两个方向都进行了追踪，调取了视频。但是，皮卡车彻底消失了。没有出现在下面的监控点里。各地都在搞新农村建设，乡村道路四通八达，形成蛛网，大多没有监控。要想查清楚去向，非常困难。"

尽管侦查员没有能够追到这辆皮卡车，但是这辆深夜出现的皮卡车使用假牌，司机又特意遮住面容，这辆车最有可能就是凶手使用的交通工具。

除了视频中队，还有民警负责调查周边医院，查看是否有外伤病人在深夜就医。这是一项工作量很大的工作，动用的警力非常多。长贵县各医院、江州市各医院、长青县各医院，均没有发现深夜就医的外伤病人。

各组侦查员汇报结束，滕鹏飞望了一眼侯大利，问道：“侯组长，在巴岳山撞击樊勇的皮卡车是什么颜色？”

“黑色。后来视频中队花大力气调取了各地监控，在城区找到了一辆使用假车牌的黑色皮卡车，那辆皮卡车的司机也戴帽子和墨镜。”

侯大利不在意皮卡车的去向。这伙人看起来很莽撞，实则是经过精心准备，甚至最后有可能将这辆皮卡车大卸八块。从这个方向追查，很难突破。

小车在山路上穿梭，四十来分钟后，来到永成煤矿。

永成煤矿办公楼，吴佳勇端起大杯子，喝了一口浓烈的老荫茶，听到汽车声，仍然一动不动。老五进了门，坐在吴佳勇对面，端起老荫茶喝了一大口，拿出一支烟，点了两次，这才点燃火。

吴佳勇的目光落在老五腿上的绑带上，道：“腿怎么样了？”

老五深吸一口烟，道：“大意失荆州，足足缝了17针，幸好没有砍到动脉，要是砍到动脉，我就‘报废’了。没有想到，那个老杂种下手这么狠毒。”

吴佳勇道：“夏老头七十五了吧，你和二哥两个人有备而去，怎么还吃了大亏？”

“我们按照计划从后山下去，神不知鬼不觉，狗都没有叫一声，真的是一声没有叫唤。进院后，凌晨2点。我们蹲在角落，等着夏老头起夜，被蚊子咬惨了。2点半左右，那个老杂种果然出来撒尿。二哥摸的情报确实很准，几乎是一分钟不差。我们听到开门声，就悄悄过去，等老杂种露面的时候，我扎了他一刀。这个老杂种年纪大是大，可是反应速度不慢，朝后退一步。我现在都没有搞明白，为什么他的手里突然多了一把镰刀，砍在我的腿上。我跟着过去，对着他的腹部又捅了一下，捅倒了老杂种。那个老女人撑起身，刚要吼叫，我冲过去捅了一下。捅倒两人以后，我才发现腿很疼。二哥开了灯，发现地上、墙上到处都是血，有我的血，也有老杂种的血。”

老五身手了得，下手狠辣，向来都是冲锋在前。昨天在阴沟里翻船，伤在了一个老头手里，很是沮丧。

吴佳勇道：“原来计划中没有放火，为什么要放火？”

老五道：“夏老头那把镰刀太锋利，我流了很多血，又被夏老头的镰刀甩得到处都是。二哥说，如果不处理这些血迹，警方就能拿到DNA。如果是二哥的血，问题不大。我前年在南方打架，被派出所弄去抽了血。如果警方查到了我的血，那就真要惹麻烦了。我原本想拿汽油烧房子，可车停得太远，我的腿又受了伤，走路困难。二哥找来夏老头的裤子把我的伤口死死缠住后，我先从后山回到小车。”

“二哥是怎么处理你的血的？”吴佳勇时常挂在脸上的笑意消失殆尽，表情冷成冰块。

老五下意识地缩了缩身体，道：“二哥从厨房搬来液化气罐，准备把液化气罐打开，放气，点燃，烧掉我流出来的血。二哥把我的伤口绑住以后，我还把夏老头放到床上去。夏家有钱，用的是大木床，烧起来，应该能烧得透透的。我把夏老头放到床上以后就离开了夏家。我爬楼梯不方便，拿了钥匙，从大门出去。”

吴佳勇道：“你上后山的时候，看见夏家燃火了吗？”

老五道：“我受伤走得慢，二哥估计是等我多走一会儿，才准备点火。”

吴佳勇道：“你在车上，能看到燃火吗？”

老五道：“看不到，后山把夏家院子全部遮住了。我在车上坐了一会儿，没有见到二哥，不放心，怕出意外，便拿了家伙，到后山找他。我在山上，发现有很多人在灭火，但二哥不在后山。到夏老头家时，我们清空了荷包，没有带任何能证明身份的东西，包括手机。我联系不上二哥，等了一会儿，只能开车离开。”

事前踩点时，二哥和老五设想了三种情况，一是没有等到夏老头开门，那到了凌晨四五点钟，只能离开。结果，夏老头如踩着钟点一般打开了房门。

二是在爬墙壁时有可能被邻居发现。结果计划一切顺利，所有人睡得极沉，没有人发现有人架梯子进入夏老头家里。

三是离开夏家时被人发现，那就只能硬闯。夜深人静，拦路者死。

千算万算，还是被偶然事件打乱计划。最让二哥和老五没有想到的是弯腰驼背的夏老头挨了一刀后，居然如变魔术一样拿出一把锋利的镰刀，如果没有这个突发事件，他们得手后翻墙离开，等到人们发现夏家出事时，估计都是午饭时间了。

吴佳勇闭眼想了一会儿，问道：“你离开后，夏老头家里到底发生了什么事情？”

老五一脸迷茫地道：“我把夏老头扔到床上，二哥在摆弄那个液化气罐。他以前用过液化气罐，很有经验，应该没有问题啊。”

吴佳勇叹了口气，道：“我得到消息，二哥走了，今天上午尸体在后山草丛里被发现。他吸入了燃烧性气体，烧伤自己的喉咙，被活活憋死了。”

老五双眼圆睁，惊道：“二哥在草丛里？为什么要躲在草丛里？”

吴佳勇道：“我估计是呼吸困难，意识模糊了，否则也不会躲在草丛里。这是命啊。”

老五一脸沮丧道：“我捅了夏老头两刀，然后把他扔到床上。我想不明白二哥为什么出事。有可能是在摆弄液化气罐时，无意中烧到了自己，这是唯一的解释。可是，二哥经验丰富，不应该出现这种乌龙。”

七个结拜兄弟，这些年走了两个，加上凌晨走掉的老二，还剩下四兄弟。两人相对而坐，神情复杂，气氛凝重。吴佳勇长叹一声，道：“老五，你受伤的原因不是夏老头厉害，而是你也老了，满四十了，身手远不如以前灵活，平时看不出来，你死我活的时候，还是会掉链子的。老二也是同样的情况。”

老五不服气，道：“我没老，是夏老头搞突袭，我没有想到他胸口挨了一刀，还能摸一把镰刀出来。二哥的遗体还在公安那边，我们能不能想办法把他要回来？”

吴佳勇摇了摇头，道：“二哥的身份很隐蔽，公安根本不知道二哥的真实身份。上一次，公安拿到了二哥在刑警老楼的视频，找了很多人辨认，他的相貌变化太大，没有人能认出他。只要我们去要遗体，就会暴露他的真实身份。这事没办法，必须放一放，找机会再说。”

警方看到二哥视频找不到真人有两个原因，一方面，在银沟煤矿时代，二哥便以吴顺源的名字出面活动，做了很多接待工作。但二哥身份证上的名字并不是吴顺源，而是吴兴泉。他以吴兴泉的名字办了一张真的“假身份证”，手法和杨永福变为吴新生完全一致，只不过并非在明杨县，而是湖州下面的另一个县。此事到今天还没有暴露出来，警方只知道吴顺源，完全不知道吴兴泉。

另一方面，二哥在银沟煤矿时代，身体消瘦，面皮黝黑。杨国雄出事以后，吴佳勇等人离开银沟煤矿，二哥吴顺源也同时消失在人们视线之中。两年后，二哥得了一场大病，使用了过量激素。病愈之后，二哥如同变了一个人，由消瘦且黝黑变得又白又胖。吴佳勇那一段时间恰好外出，回来之时，见到使用激素之后的二哥居然没有认出来。二哥为了恢复身体，做了不少努力，结果统统失败，后来将错就错，又办了真的“假身份证”，从吴兴泉变成了吴叶原。

吴佳勇叹了口气，道：“我们行走江湖，不必拘泥于这些形式。‘人死如灯灭，人死卵朝天’，我们把二哥记在心里，这就足够了。如果我没有猜错，夏老头胸口这一刀，应该没有正中要害。这就是老了，必须服老，我觉得到了上岸的时候了。”

老五诧异地望着吴佳勇，道：“勇哥，你真的想要上岸，怎么突然想起这个？”

“我不是临时起意，这事反复琢磨了很久。老二走了，我们都老了，再继续这样下去，没有太大意义了。”这是吴佳勇想了很久的事情，今天二哥出事，就决定把话挑明，毕竟迟早要说这个事情。

老五认真地问道："不给小娟报仇了？"

吴佳勇揭开老荫茶，喝了一大口，道："无论如何报仇，小娟都活不回来了。这些年我们全部陷在这事上面，二哥、老五、老七没有能够好好生活。大家原本可以过很好的生活，是我拖累了你们。我们这些年够累了，到时候了，该放手了。我想周游世界，过一段不同的生活。"

"我无所谓，现在过得挺好，一人吃饱，全家不饿，想吃就吃，想做就做，逍遥自在。"老五摸着腿上的纱布，抓起烟，点燃后，用力抽了一口。

吴佳勇道："老五，大家一天天变老，终究需要改变。天下没有不散的筵席，我们在一起二十多年，这是千年修来的缘分。我也不是立刻就上岸，还有最后一件事需要了结。"

老五道："还要干掉谁？"

吴佳勇道："我的父母死得早，长姐当母。杨国雄是姐夫，也算是我半个父亲。现在回头看，侯国龙和丁晨光联手弄垮了江州摩托。我姐夫还傻傻地认为他们两家竞争得很激烈，想要隔岸观火。从这一点来说，侯国龙和丁晨光的段位比我姐夫要高。在我姐夫最后的那一段时间，他彻底绝望。侯国龙利用他的关系网，掐断了我姐夫的资金链，活生生将我姐夫逼得走投无路。你们都知道我姐夫的性格，不到山穷水尽，是不会跳楼的。我姐夫跳楼，我姐就成为讨债人的目标。她身体本来就弱，被活生生逼死。这是血海深仇，必须报。我的最后一件事，就是对侯国龙复仇。"

老五道："侯国龙这些年深居简出，随行都带有保镖，我们根本近不了身。二哥专门到过国龙湖，守了一个多月，根本没有见到侯国龙的影子。找不到侯国龙，我觉得就找他老婆下手。"

吴佳勇摇头道："找侯家老婆下手倒是容易，但这算不得复仇。以侯国龙如今的地位，找个老婆易如反掌。侯国龙也有六十来岁了，这个年龄最痛苦的事情莫过于丧子之痛，白发人送黑发人。我们的目标是侯大利。"

说出目标时，吴佳勇咬牙切齿，一字一顿。

老五道：“二哥混到侯大利身边，用了好几个月时间，还真没有找到下手的机会。侯大利是工作狂，没有私人生活。要让侯国龙断子绝孙，我们应该朝侯大吉下手。二哥说过，侯大吉和他妈经常在国龙湖边研究所的草坪玩耍，只要我们动作快，那些保安就形同虚设，根本反应不过来。”

从道理上来讲，侯大利和侯大吉都是侯国龙的儿子，都可以作为目标。可是，吴佳勇另有盘算，他的外甥对侯大利有根深蒂固的心魔，只要侯大利还在，他的外甥就永远不会停止疯狂举动，直至最后毁灭。为了拯救姐姐唯一的骨肉，吴佳勇准备拼一把，而且这一次不准备绕弯子，也不准备用巧计，直奔主题，让侯大利人间消失。他知道侯大利不好惹，是强大的国家机器的一员，这一次疯狂行动后果难测，但是，只有了结此事，才能将外甥拉回来，给姐姐一个交代。

吴佳勇脸上浮现出恶狠狠的神情，道：“侯大利不是神，总有破绽。有心算无心，再加上我们在暗处，侯大利在明处，肯定能成功。秦永强是疯狗，手下一帮子人，很凶吧？最后还不是一样死翘翘。这是最后一次，结束之后，我们卖了煤矿，离开江州，大家到世界各地逍遥。”

话说得很狠，但吴佳勇还是准备再和外甥深谈一次。如果谈不下来，便帮他扫除心魔。

外甥杨永福如此痛恨侯大利，痛恨到你死我活，吴佳勇为此深感头疼，曾经做过深入分析。

第一原因肯定是因为侯国龙。杨国雄在跳楼前，最痛恨的人便是掐断自己资金链的侯国龙。

杨国雄在跳楼前确实存在极大困难，煤矿惨亏，桥梁垮塌，资金链断裂，四面楚歌，众叛亲离。最困难的时候，他的亲弟弟和亲妹妹毫不犹豫地离开，还带走了杨国雄私下交给他们保管的极为珍贵的救命现金。最后留下来支持杨国雄的只剩下吴佳宁和吴佳勇两姐弟。杨国雄跳楼以后，吴佳宁和吴佳勇两姐弟与杨国雄的弟弟、妹妹形同陌路，见面不打招呼，老死不相往来。

当时，杨国雄自认为已经无力回天，极度绝望，选择了一跳了之。吴佳勇事后分析，若是在最困难的时候有资金进入，其实当时能慢慢缓过劲。几年后，煤炭行情好转，价格飞涨，房屋价格也节节攀高，不仅能解困，还能赚得盆满钵满。姐夫拥有煤矿和地产项目，却被活生生逼死，这口气实在难消。

每个人都无法预知未来。如果能预知未来，杨国雄就不会跳楼。世上更没有后悔药吃，正是没有后悔药，所以每次抉择都非常重要。这是极为经典的人生总结，只不过能真正读懂这两句话时，往往都已经历坎坷，物是人非。

杨永福性格极端，对其亲叔叔、亲姑姑的态度可以用仇视来概括。但因为是近亲，他最终没有报复他们。不过杨永福变成吴新生以后，也先后揍过亲叔叔和亲姑姑。在他眼里，打一顿并不算报复，只不过是解气。

杨永福在青少年时期遭遇大难，从富二代变成了丧家之犬，性格变得阴沉，仇视社会，表面上对很多事情无所谓，实则待人接物已经极端化。吴佳勇清楚地知道自己偏执，更清楚地知道外甥比自己更为偏执。可知道是一回事，走出偏执则是另一回事。他本人没有走出，外甥更是深陷其中。

除了侯国龙的原因，吴佳勇还知道外甥痛恨侯大利的另一个原因。正因如此，他才下定决心向侯大利下手，尝试借此来解开外甥的心魔。若是不能解开这个心魔，外甥的路将越走越窄，甚至无路可走，直至毁灭。

每次和外甥联手之后，吴佳勇总会想起自己和外甥的命运，时常黯然神伤。这些稍显脆弱的心态被包裹在坚强意志之下，外人很难窥破。

和老五商谈时，吴佳勇接到李沪生电话，便让老五暂时休息，等一会儿再聚。

得知修配厂又拆卸了一辆车，李沪生深感忧虑，左思右想，决定和吴佳勇进行一次彻底交流。来到吴佳勇办公室后，李沪生按照约定没有谈起拆车之事，而是想拔掉卡在喉咙里的刺："勇哥，你的煤炭生意这么好，赚钱到手软，但我还是觉得，要想办法把一号井的五班组放掉，留下来是个大祸患。煤管局管得越来越严，经常下井，夜路走多了总要撞鬼，我们不能因小失大。"

煤炭生意起起伏伏，好的时候拉煤的卡车要排几公里，差的时候院子里连个鬼都没有。在经营最为困难的时候，为了减少成本，特别是避免发生事故后需要高额赔偿，二哥主张弄些傻子来挖煤。智力有问题的流浪汉没有亲戚，不用给工钱，伤残、死亡后也没有啥赔偿费用。用这种方法节约的成本在困难时期有作用，可是在煤炭生意好的时候，这些节约下来的成本不仅可以忽略不计，而且还增加了巨大风险。

吴佳勇道："你想放，那就放了吧。注意要一个一个放，不要集中放，否则就太明显了，容易出事。"

这根刺折磨了李沪生很长时间，谁知如此轻松就去掉了。他愣了愣，道："秦阳扔几个，湖州扔几个，东西南北，一边扔一些，这样撒胡椒面，没有人知道。"

商量完细节，吴佳勇拿起电话，吩咐厨房切卤肉，送一箱啤酒过来。"喝啤酒，吃卤肉"，这是几兄弟在发财之前最惬意的生活。如今只要几兄弟相聚，不管有多少好菜，最先送上来的都是卤肉和啤酒。

三人聚在一起，各自喝了两瓶啤酒。

吴佳勇道："明天回红山厂，我们给小娟、老大和老六上坟。"

李沪生道："昨天做梦，我还梦到沪娟，梦中，我们都还小，背着书包去子弟校读书。"

吴佳勇的笑容慢慢消散，道："我很久都没有梦到小娟了。"

结拜兄弟中，论赚钱能力，李沪生排在头一名。尽管李沪生从小在西南山区长大，可是三线厂的基因和环境让他接受到不同于山区的经济意识。这个经济意识就是一颗种子，原本静静地躺在潜意识之中，当有机会拿到一笔创业资金以后，李沪生脑海中的种子便疯狂地生长了，远超其他人，制定了属于七兄弟的经济策略。在李沪生和二哥的多方筹划下，小煤矿与杨国雄企业没有任何关系，这才在大厦倾倒时为七兄弟留下了一片安身立命之所。

论打架凶狠，老五是第一。在十几年前，他们与秦永强那伙人争斗得非常激烈。一母生九子，九子各不同，秦永强和他的哥哥秦永国不一样，非常强悍。红源煤矿和银沟煤矿多次打群架，说是打群架还不准确，应该是两方矿工械斗。总体来说，凡是秦永强参加的群架，红源煤矿就要占上风。秦永强胆大包天，为人狠辣，还在矿井动用了炸药，正是这一次爆炸，导致秦永强与吴佳勇等人结下化解不开的深仇。老五是银沟煤矿唯一能和秦永强匹敌之人，若是当时没有老五拼死狠斗，谁占上风还真说不清楚。小娟和老六的仇也就没有办法以牙还牙、以眼还眼。

论足智多谋，二哥当仁不让。吴佳勇、李沪生等人都是用真名，从来没有用过假名。唯独二哥是特例，他在很多年前就使用了假名，而且不断变化。除了极少数人，大家都认为二哥的真名就叫吴顺源。这些年，大事小事，总是二哥出面搜情报，策划方案。二哥还是“忍者神龟”，能屈能伸，为了弄到侯大利的情报，居然能在刑警老楼收垃圾，差点儿成功。只可惜功亏一篑，造化弄人，避孕套里的精液居然来自一个无名小警察，侯大利侥幸躲过一次绝杀。

想起了二哥居然莫名其妙地死在草丛中，吴佳勇内心就是一阵抽搐。他内心感情很复杂，有遗憾，也有歉意。若非自己执着于复仇，二哥还会活得生龙活虎。

几兄弟关系密切，不仅仅在于是结拜兄弟，也不仅仅在于有二十来年交情，而是他们有一起拼杀的经历，并且经济利益最终捆绑在一起。

启动资金最初来自杨国雄的企业，他们用最初的资金低价买来一个亏损严重的煤矿，与杨国雄的企业进行了彻底切割，不受杨国雄影响。

这个思路主要来自三哥李沪生。李沪生坚持认为煤矿业迟早会爆发，原因很简单，从山南发展趋势来看，能源不会一直亏损，必然会翻身。

吴佳勇的人生轨迹原本和李沪生隔了数千里，没有产生交集的可能性。由于三线建设，原本在南方沿海的李沪生被时代大潮带到了西南地区的大山之中，吴佳勇和李沪生这才有机会跨越了时空，在一起长大。

李沪生和吴佳勇认识的过程可以用“不打不相识”来描述。红山机械厂来自南方海边，坐落于山区。一道又高又长的大围墙将三线厂和其他地方隔离开，三线厂的生产资料和商品都与当地没有太大关系。但既然落地于此，三线厂的人便不可避免与当地发生了关系。

李沪生为首的一群三线厂半大小孩，和吴佳勇为首的一群当地小孩，都喜欢江州河。两群小孩在河边发生了莫名其妙的冲突。吴佳勇和李沪生捉对斗殴，打得鼻青脸肿。

很多年后，两人回忆往事，已经无法记起是因为什么事情打架。

这是一群精力充沛又无所事事的年轻人，稍稍有一点儿火星，便轰地燃烧起来。没有仇恨，没有利益，只是荷尔蒙爆炸，到了打架的年龄而已。

促使两人和解的中间人是李沪娟。事情经过非常简单也很俗套。有一次，李沪娟和同学们到场镇玩耍时被一群外地流窜过来的流氓欺负。李沪娟被堵在场镇旁边的竹林里，如果无人相救，结局将很悲惨。尽管三线厂小孩和当地小孩并不对付，但是，三线厂扎根于此，就是本地人，容不得外来的流氓欺负。吴佳勇和他的朋友把流窜过来的流氓赶出场镇，救下了李沪娟。

李沪生带着人闻讯赶来，得知是吴佳勇这一伙人救了妹妹。大家不打不相识，杯酒释前嫌。

吴佳勇的那群人里，有当时还是小屁孩就敢拿刀捅人的老五。

李沪生的那群人里，有早逝的老六。

喝完三瓶酒以后，想起死去的兄弟，吴佳勇突然悲从中来，关上卫生间的门，泪流满面。

第四章
身份成谜的凶手

朱富贵是谁？这是摆在参战侦查员面前必须马上解决的问题。

山南公安指纹库、DNA库都没有比对成功，朱富贵仿佛是孙悟空，从石头里蹦出来的。环卫所的人看了尸体，确认死者就是朱富贵。但由于朱富贵的身份证是假的，环卫所认出朱富贵曾经在环卫所工作也并没有实际用处，警方仍然不知道朱富贵是谁。

凶手纵火，烧毁大部分血迹，但墙角仍然有未被火烧的不属于朱富贵和夏家两名受害者的血迹。提取到这名凶手的DNA以后，没有在山南省DNA库比对成功，令人失望。

两名凶手具有反侦查经验，肯定不是初次犯罪，有犯罪记录的可能性比较大。山南公安系统在多年前就开始采集嫌疑人血样，当时主要是用来分析血型。2005年前后，DNA检验逐渐普及，按照山南省公安厅和省司法厅要求，在公安系统和监狱系统开展了全面系统的采集血样工作。两名凶手的DNA没有比对成功，说明他们两人没有在山南省留下犯罪记录。

针对此案，宫建民副局长特地和侯大利进行了一次单独谈话。

关上房门，宫建民副局长没有坐回办公桌，而是来到会客区，道："你和夏晓宇关系怎么样？"

侯大利道："我从小就叫他晓宇哥，但他其实是叔辈。老江州就是东城区那一块，我们街坊多年，抬头不见低头见，互相熟悉。"

宫建民道："夏晓宇的父亲和母亲遇害，企业家对'9·10'案件反映强烈，市委书记和市长直接给我打电话。丁晨光女儿遇害后，企业家用脚投票，以各种方式离开了江州。安全问题在治安良好的时候就是一个被忽略的问题，但真要出了安全问题，对所有人来说都是致命问题。这就好比人体健康器官，运作良好时，你会忘记器官的存在，但只要出了毛病，你才知道每个器官都不可缺少。有一个特殊情况，现在有一条小道消息在江州企业界流传，内容很接近你那份'被诅咒的名单'。"

"夏晓宇在父母出事以后，和我提起过这条小道消息，但比较简略。上一次，吴新生就是杨永福的消息也是突然间被迅速传播，情况和这一次突然出现的小道消息非常相似。如果是两面人散布的，他为什么要散布这类消息？散布这类消息，对他是不利的。"侯大利的主要精力在命案积案上，消息来源比起宫建民副局长略为单一，只不过他担负着挖两面人和幕后黑手任务，对相关信息格外敏感。

宫建民皱眉想了一会儿，道："据我猜测，两面人上了贼船，又不甘心上贼船，也不愿意看到不断有人遇害，应该长时间内心焦灼。他揭露杨永福的真实身份，又发出了那份和'被诅咒的名单'近似的名单，实际上就是在预警，用他的方式预警。"

侯大利道："仅仅提供了'被诅咒的名单'，没提供谁是诅咒者吗？"

宫建民摇了摇头，道："这是一条没头没脑的消息。我估计这个两面人被幕后黑手拿住了把柄，身不由己，所以用这种方法来挣脱束缚。我们跟踪两面人的同时，也不能放松抓幕后黑手。两面人和幕后黑手是联系在一起的，案破之时，便是真相大白之时。寻找朱富贵尸源的协查通报马上就要发出去了，希望能尽快找出朱富贵的真实身份。"

侯大利接过即将发出去的协查通报。

关于查找未知名尸体尸源的协查通报

2010年9月10日凌晨3时许，江州市长贵县新湖镇夏家村夏方明住宅后山，有一名男子死亡，死者姓名、身份不详，尸长172cm，年龄50余岁，身体肥胖。

有知其身份信息者请与长贵县公安局刑侦大队联系。

刑侦大队电话：×××××××××××××

联系人：王警官（×××××××××××）

李警官（×××××××××××）

江州市长贵县刑侦大队

2010年9月12日

附：死者照片

侯大利放下协查通报，道："此人冒充吴顺源，自称湖州人。我判断此人是湖州人，确实姓吴，但姓是真的，名是假的。我已经联系了湖州的姜青贤副支队长，重点调查吴佳勇的身边人，确认朱富贵就是吴佳勇的人。"

为了配合江州市公安局挖两面人和幕后黑手行动，在省刑总协调下，秦阳市和湖州市各自抽调可靠人员成立了专案组，湖州方面专案组是由姜青贤副支队长作为组长，配合省命案积案专案二组的行动。

宫建民道："对方凶狠又狡猾，这将是一场艰难的战斗。朱富贵已经死了，就算查到朱富贵，也极有可能没有结果。现在更关键的是要找到那名伤者，抓到此人，才有可能拔出萝卜带出泥。"

侯大利道："从现有线索来推断，应该是两伙人作案。杨永福和吴佳勇既有联系，又有区别，并不能完全混为一谈。杨永福作案的手法较为隐蔽，吴佳勇则要更为简单直接。要打开突破口，从吴佳勇这边入手相对容易一些。"

在侯大利即将出门时，宫建民握了握侯大利的手，道："这伙人穷凶极恶，所谓的江湖道义不过是遮羞布，随时会被抛弃。你是国龙老总的儿子，一定要注意自身安全，尽量不要单独行动。这伙人很凶残，反侦查意识很强，你千万不能麻痹大意。”

9月12日中午，侯大利一行人来到湖州，与湖州警方抽调出来支援省命案积案专案二组的专案组同志见面。

侯大利在9月5日向老朴汇报了自己的想法，希望能从湖州市公安局抽调精明能干的侦查员，专门负责调查吴佳勇和他的结拜兄弟。老朴随即向省刑总分管副总队长做了汇报。副总队长向总队长刘真汇报之后，再同湖州市公安局联系。湖州市公安局根据省刑总安排，确定人选，抽调人员。这一系列操作都必须经过严格的工作程序，每个环节都需要时间。但从侯大利向老朴汇报开始，短短几天就组建了支持省命案积案专案二组的专案组。

侦办湖州三案时，侯大利与姜青贤配合紧密，建立了深厚友谊，再加上省命案积案专案二组的戴志和张剑波皆来自湖州刑侦支队，两支队伍在湖州公安宾馆见面之后，气氛融洽，互递香烟，谈笑风生。

会议开始，姜青贤做了简要开场白，强调专案工作的重要性，重申保密纪律，现场签了保密文件，然后请侯大利布置相关工作。

侯大利简单直接，直奔主题：“大家手里都拿到了协查通报，此人是‘9·10’案的嫌疑人之一，吸入过量燃烧气体，死于被害人住所后山。根据我们已经掌握到的线索，怀疑此人是湖州人，与吴佳勇有交集。我们的任务很简单，就是到吴佳勇所在煤矿进行调查走访，寻找此人，半小时以后出发。”

姜青贤道：“湖州专案组所有组员是昨天才完全到位，对吴佳勇及其结拜兄弟的调查还没有正式开始。我最先到岗，接触工作相对早一些，已经让矿区派出所杜所长以及社区民警提前到刑警支队。我们可以先让他们辨认协查通报，并谈一谈吴佳勇以及永成煤矿、永发煤矿高管的基本情况。”

侯大利点了点头，道：“我和姜支一起去刑警支队。老克留下来，介绍‘9·10’案的基本情况。”

在支队办公室等待的杜所长和社区民警已经喝淡了茶水，发起小牢骚。杜所长见姜青贤和一个陌生年轻人进屋，抱怨道："姜支，你火急火燎把我们叫过来，又把我们晾在一边，搞啥子名堂？"

姜青贤道："你们先看这张协查通报。"

杜所长瞅了一眼协查通报，如同被踩了尾巴的猫，猛地跳了起来，道："我见过这人。"

侯大利道："在哪里见过？"

杜所长道："在吴佳勇的煤矿办公室。有一次我到吴佳勇办公楼去，上楼的时候，这人正好下楼。他长得白白胖胖，满脸带笑，我印象很深。小李，你经常到矿区，来看一看。"

社区民警小李拿过协查通报看了几眼，道："我也见过他。他经常到煤矿，我今年至少在煤矿见过他三四次。"

侯大利问道："你多久到吴佳勇的煤矿去一次？"

小李道："我的主要工作范围是两个居委会，去煤矿的时候稍稍少一些，两三周要去一次。"

"两三周去一次，都见到过此人三四次，说明此人在煤矿的时间很多。"侯大利站起身，与杜所长和社区民警小李握手，道，"谢谢你们。请稍稍休息一会儿，我们一会儿还要找你们。"

侯大利径直走出办公室，姜青贤紧随其后。

小李问道："杜所，这个年轻人是谁？"

杜所长道："你问我，我问谁？我也是第一次见到。这人预审绝对有一套，看人的眼神像是一把锥子，直接刺到脑子里。"

小李道："看他年龄，也就二十来岁吧。姜支队跟在他后面，看起来像是跟班。"

杜所长道："你参加工作时间不长，又一直在社区工作，见的事情少。我给你讲，以后遇到这种事，嘴巴必须紧，嘴巴紧的人才有前途。凡是大嘴巴，在公安系统都走不远。"

另一个房间，侯大利和姜青贤在商量方案。

"朱富贵应该就是吴佳勇的兄弟之一。我们动作还是慢了，如果早一点儿开始调查吴佳勇的几兄弟，也许‘9·10’案就不会发生。”侯大利想起被烧毁的院子和惨不忍睹的尸体，深觉遗憾。

姜青贤道：“组建队伍要经过很多程序，这是程序正义，没有办法的事。”

侯大利道：“成立专案组不是小事，得汇报，得沟通，最后选人也花时间。几天时间搭起这个班子，很不容易，我能理解，只是深觉遗憾。那个受伤的凶手肯定也和吴佳勇有关，我们组织力量进入煤矿，迅雷不及掩耳，不给吴佳勇反应的时间。”

姜青贤建议道：“能否以其他名义进入，暗中调查？”

侯大利道：“从案发到现在，隔了两天时间，他们应该有了充分准备，能隐藏就隐藏，能销毁就销毁，还会编出一套说辞。我们的行动必须坚决。江州警方发出了协查通报，湖州这边有人看到了协查通报上的犯罪嫌疑人，湖州警方就能理直气壮搜查煤矿。我建议调集支队技术力量，全方面进入煤矿，寻找朱富贵和受伤的凶手的蛛丝马迹。雁过留声，他们必然会留下不少痕迹。”

湖州市局反应神速，调集了预审、刑侦技术方面的精干力量，乘坐两辆大巴车，前往吴佳勇的煤矿。上车前，所有参战民警全部上交了通信工具，由湖州分管副局长在大巴车上布置了任务。

省命案积案专案二组没有直接出面，在临时设立的指挥所，分析汇总各项情况。

吴佳勇在办公室见到派出所杜所长和姜青贤，笑容满面地说道：“杜所长，今天什么风把你吹过来了？这位是姜支队吧？我见过你。难怪早上有喜鹊叫，原来是来了稀客。”

“吴总，我们有案子需要你配合。”杜所长特别严肃，没有笑容。

吴佳勇道：“我是守法公民，最愿意做的事情就是配合公安办案。”

杜所长拿出协查通报，道：“你认识这个人吗？”

吴佳勇道：“我认识啊，这是吴胖子，是我们的生意伙伴。”

姜青贤道："吴胖子？他和你做什么生意？"

吴佳勇道："吴胖子主要负责供应煤矿的铁轨、锚索和钢筋。他出事了？难怪我想找他喝酒，一直联系不上。"

姜青贤没有想到吴佳勇会如此轻易承认与死者相识，追问道："吴胖子叫什么名字？"

吴佳勇摊了摊手，道："我只知道他叫吴胖子，具体叫什么名字，哪个地方的人，我还真不知道。"

"吴总不知道吴胖子叫什么名字，那怎么做生意？"姜青贤暗骂了一句"瞎扯"，表面上不动声色。

"这个吴胖子机灵得很，他为了拉生意，经常跑到我办公室。最初只是场面上的朋友，泛泛之交，不过经常在一起吃吃喝喝，时间长了，我们还真成了朋友。我不管具体生意，吴胖子也把生意交给手下。"吴佳勇一瘸一拐走到酒柜前，取了三瓶水，递给姜青贤和随行的侦查员。

姜青贤道："你和吴胖子是什么时候认识的？"

吴佳勇一瘸一拐走回办公桌后面，道："我腿有毛病，不能站久了。我认识吴胖子很多年了，这人啊，是做生意的好手。"

姜青贤道："吴胖子是你们煤矿多年的供应商，你作为老板，还是老朋友，居然不知道他的真实情况，这有点儿不合常理吧。"

"大家都是生意人，煤矿出钱，他所在公司交货，这就行了。他的公司信誉良好，值得合作。我不会挖别人根底。你们要调查，很简单，可以去查合同。"吴佳勇原本笑嘻嘻的，说到这里，又看了一眼协查通报。熟悉的亲切的二哥变成了协查通报上的无名尸体，让他悲从中来，眼泪差点儿就涌了出来。

他感慨道："我万万没有想到，吴胖子这么开朗一个人，就这么死掉了。他到底是怎么死的，能透露一些吗？虽然不是什么亲朋，但是毕竟经常在一起吃吃喝喝，时间长了，也有感情。清明节，我得给吴胖子烧点儿纸钱。"

"吴胖子平时来煤矿，住在哪里？"姜青贤是专案组成员，接到的任务就是调查吴佳勇以及他的几个结拜兄弟。当地派出所暗自做了基础调查，没有发现吴佳勇有结拜兄弟。询问到现在，姜青贤也不敢完全确定吴胖子就是吴佳勇的结拜兄弟。

吴佳勇道："一个好汉三个帮，我们平时挺注意维护和供应商的关系，专门弄了几个房间，条件还算比较好。吴胖子来了以后，都住这里。"

姜青贤道："吴胖子有没有固定房间？"

吴佳勇道："这个我不太清楚。如果有，应该是在302房间。"

姜青贤当面安排侦查员去查招待所以后，继续观察吴佳勇的神情变化，又道："吴胖子最后一次来煤矿，是什么时间？"

吴佳勇揉了揉太阳穴，道："到煤矿的供应商多，吴胖子什么时间来的，这个我得好好想一想，应该是一个月前吧。喝酒多了，记忆力差得很，有可能记不清楚了。"

在姜青贤与吴佳勇面对面交谈的同时，湖州刑侦支队的侦查员们分成二十几个小组，同时行动，询问采购人员、厨房人员、清洁人员、门卫等以及所有煤矿中层干部。支队技术人员则对招待所、餐厅、卫生室、停车场等重要场所进行全面勘查。目的是寻找受伤嫌犯的蛛丝马迹，寻找可能被忽略的地方。

等到姜青贤等人离开以后，吴佳勇脸上的笑容消失得干干净净，他坐在椅子上，面无表情地望着窗外。窗外停了两辆大巴车，大巴车拉上窗帘，看不清里面的情况。他知道刑警过来的目的，想起以前二哥说的话，佩服二哥的同时，鼻子又开始发酸。

当初杨国雄跳楼以后，几兄弟退回到湖州开煤矿。二哥提出几兄弟要分开，不能完全聚在一起，否则会被人一锅端。二哥的方案就是由吴佳勇和擅长经营的老三主持煤矿，其他几兄弟作为煤矿供应商。各做各的企业，每年年底，亲兄弟明算账。

老三李沪生支持这个"鸡蛋不放在一个篮子里"的方案。

吴佳勇犹豫了一个星期，同意了这个方案。

到现在来看，二哥和三哥最有远见。现在这个模式，警察找到二哥也没用，一来死者不会开口说话，二来吴胖子就是吴胖子，和煤矿没有关系。

今天，吴佳勇拿到了尸检报告和现场勘查报告复印件，从这两份文件反映的情况来看，他猜到了二哥出问题的原因。

老五受伤回来以后，详细描述了当时的情况："我受伤以后，腿上流了很多血。夏老头不停挥舞镰刀，墙上也有血。二哥从衣柜里找了一条裤子，绑住了我的腿，让我的伤口暂时不再流血。由于地上、墙上都有不少血，怕警方取了我的DNA，二哥就准备把液化气罐拿过来，放火烧房子。我受了伤，把夏老头扔到了床上，提前离开。"

这是老五复述与二哥分手时的情况，吴佳勇将这一段话记得很清楚。与现场勘查报告和尸检报告相对比，多数细节相近或者相同。

在老五的回忆中，此时夏老头胸口中了一刀，腹部中了一刀，老五的回忆与尸检报告是完全一致的。

但在老五的回忆中，夏老头已经死了。尸检报告却显示夏老头在大火燃起来的时候还没有死亡。这是不同的地方。

在老五的回忆中，老五将夏老头扔到床上，然后就离开了。在现场勘查报告中，夏老头倒在卧室中间，这与老五的回忆存在明显不同。

吴佳勇反复琢磨这点儿差异，大体上明白了怎么回事：二哥打开液化气罐的时候，夏老头只是受了重伤，还有一口气。液化气爆燃那一刻，夏老头从床上跳起来，拉住了二哥。这才导致二哥吸入了大量可燃气体。

或许，这就是二哥吸入炙热气体而导致窒息的原因。

现场三人皆已死亡，真相将永远成谜。但是，吴佳勇相信肯定是某种意外导致二哥逝去。如果没有意外情况，办事牢靠的二哥不会弄出这样的乌龙。

姜青贤询问吴佳勇时，现场除了放在明处的摄像机，还有隐蔽的高清摄像头。隐蔽的高清摄像头能使用无线互联网，临时指挥部能实时看到姜青贤和吴佳勇的对话场景。

侯大利、吴雪和江克扬坐在最前面，紧盯屏幕，目不转睛。

"吴佳勇和杜所长比较熟悉，这从身体语言中看得出来。吴佳勇与杜所长握手时，眼角的余光留在姜支队身上，非常明显。他面对摆在桌面的摄像头很镇静，故意不看摄像头，言谈举止正常。谈到吴胖子时，他神情明显呆滞，悲伤是真实的，没有掩饰。”

江克扬在车站派出所就有“神眼”的绰号，与侯大利成为战友以来，耳濡目染之下，对表情和身体语言的观察更加细致。

吴雪道：“吴佳勇叙述和吴胖子交往的经历时，神情自然，说的是真话。”

江克扬道：“说的是真话？那就意味着吴胖子不是吴佳勇的结拜兄弟。那我们的预判就有问题。既然预判有问题，为什么在吴佳勇这里找到了朱富贵？这两者是矛盾的。”

秦东江挥了挥带着夹板的手臂，道：“老克的逻辑是对的，这里面存在矛盾。”

吴雪道：“老克没有完全理解我的意思。真话只是意味着他讲的事实确实发生过。比如，吴胖子‘朱富贵’是煤矿供应商，这是事实。吴胖子经常和吴佳勇吃喝，这也是事实。他叙述事实时表情自然。发生过的事情并不意味着是所有事情，吴胖子是供应商，这和吴胖子与吴佳勇是结拜兄弟并不矛盾。”

秦东江道：“有道理，说得通。”

江克扬皱眉道：“我们可否对他做一次测谎？”

吴雪道：“做测谎是有条件的，在现在这种情况下，并不适合吴佳勇。谎话持续很长时间，对叙述者来说就变成了真话，根本不用撒谎，也不会导致明显的生理变化。”

江克扬想了想，道：“我明白你的意思了，吴胖子有可能就是吴佳勇的结拜兄弟之一，但结拜兄弟并不一定在一起工作，可以各做各的事情。吴佳勇隐藏了结拜兄弟的事实，只说了各做各事的这一部分事实。”

吴雪道：“吴佳勇没有说谎，只是说出了他愿意说出的。至于他有没有不愿意说的话，我估计有，而且是最关键的一部分。姜支队没有提及结拜兄弟的事，我们无从观察‘结拜兄弟’这个词对吴佳勇的刺激。

谈话期间，吴佳勇多次看协查通报。看协查通报时，他的悲伤是真实的，远超对普通供应商的感情。吴佳勇面对杜所长和姜支队时，一直面带笑容。他明显是在假笑，上提嘴角，装出笑意。只有眼角的环形皱纹飞起来，才是真笑。刚才我说他的悲伤是真实的，这还不足以说明其情感。在看协查通报时，有极短的时间，吴佳勇内心极度痛苦。这个刹那间的表情极似我曾经研究过的有自杀意图的抑郁症患者。”

侯大利眼前一亮，道：“你能确定吴佳勇有抑郁症吗？”

吴雪道：“不能确定，这是直觉。吴佳勇看协查通报的瞬间神情与我曾经研究过的有自杀意图的抑郁症患者非常相似。痛苦时间极为短暂，一秒都不到，然后用笑容掩盖。”

侯大利道：“吴雪的直觉非常重要，深藏痛苦，这反而会暴露吴胖子的真实身份。既然吴胖子‘朱富贵’经常以供应商的身份和吴佳勇吃吃喝喝，那一定还会有其他结拜兄弟和吴佳勇在一起吃吃喝喝。”

时间一分一秒流逝，临时指挥部里，省命案积案专案二组不断接到煤矿传回来的消息。

第一条信息：永发煤矿和永成煤矿的总经理都是李沪生，其被称为三哥。李沪生不承认他是吴佳勇的结拜兄弟，理由是在矿上所有人都称呼李沪生为三哥。经调查，三哥确实就是李沪生的绰号，中层骨干皆称呼李沪生为三哥。

第二条信息：死者“朱富贵”确实经常到煤矿，但是以供应商吴胖子的身份。除了吴佳勇承认与死者熟悉，侦查员还拿到了两份煤矿和吴胖子公司的合同。

第三条信息：湖州专案组从采购合同中查到了吴胖子“朱富贵”所在的公司，另一组侦查员很快找到了吴胖子“朱富贵”所在公司实际注册人唐勇。据唐勇介绍，吴胖子真名叫作吴兴泉，是企业合伙人，投了钱，基本上不参加具体经营，只有到永发煤矿和永成煤矿是例外。这两个煤矿是唐勇企业的大客户，唐勇能够拿到大单，靠的是吴胖子的关系。所以到煤矿联系业务都是由吴胖子出面。

第四条信息：姜青贤调了两名侦查员去查吴兴泉，结果发现吴兴泉的户口是以非正常方式落户的，就和明杨县高马镇贩卖户口案一模一样。如今吴兴泉死亡，派出所具体经办人退休多年，以“记不清”为名，借口血压高，有冠心病，不肯面对此事。

第五条信息：有一组侦查员通过询问，得知前天有一名走路不太方便的人出现在招待所，为此招待所工作人员特意到外面买了一个老人使用的坐便器。

第六条信息：据伙食团和招待所工作人员讲述，梳理出到煤矿招待所住过的供应商、买煤企业的人共有27人。

大家原本认为死者的身份这一次肯定就要水落石出。谁知对方极为难缠，如泥鳅一样滑不溜秋，不留一点儿把柄。兜了一个大圈子，吴胖子“朱富贵”的身份又悬了起来。

听到第五条信息以后，江克扬长呼了一口气，道：“我们动作慢了，太可惜了。如果案发之后立刻赶到吴佳勇这边，说不定就捉了一个现形。两天时间差，足够让吴佳勇做好准备，让受伤的凶手从容逃跑。吴佳勇够狡猾，招待所、伙食团都没有摄像头，办公楼有一个，居然是坏的。”

秦东江道：“老克的说法是事后诸葛亮。案发现场，面对跪倒在草地上的身份不明死者，我们没有发现任何指向吴佳勇的线索。这一次，我们能在没有线索的情况下发现吴佳勇的马脚，本身就是撞大运。摄像头主要安装在生产区，吴佳勇的说法没有错，站得住脚。”

樊勇立即反驳道：“老秦说我们是撞大运，这个说法有点儿扯吧。想撞大运，没有这么容易。为什么是我们撞大运，而不是其他探组？前期工作扎实，思路正确，我们才能撞上大运。”

这么多信息涌现出来，吴佳勇团伙露出了马脚。侯大利又陷入沉思，似乎听见了三人之间的对话，似乎又没有听见，他的脑细胞之间拼命联结，各种思绪交织、碰撞，冒出啪啪的火花。

大家议论了一会儿，江克扬见侯大利如石佛一样，终于忍不住问道：“大利，你是什么看法？还有什么新招数？”

侯大利摇头道：“还得等姜支队提供新线索。你给姜支队打电话，把询问李沪生的视频调过来。”

临时指挥部距离煤矿很近，视频很快送到。

播放视频前，江克扬问道：“老戴，红山机械厂有很多上海人？”

戴志道：“湖州有很多三线厂，绝大多数都是苏浙沪一带过来的。红山机械厂里的上海人特别多。李沪生，从名字就听得出来，他就是在上海出生的。沿海地区的人比起我们这边的要时髦得多，三线厂引领了周边地区穿衣、饮食的风尚。”

视频里出现了李沪生的镜头。

李沪生衣冠楚楚，头发经过精心修饰，这和矿区其他人有明显区别。进屋之后，他一言不发，颇有傲气。

走完基本程序，湖州侦查员老张没有啰唆，开门见山道明来意，出示了协查通报。

李沪生拿起协查通报，认认真真读了一遍，面无表情道：“我认识这个人。这人是吴胖子，经常到矿上来，是我们煤矿的供应商。”

侦查员老张道：“吴胖子叫什么名字？”

李沪生道：“我不知道他的真实姓名，只知道他叫吴胖子。”

侦查员道：“谁知道他的名字？”

李沪生道：“采购部门的人应该知道。”

……

这一次行动，湖州警方调集了大量人手，来到煤矿后，同时开展行动，目的就是突然袭击，让对手没有准备，无法串通。

临时指挥部里，看视频的侦查员边看边谈。

江克扬道：“李沪生的说法和吴佳勇完全一致，肯定是提前做过准备。可惜有两天时间差，想起来就肝疼。”

侯大利见江克扬执念于“两天时间差”，便让视频暂停了一下，道：“确实有两天时间差的原因，但我认为这只是原因之一，不是核心原因。吴佳勇这伙人心思缜密，提前做过很多设计，比如煤矿的监控摄像头全部在生产区，生活区只有一个，而且那一个监控摄像头早就坏了，只是个摆设。这伙人有非常明确的预案，执行力强，这才是我们始终找不到朱富贵身份的原因。如果我所言不差，按照他们的设计，我们就算找到朱富贵的真实身份，由于此人已经死亡，与之相关的线索实际上也断掉了。那个受伤嫌犯才是关键。除了受伤嫌犯的DNA，这个人的面貌始终是模糊的。吴胖子可以借用其他身份合情合理来到吴佳勇身边，受伤嫌犯同样也可能会采用这种方式。如果受伤嫌犯也是吴佳勇的结拜兄弟之一，那么吴佳勇、吴胖子、受伤嫌犯和李沪生应该会在一起吃吃喝喝，这种吃喝次数不会少，肯定会被人记住。”

视频继续播放。

侦查员老张道：“吴胖子最近一次到矿上是什么时间？”

李沪生脸皮抽动，似笑非笑道：“我管两个煤矿，两个煤矿有上千人，每天来来往往很多人，谁会记得吴胖子什么时间来过？”

“你和吴胖子是否熟悉？”侦查员老张已经知道吴胖子、吴佳勇和李沪生等人经常在一起吃饭，设下了一个小陷阱，等着李沪生跳进去。

李沪生道：“熟悉。吴胖子擅长搞关系，和谁都走得近。我们经常在一起吃吃喝喝。”

“你和吴胖子是什么时候认识的？”侦查员老张见李沪生没有跳入小陷阱，迂回进攻。

李沪生道：“记不清楚了，我来到煤矿后，他就开始来谈业务，到底是什么时候来的，我还真是记不清楚了。警官，吴胖子到底出了什么事？他平时总是乐呵呵的，怎么会出这事，真是人生无常。”

临时指挥部，江克扬道：“大利又说对了。李沪生的说辞和吴佳勇的完全一样。在我们掌握有利证据之前，直接交锋很难突破。继续问下去，只会在原地打转。老秦，如果是你询问，下一步会问什么问题？”

秦东江摸了摸下巴，道：“如果由我来询问，还得想办法从结拜兄弟这个话题入手。这个问题非常敏感，设计问题必须巧妙。”

视频继续播放。

侦查员提了几个与吴胖子有关的问题以后，略有停顿，看了一眼短信，又将手机拿给了另一名侦查员。他借着喝水之机，稍稍停顿一会儿，然后轻描淡写道：“吴胖子是二哥，你是三哥，四哥是谁？”

这是一个敏感问题，李沪生的眼皮不由自主地一阵狂跳。大批警察毫无征兆地出现在矿区，所有询问几乎是同时开始，互相隔离。他不知道警方目前掌握了什么线索，表面冷静，内心实则忐忑不安。

“你们是来调查那张协查通报上的事，作为公民，我已经配合了。与这个问题无关的问题，我拒绝回答。”李沪生不愿意跟着警察的思路走，强硬地把这个问题撑了回去。

侦查员老张年过半百，头发花白，问起话来不紧不慢，目光始终用力压迫李沪生，道：“也不能说完全无关吧，吴胖子是二哥，你是三哥，按照逻辑来说，上还有老大，下还有老四、老五、老六。”

李沪生冷脸，冷笑道：“我不知道你在说什么，世界上三哥、二哥多得很，没有必要生硬地联系在一起。”

侦查员翻了翻询问提纲，上面有江州警方提供的基本资料，道：“在银沟煤矿的时候，吴佳勇的结拜兄弟中就有吴二哥，是不是？”

“那是吴佳勇的结拜兄弟，你应该去问吴佳勇。”结拜是十来年前的往事，几兄弟离开杨国雄企业以后，便将这段往事深埋于心，在外人面前再也不提几兄弟结拜之事。几兄弟还特意分开，各做各的企业。李沪生明白眼前这个警察在使诈。

吴雪指着屏幕道：“李沪生在说谎，撒谎时往往没有与之对应的表情，很多人就故意弄得面无表情。李沪生就是有意让自己板着脸，不透露内心的真实情绪。你们注意看他的手，时不时在大腿上来回摩擦。这个小动作就透露出李沪生的真实心态，绝对和表面上的平静背离。”

江克扬道：“吴佳勇的心理更强大一些。难怪吴佳勇能当老板，李沪生只能当总经理。”

吴雪道：“确实是这样，吴佳勇总体来说很放松，只有非常短暂的痛苦暴露出来。如果不是我恰好了解抑郁症，肯定会忽略以秒来计算的短暂表情。”

湖州警方在吴佳勇煤矿的大规模排查结束以后，侯大利就接到了老朴的电话，来到指挥中心宫建民的办公室。

“大利，我们看过基础材料，你用不着讲经过，重点谈一谈你的看法。”老朴用力摇折扇，发出哗哗的声音。

侯大利喝了一大口茶，道：“从银沟煤矿到吴佳勇的两个煤矿，汇集的线索越来越多，吴佳勇以及他的结拜兄弟嫌疑越来越大。更准确地说，各种线索汇集起来，吴佳勇团伙就是幕后黑手之一。”

老朴道：“你以前提出过钓鱼模式，现在还得回答一个问题，杨永福、肖霄和吴佳勇以及几个结拜兄弟之间的关系是什么？”

侯大利已经有了基本思路，道：“与杨永福有关联的案件的作案手法非常相近，利用和放大目标对象的弱点，然后让目标对象自相残杀，这就是钓鱼模式。吴佳勇以及几个结拜兄弟到目前为止只与‘9·10’案件有关，从此案来看，其作案风格直接、凶狠，和杨永福的风格完全不同。杨永福化名吴新生以后，在其牵连到的案件中多次出现面包车、皮卡车和聋哑人。除了肖霄，杨永福身边应该还有团伙在支持，否则不好解释两次出现的毒品。吴和杨是舅甥关系，吴佳勇就是杨永福背后的人。”

宫建民道：“禁毒支队老袁一直关注上次在黄大森聚会地点搜出来的毒品。根据他们掌握的情况，黄大森和本省、本地毒品网络没有联系。除了大麻，黄大森不碰其他毒品。搜出来的毒品来自何方，这是老袁极为关注的地方。从现在来看，毒品极有可能是吴佳勇这边的。”

侯大利道：“吴佳勇的结拜兄弟朱富贵演变成了供应商，走得近，离得开。我怀疑吴佳勇还有心腹在外，比如面包车和聋哑人团伙，平时应该不在湖州和江州。”

老朴摇了摇折扇，道：“大利的想法和我们的判断一样，这也是我这一次到江州的原因。秦阳、湖州、阳州、海州和山州，都在排查范围之内，需要动用的力量更多。”

三人讨论结束后，老朴没有吃饭，直接去了湖州。侯大利前往刑警新楼，准备和葛向东会面。

在湖州警方开始针对吴佳勇结拜兄弟进行调查的同时，江州警方把注意力集中到了银沟煤矿和红源煤矿。为了侦办“9·10”案件，江州刑警支队下了苦功夫，从社保局拿到当年在银沟煤矿和红源煤矿工作过的干部职工名册，挨个寻找，询问吴佳勇及其几个结拜兄弟的详细情况。隔了十几年，很多人对以前的事情记得不是太清楚，模糊之处颇多。但由于找到的人多，不同的人提供了不同的细节，诸多细节组合起来，也大体勾勒出了吴佳勇及其结拜兄弟的基本情况。

在众人的印象中，红源煤矿和银沟煤矿为了争夺资源进行连番恶斗。红源煤矿秦永强绰号“疯狗”，好勇斗狠。银沟煤矿在争斗中处于下风，直到吴佳勇等人到来以后才改变了局面。

吴佳勇被称为“勇哥”，是杨国雄的妻弟，银沟煤矿实际负责人。

众人对大哥没有太深印象，只有寥寥数人证实有一个大哥，对大哥的事情没有太多记忆。

在回忆这一段往事时，多人提到在那期间银沟煤矿发生了瓦斯爆炸，有人伤亡。但是，在市、县两级煤管局、安监局等单位都没有找到相关记录，县公安局和派出所也没有接到报案。由于时间久远，知道此事的人不多，包括案件侦办人孙虎等人都对此没有印象。

二哥平时负责接待工作，很多人对其有印象。在众人的印象之中，二哥姓吴，有人直接叫“二哥”，也有人称呼其为“吴二哥”，此人面黑身瘦，笑呵呵的，做些迎来送往的工作。

工程科和井下班组的人则对三哥印象相对比较深，三哥懂技术，熟悉矿井机械。看过李沪生照片以后，他们一致认为李沪生确实就是三哥，这是目前除了吴佳勇以外能够被证明先后出现在银沟煤矿和吴佳勇煤矿的人，但李沪生和吴佳勇本人不承认两人是结拜兄弟。

老四就是吴佳勇。大家都称呼吴佳勇为“勇哥”。

银沟煤矿驾驶员以及当年货运公司的驾驶员记得有一个人叫“老五”，平时喜欢开车。一个货车驾驶员对其印象最深，说当时和吴佳勇一起来到银沟煤矿的人中，一个年轻人刚刚学会开车，兴趣很浓，经常在院子里练习开货车。

至于老六，则是煤矿财务科的女同志有印象。老六年龄不大，阳光帅气，学过会计，经常在财务室玩耍。

对二哥、老五、老六有明确印象的共有47人。当省命案积案专案二组回到江州之时，葛向东和其徒弟已经根据这47人的描述制作出人像。

侯大利从指挥中心来到刑警新楼，将车停在车库，没有立即下车，在脑海中梳理与二哥、老五、老六有关的信息，反复揉捏所有信息之后才上了楼，来到技术室。

葛向东戴着眼镜，正在电脑前专心看图，听到脚步声，便摘下眼镜，回过头，道："大利，老克，为了避免受干扰，我们一直没有查看死在夏家后山的凶手相貌。根据描述，这是我们画出的二哥吴顺源的人像。"

画像中，二哥吴顺源是一个消瘦男人，与夏家后山死者相去甚远。

侯大利若有所思道："以前杨永福是一个朝天鼻，后来做了鼻子的手术以后，整个人完全变化了，就如同换了一个人。我在猜想，二哥吴顺源是不是因为某种原因，身体发生了明显变化。"

葛向东道："十来年时间，一切皆有可能。"

侯大利道："老葛，能不能以这幅图为原本，年龄长十岁，脸部明显发胖，再画一幅模拟人像。"

葛向东道："这幅二哥吴顺源是根据不同人描述合成的。时间隔得久，记忆会出现误差。这幅画像是否接近真实人像，我没有把握，更别提还要发胖和长十岁。"

侯大利笑道："我对老葛的信心比老葛对自己的信心更足。三哥李沪生在银沟煤矿和吴佳勇煤矿就叫三哥，为什么此二哥就不能是彼二哥？"

"既然大利信任我，我就接受这个挑战。"葛向东没有再推辞。

侯大利道："什么时候能拿出来？"

"我原本准备请夏总吃饭，感谢他对我老婆家里生意的照顾。谁知夏总爸妈出了这事，现在吃饭就不合时宜。江州市局向省刑总请求支援以后，我把手中的其他活儿暂时推掉，带着徒弟办这事，争取今天下午6点能出结果。抓到凶手，于公于私，对我来说都是最好的结果。"葛向东略微停顿，真诚地说道，"大利，你是知道我以前情况的。我以前在单位就是打酱油的，办案时随波逐流，反正责任都在领导身上。现在不一样了，我们拿出来的结果会直接影响办案方向和进程，影响当事人的命运，必须小心谨慎和严肃认真。我在这个过程中也就有了荣誉感和责任心。这种状态很好，谢谢你。”

侯大利道：“为什么谢我？这是你自己努力的结果。”

“没有你和105专案组，我还在经侦支队做一天和尚撞一天钟，活着没有目标，迟早会陷入人生危机。现在转危为安，顺利度过危机。”葛向东说的是真心话，他的人生转折点就在105专案组。外表严肃的侯大利如一个旋涡，发出强烈能量，带动其他人往前走。

交代任务后就是等待结果。

下午6点18分，胖版吴顺源人像被制作出来。

葛向东来到小会议室，拿着一张卷起的人像图，缓缓展开，道：“我没有见过朱富贵，没有模板，也就没有受影响和干扰。这是以银沟煤矿吴顺源为模板，增肥、变老，制作出的吴顺源十年胖版人像。”

人像完全展开，出现在眼前，侯大利和江克扬不约而同喊了一声：“朱富贵。”

侯大利从随身携带的小包里拿出朱富贵的照片，与这张人像相比对，眉眼和神情有八分相似。

江克扬激动地拥抱葛向东，道：“这张图出来，所有问题都解决了。吴顺源变成朱富贵，彻底大变样，难怪人们相见不相识。”

葛向东观察朱富贵的照片，却是不甚满意，道：“下巴这边，我弄尖了些，还有两腮，也比实际要瘦一些。我没有想到，二哥会变得这么胖。”

侯大利原本准备在晚上和105专案组一起吃饭，由于葛向东提供的模拟人像确定了银沟煤矿二哥就是死在夏家后院的吴胖子，晚饭便推迟了。

晚上6点40分，陈阳、老谭、李建伟、张小舒、张国强、伍强、杜峰以及来自省刑总的侯大利和葛向东等人正式开会。

葛向东简要讲了人像绘制过程，以及吴二哥，也就是朱富贵的脸型特点。

“老葛没有见过协查通报，画成这个样子，那肯定就是这人了。”滕鹏飞用力搓揉脸颊，让每颗麻子都翻动起来，长吁了一口气，道，“周涛就是被这伙人陷害的，如今始作俑者死了，事情更加复杂了。”

从现在掌握的信息来看，周涛确实是被人陷害的。如今主谋死亡，要想洗刷周涛的冤屈，难度倍增，甚至无解。

支队长陈阳理解这一点，握紧拳头挥了挥，道：“我们必须克服困难，将这个犯罪团伙连根拔起，才能彻底解决问题。在巴岳山袭击樊勇和秦东江的皮卡车，是吴佳勇的人。面包车和那几个聋哑人，也是吴佳勇的人。强奸陈菲菲的人，肯定也和吴佳勇有关。‘9·10’案件和吴佳勇绝对脱不了干系。”

黄大森在逃，存在极大隐患。陈菲菲之死，李小峰归案，但是还有明显疑点。手腕刻字的无名尸体成为无头悬案，如今又有影响企业家群体的“9·10”案件。这几个案子就是如来佛的五指山，压在支队长陈阳背上，让他夜不能寐，焦头烂额，脾气上涨。

他恶狠狠地骂了一句粗话，又道：“从湖州方面传回来的消息可以看出，吴佳勇团伙有意识地设置了防火墙，就算团伙中某个人出了事，也只是这个人出事，与其他人无关。比如‘9·10’案件，我们顺藤摸瓜，把吴二哥‘朱富贵’查个底儿朝天，也仅仅是吴佳勇煤矿的某个供应商参与杀人，与吴佳勇和李沪生没有关系，这就是他们设置的防火墙。我们要把重点放在受伤的那个犯罪嫌疑人身上，此人被镰刀伤得很重，必然要缝针，派人继续到大小医院、诊所去查，从他身上打开突破口，就有可能触及吴佳勇团伙。”

“9·10”案件以后，重案大队跑遍了大小医院和诊所，都没有找到符合条件的伤者。湖州、秦阳警方也在各自辖区医疗机构查找伤者，仍然没有线索。

李建伟道：“朱富贵胖得不正常，和普通肥胖有些区别。我和张小舒讨论过，推测朱富贵使用过激素，导致身体肥胖。”

陈阳道：“如果使用激素，多年前的病历能找到吗？”

张小舒道："只要是在正规医院看病开药，就能够找到。"

陈阳道："就算找到了，也就是吴二哥'朱富贵'治过病。在没有查出朱富贵和吴二哥是同一人的情况下，这个推测还有意义。如今朱富贵已经死亡，他和吴佳勇是结拜兄弟也罢，不是结拜兄弟也罢，对案件没有决定性意义。花费更大警力在这上面，费力不讨好，不值得。我不是说放弃查找吴顺源，反而是要加大力度，顺着这条线，把吴顺源的根根底底全部查出来。谁给吴顺源办的身份证，吴顺源的亲戚朋友是谁，吴顺源的结拜兄弟有哪几个，全部要摸出来。我们希望能够画出老五、老六的模拟人像，交由当年的知情人辨认。我怀疑另一名凶手就是老五或者老六，更接近老五。老五喜欢开车，经过这些年，车技应该不错。面包车、皮卡车，很多案件都有交通工具。"

他对葛向东笑了笑，道："老葛辛苦了，为我们提供了宝贵的模拟人像。"

葛向东在江州市公安局工作的时候，是个油滑老民警，根本入不了陈阳这些领导的眼。如今，他成为省刑总专家，屡次帮助江州警方，获得支队领导发自内心的尊重。这一刻，葛向东内心充满了成就感。

晚上8点钟，会议结束。

侯大利、江克扬和张小舒一起到车库。江克扬进入省命案积案专案二组以后，很少有时间回家，今天稍有空闲，便请假回家，看一看妻儿。

越野车停在东城区一处稍显陈旧的小区，江克扬道："我到家了，你们慢走。"

侯大利还是第一次来到江克扬所住小区，他环顾四周，道："你住这里，有点儿旧啊。"

江克扬道："这是火车站家属房，我当年立了二等功以后才分到这套房子。火车站现在不景气，以前可是热门单位。此一时彼一时，风水轮流转。"

侯大利道："整体环境还是差了，想办法换一个小区。"

“我在这里住习惯了，几乎认识小区里每一家人，有安全感。现在的新楼盘，住户来自四面八方，住了几年都不认识，做不到邻里相助。”江克挥了挥手，转身朝小区走去。即将走到门口的时候，他又停下脚步，来到小区旁边的水果摊，买了一个大西瓜。将进小区时，看到越野车还没有启动，又挥了挥手。

侯大利这才启动汽车，道：“这里环境还是差了些，附近学校也不行，交通不方便。”

张小舒幽幽地道：“你这是何不食肉糜。买房子要花大钱的，老克工资比你和我高一些，但高得有限，家里还有老人小孩，必须得有些活钱。”

由于家庭关系，侯大利从来没有缺过钱，对金钱不太在意。他的所有精力全部集中在案件上，这也正是他能够在众多经验丰富的侦查员中脱颖而出的核心原因之一。听到张小舒所言，他意识到自己的问题，道：“我确实是何不食肉糜，享受爸妈提供的优越条件，在很长一段时间里还对他们很不屑。现在想起来，如果我不是他们的儿子，他们都不会用正眼看我。”

张小舒道：“你是身在福中不知福，我这些年最大的愿望就是能和爸爸妈妈坐在一起吃饭，但这是永远不能实现的梦想。不管我内心如何渴望，渴望到撕心裂肺，这个梦想都不会实现。以前没有找到我妈遗骨时，我还能做梦。人死如灯灭，现在连做梦都没有机会了。”

这几句话凝聚着张小舒最真实的疼痛。因为真实，所以直接戳进了侯大利的心窝子，长期憋在心中的酸楚就要喷涌而出。侯大利为了不在张小舒面前失态，熄火后走下越野车，转过身背对越野车。

张小舒跟着下车，与侯大利并肩而站。侯大利拿出香烟，正要点燃。张小舒拍了拍侯大利的手臂，指了指香烟。两个烟头的光亮在黑暗中闪烁。

抽烟的时候，两人默默地想着各自的心酸事。上了车，张小舒坐在副驾驶位置，打开音响。吉他曲《雨滴》的忧伤旋律如水银般倾泻而出，迅速铺满车内空间。两人依然没有交谈，任由雨滴飘落。

十几分钟以后，越野车停在常来餐厅楼下。张小舒关掉音响，问道：“大利，我作为受害人子女，想要询问我妈妈案子的情况，可以吗？”

侯大利解开安全带，摘下白手套，道：“案子还在推进之中，具体细节不方便透露。希望你能够理解。等到整个案子结束，我再和你谈具体情况。”

张小舒道：“有希望破案吗？”

侯大利没有立刻回答，想了想，道：“有希望。”

张小舒道：“你别骗我。”

侯大利道：“我从来不骗人。”

侯大利关了车门后，习惯性观察周边环境。常来餐厅略带昏暗的灯光射出，照亮侯大利鬓间白发。张小舒走在其身侧，恰好看到他的白发，一时之间，怜爱之心大起，积累已久的情绪瞬间爆发，情不自禁，上前抱住侯大利，轻声道：“不管你是否接受，我爱你，大利。”

侯大利用手拍了拍张小舒的肩膀，想要说点儿什么，话到嘴边，又咽了回去。

常来餐厅旁边新开了一家手机店，店外安装有监控摄像头。监控摄像头如一只蹲在黑夜中的怪兽，冷冷地扫视人间的喜怒哀乐。

张小舒这些天的情绪比较低落，陷入低潮期，比平时更加敏感、忧伤。她抱紧了侯大利，再次说出了内心真实想法，泪滴不由自主地落了下来。

有人从常来餐厅走出，张小舒松开手，微微仰头，看着侯大利。侯大利内心感情复杂，有百般滋味，眉头下意识地皱了皱，额头竖起川字纹。看见侯大利严肃的神情，张小舒感觉特别委屈，情绪变成小雨滴，在内心深处淅淅沥沥落下。

从餐厅走出来的人正是常总。常总打了个哈哈，道：“我听到汽车响，就知道是大利过来了，还等着你过来开席。”

侯大利吃了一惊，道：“姜局和朱支还没有吃饭？”

常总道：“他们先吃了点儿凉面，垫了肚子，然后玩扑克，等你们过来一起吃大餐。今天有空运过来的海鲜，丁总让我送过来的。丁总说如果大利有时间，明天见一面。”

“我一直在等丁总回来。”侯大利也想和丁晨光聊一聊1994年前后发生的事情，只是丁晨光一直在外，没有坐下来细聊的时机。

说话间，侯大利来到二楼包间。张小舒走在后面，望着侯大利挺直的背，忧伤无边无际，在内心不停弥漫。

包间内，全是105专案组的人，有现任的，还有离任的。朱支和老姜局长面对面而坐，王华和葛向东结成另一对，四个人，捉对打双扣。扑克牌砸在桌面上，啪啪响。樊勇站在老姜局长身后，易思华站在朱林身后，为局中人当参谋。屋内欢声笑语，热闹得很。

105专案组是没有编制的临时组织，又长期存在，相对特殊。由于105专案组前期人员发展得很好，所以新同志工作积极性很高。有些遗憾的是周涛仍然深陷强奸案中，没有得到解脱。更大的遗憾是田甜调出专案组后的不幸牺牲。

老姜局长抬头看见了侯大利，又瞧了几眼张小舒，甩下手中的扑克牌，道：“不打了，肚子饿瘪了。”

侯大利情绪完全回到了正轨，道：“抱歉，刚开完会又送老克回家，耽误了时间。让姜局和师父等我，实在不敢当。”

朱林也扔掉扑克牌，道：“105专案组难得聚会，今天给葛向东接风，一个都不能少。我们105专案组出人才，老葛和大利调到省刑总，樊勇都当副大队长了。只可惜……”说到这里，想起英勇牺牲的田甜，他话到嘴边又咽了下去。

所有人都知道“只可惜”是什么意思，尽量不去瞧侯大利。侯大利神情略微黯淡，随即恢复正常，邀请老姜局长和师父落座。

常来餐厅内，105专案组的同志们没有谈案子，天南海北闲聊。侯大利还是坚持不喝酒，以茶代酒和大家碰杯。葛向东没有办专案，回到家乡，见到老同事，开怀畅饮。

如今张小舒的心思在105专案组不是秘密，葛向东有意促成好事，分别向侯大利和张小舒碰酒。葛向东原本是想要营造气氛，提议让张小舒喝点儿红酒，张小舒却主动选择喝白酒，还不停和葛向东碰杯。她越喝越清醒，多日积郁的忧伤随着酒精散开。这顿酒原本就是因葛向东而起，葛向东除了跟张小舒喝酒，还和王华、易思华等人碰杯。等到晚宴结束之时，葛向东走路歪歪扭扭，已经醉了。

张小舒主动喝酒，喝得不比葛向东少，却无一点儿醉意。离开常来餐馆，下楼梯时，张小舒踩到水渍，身体后仰，差点儿滑倒。侯大利手疾眼快，抓住了张小舒的胳膊。

易思华也住在刑警老楼，此刻走得飞快，几乎转眼间就穿过公路，走进刑警新楼。

侯大利怕张小舒摔倒，扶住其肩膀，道："你今天喝了好多，不比葛向东少。今天是请葛向东吃饭，你逞什么能？"

"我愿意喝，不要你管。"张小舒身体软软的，靠在侯大利身上。

侯大利见张小舒走不动路，道："我去开车，进院子。"

越野车启动，车灯扫射之处，刚才喝酒的人都消失了，仿佛突然间被一阵大风吹走。车驶进院子，张小舒靠在副驾驶位置，闭着眼睛一动不动。侯大利"喂"了几声，张小舒还是一言不发。他抬头看，易思华的房间已经关了灯。

一般情况下，人喝醉酒后，身上会有难闻的酒气，令人作呕。张小舒身上却散发出淡淡的酒香味，侯大利觉得奇怪，还用力吸了几下，确实是酒香，而非酒臭。

"能动吗？"

"嗯。"

"钥匙在哪里？"

张小舒没有说话，抬手指了指包。

侯大利在车下转了两圈，终于下定决心，拿起张小舒的小包，取出钥匙放进衣袋，叮嘱道："我背你上去。"

张小舒仍然闭着眼，以极为微小的动作点了点头。

等到侯大利将张小舒背起以后，原本紧闭双眼的张小舒睁开了眼睛。年轻男人的气息透过衣衫散发出来，张小舒脑海中浮现出一首歌的歌词："想念你的外套，想念你白色袜子和你身上的味道……"

她没有见侯大利穿过白色袜子，却时常见到大利开车时戴起白色手套。想起侯大利开车时戴白色手套时的严肃劲儿，她觉得可爱，又有些可笑。她闭上眼睛，享受在侯大利背上的安静时光，心情格外平静，暗自祈祷上楼的时间越慢越好。

自从田甜牺牲以后，侯大利就过起禁欲生活。今天背起张小舒，感受到年轻女人柔软而有热度的身体，内心深处隐约生出一丝异样。

上了四楼，来到张小舒房间门前，侯大利单手从衣袋里摸出钥匙，开门开灯。

张小舒的房间灯光柔和，比起男警察的房间要温馨得多。靠窗有一张普通桌子，摆放着《法医学实验教程》《犯罪现场分析》等业务书。张小舒和侯大利过着与普通年轻人不一样的苦行僧生活，每天围绕案子忙忙碌碌，绝大多数闲暇时间都在读书，钻研业务。

书桌旁的小提琴琴盒干净，一尘不染。在窗台上有一小盆茉莉，白色花朵散发阵阵清香。侯大利将一瓶矿泉水摆放在桌前，正要离开，看见斜躺在床上的张小舒，又走了回来，蹲下身，为其脱下皮鞋，将垂在床边的双腿放回到床上。

为其盖上空调被，调试了空调温度。空调调到二十六摄氏度，空调风朝上，以免直接吹到张小舒。再次查看房间环境后，他在离开房间时轻轻拉上房门。刑警老楼所有房间都安装有防盗锁，拉上房门后，门便自动锁上。唯一缺点就是不能从里面反锁，安全性差一些。

侯大利回到自己房间，翻找到一把大锁。这把大锁是在给五楼安装铁栅栏时留下的，他总觉得某一天可能会用得上，便留了下来。他拿起大锁，到楼下给大门加固。

有了加了锁的大门，安全得到保障，侯大利这才心安，上床睡觉。

见惯了太多凶案，心性坚强的侯大利在不知不觉中受到影响，非常注意安全，特别是夜间安全。张小舒喝多了酒，没有抵抗能力，所以他就在大门外加了锁。早起开锁也不会影响环卫工人进来收垃圾。

加锁的时候，侯大利脑中浮现出夏晓宇父亲房间中的镰刀。当被问及夏方明房间为什么会出现镰刀时，夏晓宇苦笑：“我爸当过兵，参加过边境战斗，一辈子都受影响，习惯在房间放一把镰刀。这是战争后遗症，我也受到影响，床边也放了一把大镰刀。为了这事，林风还嘲笑过我，说我表面看起来大大咧咧，其实胆小如鼠。放镰刀在卧室，这和胆小没有关系，这是为了防卫。现在看来，我爸这把镰刀还是立了功，至少有了还手之力，重创了对手。”

想起夏晓宇说的这番话，侯大利上楼时，又在脑中重现案发现场。

侯大利离开房间时，张小舒睁开眼睛，躺在床上，听到熟悉的脚步声先是上楼，又下楼，再上楼，暗道：“这个傻瓜，也不知在弄什么。”

她回想着自己“醉酒”后受到的悉心照顾，心里异常甜蜜。一直以来，侯大利都是以不苟言笑的面目出现，今天他面对她“醉酒”的特殊场景，表现了往日不曾有的温柔和细心。

甜蜜之后，她忽然又想起自己表白时侯大利紧锁的眉毛，虽然他拍了她的背，却又没有明确表态，委屈如潮水又慢慢涌了上来。

在床上翻过来，又翻过去，张小舒左思右想，无法入睡，料想到侯大利已经睡了，干脆起床，洗漱之后，坐在窗前，打开台灯，拿出笔记本，回想和父亲谈话的细节。这原本是父女俩的对话，她有意采用询问的方法，试图从父亲谈话以及自己的回忆之中，为侯大利提供有用的线索。

妻子失踪日久，张志立还是保持每年外出的习惯。十数年寻妻生涯，让其身心疲惫。得知妻子遇害以后，张志立便搬回江州，从此不再外出。

“能不能不谈你妈的事，我知道的，你全部都知道。”女儿询问母亲遇害前的细节时，张志立摘下眼镜，反复擦拭镜片。

张小舒打开笔记本电脑，道：“我那时候还小，很多事情记不清楚了。如今我是警察，角度不同。”

张志立反问道：“难道资深的警察还不如你？”

张小舒道：“爸，如果这一次不能找到杀害妈妈的凶手，恐怕以后就再也找不到了。我知道爸回忆往事很难受，我也很难受，可是必须面对。”

女儿越来越像妻子，相貌相似度有六成，脾气相似度有八成，内心坚强，有一点儿执拗。张志立望着女儿，伤感又涌上心头。

张小舒道：“爸，我可能会问得很尖锐。”

张志立苦笑道：“问吧。”

张小舒道：“我妈失踪前，有什么异常情绪或者异常行为？”

张志立道：“要说异常情绪，那一段时间我的情绪才异常，机械厂生意不好，勉强维持，我经常莫名其妙发火，经常喝酒。如果没有红源煤矿的维修和加工业务，机械厂早已经倒闭了。红源煤矿的业务全靠你妈，没有你妈，我拿不到业务。我最后悔的就是在那一段时间经常朝你妈发火，毫无理由，莫名其妙发火。”

张小舒道：“你朝我妈发火的原因是什么？”

张志立道：“原因是多方面的。主要原因是开厂失败，还得靠你妈来维持。这是我最后悔的事情，后悔到想要杀了我自己。支撑我活下去的理由就是把你养大，还有就是找到你妈妈。”

母亲失踪的那一段伤心岁月已经刻在张小舒的每个细胞里，成为其永远挥之不去的梦魇。她一直劝父亲坚强，可是听到父亲谈往事，自己的泪水唰唰往下流。

张志立扯了一张纸巾给女儿，道：“别问了，凡是想得到的，我都和警察说了。这就是命，我们没法逆天改命。”

张小舒擦掉眼泪，道：“爸，我们接着来。难道你没有发现一点儿异常？”

张志立还是摇头，道：“我经常回忆你妈失踪前的细节，全是生活中的鸡毛蒜皮，工作中的磕磕绊绊。”

张小舒咬紧牙齿，道：“大利经常说的一句话是雁过留声，肯定有什么被忽略了。记忆会绕道而走，留下许多屏障，你以为忘记了，其实还留在记忆深处。挖这些细节很痛苦，但是为了给妈报仇，必须回忆。爸，失去了这一次机会，以后就再也没可能破案了。”

张志立道：“我觉得你这样是做无用功。”

张小舒道：“按照大利的说法，否定一条信息，那也是进步。我不怕做无用功，就怕信息被我们漏掉。”

“大利”对于张志立来说是一个敏感词，听到这个词，他的脑海中立刻浮现出鬓间白发的年轻人形象，明知故问："你和侯大利关系比较好嘛。"

张小舒努力掩饰自己的表情，道："我们所有人都叫他大利。"

"我听说你和大利走得近，他是不是对你有意思？这个话我早就想说，一直没有找到机会。今天我们父女俩敞开心扉，谈一谈这事。侯大利是侯国龙的儿子，大富大贵则意味大凶大险。我真不希望你和侯国龙的儿子走到一起。这是真心话，我是真不想。"张志立特别强调此事，摘下眼镜，又用眼镜布反复擦拭。

张小舒道："爸，现在不是谈这事的时候。"

张志立道："为什么不能谈此事，这是我的切肤之痛。当年要不是我想赚大钱，在工厂好好工作，我和你妈总有一碗饭吃。我好高骛远，总想赚大钱，这才让我们家遭遇不幸。侯国龙是山南省首富，首富不是这么容易当的，明枪暗箭，防不胜防。所以，侯大利的女朋友出事，未婚妻牺牲。"

张小舒提高了声音，道："田甜牺牲和首富没有任何关系。田甜是牺牲在解救被拐卖妇女儿童第一线。"

"我知道的全说了，你让我再想一想。"张志立见女儿根本听不进自己的话，暗自叹息，不再谈此话题。

张小舒提醒道："我妈在失踪前经常说的事，说过的比较特别的事，还有你记忆深刻的事，凡是你能够想到的事，都可以说。"她这是从侯大利那里学到的方法，平时经常琢磨，今天自然而然用了出来。

"我记忆中最深的事情是你妈说过的煤矿乱象。你妈妈失踪前，多次谈起一件事，红源矿井被银沟煤矿挖穿了。按你妈的话来说，两边都是疯狗，为了抢夺资源，几十人打得头破血流。我劝你妈别到煤矿工作了，她最初答应，后来还是继续在那边工作。"

每次谈到这里，张志立就特别沮丧，如果不是因为机械厂亏损，妻子也就不会坚持到红源煤矿上班，或许，一切事情都变了。可世上没有后悔药，选择之后，一切就交给命运。

张小舒道："两个煤矿为了争资源，这是矿老板的事。我妈是财务，应该没有牵涉其中。”

“我当时就是考虑到你妈是会计，没有危险，才让她继续待在矿上。”张志立说到这里，神情开始犹豫。

张小舒注意到父亲神情中的微小变化，道：“我们父女俩，有什么话都可以说。”

张志立道：“你妈失踪后，我找过秦永国。秦永国不知道你妈到哪里去了，也很着急。他是真着急，我能感受出来。”

张小舒道：“你没有怀疑秦永国？”

张志立道：“没有怀疑他。我能感受到他是真着急。”

张小舒步步紧逼，道：“你为什么能感受出来？”

张志立的脸色慢慢变得难看起来，道：“秦永国这人不地道，但是，他和你妈的死没有关系。”

父亲如此说，张小舒知道肯定有隐情，道：“我妈和秦永国关系怎么样？”

张志立沉默良久，终于下定决心，道：“秦永国对你妈有好感，一直在追求你妈。在你妈失踪前几天，他还曾经找到过我，提出给我50万元，让我和你妈离婚。”

张小舒惊得下巴都差点儿掉下来，在她心目中，妈妈温柔、漂亮、洋气，是典型的城市女性。秦永国尽管有钱，终归是土包子。她花了些时间来消化此事，问道：“你同意没有？”

张志立愤然道：“废话，我能同意吗？”

张小舒迟疑了一会儿，问了一个尖锐问题：“我妈对秦永国是什么态度？”

“还能有什么态度，你妈觉得这事比较可笑。你妈和我说好了，拿到工资后就辞职。”张志立深深地叹了口气，道，“我真不该辞职去做企业，人穷志短，马瘦毛长，为了一点儿小钱，让你妈继续在矿上工作。”

“你确定秦永国不会害我妈吗？凶杀案中有很大比例是情杀。秦永国追求不到我妈，会不会因爱生恨？”张小舒作为受害者的女儿，没有能够协助省命案积案专案二组工作，对整个进展并不知情，只是依据从父亲这里得到的信息进行分析。

“秦永国为人谨慎，胆子不大，这是你妈的观点。从我与秦永国见面的情况来看，我比较确定秦永国不会害你妈。”张志立说到这里，神情黯淡下来，双手狠抓脑袋。

父亲最美好的年华都陷在妻子失踪之事上，没有能够好好生活。很多女孩潜意识中都有恋父情结，与父亲相似的男人对她们往往更具吸引力。潜意识决定行为，张小舒被侯大利深深吸引，与父亲也有关系。她给父亲的茶杯续了点儿开水，道：“爸，能不能说得具体一些？”

张志立用双手猛抓脑袋，停下来后，道：“其实，有一件事情我一直在隐瞒，这件事情事关男人荣誉。你妈肯定不会和我离婚，也不会背叛家庭，但是，你妈和秦永国关系不错，她对秦永国也有好感。秦永国和我年龄差不多，他是农民，我是工人，以前，我的条件比他好得多。后来，秦永国是成功者，有煤矿，还有铅锌矿，成功者有自信，办事能力强，比我这个失败者更有魅力。”

这又是一件让张小舒意想不到的事，在其心目中，父亲和母亲感情深厚，家庭生活和谐，从来没有激烈争吵，更别提打架之类的事情。她万万没有想到，父亲和母亲在感情上也会出现裂痕。

这是压在张志立心中很多年的心事，今天在女儿面前和盘托出，也就不再隐瞒，道：“我去找秦永国的时候，秦永国正为找不到你妈发火。当我找来时，他更是急得暴跳如雷，亲自打电话报警，还让所有认识你妈的员工出去找人。第二天，秦永国带着矿上的人，和银沟煤矿的人打起来了。当时的那个阵仗，很吓人。如果不是公安及时赶了过来，绝对要出大事。”

张小舒道：“我妈是普通会计，和银沟煤矿无冤无仇，银沟煤矿为什么要对我妈下手？”

张志立道：“你妈当时就在红源煤矿做财务，可能陷进了红源煤矿与银沟煤矿的争斗。为此，我反复追问秦永国。秦永国恢复正常情绪以后，再也不肯和我多说以前的事。后来就根本不见我。”

第五章
早有预谋的连环杀人计

秦永国和母亲的关系比自己最初的预判要复杂，这是让父亲伤心的隐秘。对张小舒来说，母亲已经逝去，不管她当时是什么想法也不重要，当前最重要的事情就是抓住凶手。秦永国没有杀人动机，其竞争对手银沟煤矿的人有杀害母亲的重大嫌疑。

这是张小舒反反复复进行分析得出的结论。她准备明天与侯大利认真谈一谈这件事。一夜多梦，梦中出现了穿着汗衫的乡镇企业家秦永国，还有年轻的妈妈、四处奔走的父亲，更多的是侯大利，那个可爱又可恨的家伙。

窗边有了亮光，等到下楼的轻微脚步声响起，张小舒起床，稍加梳洗，来到楼下健身房。侯大利果然在那里，正对着沙袋练习膝顶。

“谢谢你。”张小舒昨天曾经向侯大利明确示爱，今天见面，颇为不好意思，不愿直视侯大利。

侯大利道：“以后少喝点儿。”

真论酒量，三个侯大利捆起来都不如张小舒。张小舒还从来没有在众人面前显示过真正的酒量，现在更不能说破，道：“前几天，我和爸爸详细分析了我妈失踪前是否有异常举动，或者说她有可能遇到了什么事。作为受害人子女，我有必要与专案组谈一谈。”

侯大利原本以为张小舒还要继续昨天的话题，正在思索如何应对，听到她谈案子，心情顿时轻松，道："那就是正式的。"

张小舒道："正式的。我爸妈的隐私都是十几年前的，没有必要隐藏。"

"既然是正式的，那就等到上班。你到五楼来，我们一起谈这事。"侯大利说到这里，脑中突然间浮现出夏晓宇父母遇害时的场景，叮嘱道，"你平时不要乱走，上班下班一定要和同事一起。每天坚持锻炼，我们曾经练过的招数，还要反复练习。"

"为什么要强调这一点？"张小舒用手掌轻轻叩击沙袋。她的手掌微微弯曲，呈条形碗的形状。这是她用来双峰贯耳的手形，练习久了，手形固定下来。

侯大利道："艺多不压身。"

张小舒道："你平时不说废话，肯定有所指。"

侯大利自然不能说出两面人和幕后黑手之事，认真道："凶案现场看得多了，人都会胆小的。夏家人位于乡村，谁都没有料到会有飞来横祸。"

张小舒冰雪聪明，猜得到肯定有不能说的事，不再多问，指了指沙袋，道："你的阴险招数，我练得炉火纯青，只要有人想从背后控制我，绝对会断子绝孙。"

在沙袋下部，有一片明显不同于其他地方的拍打痕迹。这是张小舒长期拍打所致，张小舒每次练习这个招数时，总会把沙袋想成杀害母亲的凶手，愤而出手，绝不留情。招数非常简单，长期练习的目的就是化腐朽为神奇，攻击对手下身脆弱之地，关键时刻不动脑，直接动手。

此招主要用于被人从背后控制。

早上9点，张小舒走上五楼，在小会议室谈了父亲提供的新信息。

对张小舒来说，父亲的隐私是全新信息。但对省命案积案专案二组来说，这些信息来得就有些迟缓。当然，这些线索也是有价值的，说明秦永国没有彻底讲透当年的事，始终有所隐瞒。

张小舒介绍完情况之后，离开省命案积案专案二组办公区。省命案积案专案二组继续开会，侯大利正在分析秦永国为什么要隐瞒部分事实时，办公室的座机响了起来。这个座机是专线，平时很少响起，响起之时，必然有事，要么是省刑总老朴打过来，要么是宫建民打过来。

电话里传来了老朴的声音："湖州市委书记接到举报电话，举报吴佳勇的煤矿暗中使用流浪汉挖煤，还将死在井下的流浪汉就地掩埋。此事性质恶劣，湖州警方调集警力，准备彻查此事。"

侯大利惊了一跳，道："举报者是谁？"

老朴道："匿名举报。讲得很具体，应该是真实的。市委书记秘书平时有录音习惯，我们回头可以听这段录音。"

侯大利又问："举报者知道市委书记电话？"

老朴道："打给市委书记公开使用的工作电话，此电话放在秘书身边。说明此人有一定身份，知道市委书记的工作电话。如果举报属实，这是一个突破口。吴佳勇在湖州开煤矿多年，有盘根错节的关系网，湖州警方在进入煤矿前要执行最严格的保密措施，所有参战警察要上交通信工具，出发前都不知道工作任务。我们分头出发，前往湖州。"

一小时后，侯大利等人来到湖州，与早就等候在此的姜青贤副支队长会合。

这是警察第二次突袭吴佳勇所在的永成煤矿和永发煤矿。第一次全部是警察，第二次除了警察，还有市县两级煤管局、安监局和民政局，以及长贵县、镇两级政府的工作人员。

举报者说得非常详细具体，永发煤矿第三巷道底部有一条废弃矿道，废弃矿道尽头就是埋人之处。流浪汉主要集中在第三巷道工作。

根据这条线索，湖州警方兵分两路，一路来到永发煤矿后，封掉矿井，控制永发煤矿的管理层，并把所有矿工分班组集中，立刻开展调查工作；另一路则来到吴佳勇所在的永成煤矿，控制住吴佳勇以及其管理层，封掉矿井。

"我到底犯了什么事，手机都给我搜走了，你们要有手续，否则违法。"吴佳勇完全没有料到大批警察会突然来到，此时被控制在小会议室，脸色阴沉。

警察出示相关手续以后，吴佳勇沉默下来，来到窗前。两名年轻力壮的警察紧紧跟在身边。

吴佳勇苦笑一声，道："我抽支烟，不会跳楼。"

年轻警察面无表情，道："到里面抽。"

吴佳勇道："我怕熏着你们。"

年轻警察公事公办，道："请配合工作。"

香烟的烟气袅袅上升，散发出独特香味，在房间弥漫。吴佳勇不知道这一次警察过来是为了什么事，咬着烟，表面风轻云淡，内心颇为焦急。以前，每次政府部门或者警察有行动时，他总会提前得到消息，有所准备。这一次警察来得太突然，没有给他反应的时间。

吴佳勇又想起用了激素后胖得离奇的二哥。二哥在湖州警方中有联系很深的朋友，平时这层关系都由二哥维护，如今二哥死了，人在人情在，人死人情死，这两条线基本上废掉了。

"看来三哥也被控制了，否则会打电话过来。警察来者不善，到底为什么？"吴佳勇想不出何处露出破绽。老五躲得远远的，警察肯定找不到。面包车和皮卡车都成为残渣，永远消失在人间。就算二哥身份暴露，也有一条护城河，警察查不下去。

吴佳勇苦苦思索，突然间心中一颤：大雨之夜，永发煤矿被水倒灌，有一个流浪汉趁乱跑掉了。

"万幸听了三哥的话，放掉流浪汉，如果栽在这件事上，那就太不划算了。"想到二哥弄来的流浪汉已经全部被运到其他地方，吴佳勇放下心来。他朝窗外望去，目光越过小山，扑向永发煤矿。

永发煤矿聚集了公安、煤管局等部门的调查人员。临时组成的联合调查组在公安局分管副局长指挥下，按照举报电话提供的地址，乘坐矿车来到第三巷道底部的废矿道。

侦查员挖了二十来分钟，发现尸体。

分管副局长当即下令停止挖掘，由湖州刑警支队法医室接管现场。

暴露出来的尸体呈白骨化，骨骼之间失去了软组织连接，呈散落状。

据举报者说，前后有好几具遇害流浪汉的尸体埋在此处，两名法医显然不足以完成如此巨大的工作量。湖州警方随即调集各区县法医增援。

刑警支队两名法医小心翼翼挖开泥土，如考古工作人员一样，细心地搜集所有掉落在泥土里的骨骼。舌骨、牙齿、骨碎片等小骨骼在法医学检验分析中往往起到关键作用，是两名法医关注的重点。

第一具尸体还没有清理完毕，就发现了第二具白骨化尸体。

中午时分，前来支援的江州刑警支队法医李建伟和张小舒到来时，湖州法医已经清理出四具白骨化尸体。四具白骨化尸体均是成年男性。四人在不同部位均有骨折现象，有两人是颅骨骨折，一人是手臂骨折，一人是小腿骨折。

临时指挥部里，湖州市公安局唐局长脸色铁青，用拳头狠砸桌子，道："举报者提供的信息非常准确。举报者说，永发煤矿使用了二三十个流浪汉挖煤。这些流浪汉大多智力低下，被非法拘禁，平时和其他工人隔离开，只有饭菜，没有工资。发生安全事故以后，死亡流浪汉被埋在井下，不用给补偿。这是非常恶劣的行为，此案已经惊动市委、市政府，肯定要惊动省委、省政府，甚至更高层。永发煤矿管理方丧尽天良，必将受到严惩。"

老朴罕见地没有摇折扇，神情凝重地说道："四名死者没有穿衣服，是被人脱掉衣服埋在此处，埋尸者胆大妄为。现在从骨骼中提取DNA的技术已经成熟，找到流浪汉的DNA不难。但难点在'流浪'两个字，如果死者真是流浪汉，身份依然很难辨认。永发煤矿经营有三十年时间，我们需要判断死者大约是什么时间死的，这非常关键。"

尸体变成骨头需要时间。查到白骨化的时间，也就能确定当时的管理者是谁，有利于形成完整证据链。

如果是曝尸荒野，蝇蛆和一些细菌会腐化皮肤和肌肉组织，大约14天就能变成白骨。如果是埋到土里，根据地区有所差异，南方在1年左右，北方在4～5年。只要存在利于腐败类菌的成长条件，就会加快身体腐烂速度。如果相反的话，那么尸体腐坏的过程就要慢多了，甚至停止腐坏。山南潮湿，腐败类菌生长迅速，埋在土里，不到一年就能白骨化。

唐局长曾经做过刑警，了解刑事技术，道："对于完全白骨化的尸体，能推断出死亡几年就已经很不错了，准确定位很难。"

老朴道："总队法医室杨浩主任马上到湖州，技术上的事情交给他。他提到采用金属阳离子检测法，利用放射性同位素来推断白骨化尸体的死亡时间，准确度比较高。如果举报者所说不差，先后有二三十名流浪汉在矿上，知情者很多，绝对瞒不住。技术工作交给杨主任，调查工作交给我们。"

吴佳勇等人是省命案积案专案二组的重点关注对象，和多起犯罪有关联，不仅仅是流浪汉的事情。老朴没有当众点明此处，用眼角的余光瞅了瞅侯大利，道："大利，你怎么看？"

侯大利从另一个方面思考问题，道："一般的人很难找到市委书记的工作电话，举报者应该是知情者，有一定身份。市委书记秘书的电话录音很宝贵，我想听一听。"

唐局长道："支队的技术人员仔细听过电话录音，说话者有较为明显的江州口音。"

经历过数次"声音模仿"事件，侯大利如今对电话声音格外敏感，追问道："举报者是江州口音？"

"江州人和湖州人说话接近，但细微之处也有不同，肯定是江州人。来电显示是湖州的电话号码。根据这个电话号码，侦查员找到了电话机主。电话机主是湖州市明杨县十里渡镇上的小商店业主，据他回忆，今天早上有个中年人买东西，提出借用手机。这人买了不少东西，所以小商店业主便同意他借用手机。小商店里没有监控，场镇只有场口和加油站有监控，暂时没有找到打电话的人。"

唐局长是从基层逐级走到现在这个位置的，最懂侦查员关注什么，不等眼前年轻的侦查员多问，直接说出知道的情况。

侯大利道："我要听电话录音，看调查小商店业主的询问笔录。"

省命案积案专案二组成功侦办了"湖州三案"，尽管唐局长当时还未调来，可是来到湖州公安局后时常听到侯大利的名字，不敢小看这位格外年轻的侦查员，立刻安排下属将举报者的电话录音复制件以及询问笔录的传真件送到临时指挥部。

电话录音很简单，不到一分钟。

秘书道："您好，我是办公厅小张。"

举报者道："我要向孟书记反映一个极其严重的问题。"

秘书道："请问，您是谁？"

举报者道："别问我是谁，我是人民群众。永发煤矿死了四个人，被埋在永发煤矿第三巷道底部的一条废矿道。永发煤矿关了二十几个流浪汉，流浪汉死了以后，被埋在矿道里。"

秘书提高声音，道："什么，你再说一遍？"

举报者重复一遍以后，道："你们赶紧处理，处理不好，我就给国务院相关部门打电话。"

对话简短，侯大利听了两遍以后，道："举报者了解政府工作机制，最有可能性的就是永发煤矿的管理者。"

他听第三遍录音时，眉头紧皱，越来越紧，纹路如刀刻一般。

老朴道："大利，你发现了什么？"

侯大利道："这个举报者说话有梅山口音，也就是黄大磊老家的口音。梅山口音与江州城区口音很接近，区别是个别词带了入声字，分不清楚h和f。"

梅山是黄大磊和黄大森的老家，老朴敏感地意识到这个发现的重要性，道："叫老克也听一听。听之前，不要讲你的发现，让他独立判断。"

省命案积案专案二组的同志没有前往一线，集中在指挥中心隔壁待命。老克来到临时指挥中心，听了一遍录音。

侯大利道："再听一遍，谈感受。"

众多领导都将目光聚集在老克脸上，他知道录音很关键，可是又不知道侯大利让他听什么，凝神细听后，小心翼翼地道："举报者带有较为明显的江州口音，他要么是江州人，要么在江州长时间生活过。"

侯大利面无表情，道："这点和大家的判断一致。"

江克扬道："大利，具体让我听什么？"

侯大利道："我们不作预设，你听出什么就说什么，跟着感觉走。"

江克扬分析了举报者的职业，与侯大利的判断如出一辙，又道："从声音来看，举报者有四十来岁，有点儿江州南部的口音，就是梅山、南港那一带的口音。"

当江克扬也说出"梅山"两个字以后，老朴哗地关闭折扇，道："把黄大森的照片传过去，让小商店业主辨认。"

湖州市明杨县十里渡镇派出所民警带着黄大森照片传真件找到小商店业主。

尽管传真件并不是太清晰，但小商店业主没有丝毫犹豫，道："他就是借我手机打电话的人，买了很多生活用品，主要是吃的、喝的以及毛巾、牙膏等。买了一大堆，估计能用好久。"

派出所民警道："买这么多东西很难拿走，这人有没有开车？"

小商店业主道："他骑了摩托车，买的东西装在纸盒子里，捆在摩托车后座。"

查实以后，大批警察在短时间内来到十里渡镇。交通要道均设有检查点，一队队警察和当地干部开始上山。根据小商店业主提供的信息，湖州公安局治安支队动员市、县两级力量，搜查宾馆和出租房。

滕鹏飞在小商店门口走来走去，对坐在石坎上的支队长陈阳道："黄大森准确举报了永发煤矿掩埋的尸体，那就意味着我们追捕黄大森的时候，他肯定躲在永发煤矿里面。难怪我们调动这么多人，动用技术手段，上天入地，横向到边，纵向到底，一只蚂蚁都没有放过，还是没有找到黄大森。原来他是一只躲在地下的老鼠。"

滕鹏飞有很长一段时间在负责抓捕黄大森，使出十八般武艺，却连黄大森的影子都没有看见，最终只能悻悻收兵。此战给滕鹏飞留下浓重的阴影。无数个夜晚，他都梦到江州城又响起爆炸声，从梦中惊醒，流一身大汗。

陈阳相对平静一些，道："矿方做这种生小孩没屁眼的缺德事，肯定是藏得越深越好。我们找不到，很正常。黄大森一直想置朱琪于死地，朱琪和杨永福是情人关系，吴佳勇是杨永福的亲舅舅，也就是说，黄大森和吴佳勇应该是敌对的立场。理顺了这层关系，我有一个疑问，吴佳勇为什么要收留黄大森？或者说，黄大森为什么愿意到吴佳勇这边来？"

滕鹏飞道："我大体上想通了，只能等抓住黄大森再证实。黄大森在逃亡过程中，如丧家之犬，生活艰苦。估计因为某种原因，比如在野外生病发烧等，被当作流浪汉关进了永发煤矿。黄大森不是智力偏低的流浪汉，他应该是潜伏在流浪汉群体中，找机会逃出来，然后举报了永发煤矿，算是报复。"

陈阳猛地站起来，道："从逻辑上说得通。"

滕鹏飞望着远处大山，道："我们这样跟在黄大森屁股后面也不行。以摩托车的速度，几个小时能跑很远了，甚至有可能离开湖州。我们满山追，满路卡，满街查，浪费精力和人力，疲于奔命，实际上没有太大效果。省命案积案专案二组很聪明，盯紧杨永福，等着蠢货上钩。"

陈阳拍了拍滕鹏飞的肩膀，道："不管是否有效，必须沿交通线追查，必须搜查大山，必须搜查出租房和宾馆。如果不做这些事，如果黄大森真就躲在对面的大山上，或者躲在出租房和宾馆，现场指挥员就是失职或渎职。如果黄大森在逃跑的路上又作案，我们就等着隔壁找麻烦，到时吃不了兜着走。我们这些常规做法，有可能抓住人，也有可能抓不到，就算抓不住，我们也免责了，最多被骂成笨蛋，隔壁不会找大麻烦。"

滕鹏飞骂了一句粗话，道："这算是什么事啊。我们在一线拼死拼活，稍不注意，就成为犯罪嫌疑人。我得和侯大利沟通一下，他有专案组的身份，更方便开展协调工作。"

接到滕鹏飞电话之时，侯大利坐在特意为省命案积案专案二组准备的监控室，准备同步观看审讯李沪生。

在经历过吴二哥“朱富贵”之事后，湖州警方对永发煤矿和永成煤矿进行了全面调查，深挖细查。

在一般人眼里，永发煤矿和永成煤矿的老板就是吴佳勇，大家习惯称这两个煤矿为吴佳勇煤矿，这两个煤矿的人也习惯称呼吴佳勇为吴老板，包括当地派出所以及煤管局有重要事情都会直接找吴佳勇。比如县煤监局要在两个煤矿安装新的监控设备，找到吴佳勇，事情就能顺利办下去。找其他人，不好使。

十来年，两个煤矿都是如此的运行模式：吴佳勇拍板，李沪生具体管理。

湖州警方调查了两个煤矿之后，很快就发现了其中存在蹊跷之处。与一般的认识有所不同，永发煤矿和永成煤矿其实是完全独立的两个煤矿，各自工商注册，各自缴税。两个煤矿的股东构成基本一致，大股东均是一个名叫段成发的人，段成发在两个矿煤各占股40%。两个煤矿的第三股东皆是吴佳勇，各占股20%。两个矿的第二股东皆是李沪生，各占股30%。除此之外，还有些小股东。

永发煤矿和永成煤矿的董事长是段成发，总经理是李沪生。

这个不为外人所知的段成发作为董事长，在十来年的时间里，定期来到煤矿，出席了应该参加的活动，签了应该签的字。湖州市经侦支队查阅了所有资料，从资料来看，段成发很好地履行了董事长职责。

以上是法律层面的事情。但是，面对警方调查时，除了吴佳勇和李沪生，其他小股东在预审员询问下，最后几乎都采用了近似的叙述：段成发是董事长，但是实际掌权的人就是吴佳勇。段成发定期过来，不下矿，不接触矿上的人，只是开会。开会发言都有提前准备的稿子，不时会念出错别字。每次说话前，都要有意无意地看一眼吴佳勇。

目前，湖州多部门都没有人能够联系到董事长段成发，永发煤矿和永成煤矿也没有人能够联系到段成发。段成发的手机关机，座机无人接听，他在湖州的住房人去楼空。机场、铁路和宾馆都没有段成发身份证使用痕迹。

警方准备首先审问李沪生，暂时避开吴佳勇这个硬骨头。李沪生是三哥，是永发煤矿和永成煤矿实际的管理者。在永发煤矿发现了埋在地下的尸体，作为总经理，他必须承担责任。攻破李沪生，事情就好办了。

秦东江拍了拍卷宗，道："吴佳勇最准确的身份是春天服装厂厂长，这个厂没有大问题。这人真是个硬骨头，还是老滑头，实际操控了两个煤矿，推出了段成发这个傀儡。从现有的正式文件来看，段成发将要承担主要责任。此人失踪，事情麻烦啊。"

侯大利道："作案必须有经费。春天服装厂盈利微薄，刚刚能够维持经营，不能用来作为犯罪经费。吴佳勇这伙人的财力基础是两个煤矿，这一次要釜底抽薪，封停煤矿，断掉吴佳勇这伙人的财力。"

正在讨论之时，李沪生出现在监控画面上。

参加审讯的两名警察没有立刻开口说话，只是专注地整理笔记本。这是常用的心理战，主要是为了增加被审对象的心理压力。

李沪生略显疲惫，靠在控制住手脚的铁椅子上，等待警察开口。

江克扬道："李沪生心理素质挺好，看不出慌乱。我感觉他主要是疲惫，不是慌张。犯了捅破天的大事，难道还妄想逃脱，真是白日做梦。"

吴雪夸道："老克观察得很仔细，李沪生确实身心疲惫。你别看他衣冠楚楚，头发一丝不乱，但脸上的细节出卖了他。他的黑眼圈明显，眼周皮肤比其他皮肤更敏感，黑眼圈就是疲惫的标配。他的皮肤暗沉无光，说明新陈代谢不顺，角质层增厚，更严重的身体毒素没有排净，肌肤暗黄多斑。"

秦东江道："逃避打击必然要死脑细胞，身心疲惫很正常。他们制订了突发情况预案，建有防火墙，把段成发推出来挡事。因为准备充分，疲惫是疲惫，但真不会太慌张。"

"你们太高看吴佳勇团伙了，他们就是一伙土贼，预案做得再好，破绽还是多，禁不起深挖。"其他人发言的时候，樊勇发言并不积极，唯独在秦东江发言以后，立刻变得神清气爽，思维敏捷，口才了得。

秦东江道："你忘记了吴二哥'朱富贵'的事了？吴二哥原本就是

吴佳勇的结拜兄弟，我们揭破其身份时，他摇身一变，成了煤矿供应商。他们可聚可分，让我们抓不住吴佳勇的把柄。这等土贼绝对不能小视。”

樊勇道：“如果他们真有大智慧，那就该好好经营。这几年煤矿生意好，数钱都数到手抽筋，完全没有必要装神弄鬼。抓流浪汉来挖煤，脱了裤子放屁——多余的圈圈，最大的败笔。”

此语一出，江克扬、吴雪都齐竖大拇指。秦东江摇了摇头，也竖大拇指。

经过法定程序后，审讯慢慢进入核心部分。

主审侦查员道：“你知道我们为什么把你带到支队来吗？”

李沪生靠在椅子上，道：“我是真不知道。”

另一个侦查员讽刺道：“你这是鸭子死了嘴壳子硬。”

李沪生表情不变，眼皮都没有抬。

主审侦查员不紧不慢继续发问：“你是永发煤矿和永成煤矿的总经理？”

李沪生道：“是的。”

主审侦查员道：“你在永发煤矿和永成煤矿都有股份？”

李沪生道：“我分别占股30%，是第二大股东。工商局有数据，你们可以调查。”

主审侦查员道：“谁是第一大股东？”

李沪生道：“你们都知道的事，没有必要问我吧。”

主审侦查员道：“你回答。”

李沪生靠在椅子上，道：“段成发董事长，占股40%。两个煤矿的重要决策都由他来做出，我是执行者。”

主审侦查员道：“所有决策都由段成发来做出？你撒谎也不眨眼睛。吴佳勇是什么身份？”

李沪生冷笑一声，道：“你们这么多人到煤矿，抓了这么多人，难道不做准备工作，还非得要我来回答？我再说一遍，段成发是煤矿大老板，你们可以查记录和文件，所有决策都是由他做出的，具有法律效力。”

主审侦查员道：“吴佳勇长期住在永发煤矿，矿上的很多人都称呼他老板，有没有这事？”

李沪生继续冷笑，道：“现在老板这个称呼都已经滥掉了，老板到处走，扔块石头都能砸到几个。”

主审侦查员道：“我们找到了两个煤矿的上下游企业，大家都说吴佳勇是老板，大事小事和他说了才能拍板。有没有这回事？”

李沪生道：“你们这是误解。吴佳勇是股东之一，平时住在煤矿。他的主要工作是负责春天服装厂，两个煤矿上的事情他说了不算。吴佳勇喜欢交朋友，还喜欢喝点儿小酒，所以很多人到了煤矿以后，都要找他喝几杯。吴佳勇不管煤矿的事，但毕竟还是股东，所以对两个煤矿的事情还是关心的。别人跟他谈了事，他转告给我。在我职权内的小事，我就办了。如果我办不了，就给董事长汇报，由他定夺。吴佳勇就是一个热心人、传话人。大家找他的原因是他喜欢交际。”

李沪生这一席话，是试图完全摘除吴佳勇的犯罪嫌疑。

侯大利脸色异常凝重，道：“我们不能低估吴佳勇这群人，他们非常狡猾。稍有不慎，吴佳勇有可能全身而退。从李沪生的态度来看，吴佳勇确实是整个团伙的核心，李沪生宁愿自己进监狱，也要保住吴佳勇。”

侯大利面对的大案要案越多，就变得越谨慎，没有把握的话很少轻易说出口。当他说出这个结论以后，省命案积案专案二组的所有人神情都严肃起来。

主审侦查员道：“你讲一讲第三巷道的事。”

李沪生道：“第三巷道以前本来是一个独立的小矿，但和永发煤矿资源有很多重合，巷道有几个地方是打通的，人员可以互相来往。为了资源，当年闹了不少纠纷，这是常事，怪就怪在当年市国土局那帮人脑袋被驴踢了，做了好多糊涂事情，很多矛盾都因此而生。我们这边好一些，矛盾不是太突出。永发煤矿收购了这个小矿，小矿就变成了第三巷道。”

主审侦查员道："你平时怎么管理第三巷道的？"

李沪生道："在很多年前，具体哪一年，我记不清楚了，当时行情不景气，为了减轻负担，董事长段成发提议将第三巷道承包出去。会议通过后，在段成发的提议下，第三巷道就由李红承包。第三巷道有自己的办公区，从独立井口进出，除了市县统一布置的工作，都是由他们自己负责。我这个人胆小怕事，考虑到李红是由董事长提名的，惹不起，所以基本不管他的事。"

李沪生所讲的话，从法律层面上来说都是事实存在的。明眼人都清楚，段成发和李红都是被推到台前的替死鬼，是傀儡。有了这些傀儡，事情就复杂了。在找到傀儡前，可以追究李沪生的责任，却很难追究吴佳勇的责任。

"承包合同在哪里？"主审侦查员在审讯前翻看了拿到手的资料，原本以为拿下李沪生不成问题，谁知，李沪生抛出了一个第三巷道承包的说法。

李沪生道："董事会的记录上有这件事情，也明说这是由董事长亲自抓的项目，除了每年上缴款项，承包方各方面都是独立的。但是具体的合同，以及他们的管理方式，都是董事长亲自把握，我一点儿都没有参加，完全不清楚。"

主审侦查员道："在煤管局和安监局的所有材料中，都没有出现第三巷道承包方，所有手续都出自煤矿。你是总经理，难道不知道？"

"在煤矿里，董事长亲自安排了他的助手张勇，专门对接第三巷道承包方。我是真的不管承包方，一点儿都不知道情况。段成发这人不是个好家伙，在矿里横行霸道，一手遮天，不管出了什么事情，他要负全部责任。"

说到最后，李沪生很激动，大吼起来。

审讯李沪生比预想中要难，李沪生把所有事情推给了段成发，只承认自己是被动执行者，特别强调对第三巷道的经营情况一无所知。

第一次审讯之后，支队根据线索查找到了相关文件。

如果简单且机械地从法律角度来看问题，李沪生所言有其道理，因为两个煤矿的所有重要决定都与段成发有关，有合同，有会议纪要，有白纸黑字的签字。在其中一份会议纪要中，还明确了第三巷道承包方直接由段成发以及其助手张勇负责。

从这些文件来看，第三巷道的经营者确实相当独立，接受了以前小煤矿的地盘和经营场所，表面上属于永发煤矿，实则高度独立。这些文件仿佛在表明：如果第三巷道出事，段成发以及第三巷道承包方是坑道埋尸重大案件的主要责任人，与李沪生和其他人无关。

与李沪生相比，吴佳勇更是狡猾如油罐里的黄鳝，滑不溜秋，一问三不知，拒不承认参加过具体经营，将所有事情推得一干二净。湖州警方查遍了所有资料，吴佳勇确实没有在两个煤矿的文件上签过字。

侯大利从监控室走出来时，天已经完全黑了。他接到老朴的电话后，来到临时指挥部，与江州宫建民副局长和省刑总老朴会面。三人略作寒暄，湖州市公安局唐局长匆匆而至。

唐局长与诸人握手后，道："我向常委会做了专题汇报。永发煤矿出现这种烂事，书记震怒，拍了桌子，要求必须尽快破案，给全市人民一个交代。常委会做出决定，在调查期间，封闭永发煤矿和永成煤矿，冻结两个煤矿的所有资产，冻结段成发、李沪生等人的个人财产。"

宫建民见湖州警方没有处理吴佳勇，皱眉道："没有涉及吴佳勇？"

唐局长和宫建民是山南老警校的同一级毕业生，只是不同专业，平时见面挺亲密。此时有省刑总的人在此，唐局长出言谨慎，道："第三巷道找出四具白骨，到底是什么时间死的，这个非常重要。死亡时间检测还没有出来，存在变数。"

相较之下，宫建民在省刑总老朴面前就要随便一些，道："必须想办法处理吴佳勇，消除隐患。"

唐局长抽了支烟给宫建民，道："宫局，抽支烟，听我讲。"

宫建民点燃香烟，用力吸了一口。

唐局长道："李沪生和吴佳勇有所不同，李沪生是总经理，吴佳勇就是股东。从法律层面上来看，吴佳勇仅在出资份额内对公司承担责任。据我们得到的可靠消息，永发煤矿和永成煤矿聘有法律顾问，是山南政法大学一位姓李的资深教授，搞刑侦的多半都知道此人。为了此事，有律师团队已经前往湖州。律师团队有省里的，还有京城的，水准一流。现在社会很复杂，我们必须依法办事，否则，事情闹大以后，湖州警方会相当被动。吴佳勇相当自律，甚至说有点儿自闭，很少外出活动。以现在能够找到的证据，只能暂时控制吴佳勇。到了法院这个环节，拿不出过硬证据，最终还得放他出来。”

“哼，这个李教授，屁股坐得很歪。”宫建民不想多谈此事，问道，“春天服装厂的效益如何？”

唐局长道：“微利，只不过解决了一些就业问题。”

宫建民道：“吴佳勇是真正的大老板，这是从煤矿员工、供应商到相关管理部门都有共识的事情。虽然四人的死亡时间还没有检测出来，但我推断他们的死亡时间不会太久远，否则举报者不会知道。”

唐局长道：“目前消防已经检查了春天服装厂，服装厂存在消防隐患，责令其停业整改。李沪生肯定要进去，死了人，总得有人负责。煤矿被封，相关财产被冻结，春天服装厂停业整改，这就是剪掉了吴佳勇的羽翼。”

宫建民对这个结果不满意，拿起一支放在桌上的香烟，用力吸，让自己冷静下来。

在临时指挥部，除了宫建民和唐局长，还有省刑总的老朴和年轻的专案组组长，唐局长扇了扇烟雾，道：“朴主任，您指示。”

老朴道：“我不当主任好多年了，别叫我主任，要被外人笑话。我们俩是老交道，不必太客气，叫我一声老朴就行了。大利，你是什么看法？”

在唐局长和宫建民等人交谈之时，侯大利闭口不言，陷入苦思。当老朴点到自己的名字，他的目光才从笔记本上收回，道：“吴佳勇的结拜兄弟至少有六人。吴二哥‘朱富贵’死了，李沪生是三哥，吴佳勇是老四，老大和其他两人到哪里去了？从吴二哥‘朱富贵’的身份推断，其他三人应该不在两个煤矿。冻结财产，可以限制吴佳勇的行动能力，但是在没有找出其他几人的情况下，这个团伙还有犯罪能力。”

侯大利、江克扬和吴雪一起前往殡仪馆。湖州殡仪馆内设的法医中心里，张剑波、李建伟、张小舒和湖州法医们围坐在一起说闲话，有一句没一句地讨论案情。大家都在抽烟，包括张小舒。

张小舒看见侯大利进屋，就将抽烟的手放在桌下，然后趁着侯大利没有注意，将香烟摁灭在纸杯子里。她知道自己这样做是掩耳盗铃，可是见到侯大利时，还是下意识地灭掉香烟。看着拉琴的修长手指变得微黄，她的心情变得复杂。她常常下定决心不再抽烟，但每次从解剖室出来，坐在办公室，不由自主又想去抽一支。烟草燃烧后的烟雾进入身体，解不了身体的累，却能舒缓紧张情绪。

“杨主任离开了？”侯大利与在场诸人打过招呼，目光与张小舒在空中稍有触碰，便各自分开。

张剑波道：“我们这边做不了金属阳离子检测法，杨主任带了几块尸骨回阳州，应该很快能有结论。”

侯大利道：“四个人是什么情况？”

张剑波道：“四个人的情况各不相同，每个人都出现骨折现象。有两人颅骨受损伤，从伤痕来看，符合煤矿冒顶事故后的损伤情况。我们有一个特别重要的发现，其中一名死者手臂骨折，颅骨没有受损，舌骨、甲状软骨出现骨折。舌骨、甲状软骨骨折不是石头煤块的砸伤，是扼压或勒、缢颈部导致的。手臂骨折不会致人死亡，机械性窒息应该是死亡原因。从这一点可以推断出，这里面至少有一起命案。掩埋尸体不仅仅是遮盖事故这么简单，性质非常恶劣。”

最初判断，在永发煤矿第三巷道出现的尸骨，有可能是矿方为了掩盖事故而埋尸。如今出现了舌骨、甲状软骨骨折，性质又发生了变化。

张剑波道：“几具尸骨混在一起，有先后顺序，舌骨、甲状软骨骨折的那人在最上层，有两具在中间，最下面一具年龄最大。小骨头混在一起，花了些时间才各归原位。大利，去看看吧。”

侯大利走在最前面，张剑波陪在左右，后面则跟着李建伟和张小舒等人，几人前后脚进了解剖室。湖州有两个法医是从县里抽调过来帮忙的，听说过侯大利大名，但是没有直接接触过。这时，他们见平时挺有派的张剑波很自然地成为年轻人的“跟班”，在进入解剖室前，便不约而同停下脚步，小声议论。

老法医道：“侯组长也就二十来岁吧。剑波主任对他很恭敬啊。”

年轻法医道：“那当然啊，侯组长是省刑总的人，是上级部门。”

老法医摇头，道：“不是这个原因，剑波主任很踿的，就算是上级领导，也没有这么恭敬。盛名之下无虚士，这个年轻人肯定有本事。”

两张解剖台和桌子上摆放着拼凑在一起的尸骨。尸骨被按照关节顺序摆放，恢复出人体的大体形状，空洞的眼眶直直望着天花板。

张剑波指着手臂、舌骨、甲状软骨骨折的部位。

侯大利问道：“这几具尸骨分别大约多少岁？”

张剑波道：“根据耻骨联合判断，舌骨和甲状软骨骨折的这人不到二十岁，其他的都在三十岁左右。我们正在准备制作骨磨片，观察每具尸体分别是生前损伤还是死后损伤。”

骨磨片，顾名思义是将出现骨损伤的部位制作成磨片，用显微镜观察是生前损伤还是死后损伤。生前损伤的特点是损伤部位周围的血液会浸透到骨质之中，用显微镜观察就会发现有血红素存在；而如果是死后的骨损伤，比如动物啃食等，损伤部位周围的骨质中就不会观察到血红素。一些无法通过肉眼辨别是动物还是人类的骨块，也可以制作骨磨片来确认。

诸人看罢尸骨，回到办公室。

张小舒径直来到侯大利面前，道：“我想和你谈一件事情，这里不太方便，到解剖室去。”

解剖室黑黢黢的，解剖台上隐隐约约有光点闪烁，凝神细看，光点又消失不见。灯光打开后，四具尸骨赫然呈现在面前。那一具特别年轻的尸骨微微张着嘴，似乎在述说冤情。

侯大利主动递了一支烟给张小舒。

张小舒迟疑一下，接过香烟，道："我现在还记得我妈在餐桌前和我爸议论女孩子抽烟的事情，他们都看不惯女孩子抽烟。没有想到，我也有抽烟的一天。第一次抽烟是在缝合完毕以后，突然间很想抽一支。"

侯大利为张小舒点燃香烟，道："搞刑侦，压力太大了，抽烟是为了纾解情绪。你不必太介意，也别抽得太多。"

张小舒缓缓地抽了一口，道："田甜抽烟吗？"

做爱以后，田甜偶尔会拿过侯大利的香烟抽一口。侯大利想起当日的旖旎情景，有些失神，没有回答这个问题。

见侯大利沉默不语，张小舒没来由地又有些酸楚，道："我今天听到一件事情，不知你们知不知道，作为受害者的家属，我要向你反映。"

侯大利大体猜到张小舒要说什么，道："你说吧。"

张小舒道："吴佳勇是杨国雄的小舅子，今天在摆尸骨的时候，我无意中听到湖州的同事在议论，吴佳勇在搞永发煤矿时，曾经在银沟煤矿做过事。我算了一下时间，当时我妈就在红源煤矿。永发煤矿出了事，省公安厅朴老师赶了过来，宫局长和你们也赶了过来。吴佳勇肯定和江州的事情有关，而且关系非常深。如果我这一点都猜不到，那就不配在法医室工作。银沟煤矿和红源煤矿为了争夺资源，打得厉害，我妈那时恰好在银沟煤矿，我怀疑我妈的死和银沟煤矿有关，也就是与吴佳勇有关。"

侯大利默默地看着张小舒。

忽然间，一滴眼泪从张小舒脸颊滚落。她哽咽道："我知道工作纪律，不应该问你不该问的事情，可是，我很想知道我妈案件的进展。这是当子女的权利。"

侯大利没有想到张小舒会落泪，摸了摸衣袋，没有找到纸巾，便伸出手指，轻轻擦掉挂在张小舒脸上的泪珠，道："你说的情况很重要，我知道了。"

张小舒道："既然重要，不需要做笔录吗？"

侯大利道："不需要。"

张小舒望着近在咫尺又远在天边的男人，道："真不需要？"

侯大利道："真不需要。"

张小舒低声道："那我就放心了，谢谢。"

当初发现四具尸骨时，湖州警方抽调了区县法医进行增援，李建伟和张小舒也跟着宫建民等领导来到江州。如今大局已定，他们便准备餐后返程。张剑波带诸位战友到附近一家美味的苍蝇馆子吃饭。苍蝇馆子并非指有很多苍蝇，而是路边店的代称，侦查员们吃苍蝇馆子的时间非常多，一方面是便宜又美味，另一方面是方便快捷，节约时间。一行人刚刚在餐馆坐下，侯大利接到了秦阳技侦陈军海的信息："'杨小'动了，一分钟前。内容隐晦。"

在调查杨永福时，省命案积案专案二组无意中获得了肖霄的QQ小号，其QQ小号又与另一个江州QQ号有联系。这个在江州的QQ号码申请得很早，当时不必使用手机注册，所以无法确定使用人。通过QQ上的内容，省命案积案专案二组判断这个小号是由杨永福使用。

为了防备两面人透露情况，这个发现被严格保密，除了省命案积案专案二组，就只有秦阳技侦的陈军海大队长等人知道。陈军海大队长的一项重要任务就是监视杨永福的小号，"杨小"就是双方约定的"杨永福小号"的代称。这一段时间，杨永福小号一直处于灰色状态，直到一分钟前又重新动了起来。

侯大利和陈军海没有在电话上细谈此事，按照约定传递了信息。

信息传递有很多种方式，有原始的，有现代的，有公开的，也有隐蔽的。侯大利和陈军海能用最简单的方式传递信息，是因为双方有约定。杨永福和舅舅吴佳勇传递信息的方式更加隐蔽。这个方式由吴佳勇提出并坚持使用，杨永福最初不以为然，觉得是脱了裤子放屁，到了现在，才发现舅舅确实有先见之明。

"舅舅真是个天才，想得真远，这就是深谋远虑。"杨永福乘坐电梯下楼之时，想起舅舅在多年前的安排，发自内心地赞叹了一句。

送朱琪回家，又在一起吃过晚饭，杨永福便按照习惯到金色酒吧。

临出门时，朱琪懒洋洋地靠在沙发上，吩咐杨永福早些回来。忙了一整天，和无数臭男人钩心斗角，朱琪回家就不想出去，更别提到吵闹的地方。躺在沙发上追剧，抱着自己的男人睡觉，这是一天最美的时刻。

杨永福比了一个OK的手势，乘坐自家的电梯下到底楼车库。车库完全独立，从别墅到底楼，没有外人能够进入。车库停有四辆车，能从两个门进出，这就确保了出行的隐秘性。

从电梯到底楼的时候，杨永福用手指触碰匕首，确定车库无人，这才走进底楼。

小车是另一个隐秘的空间，是一个不需要伪装的空间。杨永福坐上小车后，习惯性的微笑彻底消失，面无表情地坐在车上，没有抽烟，没有开音响，枯坐了十来分钟。

来到金色酒吧，杨永福又变成快乐阳光、精力旺盛的男人。走到办公室时，他还顺手拍了肖霄和桐桐的屁股，惹来一阵笑骂。

肖霄原本想到江州读音乐学院，结果很晦气，两个大学生神经病一般的行为将自己进入音乐学院的梦想毁掉了。一时之间，肖霄不想再去考什么音乐学院，别无去处，又混在金色酒吧。她在台上唱了两首歌，休息之时，推开杨永福办公室房门。办公桌上还有一杯冒着热气的茶水，手机也在平时放手机的抽屉里，却不见杨永福身影。肖霄找了一圈，没有找到杨永福，也就作罢，继续上台唱歌。

杨永福把手机留在了办公室，通过酒吧后门，在黑暗中悄悄离开了金色酒吧。在后门处停有一辆摩托车，车上还有头盔。他骑上摩托车，消失在夜色中。

十几分钟以后，摩托车来到城郊小院子。小院子位于江州河边，在院内，能听到隐约的流水声音。他进屋后没有开灯，轻车熟路地走到里屋，再通过秘道进入地下室。

地下室灯光明亮，犹如另一个世界。

一个没有穿衣服的年轻女人被绑在椅子上。

椅子是实木制成的，极为沉重，年轻女人的手脚被牢牢绑在椅子上，无法挣脱。白天的经历如噩梦一般，让她胆战心惊。脚步声响起后，她吓得浑身发抖。等到看清来人，年轻女人又惊又喜，喊道：“吴总，救我！”刚刚喊出声，她就意识到不对劲，吴新生为什么会出现在这里？

杨永福围着年轻女人走了一圈，啧啧数声，道：“太粗鲁了，怎么能这样，不让你穿衣服。外面温度高，不穿衣服还行，地下室温度低一些，感冒了怎么办？”

年轻女人低头看了看自己的身体，想起白天的遭遇，顾不得在吴新生面前未穿衣服的羞耻，道：“吴总，吴总，求你，救我。”

杨永福温柔地摸了摸年轻女人的头发，道：“周小丽，救你，可以啊，不过有些事情，你得说清楚。”

周小丽颤抖地问道：“什么事？只要我知道，我都说。”

杨永福拉了一条板凳，坐在周小丽对面，并不急于提问，道：“身材还真不错，该凹的地方凹，该凸的地方凸。你平时穿衣服不对嘛，遮住了好身材。你要向朱琪学习，她就会打扮，凹凸有致，走到哪里，都吸引男人的目光。你要记住，男人不管多大年纪，都是贱骨头，喜欢看女人凹进去和凸出来的部位。朱琪就懂这一点，经常到定制店量体裁衣，所以成了女人中的女人。你是她的助理，朱琪这个傻女人挺信任你，到哪里去，都会跟你说一声。”

“定制店”是周小丽的心病，当杨永福提起朱琪和定制店以后，周小丽便明白自己为什么会被带到了这里，身体如触电一样，抖动得厉害。

杨永福用带刺带钩的眼光反复扫视周小丽的身体，拿出相机，从不同的角度照相，还出言调戏。

周小丽的汗水顺着皮肤下滑，落在地上，砸出一小片湿地。她内心恐惧更盛，顾不得羞耻，听从指挥，配合杨永福相机镜头。

杨永福有一种猫戏老鼠的快感，那种掌控别人命运和生死的快感是世界上最致命的毒药，尝过一次便忘记不了。此刻，他面对陷入恐惧和极度绝望的周小丽，感到飘飘欲仙。放下相机以后，他坐在周小丽身前，问道：“你和黄大森是什么关系？”

“我认识黄大森，纯粹是因为工作关系。”

“还要说谎，应该受惩罚。”杨永福在屋子里转了一圈，又道，“说谎是坏习惯，我会给你一点儿印象深刻的记忆。听说你最怕蛇，现在是夏季，江州菜花蛇很活跃的。”

望着杨永福转身离开的背影，周小丽吓得失魂落魄，大声尖叫。尖叫声被困在地下室，左冲右突，寻找逃出去的机会，但地下室有厚铁门，牢牢锁死了声音逃逸的机会。几分钟后，杨永福提着一个袋子回到地下室，笑嘻嘻地提出一条菜花蛇，然后亲吻蛇头，道：“多么美丽的生灵，高雅，优美。”

周小丽从小特别怕蛇，蛇成了其心理疾病。当冷冰冰的菜花蛇接触到身体时，她吓得直接尿失禁了。

“你别怕啊，蛇是最美丽的生灵，有这么可怕吗？如果老实回答我的话，我就把蛇拿走。”

“我说，我说，你问什么，我都说！”

“你和黄大森是什么关系？”

“没有什么关系。”

“再说一遍，这个答案我不满意。”

“我是靠着黄家关系才进的公司。”

“平时如何与黄大森联系的？别说假话。黄大森放了颗炸弹在定制店，只有你知道我和朱琪在什么时间要到定制店。我早就知道是你和黄大森联系，别自作聪明。如果再说一句假话，我就把蛇塞进你下面。”

在爆炸案以后，重案大队挨个找矿业公司的员工谈话，试图找出透露朱琪行踪的人。杨永福猜到内鬼是谁，只是另有所谋，没有配合警方，保护了周小丽。

朱琪曾经怀疑过总裁办的人，杨永福就以警方的调查结果为总裁办的人辩护。

如今警察把注意力集中到了舅舅吴佳勇那边，杨永福便准备实施自己的计划，干掉给自己造成重大威胁的黄大森。尽管他并不喜欢这种赤裸裸的暴力方式，更喜欢用智慧吊打对方。但是，黄大森如老鼠一样躲在暗处，导致所有的智慧都没有用武之地。

“我、我、我……啊，啊，别，我说！这都是黄大森逼的，他威胁我，如果不配合他，就要让我们家失去所有生意。黄大森虽然跑了，可黄家人还在公司掌权，我没有办法。”

“我和朱琪要去定制店，是不是你说的？”

“我是没有办法。吴总，有一件事，我是立了功的。黄大森让我带一个新手机进来。我猜到他要做定时炸弹，故意没有给他带。如果真的带了手机，他就可以遥控。我没有骗人，黄大森东躲西藏，不方便外出买东西。”

听到这里，杨永福暗吸一口凉气。在第一次爆炸案中，黄大森使用了能随时控制时间的定时器。在第二次爆炸案中，提前设定了固定时间，只有到了固定时间才能起爆，手法明显不如第一次高明。

“不给黄大森带手机，算你立了一个小功。现在给你一个新机会，找到黄大森，向他透露我们的消息。”

“我再也不敢了。”

“让你做你就做，否则，后果更严重。”杨永福摇了摇抓在手里的蛇，道，“你能不能和黄大森联系上？”

在菜花蛇威胁以及人身被完全控制的情况下，周小丽的求生欲望超过了其他所有事，道：“以前都是他来找我。”

杨永福将菜花蛇的蛇头在周小丽眼前晃来晃去，道：“你在骗鬼吗？如果不能联系到黄大森，他怎么知道我们要去定制店？”

周小丽闭着眼尖叫“把蛇拿开、把蛇拿开”，哭诉道：“我会在QQ空间留言，只要写上今天心情不错，便表示这条消息很重要，与朱琪有关。那天，我把朱总要去定制店的消息发在QQ后，黄大森便来找我。”

杨永福阴森森地说道：“事发后一个月，你在银行卡上存了一笔钱。”

周小丽道：“那是家里给的。”

卸去伪装后，杨永福情绪多变，喜怒无常。突然间，他失去猫戏老鼠的兴趣，一脚将周小丽踹倒在地，道：“在QQ上留言，按照我给出的地方和时间。如果黄大森打电话过来询问，那就按照我说的办。这一次事情办得好，我放你走，还给你十万块钱。男子汉大丈夫，说话算数。”

周小丽是砧板上的肉，失去反抗能力，只能按照杨永福的要求来办。

杨永福利用周小丽设计的是一个必杀之局。

朱琪从小生活在外公外婆家里，与外婆感情很深。这些年，她定期回老家给外婆扫墓。在定制店再次遭遇炸弹后，朱琪轻易不敢外出。这一次是外婆去世十周年，朱琪对是否回家扫墓还在犹豫不决。

杨永福有把握说服朱琪去扫墓。他准备借朱琪给外婆扫墓之际，将黄大森诱骗到朱琪外婆坟地。

杨永福精心策划，反复琢磨，把行动计划、免罪方案和替罪羔羊都完全想好了。

行动计划：朱琪外婆的坟地在巴岳山脚边，前面不远就是江州河，沿河有一条水泥公路，能到达巴岳山。此地相对偏僻，正是下手的好地方。到时他让朱琪独自上坟，自己就到附近守株待兔。黄大森使用火药枪，威力小，射程近。火药枪与美国二战时期的左轮相比，差距是天上地下。这也是他之所以敢用朱琪诱杀黄大森的底气所在。

替罪羔羊：必然会“失踪”的周小丽。

这个计划看起来简单，实则天时、地利、人和缺一不可。

杨永福再次在头脑中推敲整个计划，觉得万无一失，这才将倒在地上的周小丽拉了起来。周小丽被绑在椅子上，失去行动自由，只能以一种特别别扭的姿势仰视杨永福。

杨永福满脸杀气又消失殆尽，变回办公室里和蔼可亲的模样，道：“黄大森还有没有炸药？”

“我真的不知道。他不方便出门，所以让我带回手机。有没有炸药，我真不知道。”

周小丽内心深处渐渐变得绝望，猜到杨永福有可能不会让自己回去，可是只要有一线希望，便要争取。她为了生存，将羞耻抛在脑后，可怜巴巴道：“吴总，能不能把我的手解开。你不解开我的手，我怎么上QQ。”

杨永福抬手给了周小丽一个狠狠的耳光，道："我是杨永福，别叫我吴总。"

鼻血顺着白皙皮肤往下流，滴到胸前，留下了一串红色痕迹。周小丽整个脸都被打得变形，仍然继续求饶，还咬牙切齿地编故事，道："杨总，我恨死黄大森了。他为了控制我，还给我下了药，强奸我，还拍裸照。这是我怕他的原因。我帮杨总，整死这个烂人。"

杨永福冷冷道："说QQ号码，不要试图耍任何花招，否则，你会生不如死。"

打开了周小丽的QQ空间，杨永福浏览了以前的信息，眼中又涌现杀气，道："你刚才说'今天心情不错'是联系暗语，怎么我没有找到？"

周小丽怯生生道："我后来删除了。"

杨永福粗鲁地骂了一句脏话，开始在QQ空间上输入："今天心情不错，长青县梅山镇大岭村朱家老屋后山非常漂亮，明天，上午11点，大岭村村小前行5公里，到朱家老屋后山，有一场与山水的美丽约会。"

输入结束后，杨永福得意扬扬地笑道："这就是你的口气吧，我觉得学得挺像。"

周小丽如小鸡啄米一样点头，讨好道："真像，完全一模一样。"

杨永福的笑容又在瞬间消失，道："黄大森会在什么时间看到这一段话？如果看不到怎么办？"

"我也不知道，黄大森不准我主动联系他。他看到我的空间后，会主动联系我。"周小丽见到杨永福突然间又没有了笑容，冷得像块冰，不知道应该如何讨好对方，脑子被吓成一团糨糊。

信息发出后，如光之蛇，迅速在互联网通道上游走，向全世界的QQ用户敞开了怀抱，等待光临。

秦阳市，黄大森正在工厂里维修一台电机，没有意识到一条"致命信息"已经出现在互联网上。

在湖州用电话举报永发煤矿之后，黄大森压根儿没有想到市委书记秘书会有录音的习惯，更没有想到侯大利等人能听出"梅山口音"，从而追查到自己的行踪。他凭借这些日子东躲西藏的本能，强忍旁观永发煤矿倒霉的欲望，骑摩托车远离湖州。

逃亡中，黄大森失去了黄家诸人的支持，坐吃山空，生活日渐困顿。他躲在秦阳城郊的一家乡镇企业，做了老本行，谋了一份维修工作。

辛苦一天，累死累活，也只能拿到微薄的工资，与以前的收入相比有王母娘娘的银河那么远。黄大森跟着堂兄黄大磊吃香喝辣很多年，产生了这一切都是凭本事的错觉。堂兄被炸成肉块以后，他的厄运随之而来，以前管理企业的经验没有用武之地，反而是修电机的技术成为其谋生手段。

吃过晚饭，黄大森戴上那副老式深色眼镜，在场镇转一圈，来到附近网吧。网吧是年轻人的天下，年轻人聚集于此组队打游戏，嬉笑怒骂，乱成一片。由于附近有工厂，所以也不乏中年工人们过来上网。有些中年人喜欢在角落里偷偷摸摸看些小黄片，网管心知肚明，也不阻止。

眼前这个中年人满脸皱纹，皮肤黝黑，肯定很久没有回家，娱乐只能靠手。网管贴心地道："那边墙角，没人。"

黄大森按照网管的指点来到阴暗角落，打开电脑便发现有小黄片。虽然他本意不是看小黄片，但还是忍不住点开。

黄大森很快就关掉了小黄片，搜索了一会儿与湖州有关的新闻，遗憾的是没有找到与永发煤矿有关的新闻，未免有些无趣。他又用另一个人的QQ号打开了周小丽的QQ空间。由于周小丽的QQ空间长期都没有变化，这让他失去了心理预期。谁知今天刚刚打开空间，居然发现了"今天心情不错"这一句开头语，然后又有具体的地点以及时间。

第六章
后山上的殊死搏斗

黄大森逃亡日久，得不到黄家兄弟们支持，报复心日淡。突然之间，天上落下馅饼，报复朱琪的机会好得令人怀疑。是得过且过，还是报复仇人，两个念头在内心激战，他在这一瞬间变得焦躁不安。

从网吧出来以后，黄大森顺路切了点儿卤肉，买了二两装小瓶白酒。

坐在工房喝酒，工友组长推门而入，半调侃半认真地告诫道："你龟儿子吃香的，喝辣的，大吃大喝，一年到头剩不了几个钱，怎么向老婆娃儿交代。"

黄大森正在亡命天涯，今朝有酒今朝醉，根本没有想到给老婆娃儿交代。如果放在以前，这个猥琐的工友组长根本进入不了自己的视线。今非昔比，落魄江湖，被工友组长管理，不再是黄总。他举了举杯，应付道："老左，过来喝一口。"

老左没有落座，道："少喝点儿，明天事情多。"

吃完卤肉，又喝了白酒，黄大森低头打量自己人不人鬼不鬼的模样，想起不知何年何月才能相见的老婆娃儿和情人娃儿，禁不住涕泪横流。如果不是被朱琪和杨永福陷害，他如今还是长盛矿业集团副总，过着人上人的生活。他的生活被一包毒品推离了轨道，从此成为丧家之犬。

朱琪头大无脑，能想出这种恶毒招数的人，只能是杨国雄的儿子杨永福。但是，没有朱琪这个傻婆娘，杨永福也靠不拢自己的边。想起被当成智障带到矿井，想起逃亡的日日夜夜，黄大森最终下定了决心：随着时间流逝，机会将越来越少，现在不管有多么危险，如今有了除掉朱琪的机会，那就一定要拼一把。

他喝完最后一口酒，用老年手机拨打周小丽的电话。这部老年手机是工友的，不值钱，能隐藏身份。丢失手机以后，工友只是骂了几句，四处翻找后，甚至没有急着去停机。

响了数声以后，周小丽的手机接通。

黄大森道："我看了留言，这事确定？"

周小丽压低声音道："确定，朱总亲自安排的。"

黄大森道："同行还有谁？"

周小丽道："司机。"

黄大森道："吴新生这个跟屁虫不去？"

周小丽道："吴新生要到矿上。黄总，这是最后一次，求求你，别给我打电话了。"

"好吧，不管什么情况，明天都是最后一次。我只有最后一个要求，明天他们什么时间出发，及时给我打这个电话。这是最后一个请求，从此以后，天高任鸟飞，我再也不会回来了。"黄大森没有帮手，除了那柄自制火药枪，别无利器。他喝完酒，在场镇昏暗的街道上溜达，买了一把剔骨尖刀。

凌晨5点，黄大森骑上烂摩托，提前开始行动。临行前，他拐进工友们的另一个房间，拿走堆在床边的衣服，总共找到170元钱。

骂了几声穷鬼，黄大森发动摩托车，扬长而去。

从秦阳到江州最快、最隐蔽的道路是经过巴岳山。穿行大山，夜色中，沿途高大树木在车灯下半明半暗，面目狰狞，两三只野兔在灯光下仓皇奔逃。作为土生土长的梅山人，他很熟悉梅山，不仅知道大岭村村小，甚至还知道朱家大院和后山。也正因如此，看到朱琪即将前往的地址时，黄大森怀疑这是陷阱。

离开巴岳山后，天还未亮，黄大森在山里找了块地方休息，吃了些馒头，喝了能打湿嘴皮的水，然后在草丛中闭眼休息。经过长期野外生活，他已经慢慢野化，脂肪消耗极大，消瘦如竹竿，练就了能在草丛中呼呼大睡的本领，行动能力极大提高。

天将亮，公路上不断出现行人，摩托车也多，黄大森这才骑着摩托车前往朱家大院。绕过朱家大院以后，黄大森将摩托车放在小道边上的竹林里，从竹林后面的小道爬上后山，钻进位于朱琪扫墓必经之地视线良好的草丛，躺下来，等待朱琪自投罗网。

早上7点钟，黄大森用工友的手机再给周小丽打电话，电话无法接通。

早上8点钟，睡在地上的黄大森感觉到外面有响动，睁开眼睛，慢慢爬起来，透过草丛，注视远处公路。

远处开来一辆摩托车，车手戴有头盔。这辆车明显不同于其他摩托车，是城里人才玩的摩托车，价格至少在两三万。这样一辆车突然出现在此地，让黄大森心有不安，他开始检查火药枪、剔骨刀和装满汽油的燃烧瓶。过了一会儿，前方没有异常，他又松懈下来。

这辆摩托车正是杨永福驾驶的。摩托车开过小村以后，没有停下来，继续向前。

杨永福最初担心黄大森在路上伏击朱琪，这样就会打乱他的计划。反复分析后，他判断黄大森不会在路上袭击朱琪。理由是朱琪乘坐的是陆上巡洋舰，速度快，黄大森很难对这种动态目标下手。从黄大森上次在矿井伏击自己的情况来看，此人如果上钩，最有可能还是选择在墓地伏击朱琪。

杨永福要应对朱琪，不可能来得太早。他骑车经过朱家大院以后，有意查找摩托车或者自行车等交通工具。竹林里停有一辆摩托车，车身没有积灰和露水。杨永福意识到鱼儿已经上钩，绕过竹林，按照预定计划悄悄摸向后山陡坡。

江州农村人家建房喜欢选择靠山的地方，很多散居的农家院子背后都会有山坡。山坡有的高，有的矮。朱家大院的后山比寻常人家的要高，有一百多米。后山背坡有一段陡坡，由一块大石头形成，一般人难以攀爬。

从高中时代开始，为了弥补体力不足，更为了应对复杂局面，杨永福下狠心坚持锻炼，射击、驾驶、搏击、潜水、攀岩，几乎样样不落。多年的锻炼在关键时候发挥了作用，他如长臂猿一般迅速爬上陡坡，来到峰顶。

从高处看，江州河在阳光下闪闪发亮，如一条漂亮的丝带穿越田野。江州河边有一条公路，适合骑摩托车离开。山坡中部建有大墓，正是朱琪外婆外公的墓地。如果黄大森真来了，一定会躲在墓地下方的草丛里。这一处草丛茂密，距离上山的石板路很近，居高临下，适合搞伏击。

山峰距离墓地有一百五六十米，杨永福提起左轮手枪，弯腰，曲身，轻手轻脚朝那处草丛摸了下去，准备靠得相对近一些，躲入墓地上方的另一处草丛。这处草丛距离黄大森藏身的草丛估计有三十米，中间还有一片梨树林。

杨永福潜伏在梨树林后面的草丛中，等待黄大森和朱琪的司机拼杀以后再进行突袭。这是“螳螂捕蝉，黄雀在后”之计。

上一次在红源煤矿的矿井里，黄大森使用了火药枪，让杨永福吃了大亏。想起此事，他格外后怕，如果运气不好，伤了眼睛，那万事皆休。这一次为了防备火药枪，他特意戴上头盔，头盔里还有脸罩，前胸则特意绑上事先准备好的厚报纸。有了这两样防备，火药枪的那点儿破威力就不在话下。

而且，面部被头盔和脸罩遮住，无人能识。

杨永福猫行至距离草丛还有两三米的时候，轻微脚步声惊起了躲在草丛中的两只小鸟。两只小鸟扑腾翅膀，从草丛中钻出，转瞬飞上天空。杨永福算计了半天，反复推敲细节，自认为把握极大，谁知遗漏了草丛中的小鸟，暗呼糟糕，赶紧蹲在地上。

下方草丛中，黄大森靠在土坎上，手握火药枪，身边放有汽油瓶和火机，静等猎物上钩。头顶上方传来扑腾声后，长期逃亡生活让其意识到有危险逼近，汗毛一下竖起来。他转过身，向上观望，恰好与蹲下身子的杨永福双目相对。

如果没有小鸟，杨永福就能按照计划成功潜入目标草丛，等待一场好戏。谁知还未到达草丛，便被黄大森发现。狭路相逢勇者胜，杨永福不再掩饰，提着左轮往下冲。从上坡往下坡冲，三十来米的距离不过花费数秒，杨永福冲到草丛上方的土坎处。

黄大森抬起胳膊，抢先扣动扳机。

杨永福手中的左轮手枪几乎同时响了起来。

铁砂如一群蜜蜂扑面而来，打在杨永福的身体上。由于前胸有厚报纸，还戴有头盔，铁砂子只是伤了杨永福肩膀。杨永福肾上腺素飙升，没有感到疼痛，冲到黄大森身边，对准刚刚站起来的黄大森开了第二枪。

第一声枪响，黄大森并未中弹，整个人有点儿发蒙。他正要有所行动，杨永福已经冲过来开了第二枪。

这一枪擦着黄大森的腹部飞走，带出一抹血迹。

未受致命伤的黄大森拼命将手里的火药枪朝杨永福砸去。

杨永福微微侧身，躲过扑面而来的火药枪，开了第三枪。对方来得太快，黄大森根本来不及使用汽油瓶，刚摸到剔骨尖刀，前胸就被打中。子弹直接打在黄大森的心脏上，死神镰刀挥动，生命如一道轻烟，转眼间脱离了黄大森的身体。

黄大森圆睁双眼，瞪着杨永福，扑倒在地。

杨永福将枪口仍然对准黄大森，几秒之后，见对方毫无动静，这才上前踢了一脚，让黄大森的头偏了过来。黄大森双眼呆滞，人世间的爱恨情仇、喜怒哀乐和生离死别，从此与他无关。

确认黄大森已经死亡，杨永福又对准他的脸开了一枪。

后山空旷，左轮手枪的枪声就如大个鞭炮发出的响声，没有引起任何人注意。

杨永福从石板路下山，绕过后山，骑摩托车，沿江州河，朝长贵县方向飞驰。骑了二十来分钟摩托车，他在一处河湾将左轮手枪扔进河里。

骑车又行一段，换乘由舅舅预先备好的小车，杨永福才有时间查看伤处。铁砂集中在胸部和左肩，铁砂未穿透厚报纸，在报纸上留下密集孔洞，左肩留下七八道血痕和一些小血洞。比较幸运的是铁砂伤在肩上，裸露在外的手臂毫无损伤。

处理伤口后，他换上深色短袖，将头盔、破损衣服和带血报纸捆在一起，扔进另一处河湾。

整个过程非常完美，唯一的疑点在于到达矿上的时间比预期晚一些。

上午11点左右，一辆小车出现在朱家大院。朱琪脸色阴沉，在司机的陪同下，推开院门。外公外婆去世多年，这个院子如今是朱琪舅舅居住。朱琪舅舅正在堂屋看电视，见到朱琪进屋，赶紧出来。

朱琪看了看手表，道：“舅舅，我在房间坐一会儿，11点半，准时上山。”

朱琪舅舅见外甥女脸色不佳，担心在长盛矿业上班的儿子又闯祸了，小心翼翼道：“我经常打扫房间，不脏。”

朱琪“嗯”了一声，没有再和舅舅说话，径直进屋，推开小时候居住过的房间。

房间依然保持她少女时代的原貌。墙上贴有中国香港“四大天王”挂图，桌上有她少时特别喜欢的音乐娃娃。当年家庭条件不佳，这几样东西就算是朱琪少女时代的奢侈品。

朱琪舅舅送来矿泉水，说了两句，不敢久留，便离开房间。

朱琪之所以不高兴，并非对舅舅有意见，而是在生杨永福的气。昨天夜里，缠绵之后，杨永福主动提出要和她一起去给外婆扫墓，朱琪当即同意，还给舅舅打了电话。她早就有给外婆扫墓的想法，顺便也想和外婆说一说她和杨永福悄悄领了结婚证这件事情，让外婆的在天之灵祝福自己。

谁知，早上起床，杨永福接到矿上电话，匆匆离开。虽然朱琪知道矿上的事情是正事，可想起领了结婚证以后第一次回外婆家就孤身一人，仍然生气。

11点半，朱琪、朱琪舅舅和司机提着香烛一起上山。

司机承担保镖的职责，走到最前面，接近墓地时，他看见了草丛里躺的血人，抽出电警棍防备，快速退回。

朱琪被两次炸弹袭击搞成了惊弓之鸟，听说出事，脸上瞬间失去血色，道："炸弹？"

司机道："不是炸弹，草丛里有人死了。"

朱琪舅舅胆子大，上去看了一眼，见死者脸上有个大洞，吓得跌坐在地。

派出所民警接到报警，以最快速度来到现场，用警戒带围住石板路，不准人进出。长贵县刑侦大队武志大队长到达不久，询问了发现尸体的经过后，便直接拨通了支队长陈阳的手机。

陈阳正在办公室和滕鹏飞谈工作，接到电话，得知有人中枪死亡，问道："死者是什么情况？"

武志又看了一眼尸体，道："左胸和脸上各中一枪，面部损坏。找到四枚弹壳，技术员看了，应该是国外枪械留下来的。死者没有身份证明，周边群众也无人认识。死者出现尸僵，一部分肌肉僵硬，有味道散发出来，法医判断死亡时间在2～3个小时。"

武志是老侦查员，工作经验丰富，一般情况下，不会在还没有开展调查的情况下就急忙给上级打电话。陈阳明白此事肯定另有玄机，问道："为什么国外枪械会出现在农村？这两年枪案不多，国外枪械出现在农村更是罕见。死者有什么特殊之处？"

武志这才道出打电话的原因："朱琪带着司机给她的外婆上坟，死者就在距离墓地很近的草丛里。朱琪的司机看过以后，说有可能是黄大森。朱琪受了惊吓，暂时没有缓过劲。等她平静一些，我们让朱琪去辨认。"

"看好现场，安排人员排查，调取沿途的监控录像，我和滕麻子很快就过来。”陈阳得知死者有可能是黄大森，放下电话后，用力拍了拍桌子，“善有善报，恶有恶报，不是不报，时候未到！黄大森这个兔崽子，终于把自己折腾死了，去掉我们一块心病。”

滕鹏飞一直在负责追捕黄大森，闻言几乎从椅子上弹起来，道：“如果真是黄大森，不管是谁下的手，都是给我们排了雷。”

陈阳道：“开枪的人怎么知道朱琪的行踪？”

“凶手是一条大鱼，身上肯定有很多事情。派一队人去长盛矿业，找出所有可能知道朱琪行踪的人。”滕鹏飞用力搓揉脸部，这是遇到紧急情况时的下意识动作。

“你先下楼，在车库等我，我要给宫局报告。”陈阳随即向副局长宫建明报告了情况。

十来分钟后，陈阳来到车库。他坐在副驾驶位，系上安全带，递给滕鹏飞一张从长青传真过来的照片，道：“朱琪两次被炸，都与黄大森有关。你看这人，是不是黄大森？”

滕鹏飞看了一眼，道：“此人又黑又瘦，穿着打扮像农民工，脸上还有一个大洞。但是，化成灰，我也能认得出来，这就是黄大森。”

陈阳道：“凶手在他脸上打一枪的目的是什么？是为了毁容，隐藏死者的身份？”

滕鹏飞道：“我觉得不是，毁容完全不彻底，更接近泄愤。”

陈阳道：“宫局很重视这件事情，准备和侯大利一起到现场。”

滕鹏飞皱眉道：“侯大利是省刑总的人，用不着事事掺和。宫局信任侯大利，超过信任我们。我有直觉，他们似乎在查什么事。调用秦阳支队的同志到江州来支持省命案积案专案二组，摆明了不相信我们。大家都有些议论，还有不太好的说法，让人心情压抑。”

这个想法浮现在脑中有一段时间了，今天得知黄大森已经死亡，滕鹏飞心情激荡，在支队长面前将压在心里的想法说了出来。

陈阳明白滕鹏飞的言外之意，道：“侯大利是省命案积案专案二组的组长，在江州查案，我们必须全面配合，这是纪律，绝对不能含糊。至于你说的其他事情，到此为止，不能再提。”

"明白，就是发一句牢骚。"滕鹏飞完全能够理解陈阳的反应。

两人没有再说话，车内气氛沉闷。

刑警老楼，省命案积案专案二组拿到了尸体照片和长贵刑侦现场勘查的照片，贴在白板上。黄大森有制作炸弹的技能，有在闹市区放置炸弹的恶行，其死亡之后，不管凶手是谁，都暂时解除了爆炸再次发生的危机。诸人围观这张照片，与往日杀人案的情绪不一样。

"从这个现场，大家能看出什么？"侯大利站在白板前，久久凝视。

戴志是勘查现场方面的技术专家，拿起笔，画了几个点，道："从找到弹壳的地方来看，凶手位于死者上方，从上往下，连开四枪。第一个弹壳和第二个弹壳相距有3米，第二个弹壳和第三个弹壳都在草丛上面的土坎上，第四个弹壳散落在草丛里，距离死者很近。从弹壳的抛落地点来看，凶手在山顶，对死者进行了袭击。"

张剑波道："我认同老戴的看法，火药枪应该是开了一枪，然后才扔出去砸人。如果凶手受伤，留有血迹，那案情就能有突破性进展。上一次在矿井，杨永福受伤，我后来特意在井底寻找，费了很大的劲，终于找到了几粒铁砂，铁砂上带有杨永福的血。我当初找铁砂，就是想要查看铁砂是否会带血，结果就是铁砂能带血。"

秦东江频频点头，道："火药枪很接近第一个弹壳位置，极有可能是死者开了一枪后，没有办法装药，就扔出火药枪，朝凶手砸去。从现场来看，凶手应该先上山。"

当秦东江说了几句以后，大家习惯性望向樊勇。

樊勇摸了摸脸，道："你们看着我做什么？"

吴雪笑道："等着你来撑秦东江啊。老秦说话，樊勇必撑，这是我们二组定律。"

江克扬一本正经道："关键的是每次撑得还有几分道理。"

秦东江微微仰头，道："请吧，樊傻儿，我说的是事实，从火药枪的位置可以看得很清楚，还有什么好撑的。”

樊勇顿时不服气，道：“第一个子弹壳距离死者还有十来米，说明凶手有一个运动过程。如果我是凶手，为什么要等到死者进入草丛再出来袭击，等死者沿着石板路走到墓地，在草丛中突然近距离开火，死者更难防范。所以，不能单纯从两人位置来判断凶手先上山。”

樊勇撑人时并没有思考，只是凭直觉指出这个问题。

这正是侯大利正在凝神细思的问题，被樊勇随口说了出来，竖起大拇指，道：“我同意老樊的说法，从现场来看，死者极有可能是先潜伏在此，凶手是后来者，从其他道路上山，然后袭击了死者。更重要的问题是，黄大森如何知道朱琪要来？凶手又是如何判断黄大森一定会来？上一次定制店出现了爆炸品后，重案大队将朱琪办公室、财务室的人都查了个遍，没有发现异常。他们查得很细，没有收获，要么是内奸隐藏得很好，要么是对方有特殊手段。我有点儿纳闷在定制店出现爆炸品后，以杨永福多疑的性格，为什么不换人？这些问题必须查清楚。我、戴志和张剑波去现场，找铁砂，找有可能存在的血迹。老克带队到长盛矿业，查一查他们的办公室人员，看有可能是谁泄漏了朱琪的行动方向。最关键的是朱琪身边的人，漏出消息的人肯定就在他们里面。”

侯大利知道陈阳和滕鹏飞已经去了现场，仍然觉得有些不放心，担心细节被忽视。他并不是认为自己比陈阳和滕鹏飞高明，只是对杨永福有深入研究，更了解其行为模式。

两队人马各自上车。

侯大利戴上白色手套时，透过玻璃窗望了一眼天空。天空乌黑一片，大有黑云压城城欲摧之势。

坐在副驾驶位的戴志同样注意到迅速移动的黑云，双手合拢，祈祷道：“最好别下雨啊，下雨就把现场毁了。”作为现场勘查技术人员，最痛恨在案发前后出现暴雨。暴雨，对现场勘查来说就是大灾难。

怕什么，来什么。说话间，豆大雨滴砸在车身上，发出噼噼啪啪的沉闷响声。

戴志哀叹道：“证据完了，慢慢开吧，急也没用。现在最重要的就是视频和照片资料，希望他们能拍得好一些，能够让我们拿回来慢慢分析。”

越野车冒雨前行。闪电在渐暗的天空如狂舞金蛇，雷电格外凶狠地炸响。今天的天气和2001年10月18日的天气格外相似，仿佛昨日重现。侯大利心神不定，便不再开车，将方向盘交给了戴志。

张剑波见侯大利脸色苍白，问道：“大利，不舒服吗？”

侯大利摇了摇头，道：“没事，我有点儿累，休息一下。”

车行约半小时，电话响起。外面仍然下着暴雨，只是雷电稍歇。侯大利打开手机免提后，江克扬的声音响起：“我们到了长盛矿业，遇到了伍强。目前，长盛矿业最大的异常是周小丽不见了。”

侯大利道：“周小丽是什么情况，和黄大森是什么关系？”

“周小丽是正常招聘进来的，以前查过，和黄大森没有亲戚关系，也没有查到和黄大森有过联系。”江克扬又压低了声音，道，“伍强正在组织调查周小丽。我已经和他们联系了，正要查周小丽的手机、身份证的使用情况。”

“他们”就是特指秦阳刑警支队派过来的支援力量，两人在通话时都采用了隐语。

侯大利忽然间想起自己在刚参加工作时遇到的第一起凶案，在陈凌菲案中，凶手代小峰有意制造了不在场证明。这一段时间，朱琪和杨永福几乎是形影不离，却在凶杀案发生的当天，奇怪地没有在一起。

暴雨遮住了视线，天空中的水线居然和凶猛的暴龙一样，让侯大利胸腹中的烦闷感越来越强。这不仅是身体上的反应，更是心理上的反应。冥冥之中似乎有一股神秘力量，让10月18日以及后面几天的细节一点儿都没有褪色，河水中那一抹大红在脑海中起起浮浮。

即将到达朱家大院的时候，侯大利的手机再次响了起来。打开手机，里面传来江克扬的声音：“周小丽的手机信号在山岭高速公路上，已经出省。”

侯大利没有过多关注周小丽的情况，问道：“杨永福是什么情况？”

江克扬道：“杨永福的手机一直在金色酒吧，没有移动。”

“人机分离啊，这种情况不同寻常。”处于工作状态，侯大利胸口的烦闷感似乎就消退了。安排完工作，噩梦又开始如影随形，好几次侯大利都差点儿吐出来。到了目的地，车刚停下，侯大利没有带雨具就走出车外，扶着车盖开始哇地呕吐起来。

大雨倾盆，转眼之间，呕吐物被冲得干干净净。侯大利浑身湿透，衣服贴紧了身体。雨水带走了体温，再加上极度相似的暴雨，让侯大利在夏日感到透心的寒冷，身体禁不住颤抖起来，牙齿碰撞发出嘎吱声。

戴志和张剑波在组里这一段时间，听说过侯大利的禁忌，包括不能长时间盯着流动河水以及红色长裙等。虽然知道其禁忌，但是并没有亲眼见过，今天仅仅是倾盆大雨，还没有面临暴涨河水，他就吐得一塌糊涂，毫无平时从容不迫、深思熟虑的神探形象。

不远处，警用面包车里，已无用武之地的警犬和警犬训导员一起观望呕吐的年轻人。警犬训导员和侯大利年龄相近，觉得眼前之人晕车如此严重，居然还当侦查员，充满鄙视。

接过矿泉水，漱口以后，侯大利仍然脸色苍白，但表情已经恢复了平静。

沿着石板路上山，遇到了正在下山的宫建民、陈阳、滕鹏飞以及长贵县公安局局长曾华、刑侦大队大队长武志等人。宫建民朝侯大利挥了挥手，道：“雨太大，现场没法看了，尸体拉到了殡仪馆，我们直接到长贵县局。咦，你打了伞，为什么全身湿透了？”

侯大利没有解释，只道：“雨太大。”

宫建民眼光越过侯大利，瞧了瞧跟在后面的戴志和张剑波。这俩人打着伞，除了裤脚，衣服大体保持干燥。他微微皱眉，然后对武志道：“老武，找人弄身干净衣服。大利被淋成了落汤鸡。”

一行人往下行，宫建民对跟在身边的侯大利道：“暴雨之前，老武的人在山坡下的摩托车上找到了一部手机，摩托车上有黄大森的很多指纹。经查证，手机是秦阳那边一个乡镇企业工人的手机，前些天丢失了。昨天晚上，黄大森偷了工人们的钱，然后跑路。从这个情况来看，黄大森是昨晚就到了朱琪这边。侦查员找工人辨认黄大森的照片，那些工人看到照片就破口大骂，骂他是小偷。手机里的通话记录显示，黄大森和长盛矿业总裁办的周小丽有过通话。看来，黄大森之所以能够掌握朱琪的行踪，是因为有周小丽做内鬼。”

小车开动，不到半小时，一行人来到长贵县公安局指挥中心。指挥中心高大巍峨，装修风格现代，设施完善。在底楼淋浴室，长贵民警带来了新内裤、新的牛仔裤、T恤衫和随身挎包。

在朱家大院后山，侯大利未取下随身挎包就跳下车，挎包完全被雨淋湿了。武志观察细致，所以让手下准备了基本类似的斜挎包。斜挎包是江州刑警的通用打扮，里面装的东西五花八门，各不相同。侯大利随身小包里装有警官证、手铐、印泥盒、纸、笔、甩棍、塑料袋、充电器、巧克力等物品。

洗漱后，侯大利来到曾华局长办公室。

曾华局长办公室兼有小会议室功能，能在办公室看到询问室和讯问室的情况。曾华起身与侯大利握了手，道：“原本还要用警犬找一找凶手，没想到，来了一场大雨。”

寒暄几句，大家把目光集中到了屏幕上。

朱琪坐在询问室，捧着热茶水，双肩紧紧缩在一起。询问室空调温度开得有些低，她披了一条围巾，顺便挡了挡开得略低的领口。

当高波和另一名女警察进来时，她声音嘶哑地问道：“黄大森为什么会在我外婆坟前？”

高波道：“黄大森死亡这件事，是坏事，也是好事。黄大森制造爆炸案，对你和其他人都有很大威胁。他是暗处的毒蛇，我估计朱总也很有压力吧。从这一点来说，是好事。但是，不管是谁，都没有权利剥夺他人生命。惩处黄大森，要由公检法司来办。从这一点来说，是坏事。”

朱琪绷得很紧的脸皮出现了松弛，道：“对我来说，黄大森是死有余辜。但我有个疑问，黄大森怎么知道我会来扫墓？”

高波道：“这也正是我们需要了解的。黄大森躲在草丛里，说明他知道你会来给外婆扫墓，知道你外婆外公的墓地在什么地方，还知道你是什么时间来。你仔细想一想，谁会知道得这么全面？”

朱琪脸上一阵抽动，小声骂了一句，道：“驾驶员肯定知道得很清楚，他平时负责保安，了解我的情况。还有杨永福，我所有行程都要和他商量。”

高波道：“杨永福和你是什么关系？”

朱琪道：“我是杨永福的妻子，前不久领了证。”

高波道：“除了司机和杨永福，还有谁知道你的行踪？”

朱琪道：“总裁办安排我的行程，派车，所以，总裁办的人都知道我的行程。总裁办除了助理陈勇，还有吴梅、周小丽和赵颖三人。陈勇今天早上还建议让保卫处派人跟着我。但我觉得是回老家，司机又是武警转业的，所以就没有加派保安。”

高波道：“据我们了解，杨永福也是你的助理，他平时经常陪你乘车，今天又是给老人扫墓，为什么没有陪你？”

朱琪有些生气道：“你们怀疑杨永福，没搞错吧？他是我丈夫，我们是领了证的合法夫妻。今天，他原本要陪我过来的。但是长青铅锌矿有急事，他过去查看。”

高波道：“司机知道你要来扫墓，小车班那儿就都知道吧？”

朱琪摇头道：“小车班基本不管这辆车。我记起另一件事，财务管理部昨天开会，我去参加了。本来财务部老董想要在今天继续开会，我就说要给外婆扫墓，让他自己开会。”

高波道：“是老董单独给你汇报，还是在公开场合？”

朱琪道：“在会议室，老董提出明天继续开会时，我随口说不行，明天还要扫墓。昨天参会的比较多，包括下级企业的财务都参加，共二十多人。你们可以找财务管理部要开会的名单，我们管理还是很规范的，开会肯定有签名表。”

“陈勇和你是什么关系？”财务管理部的会议并不是例会，是临时会议。所以，高波关注的重点不在此，而是总裁办和保卫部的人。

朱琪道：“陈勇是我高中同学，还是隔房表哥。第一次爆炸案发生以后，是我把陈勇叫过来的。现在的几个人，吴梅、周小丽和赵颖都和陈勇一样，是在第一次爆炸案以后，重新招聘的。原先的总裁办在第一次爆炸案后就全部被开掉了。”

高波道：“吴梅、周小丽和赵颖都是向社会公开招聘的？”

“陈勇是我找来的。陈勇随后推荐了吴梅。周小丽是江州银行杨行长的关系户，赵颖是江阳区安监局赵局长的侄女。在服装定制店发现炸弹以后，市公安局来了好多人，把总裁办、保卫处、小车班查了个底儿朝天，没有发现问题。陈勇、吴梅、周小丽和赵颖都和黄大森没有任何关系，应该信得过。”朱琪突然提高声音，惊慌道，“难道我的办公室被人安了窃听器，或者监控器？你们赶紧去查一查！”

高波又道：“杨行长和周小丽是什么关系？”

朱琪道：“杨行长和黄大磊关系很不错，是老黄当年最信任的人。老黄遇害，墙倒众人推，黄大森等人给我出了很多难题。我特意找过杨行长，他表示全力支持我，后来也是这样做的。我特别说明一下，这是银行对企业正常支持，我们之间不存在特殊关系。杨行长推荐了周小丽，这个面子，我肯定要给。定制店那件事以后，我再让杨永福调查这些人的底细，周小丽是江州人，但是初中毕业以后考到了阳州财经中专，毕业以后在阳州工作，和江州这边没有工作上的联系。”

曾华局长办公室里，宫建民问道：“滕麻子，你怎么看？”

滕鹏飞道：“第一次爆炸案，黄大森是在爆炸案的对面餐厅进行观察，用手机控制爆炸，说明此时没有内应。第二次，黄大森是在定制店放置炸弹，算准了朱琪的时间，则说明此时他有了内线。从掌握的情况来看，内线就是周小丽。朱琪解散原来的总裁办，新招了一批员工，恰好招进了黄大森想要安插的人。这个朱琪看起来聪明，实则被人卖了还给人数钱。这是我们调查长盛矿业后得出的结论。宫局，第二次招聘，朱琪让其情人杨永福把关，杨永福这么精明，居然让周小丽蒙混过关了，有点儿意思啊。”

宫建民又扭头看向曾华，问：“杨行长是什么人？”

曾华道：“杨行长是江州银行资深高管，在长贵县当行长有七八年时间，关系网比较广。”

杨行长与周小丽是什么关系，侯大利没有过于关注。滕鹏飞所说的那一句“有点儿意思啊”，引起了他的共鸣。

长盛矿业是否有内鬼，这是一个必须考虑的问题，也是办案侦查员的下意识反应。如果有内鬼，内鬼是谁？

警方通过技术手段、询问等合法的侦查手段来寻找破绽，然后汇集各方面的情况以分析判断是否有内鬼以及内鬼是谁。但就算有怀疑，在没有证据的情况下，也只能是怀疑。而杨永福作为当事人，如果要找内鬼，不需要完整的证据链条，只要有一点儿证据，便可以有所行动，比如，向警方举报，比如，直接将疑似内鬼踢出长盛矿业。

侯大利长期研究杨永福，对其了解颇深，也认为这是一个“能力还不错”的对手。定制店未遂爆炸案之后，如果有内鬼，凭着杨永福的能力，应该有所发现。

事实之一：周小丽和黄大森有联系，她就是内鬼。

事实之二：杨永福没有任何发现。

为什么杨永福没有发现内鬼周小丽？这是一个问题，也是滕鹏飞所言“有点儿意思啊”。继续往下分析，则会得出诛心的结论：杨永福发现周小丽是内鬼，没有揭露，甚至还有可能打掩护。顺着思路往下自然延伸，如果杨永福真为周小丽打掩护，理由是什么？杨永福和黄大森是死敌，从常理上来说不应该为黄大森的联系人打掩护。除非杨永福有了借刀杀人之心。领了结婚证以后，借黄大森的手除掉朱琪，不管最后结局如何，杨永福都会占便宜。

陈阳很熟悉侯大利，见其陷入苦思的神情，便问道：“大利，你有什么想法？”

支队长问话，侯大利神游于外的思绪被稍稍拉回来，道：“朱琪说他们领了结婚证，我想要知道他们领结婚证的准确时间。”

“这事很简单，很快就能查到。”陈阳随即安排查实领结婚证的时间。

“为什么要查结婚时间？”滕鹏飞大体上猜到了侯大利的思路，这也是他头脑中时隐时现的想法。

秦阳支队的人一直在监视杨永福，如果是近期领证，那么肯定会被监视到。所以，侯大利判断其领证的时间应该比秦阳支队成立专案组的时间更早。涉及挖两面人，侯大利没有明说，道："我是刚刚得知朱琪和杨永福已经领了结婚证，这点很奇怪。"

10分钟之后，传来准确消息：杨永福和朱琪是在7月25日领的结婚证，成为合法夫妻。

侯大利脑中闪过了与杨永福有关的时间细节：一、爆炸案发生在2009年底；二、"吴新生就是杨永福"消息传播是在2010年7月中旬；三、杨永福和朱琪是在2010年7月25日领了结婚证；四、未遂爆炸案发生在2010年9月2日；五、黄大森被杀是在近日。

从这条时间线，基本可以推断出以下几点。

第一，爆炸案中，黄大森坐在咖啡馆对面，使用了定时器，那次爆炸案基本上与内鬼无关。

第二，7月中旬，当吴新生的真实身份暴露出来以后，他恢复了原来的名字，与朱琪悄悄领了结婚证。

第三，定制店未遂爆炸案是在2010年9月2日，这一次明确有内鬼，内鬼就是周小丽。

第四，杨永福很有可能找出了内鬼，并且在定制店未遂爆炸案中包庇了周小丽，再利用周小丽引出黄大森。

从杨永福的行事风格来看，如果高速公路上的周小丽手机并非由周小丽持有，那么周小丽大概率遭了毒手。

包庇周小丽是为了连环杀人计，连环杀人计的目的简直就是昭然若揭。而朱琪此时应该完全没有想到丈夫内心深处的真实想法，还自认为自己是女王。推断至此，侯大利知道自己大体不错，暗自感叹：人心之恶，已经超出了想象。正应了一句话：地狱空荡荡，魔鬼在人间。

这一系列推论是建立在自己对杨永福的了解之上，没有证据。

宫建民的手机、侯大利的手机、陈阳的手机以及滕鹏飞的手机几乎同时响了起来，最多相差一两秒。宫建民脸色一变，以前也遇到开会期间多部手机同时响起来的情况，那就意味着有特殊情况发生。

侯大利接到报告："找到了周小丽手机，在一辆货车上，货车司机根本不知道是谁的手机。"

几人接完电话，都是相同内容。

这一条线索出现，意味着失踪的周小丽大概率已经遭遇不幸。下手之人自然不太可能是黄大森，更有可能是杨永福。此时，已经是刺刀见红的时刻，侯大利朝宫建民点了点头，走出门外。

滕鹏飞注意到侯大利和宫建民之间的眼神交流，心中紧了紧，随即不被信任的愤怒慢慢升了上来。他看了陈阳一眼，陈阳朝他轻轻摇了摇头。

侯大利走到门外隐蔽角落，拨通江克扬的电话，道："钓鱼者仍然是我们的重点，你当前的任务是梳理钓鱼者行踪。"

鱼竿理论提出来以后，钓鱼者便成为杨永福的绰号。在用手机通话过程中，省命案积案专案二组不会提及敏感人员的名字，采用了代号。侯大利注意保密工作，凡是能用红机电话时，都不会用其他电话。有时在办公室以外也得联络，因此在内部使用绰号便是一个较为便利的方法。

江克扬道："我们讨论后得出结论，最终重点还得落在钓鱼者身上。我已经和丁局联系了，请他派员支持我们。"

侯大利道："老克很敏锐，动作很快。"

江克扬道："没有吃过猪肉，也见过猪跑。"

侯大利在心中默算了黄大森死亡时间，道："从江州城到长青矿，最多也就半个多小时。如果到达长青铅锌矿的时间有异常，就要调动监控视频，找出其行踪。"

在鱼竿理论中，杨永福和肖霄合作得非常好，但是在这一段时间，先是夏晓宇父母遇害，随后永发煤矿又出现四具尸骨，再接着就是黄大森被杀，省命案积案专案二组注意力全部集中到了这三案，降低了对肖霄的关注，这让侯大利心里涌出一丝不安。他随即借用长贵公安局的保密电话，接通了秦阳支队专案组负责人陈军海的电话，请他继续注意肖霄的动向。

“肖霄上午睡懒觉，下午到酒吧，生活看起来热闹，其实挺单调。肖霄主要还是在金色酒吧，偶尔也到其他酒吧。金色天街有六家酒吧，肖霄晚上要到其他酒吧串场，一般都是晚上两三点才回家，有时也住在金色酒吧。”陈军海以技术见长，办案能力也强。

侯大利道：“你们要注意肖霄接触的人，特别是近期频繁接触的人。”

陈军海道：“我们充实了四名年轻侦查员到专案组，他们的任务就是泡酒吧，紧跟肖霄。”

沟通之后，侯大利内心稍安，回到曾华办公室。询问室里，警方和朱琪的谈话已经结束。朱琪反复拨打电话，有些焦躁，在询问室内走来走去，不时跺脚，嘴里还在念念有词。

滕鹏飞道：“朱琪应该是给杨永福打电话，这个电话没有打通。手机如今是人的第二器官，杨永福为什么不带手机？”

陈阳皱眉，道：“刚刚得到消息，张国强在长青铅锌矿见到了杨永福。他查了大门的监控视频，进厂区的时间是10点。从江州城区出发是7点20分左右，按照正常时间，在8点半就应该到厂区。这中间的时间到哪里去了？如果从朱琪外婆家出发，到长青铅锌矿，需要多长时间？曾局长多派几组人，沿途调查，查找监控和目击者，还得实际跑一跑，测一测时间。”

侯大利道：“除了小车，还要注意查摩托车。摩托车灵活，速度也快，得注意检查。”

宫建民点了点头，道：“骑摩托车，戴上头盔，能够有效躲避监控。”

曾华体验到了传说中的“神探”在领导心目中的地位，道：“我马上安排。”

“黄大森被杀，周小丽失踪，手机出现在高速公路，情况不妙。滕麻子回去找周小丽。陈支队留在长贵县追查黄大森被杀的案子。”黄大森死亡，爆炸声不会再响起，长久悬在宫建民头上的刀终于消失。宫建民作为分管副局长在内心深处对黄大森之死是感到轻松的，只是有人死亡，太过喜形于色，不利于树立威信。

暴雨来得快，去得也快，滕鹏飞接受任务出门之时，天空已经放晴，他想起侯大利和宫建民互相点头的画面，有些烦躁。

宫建民的目光随着滕鹏飞的背影移动，道："老曾，案子的事情，我就交给陈支了。"

曾华道："有陈支坐镇，那我心里就有底了。"

宫建民站了起来，道："你们继续谈案子。大利，你回江州吗？"

侯大利道："暂时不回去。天晴了，我还要去看一眼现场。"

两人一起往外走，很有默契。

出了电梯，在公安指挥中心的车库里，宫建民停下脚步，道："永发煤矿和永成煤矿被封掉了，冻结了所有资金。吴佳勇的服装厂由于消防不过关，现在停业整顿。在这种极端情况下，妖魔鬼怪就会现形。关局准备给吴佳勇、杨永福施加压力，谁是两面人，也许会在压力下现形。压力之下，狗急跳墙，大家都要防备。社会上流传着企业家亲戚被伤害的小道消息，虽然是小道消息，但内容很真实，我希望这些企业能提高自我防范意识。这一段时间，市综治委准备检查企业的综合治理工作，就是要提醒他们注意自我防范。派出所同志也要进企业，加强安全防范。你和同志们都要注意安全，狗急要跳墙，马虎不得。"

送走宫建民，侯大利、戴志和张剑波再次回到朱琪外公外婆的家。

"把我吓惨了，脸上有一个大洞。我是第一次看见这种死法。"朱琪舅舅五十岁出头，五官甚为端正，身材也不错，如果气质再好一些，那就称得上中年型男。他接过侯大利的烟，见此烟价格很高，便抽了起来。前半辈子，他抽劣质烟。外甥女发达以后，他才开始抽好烟。外甥女在长盛矿业掌了权，他将儿子送到长盛矿业工作，自己也跟着做些小生意。现在，他坚决不抽那种让人掉价、没身份的便宜货。

"你去看了？"侯大利坐在朱琪舅舅对面，跷起二郎腿，轻松随意。

朱琪舅舅道："朱琪的司机走在前面，他先看到，我随后就去看了一眼，差点儿吐了出来。"

侯大利道：“你认识死者吗？”

“脸上的伤有这么大，我怎么认得出来。后来才知道是长盛矿业的黄大森。黄大森放炸弹，想杀朱琪，真是死有余辜，活该，呸！”朱琪舅舅双手合拢，做了一个夸张的圆圈。外甥女是家族英雄，彻底改善了家人的生活，提起黄大森，他特别愤怒。

侯大利道：“今天朱琪给外婆扫墓，吴新生怎么不陪着回来？”

朱琪舅舅道：“小吴今天太没有眼色了，给外婆扫墓这种大事，居然不陪。”

侯大利又递了一支烟，道：“小吴确实没有眼色，回去要好好批评。他以前来过外婆家吗？接到这个消息，就应该赶紧过来。”

朱琪舅舅道：“小吴来过很多次，每次过来都给外婆上香。他是上辈子积了德，才被朱琪看上。”

侯大利附和两句后，道：“他们结婚没有？”

朱琪舅舅摇头道：“没有。公司复杂得很，朱琪是真不容易。”

闲聊了一会儿，侯大利、戴志和张剑波来到朱琪家后山。他们没有急于上山，沿着山脚走一圈，查看交通情况。

三人来到黄大森停摩托车的后山底部，从此处沿小路上山。雨水之后，落在地面的竹叶让小路湿滑，张剑波接连摔了两次，裤腿膝盖处都磕破了，狼狈得很。从小路到达石板路，再到达黄大森死亡的草丛。黄大森所选位置特别关键，除了从后山往下走，从正面和侧面要到达墓地，都要从黄大森所在的位置经过。也就是说，扼守住了上山的石板路，只要有人沿石板路上山，就很难躲过黄大森的火药枪和汽油瓶。

在山顶可以看到整个朱家后山的全貌。后山有着非常独特的山形，前坡缓，后坡陡，在朱琪外婆墓碑后面种有小片梨树林，江州黄花梨还未到成熟季节，刚挂果实。

侯大利从山顶回到黄大森死亡之地，双眼如摄像机一样，牢牢记住现场细节。

张剑波左顾右看，道：“火药枪是散射，发射出去后，铁砂覆盖面广，有可能出现带血的铁砂，路上也有可能出现血滴。”

戴志道："从现场来看，黄大森原本想要在此处伏击朱琪，没有想到螳螂捕蝉，黄雀在后。凶手要么比黄大森更早来现场，要么就是从后山爬上来。黄大森这次仍然是用的火药枪，根据上次他在矿井开枪后，我们从杨永福身上取得的样品分析，黄大森往里填的主要是铁砂。我们在矿井里反复寻找，除了杨永福身体里，没有在矿井里找到铁砂。在野山坡，刚刚下过暴雨，找到铁砂的难度更大。而且，找到的铁砂被水冲洗之后就失去了意义。这场雨来得太不是时候。空气倒是新鲜了，证据却被彻底破坏。"

侯大利沉默不语，又走到山顶，站在后山悬崖边，蹲下观察。

戴志道："这个石坡有五米多吧，几乎是九十度，很难爬上来。"

侯大利道："对一般的人来说有难度，但对能够攀岩的人来说，这点儿坡根本算不得什么，我在大学练过攀岩，爬这种坡也没有大问题。杨永福身体素质不错，长期坚持锻炼，或许有爬上来的能力。他爬上山以后，从上往下冲，突袭黄大森。黄大森发现了身后的来者，来不及拿汽油瓶，转身开枪进行回击。杨永福在行进过程中，连开三枪，打倒黄大森。最后一枪，纯属泄愤。在近身互射中，火药枪的铁砂极有可能会打伤杨永福。"

戴志是技术大拿，张剑波是法医，对重建现场都不陌生，听侯大利描述案发现场，并无异议。

晚上9点，刑警老楼五楼灯光明亮，烟雾缭绕，省命案积案专案二组全体成员到场，回顾和梳理各项信息，判断下一步的侦查方向。这是极为重要的环节，绝大多数靠谱的办案单位都非常重视当天的信息汇总和分析。

跑了一天，江克扬有些疲倦，用力抽了口香烟，然后简明扼要地说道："有两点，第一，周小丽父母在三天前就没有见到周小丽本人，只是接到周小丽的一条短信，说是出差，暂时不回家；第二，周小丽和其手机分离，手机在高速公路出现，周小丽极有可能遭遇不测。滕大队正在全力追查周小丽的下落。”

侯大利道：“杨永福是什么情况？”

江克扬道：“我们到长青铅锌矿时，张国强也到了。为了不引起杨永福注意，我们这一组人就没有和杨永福见面，由国强和丁局的人与杨永福见了面。”

侯大利道：“有没有见面的视频？”

江克扬道：“有视频，我快进了一遍。杨永福这人非常镇静，没有丝毫慌乱。当前最大的问题是时间对不上。从长青铅锌矿大门的监控视频来看，杨永福开车进入厂区的时间是上午10点07分。早上7点26分从小区出发，按照正常时间，不超过8点半就应该到厂区。这中间有一个多小时，杨永福到哪里去了？杨永福自述是车坏了，自己在路边修车。这是一个大破绽。杨永福为了一个谎言，必然要编织无数谎言，这就是突破口。”

秦东江道：“张国强也是这个思路，估计他们已经询问完毕。”

樊勇正在抽烟，听到这里，猛地将烟头摁灭在烟缸里，爆了一句粗口，然后道：“我们和重案大队的兄弟关系一直不错，大家见面都没有拘束，骂几句，调侃几句，很正常。今天遇到张国强，这人装起了小白脸，居然称呼我为樊大队。”

秦东江立刻抬杠道：“张国强没有称呼错，你是货真价实的副大队长。”

樊勇道：“那是正式场合的称呼，私下里，没有老哥们儿称呼我为樊大队。听到这三个字，我就起鸡皮疙瘩。前一段时间，张国强还称呼我为樊傻儿。唉，也许我是神经过敏，这几天，支队这一边的老朋友见到我们都客客气气，透着一股疏远劲儿，眼神怪怪的。”

侯大利道：“重案大队侦查员都是刑侦战线的佼佼者，观察力和思考能力比一般人强，我们接受两面人和幕后黑手的任务以后，不管如何想要装作正常，终究也会在细微处出现异常。他们能够感觉到我们的变化，有疏离感，这很正常。”

这种疏离感无法量化，没有具体的事件，可是语言、表情和身体姿态必然会反映出真实的内心情感，无法长期掩盖。侯大利也感受到刑警支队侦查员隐隐约约的疏离感，不过没有太在意，关注点始终在如何破案上。

侯大利心性刚强，又由于特殊的家世和经历，就能够做到超脱。相较之下，樊勇绰号为樊傻儿，实则很难做到如侯大利那般潇洒，闷闷不乐道："以前大家在一个战壕，遇到事，可以放心将后背交给战友，这对我们一线侦查员特别重要。现在心生隔阂，所以我特别难受。"

说到这个问题，秦东江罕见地没有抬杠，反而安慰道："难受是暂时的，等到水落石出的时候，大家自然就理解了。张国强能够感受到不寻常，两面人也应该能够。从办案角度来说，压迫吴佳勇，通过吴佳勇传导压力，有可能让两面人跳出来，露出破绽。"

"谁是两面人"是一个非常严肃、非常敏感的问题，在组内，大家也没有随意猜测。此话题没有继续深入，小会议室开始播放杨永福在长青铅锌矿的视频。

视频开始的时候，杨永福正在生产线上，戴着安全帽，和陪同人员讨论，很有公司老总派头。随后，一行人来到长青铅锌矿的警务室，由张国强和长青侦查员做笔录。

进了警务室，杨永福收起笑容，问道："这么正式，张警官？"

张国强神情放松，递了支烟给杨永福，道："别紧张，例行询问。你知道朱琪的行程吗？"

杨永福道："当然知道，朱琪给外婆上坟，我原本也要去的。结果临时有事，我就到矿上来了。"

"我们找你，你应该知道是什么事吧。"张国强说话之时，眼光不停地瞅着杨永福的胳膊。

"我接到朱琪电话，黄大森死了，大快人心啊，消除了一个大隐患。善有善报，恶有恶报，不是不报，时候未到，现在我相信这句话。"杨永福说到最后一段时，语带铿锵，声音洪亮。

张国强道："杨总刚才说临时有事，是什么事，谁给你打的电话？"

杨永福道："昨天晚上，三个工人到矿井420米水平通风井，开启高压风机后入井，三人正在距离挡头约50米处接风管时，挡头方向发生顶板冒落。矿上在凌晨成功排险，没有发生伤亡事故。尹总在排险后，给我发了短信。昨晚我没有看到这条短信，今天早上才看到。安全事故大于天，我不敢怠慢，赶紧到矿上来。这也是我没有能够陪朱琪的原因。”

张国强道：“是你主动给尹兵打的电话？”

杨永福道：“昨天深夜，尹总给我发了短信。早上，我给他回电话。这有什么不对吗？”

张国强喝了口水，眼光又瞅到了杨永福的胳膊，问道：“你是什么时间开车前往铅锌矿的。”

杨永福道：“是在7点后吧，准确时间记不清楚了。”

张国强道：“到长青铅锌矿是什么时间？”

杨永福道：“记不清楚，没有注意时间。”

张国强道：“你是10点07分到达铅锌矿的，怎么用了这么长时间？”

杨永福道：“今天早上倒霉，喝凉水也塞牙。到达太平镇金银沟一带，我肚子不舒服，想方便，感觉撑不到铅锌矿就要拉到裤子里，所以就在金银沟那一带开车掉头进入了一条小路。小路很好认，左边有一片茶园，我就躲在茶园里方便，还留了一摊‘地雷’。方便以后，更倒霉的事情出现了，汽车有电，可就是打不燃火。折腾了一个多小时，中间又有一场暴雨。”

看完视频，侯大利道：“大家是什么想法？”

戴志道：“从视频中看，杨永福的手臂和脸上这些裸露部位，没有被铁砂打过的痕迹。我们在山上找铁砂，自然没有结果。这个方向可以放弃了。”

大家对这个说法没有异议。

秦东江道：“杨永福知道自己的破绽所在，提前进行了布置。他的话里十处有九处是真实的，极少的谎话就隐藏在真话里。要维护谎话，得制造更多谎话，找到杨永福的那一处谎话就可以找出一串谎话。”

樊勇道：“老秦，你这样等于没说，提出具体意见。”

秦东江道："我相信杨永福会在金银沟留下一摊屎，这本来就是他的计划。如果确实如杨永福所言，他应该是在暴雨前在野地拉屎，随后才下雨。如果杨永福是杀人后赶到金银沟，那么在野地拉屎肯定是在暴雨中或者暴雨后，那么现场痕迹不一样。老戴，这方面你是专家，我的想法有没有道理？"

戴志道："这是一种思路，我们再到现场。"

"我直接问宫局现场情况，然后再到现场。"侯大利随后在办公室拨通了宫建民的保密电话。

宫建民接通电话后，道："陈支、金明和滕麻子正在我办公室。我料到你可能要给我打电话，如果你不打，等个十来分钟，我就要给你打电话了。重案大队查了太平镇金银沟那条小路的茶园，确实找到了一摊屎，暴雨冲刷后，还保留不少。在脚印旁边，还有两个烟头。那条小路比较荒，平时走的人很少。暴雨期间，没人出门，更没有人能够证实他是什么时间把车停在小路上的。"

第七章
陵园里的生死之战

放下电话，宫建民抬头看着三个得力干将，道："周小丽失踪了这么长时间，还没有找到关键线索？"

"周小丽独居，难得和父母通一次电话。到现在为止，我们没有接到绑架案的勒索电话，也没有发现周小丽受伤或者遇害的痕迹，立案都难。"陈阳知道周小丽凶多吉少，出于习惯，讲得很严谨。

宫建民打断道："周小丽人机分离，手机在高速公路被发现，这就是遇害的信号。江州市局在扫清命案积案方面在全省做了一个表率，成为先进。这一年多时间，几起命案未破，先进变成落后。费厅在会上提到这事，我感觉脸红。滕麻子，命案必破，这可不是说着玩的。"

滕鹏飞道："侯大利把重点放在杨永福身上，我觉得是对的。不管是黄大森还是周小丽，都和杨永福有关。"

洪金明道："话是这么说，可是，拿不出证据啊。当务之急是寻找周小丽，活要见人，死要见尸。"

四人讨论得很深入，下班以后，陈阳、洪金明和滕鹏飞这才走出宫建民办公室。

陈阳道："晚上8点开案情分析会，黄大森的案子，周小丽的事，真让人头疼。"

滕鹏飞揉了揉脸上的麻子，道："为什么晚上8点开会，能不能早些？"

洪金明笑道："大家别苦着脸了。黄大森死了，终归是好事，否则提心吊胆，五心不定。这件事我们必然要庆祝。还有，今天是麻子的生日，晚上小聚一下，以茶代酒，也给滕麻子过个生日。"

滕鹏飞完全忘记今天是自己的生日，听到政委说起，这才恍然大悟。

洪金明道："我叫了杜峰、张国强，五个人，定在红太阳肥肠火锅鱼。前些年我去得多，这几年血压高了以后，很少去这家。红太阳的味道好得很，就是太肥，胆固醇高。今天打电话过去问，居然还是原来的老板。"

红太阳原来是一家市属企业，后来整体搬到西城区，在东城区角落里剩下了一片破旧厂区和家属院。这片厂区和家属院在城郊，来往方便，又离开市区，较为隐蔽。

来到红太阳肥肠火锅鱼，洪金明走到最前面，推门而入。秦阳支队陈军海恰好迎面而来，洪金明愣了愣，道："军海，你怎么在这儿？"

陈军海笑道："路过，专门来吃这边的老店。以前来吃过，印象深刻。"

洪金明道："军海，到了江州，不给我们打电话，这是见外啊。"

陈军海身后跟了五六个人。滕鹏飞认识其中一人，开玩笑道："黄杨，你不地道啊，到了江州，自己吃独食，是不是怕我灌酒？"

黄杨假装举手投降，道："我就是怕滕支报仇，所以到江州，不敢打电话。"

秦阳支队专案组负责为省命案积案专案二组提供技术支持，包下来比较偏僻的老红太阳招待所。平时都在招待所吃饭，但招待所伙食一般，专案组偶尔出来改善伙食，没有料到，在肥肠火锅鱼馆遇到了陈阳、洪金明和滕鹏飞。

陈军海在肥肠火锅鱼馆偶遇了江州刑警支队三名领导，无意中暴露了行踪。经过请示，陈军海和黄杨两位同志立刻离开秦阳支队专案组，秦阳市公安局重新派出两位侦查员，接替陈军海和黄杨。

临行前，陈军海用保密电话和侯大利沟通情况，算作告别："我们掌握了杨永福较为完整的行迹图，比较可疑的是杨永福临行前在金色酒吧换了越野车，这一招金蝉脱壳用得很漂亮，让我们无法全程跟踪杨永福的车辆。杨永福从小区出来以后，先到金色酒吧，然后他的小车就停在金色酒吧旁边的停车场，一直没有动，人也没有从金色酒吧出来。再次出现时，杨永福已经到了铅锌矿。我们拿到了周边的监控视频，那辆越野车是在杨永福到达金色酒吧不久以后，从公司开过来的，没有停在金色酒吧旁边的停车场，而是停在一处面庄门前。面庄没有监控。司机停车以后，径直离开。经过我们分析，金色酒吧肯定有较为隐蔽的后门。我们的人守在金色酒吧大门和侧门，如果他出来，我们必然会发现。我们没有发现杨永福出门，但是杨永福又开着越野车出现在铅锌矿，所以肯定有其他通道。这个通道能躲过我们的眼睛，也能绕开监控。金色酒吧的背墙有比较复杂的图画，有点儿类似涂鸦，还有很多线条。看到这些图画的人，注意力会被图画吸引，也会自动认为这是属于酒吧的现代风格。后来我们才醒悟过来，这应该是有隐藏后门。如果从后门出来，沿着小道离开金色酒吧，那就会神不知鬼不觉。"

侯大利道："这确实是处心积虑。"

陈军海继续道："周小丽失踪前后，杨永福一直和朱琪在一起。如果说杨永福失踪和周小丽有关，那么杨永福必定有帮手。这个帮手与那辆面包车和皮卡车的操纵者有关。"

通话后，侯大利独坐办公室，在小笔记本上写下了陈军海提供的思路。

四楼传来琴声，琴声时断时续，飘进办公室，又从办公室飘出。侯大利放下笔，听了一会儿从楼下传来的旋律，当琴声停止后，陷入沉思，直到江克扬敲门，这才回到现实之中。

江克扬道："我和老秦、樊勇准备沿金银沟跑一趟朱家大院，再次确定一下凶手的时间。"

侯大利道："快去快回，天快黑了。"

江克扬道："你去不去？"

"我准备和吴雪跑一趟金色天街，到金色酒吧外围转一圈，那里有密门或者地道的可能性很高。"侯大利简略谈了陈军海的分析，道，"陈大队任务相对单一，天天琢磨杨永福的事，久久为功，我相信他的判断力。"

江克扬道："修密门和地道是江州老板们的习惯，这都是被丁丽案吓唬的。"

侯大利道："朱家大院的后山是条小路，比较窄，凶手有可能是骑摩托车进来的。杨永福是骑摩托车的好手，是否存在骑摩托车过来后在某个地方换车的可能性？车手应该会戴头盔，可以掩盖本来面目。"

办公室电话响了起来。这个办公室电话是保密电话，主要用于内部通话，平时响起来的时候不多，只要响起来，肯定就是内部人打过来的。侯大利来到办公室，拿起话筒。话筒里传来张小天的声音："大利啊，原本不想打扰你们，但是有件事情必须让吴雪立刻回来。她以前负责的案子又有了点儿新情况，对象只认她。案件很重要，要请她回来两天。"

侯大利爽快答应。

张小天道："我妹妹是新参加工作，也不是法医专业，你这个江州地头蛇要多关心啊。"

侯大利道："你低估了张小舒。她的工作能力很强，进步神速。"

张小天的笑声通过电话线传了过来，道："我怎么感觉这是假话。"

吴雪接到通知，开车回阳州。侯大利继续看卷宗，直到肚子发出咕咕叫声，这才下楼，到对面常来餐厅吃饭。刑警老楼驻有省命案积案专案二组和105专案组，都在常来餐厅吃工作餐。今天常来餐厅异常清静，只有张小舒一人在吃饭。

微胖的服务员小妹热情地迎上来，道："侯哥，今天来点儿什么？"

侯大利道："老样子，一荤，一素，一碗米饭。"

服务员小妹压低声音道："今天炖了酸萝卜鸭子汤，常总给我说了，要特地给你留一盆。这是常总老家的老鸭子，听说是老成精的鸭子，炖出来的汤香得很。”

常来餐厅菜品真、厨艺好、服务佳。服务员小妹对每位侦查员都笑脸相迎，热情周到。热情周到也有深有浅，她深知侯大利在大老板和常总心目中的地位，对其加倍热情周到。

侯大利脚步稍有停顿，坐在张小舒对面。

张小舒放下筷子，道：“怎么只有你一个人？”

侯大利道：“都看现场去了，天快黑了，急急忙忙走的，饭都没吃。”

张小舒惊讶道：“你是最喜欢跑现场的，怎么不去？太阳从西边出来了。”

侯大利道：“我等会儿到金色天街闲逛。”

张小舒道：“你一个人去金色酒吧，肯定不是办案，当然更不会是去吃喝玩乐。如果我猜得不错，金色天街一定有让你们疑惑的地方。我陪你去，两个人在一起更自然。”

当张小舒提出这个要求的时候，侯大利脑中立刻就想到了他和田甜一起执行任务的情景，往日情景依然存放在脑海中，丝毫没有褪色。

服务员端着热气腾腾的酸萝卜老鸭汤来到两人身边，热情地介绍道：“今天是真的老鸭子，用的是我们厨师长家里埋在地里的酸菜坛子，绝对美味。”她拿来碗，先给侯大利舀了一碗，再给张小舒也舀了一碗。热情且有点儿话多的服务员打断了侯大利对往事的回想，让其回到现实中。他喝了一口老鸭汤，被烫得一下就吐了出来。

服务员笑道：“老鸭汤油多，不会冒气。”

“你早说啊。”侯大利故意“凶”了一句。

服务员吐了吐舌头，道：“我忘记说了。我以为你们什么都懂。”

饭菜简单，更能考验厨师的本事。常来餐厅小，厨师级别却格外高，一钵老鸭汤，一盘辣椒小炒肉，一盘青翠欲滴的蔬菜，让侯大利吃得酣畅淋漓。

从常来餐厅出来，侯大利准备开车。不管是自己开车，还是乘坐那辆越野车，侯大利都仍然在工作状态。张小舒更希望能在夜晚的江州街道散步，这才是正常生活。她轻言细语道：“到金色酒吧也就十来分钟，我们走过去吧。”

侯大利接受了建议。回到老楼，他找了一副浅色平光眼镜，又戴了一顶旅行帽，背上挎包。

江州老城区建筑老旧，房屋密集，很难修建如西城区那样的大广场、宽街道，始终没有大城市气派。不过老城区胜在人口密集，商业繁荣。在前往金色酒吧的路上，行人摩肩接踵，临近金色酒吧的街道形成一个小吃街区，各种小吃紧密排列，烧肉的香味、油炸的香味、面食的香味、辣椒的呛味，烟火气把空气塞得满满的。

张小舒买了羊肉串，分给侯大利三串，自己拿了两串。

侯大利道：“才吃了晚饭，你能吃得下？”

张小舒道：“拿着羊肉串，这才像逛街。你这人是工作狂，除了工作，没有业余生活。今天难得没有老克、老樊跟在身边，就放下所有任务，成为一个快快乐乐的单纯年轻人。”

侯大利咬了一口羊肉串，眼睛四处扫视。

进入金色天街后，各式小吃的香味让位给飘荡在空中的音乐。音乐被扩大后，不同风格的旋律在空中碰撞，让人陷身于音乐的狂放之中。重低声就像暗中的杀手，时不时过来冲击耳膜。

“这根扦子又粗又尖，对脆弱部位有杀伤力，可以成为凶器。”侯大利咬完一串羊肉串，观察粗大且尖锐的柳树枝。

张小舒道：“享受美食，别想案子。”

金色酒吧和此条街道其他房屋一样，面朝街道的部分灯火明亮，富丽堂皇。侧门外安有一盏大灯，无数飞蛾在灯光下飞舞。酒吧房屋的背面昏暗潮湿，阴森森的。朝左行约50米，出现一条狭窄小道，小道后面有一片小树林，更显黑暗。

侯大利几口就将羊肉串吞进肚子，手握两根羊肉串的粗扦，低声道：“跟紧点儿，小心。”

侯大利如此警惕，张小舒哭笑不得。

从小树林穿出，又过了两条小道，灯火辉煌的主干道猛然间出现，犹如从老旧世界进入新世界。张小舒将用过的柳树枝扔进垃圾桶，取过纸巾，擦干净手指。侯大利接过张小舒递过来的纸巾，擦完嘴巴以后，又用纸巾擦干净柳树枝，道："我总有一种奇怪的感觉，有人在看着我们。"

张小舒很心疼眼前的英俊男人，道："你应该休息几天，精神长期紧张，要出问题。"

侯大利道："我的精神没有问题，就是感觉不对劲。"

这条小道没有通车，没有监控。从小道回到金色酒吧后墙后，侯大利从随身携带的挎包中取出手电，查看了金色酒吧后墙。其后墙画了现代风格的装饰画，有上上下下的纵横交错的条纹。张小舒非常安静地站在一旁，用欣赏的眼光瞧着看上去有些呆傻的男人。这个呆傻男人关掉手电后，又在小道上来回走了两圈，这才来到张小舒身边。

阴影中，停有一辆小车，车上有两个中年男人。

脸色白净的男子道："五哥，那俩人跑到了阴暗角落，真是找死，我要弄他。"

"侯大利身手好，反应快，没有绝对的把握不能动手，否则就是打草惊蛇。"刀疤脸老五摸了摸被镰刀划伤的大腿，道，"老七，好汉不提当年勇，我们都是中年油腻男了，凭体力，已经不如年轻人了。"

老七道："今天是好机会，侯大利没有开车，还带着一个女的。"

老五道："老七，女的也是警察，不要小瞧了。"

"她是法医，又不是一线侦查员，怕个鬼。迟早要做，今天倒还真是机会。他们必然要走路回刑警老楼，我们在拐角那边等着他来自投罗网。"自从勇哥提出要做掉侯大利以后，老五和老七便从外地回来，悄悄潜入江州，寻找侯大利的破绽。老七提到的拐角处，便是其预设的战场之一。

老七注视着黑暗中的一对男女，道："勇哥魔怔了，为什么非要干掉这小子，又不能赚钱，还会惹上大麻烦，完全没有意义。"

老五道："勇哥说了，这是最后一件，然后彻底退出江湖。"

老七道："勇哥原来准备趁着煤炭行情好，卖了两个矿，大家各分一笔大钱，一辈子吃穿不愁，这才是退出江湖。现在两个矿被政府抢了，三哥陷进去，我们拿什么退出江湖？还不如到我这边来，做几把大的，也够退休了。”

老五摇头道：“勇哥不会同意的。”

老七咬着牙齿道：“我们结义一场，大家一起做最后一件事。我也算是还了勇哥的情，这事后，大家各奔东西，各做各的事。天下没有不散的筵席，我们结拜十几年，没有兄弟杀兄弟，也算是值了。”

老五和老七目光盯紧着金色酒吧后墙外小道上的一男一女。

老七道：“这对狗男女在墙上找什么？”

老五摇头道：“不知道。我只知道这个酒吧是杨永福的，侯大利是在针对杨永福。”

“侯大利如今是省公安厅的人，平白无故为什么会针对杨永福，杨永福到底做了什么？墙上有什么？”老七平时是做自己的事，很少回江州，对杨永福的印象还停留在多年前。

老五继续摇头道：“勇哥的话越来越少，不想说的事，就是不说。”

老七道：“二哥和三哥都是聪明人，设计了旁门左道，搞得我们几兄弟人不人鬼不鬼的。现在看起来还是我们这种莽张飞活得长一些。”

老七最年轻，最大胆，也最激进，做的事情是二哥和三哥坚决反对的，吴佳勇不支持也不反对，只是提了要求，不能在江州、湖州和秦阳这三个地方搞事。这三个市地理位置接近，风俗习惯相似，人员来往密切，简称“江湖秦”。老七在“江湖秦”以外地区站稳脚跟后，有意返回。吴佳勇到现在都没有松口，坚决不准老七回来。

老五指了指收起手电的侯大利，道：“你这些年没有回江州，不知道前面年轻人的厉害。侯大利被称作神探，工作几年就调到省刑总去了。”

老七道：“那是破案能力，又不是打架。”

老五道：“别轻敌，侯大利不好对付。你注意到没有，他每次走到路口时，都会停下来，左右观察，这才往前走。”

老七道：“现在警察管得严，没有执行任务的时候，肯定不会带枪。侯大利平时基本不会单独活动，身边总跟着一堆人，今天只有一个女的，是千载难逢的机会。上一次对付秦永强，也是这个道理。如果不是我们当机立断敢下手，秦永强这种猛人，会给我们找好多麻烦。”

老五道：“勇哥计划的是10月18日。”

老七道：“计划没有变化快，勇哥说侯大利在10月18日应该会单独行动，所以选在那一天。今天，侯大利相当于单独行动，而且在闹市区。这本来就不在我们计划内，我们自己都不知道要搞突然袭击，警方更不会防备。今天的行动相当于那种在街头发生的意外冲突，方便跑路，警方根本找不到线索。而且，勇哥提出的几个预设点，那个拐角本来也在预设点内。”

“勇哥只是让我们来熟悉情况，没有让我们现在就下手。”自从在夏晓宇父母家里意外失手，二哥莫名其妙折在夏家，老五的心态发生了极大变化，变得保守、谨慎。

老七急眼了，道：“我们有枪，又在暗处，这都不敢下手，那就没有更好的时机了。伸头是一刀，缩头也是一刀，做了这一单，了结勇哥心愿，我们离开山南，就不当缩头乌龟了。”

在老七的坚持下，老五终于同意动手。

小车启动，很快来到拐角处。这个拐角处有一个街心花园，和市一院附近的街心花园极为类似。老七检查了左轮手枪，装上子弹。老五仍然使用匕首。车窗屏蔽了喧嚣，车内安静得只能听到呼吸声。

半小时不到，侯大利和张小舒从金色天街方向走了过来。

老五和老七下车，闪进灌木丛，低伏其中，准备突袭侯大利。

查看了金色酒吧的后墙以及后墙的周边环境，侯大利也觉得自己精神长期紧张，过于敏感了，扔掉柳树枝，和张小舒一起沿着街道回刑警老楼。

即将来到拐角处的街心花园，侯大利停了下来，道：“江州城里所有街心花园都是类似结构，大树、灌木加一个小亭子，从绿化角度来看，增添了美景。从侦查员的角度来看，城市中间的街心花园是治安隐患，特别是在深夜，有坏人躲在街心花园，行人根本无法看见。上一次办理杜强案时，秦力就是在街心花园袭击了杜强。如果今天有人要袭击我，在街心花园等着我们，那就是最好的时机。”

“为什么他们有可能要袭击你？难道那个传言是真的？”夜色中，张小舒在不经意间握住了侯大利的手。她感到侯大利的身体明显僵了僵，便用力握住了有可能逃窜的手掌。

面对张小舒明确的信号，接受，还是婉拒？侯大利内心一直充满矛盾。他把注意力转到了案件上，问道：“哪个传言？”

“我们到亭子去坐一坐。”张小舒感受到侯大利手心的汗水，心中柔情百转。

侯大利道：“边走边聊吧。你听到的是哪个传言？”

“我听说有一帮人专门对付江州企业家以及他们的家人，无风不起浪，肯定有这么回事。我仔细想了想遇到的案子，李小峰、邱宏兵、关江州，这些人都是老板的家人。我怀疑我妈出事，也和这些人有关系。”母亲遇害时间太久，张小舒度过了得知母亲遇害的痛苦期，已经可以相对从容地讨论母亲遇害的问题。

侯大利心道：“如果这个消息是真实的，两面人散布消息，从某种程度上就是预警。如果是预警，就说明这个两面人有难言之隐。”

即将来到街心花园时，一辆警车开了过来。

子弹已经上膛，老七猫腰蹲在灌木丛后面，见到警车出现，又伏低了身体。

警车停下，施成下车，和侯大利打招呼。在灯光下，侯大利自然而然松开了张小舒的手。经历了钱刚枪击案以后，东城所全所同志都对侯大利和张小舒颇有好感，除了施成，另外两个民警也下了车。寒暄以后，几个民警这才重新上车。

警车彻底消失在视线时，侯大利和张小舒已经走过街心花园。

老五低声道：“算了，没机会了。”

“我跟过去，从背后开两枪，轻松解决问题。你太紧张了，侯大利不管再厉害，也是吃五谷的肉体凡胎。”老七准备大摇大摆地跟过去，从背后开枪。

老七刚从灌木丛走进人行道，又有一辆车开了过来，停在侯大利面前。老七收了枪，站在街边，买了一瓶可乐，悻悻然看着远去的尾灯。

老五走到其身边，道："刚才的警车是派出所的，这辆车是省刑总专案组的。这些都是不可测因素。走吧，上车，回去。"

老七一言不发地上了车，道："可惜了，让侯大利逃过一命。他的命还真大，接连来了两辆车。"

坐上车以后，侯大利内心深处隐隐的不安这才彻底消除。

由于张小舒不是省命案积案专案二组成员，诸人在车上没有谈论与挖两面人和幕后黑手有关的话题，只是谈了刑警支队都知道的事情。

戴志道："金银沟那条支路旁边有一片茶园，茶园里确实有一堆被水冲过的黄白之物，这和现场勘查的一致。杨永福用了一泡屎、两个烟头，再加上车坏了的自述，解释了自己为何在上午10点才到达长青铅锌矿的问题。"

张剑波道："杨永福的理由看起来解释得通，可仍然不合常理。杨永福是去处理安全问题，这才没有和朱琪同行。遇到这么急的安全问题，从江州7点多钟出发，无论如何也不应该10点来钟才到长青铅锌矿，从常理来说讲不通。这就是说谎。"

回到刑警老楼，一行人上了四楼，张小舒依依不舍地在四楼与五楼的铁门前停下脚步，与侯大利分手。铁门内，是属于省命案积案专案二组的区域，张小舒遵守纪律，停步于此。

侯大利直接走进五楼小会议室。

江克扬跟随其后，道："大利，还要开会？"

侯大利道："你们先休息。我等老克这一组回来，如果有新情况，就碰头。"

戴志、张剑波各自回屋，侯大利泡了绿茶，再调出讯问李沪生的视频资料。

吴佳勇团伙以及杨永福这两个犯罪集团已经露出马脚，如何把"马脚"变成能够上法庭的证据，这是一项艰巨的工作。另外，这一段时间，凶案接连发生，省命案积案专案二组不停奔向不同的现场，参加案情分析会。虽然忙得团团转，但是几件案子都没有突破，从支队调过来的各类资料已经积压，这让侯大利内心产生了焦灼感。

翻看了一会儿资料，侯大利还是调出了审讯李沪生的视频。

这是针对李沪生的第三次审讯，来自江州的周向阳参加了审讯。湖州预审员老张主审，周向阳配审。

李沪生头发剪短，换上了“湖看”囚服，坐在控制住手脚的椅子上，脸色苍白，神情倒还平静。

因为不是第一次审讯，走完程序以后，湖州预审员老张语重心长道：“永发煤矿找到了四具尸骨，不管我们是否能够找到董事长段成发，也不管段成发和承包商李红要承担什么责任，你作为总经理，肯定是猫抓糍粑脱不了爪爪，不要有侥幸心理。”

李沪生下意识地甩了甩头发。

老张讽刺道：“你别甩头发了，在很长一段时间，你都没有甩头发的机会。争取自首立功，这是你唯一的出路。”

“头可断，发型不能乱”，这是红山厂一些时髦青年的口头禅。李沪生想起漫长的监狱生活，不由得沮丧起来。沮丧归沮丧，什么话能说，什么话不能说，他在心里有一个明确的概念，道：“我是总经理，在永发煤矿出现了这种事，我承认失职、渎职，需要我承担什么责任，我就承担什么责任。用失职或渎职的罪名起诉我，送我进监狱，我心服口服。不是我的责任，比如第三巷道的事，我没有插手过，我是不会承认的。冤有头，债有主，你们应该去把段成发和李红抓回来，他们才是重点。”

前两次审讯都在这里进入了死胡同。李沪生咬死不知道第三巷道的事情，而永发煤矿其他人员给出的旁证以及所有的资料也都从侧面证明了李沪生确实没有插手第三巷道。

老张挺有耐心地问完第三巷道的一些细节以后，开始喝水，将下一步的审讯工作交给周向阳。

周向阳眼圈微黑，桌子上的烟灰缸里有三个烟头，烟灰缸旁边是泡有胖大海的透明玻璃杯。他喝了口水，上上下下打量李沪生，道："李沪生，从名字来看，你是在上海出生的？"

江州、湖州和秦阳算一个大地区，口音接近，细微处又有区别。李沪生熟悉江州口音，抬头看了一眼周向阳，道："我是红山机械厂的子弟，红山机械厂很多人都是在上海出生的。我在上海出生，所以叫李沪生。"

周向阳道："你的爸爸、妈妈在红山机械厂工作？"

李沪生道："我们的情况，你们肯定了解得一清二楚，何必多此一举。"

周向阳原本态度平和，突然间就变了脸，板着脸，语气严厉道："问什么，答什么，不能反问。"他黑着脸说话时，目光锋利，咄咄逼人。

李沪生低头看了一眼黄色衣服，神情变得沮丧，简要回答了父母的情况。

周向阳道："你有一个妹妹李沪娟，李沪娟是什么情况？"

听到这个名字，李沪生沮丧的神情突然间变得愤怒起来，用力摇动椅子，道："我妹妹意外过世很多年了，你们就别打扰她了，有本事冲着我来。"

周向阳道："李沪娟是哪一年意外过世的？"

李沪生瞪着双眼，道："如果你们继续这个话题，我保持沉默，不再回答你们的任何问题。"

周向阳淡淡道："别激动嘛。换个话题，你在红山机械厂演出队学过口技吧。"

李沪生瞬间又平静下来，道："我没有学过口技。"

周向阳翻了翻笔记本，道："你的天赋不错，这是大家公认的。我们做过调查的，否则也不会问你这个问题。"

李沪生眼中闪出一丝疑虑，答道："当年，李老师在演出队演过口技，我不喜欢口技，更喜欢唱歌。"

周向阳道："你学过口技？"

李沪生道："我没有学习口技的天赋。"

侯大利又停下视频。

夏爽以前就指出吴佳勇擅长模仿别人说话，所以是否能找到口技演员、李沪生是否会口技，其实已经不是那么重要了，至少不是关键性突破。但是，周向阳问起"李沪娟"时李沪生的愤怒反应，引起了侯大利的注意。

尽管李沪生还是和前两次讯问时一样，将所有事情一推了之。可是，看守所毕竟是特殊场所。人是群体性动物，会受环境影响，李沪生进了监舍，行动受到控制，即将面临牢狱之灾，其心态和情绪会在不知不觉中发生变化。周向阳不停试探李沪生，意外地在"李沪娟"这个点上让李沪生表现出异常。

李沪生在近期才浮出水面，警方对其"社会关系和行动轨迹"搜集得并不充分。由于最近这一段时间紧、任务重，凶案频发，省命案积案专案二组以及江州刑警支队都没有及时将李沪生的社会关系全部查清楚。

这是一个薄弱环节，必须补上。

……

视频继续播放。

周向阳发问："你是哪一年待在江州的？"

李沪生道："1993年、1994年，我都在江州。"

周向阳道："在江州做什么？"

李沪生道："我当时年龄小，什么都不懂，跟着吴佳勇来到银沟煤矿。"

周向阳道："你为什么跟吴佳勇到银沟煤矿？"

李沪生道："吴佳勇是杨国雄的小舅子，所以我们跟着他过去，找点儿零花钱。"

周向阳道："除了你，还有谁是跟着吴佳勇过去的？"

李沪生道："吴佳勇的身份特殊，跟在他身边的人多，有的来，有的走，时间隔得太久了，我也记不清楚了。"

周向阳道："吴胖子是和你一起去的吧？"

李沪生道："吴胖子也在银沟煤矿，大家在一起讨生活。后来吴胖子能和永发煤矿做生意，也是因为以前的老关系。"

周向阳道："吴胖子是二哥，你是三哥，你们还有几个结拜兄弟？"

李沪生道："我们没有结拜，二哥、三哥的叫法只是碰巧了。"

侯大利暂停了视频。从视频来看，李沪生思路清晰，口风很紧，没有明显漏洞，情绪总体稳定。唯一能够刺激到李沪生的还是"李沪娟"。

周向阳的思路应该是想通过李沪生摸清楚吴佳勇团伙其他成员的情况，只是没有找到更好的突破点。二哥死亡，李沪生油盐不进，吴佳勇滑不溜秋，大家明知道有一个以吴佳勇为首的犯罪团伙，这个团伙也参加了与面包车和皮卡车有关的事。只不过，"知道"和"找到"是两个概念。现在处于攻坚阶段，如果顺利拿下李沪生，吴佳勇团伙便会从内部被攻破。

侯大利到办公室，用保密电话给湖州支队专案组打去电话，请求调查李沪娟的死亡时间、死亡原因。

早上，刚到上班时间，侯大利在办公室接到了湖州刑警支队专案组的电话。支队专案组调查结果如下：第一，李沪娟死于1994年7月7日；第二，死亡地点在江州，准确位置待查；第三，死因是遭遇意外。

放下电话，侯大利久久地望着窗外，又在笔记本上写下"1994"这一串数字。

在他心中，1994年是一个特别重要的年份，有很多重要的事情发生在这一年：

1994年3月，甘甜被人用枪指头；

1994年7月19日，秦力辞职；

1994年8月，甘甜被人捅了刀；

1994年9月20日，黑社会老大胡卫被当街打死；

1994年10月5日，丁丽遇害；

1994年10月22日，白玉梅失踪。

如今，又新增加了一个事件，李沪娟死于1994年7月7日。

到了1995年，秦永强死于矿井冒顶，重案大队侦查员田跃进辞职，秦力的弟弟秦涛脱离黄大磊团伙。这其实是1994年一系列事件的延续。

所有事情积累在一起，里面有一条隐藏很深的线索。最初，这条线索在侯大利脑海中很模糊，随着案侦工作展开，线索慢慢清晰起来，这些线索均围绕着红源煤矿和银沟煤矿对资源的争夺。

思考良久，侯大利拨通了夏爽的电话。

响过四声后，电话接通，传来夏爽温柔又平静的声音："侯警官，有事吗？"

侯大利道："打扰夏总了，今天有空吗？想要和你见一面。"

夏爽对侯大利挺有好感，道："侯警官要来，我再忙也抽得出时间。你们肯定要问以前的人和事，能提前打听一下吗？如果我不知道，你们就白跑路了。"

侯大利道："我们想要了解李沪娟的情况。"

夏爽道："谁？"

侯大利道："李沪娟。"

电话那头短暂沉默后，夏爽道："沪娟啊，你们怎么想起她了？"

听到"沪娟"的称呼，侯大利知道有戏，用不容置疑的语气道："我们一小时后到达。"

一小时后，侯大利和江克扬轻车熟路地来到夏爽所住的六幢五层。进入屋内，淡淡蜜香袭来，这个味道不讨厌，侯大利能够接受。夏爽身穿款式极为简单的白裙，未施粉黛，为两位远道而来的警官泡茶。

"你们每次过来都是撕开我的伤口，我不愿意提起以前的事。不过你们这一次想了解李沪娟，所以我还是选择接待你们，否则就会找借口躲开。惹不起，我躲得起。"夏爽见过风浪，看透世事，一点儿都不做作，开场白直来直去。

侯大利有几分欣赏这种直爽作风，道："你和李沪娟关系不错？"

夏爽道："在我年轻时最难的几年，沪娟是少数能谈得来的朋友。"

侯大利道："上一次见面，你没有谈到李沪娟。"

夏爽道："你们也没有问啊。沪娟死了十来年了，我不想打扰她。"

侯大利道："李沪娟是在哪里出的意外？"

夏爽道："在银沟煤矿，瓦斯爆炸，炸得很惨，我没敢去见最后一面。"

侯大利道："哪一年的事情？"

夏爽道："是1994年7月，我记得很清楚。沪娟是很浪漫的人，当天提着一罐鸡汤，给男朋友送去。"

侯大利道："李沪娟的男朋友是谁？"

夏爽有点儿惊讶地说道："吴佳勇啊，你们不知道？"

"那是很久以前的事，我们还真不知道，能不能讲得详细一点儿，越详细越好。"李沪生的妹妹李沪娟曾经和吴佳勇是恋人关系，侯大利瞬间就理解了李沪生为什么要死保吴佳勇。

"从什么地方说起，让我想想。"在说这句话时，夏爽的头斜向上仰，眉毛微抬，眼光向上，额部有皱纹，上下唇及下颌比较放松。

侯大利观察得很细致，知道夏爽陷入回忆中，没有打扰她，静等其开口。

夏爽慢慢开了口，道："在20世纪90年代初，沪娟和吴佳勇谈恋爱遭遇到很大的阻力。吴佳勇是农村户口，在那个时代，非农户口和农村户口的差距挺大，是一道鸿沟。沪娟正在读系统内部中专，回来就有一份正式工作。吴佳勇长得还是挺帅，气质也好，根本不像是农村青年。他是杨国雄的小舅子，有时会和李沪娟一起到杨国雄这边来。我就是在那时和沪娟成了朋友。红山机械厂很大，有一万多人。我以前知道沪娟，因为她是厂里的小名人，经常参加演出，但是我和她没有接触过。由于杨国雄和吴佳勇的关系，我们才真正认识，正是由于都是从红山机械厂出来的，有共同语言。我记得那天是7月7日，沪娟特意炖了一锅鸡汤，由张伟开车送到银沟煤矿。"

侯大利道："张伟是谁？"

夏爽道："张伟也是红山机械厂的，和李沪生、沪娟是好朋友。沪娟原本想给吴佳勇一个惊喜，和张伟一起进入矿井，然后遇到了瓦斯爆炸。”

侯大利道：“这一次瓦斯爆炸死了几个人？”

“应该没死几个人，杨国雄回来也没有多说这事。出了这事，沪娟的爸妈很伤心，迁怒李沪生，退休以后，迁回上海了。”说到这里，夏爽微微自嘲道，“三线厂的职工曾经很骄傲的，看不起当地人。时代变了，落毛的凤凰不如鸡，三线厂的中老年人生活在围墙里，不肯承认现实。我们这些年轻人终归是要面对现实的。”

侯大利又道：“你刚才谈起过，沪娟经常参加演出，她的语言能力很强吧，经常模仿别人说话。”

夏爽有些惊讶，道：“你怎么知道？沪娟能歌善舞，还跟着厂里一位老演员学过口技，她有天赋，学什么像什么。”

侯大利道：“我记得上一次，你说过吴佳勇会口技，却又说不知道是跟谁学的。现在看起来，是跟着李沪娟学的吧。”

夏爽道：“我那天不愿意提起沪娟，她死得太惨，死得太不值。这是我们女人的伤心事，谁愿意主动揭开这个伤疤。”

侯大利道：“死得太不值？这是什么原因，你刚才说的是瓦斯爆炸？”

夏爽道：“对外肯定都说是瓦斯爆炸，吴佳勇曾经有一次在杨国雄面前歇斯底里，说是红源煤矿秦永强下的手，原本是要炸他，结果误炸了沪娟。这种说法，我只听到过一次，后来这事就不了了之，吴佳勇没有再提起此事。他的性格经过这事有很大变化，以前挺阳光，从此以后，变得阴沉沉的。”

听到夏爽提起李沪娟的舞台经历，侯大利不由得想起杨帆。杨帆与李沪娟的经历有相似之处，都是活跃在舞台上的三线厂子女，早早离开人世，给亲人们留下无尽的相思和永远无法弥补的遗憾。侯大利一直在寻找吴佳勇的犯罪动机，总是觉得为姐夫报仇的动力很难持续这么多年，如果其恋人李沪娟真是遇害，那么其犯罪动机便浮现了出来。

另一位死亡者叫张伟，其父母是红山机械厂职工。红山机械厂搬离山区以后，主体部分到了阳州，一部分留在湖州。张伟父母选择留在湖州，陪伴长眠于此的独生子。

从省城阳州前往湖州前，侯大利顺道前往国龙湖。

湖边停车场上，侯大利取下白手套，道："老克，我准备见一见我爸，他今天恰好在这边。我们父子俩难得见一面。"

"你是难得见一次侯叔，我就不当电灯泡了。国龙湖风景好，我在这边转一转，晒一晒太阳，偷得浮生半小时闲。"江克扬知道侯家父子关系不和，来往不多，特别是在侯国龙婚变以后，更是难得见面。如今父子见面，自然不会跟在身后。

侯大利道："太阳不小，晒得很。那边有茶楼，你去喝杯茶，我很快下来。"

江克扬道："别管我，赶紧去吧。"

门口有保安，见到侯大利后，立刻敬礼，很快就有一名年轻漂亮的女子迎了上来。

江克扬在草坪外转了一圈，在有树荫的长椅上坐下来，拧开茶杯，喝了一大口浓茶。侯大利是好战友，优点特别突出，缺点也明显，一是完全没有自己的生活，案子便是其生活的全部。他原本就是天赋很高的侦查员，科班出身，还如此努力，脱颖而出，理所当然。二是太有钱了，导致时常不食人间烟火。比如在国龙湖这种地方喝一杯茶，得好几十块钱，茶味还淡淡的。这种消费没法报销，对江克扬这种家境一般的侦查员来说实在不划算。

拧紧茶盖，江克扬提着水杯在国龙湖边溜达。湖水清澈见底，水草在浅水中展开优雅的身姿，成群小鱼穿梭其中，岸上稍有动静，便倏然而动。围绕湖水是一幢又一幢红色房子，红色房子四周是香樟树。香樟树是江州、湖州和秦阳这一带国营三线厂内种植最广泛的树种，国龙集团核心人物有不少出自三线厂，将种植香樟树的习惯带到了国龙湖边。

江克扬来到国龙研究院。

国龙大楼和国龙研究院是并排的两幢大楼，国龙大楼低调，研究院气派十足。两楼没有修围墙，两楼之间是大片草坪，直接连到湖边。有年轻父母带着孩子在风景如画的湖边玩耍，悠然自得。

在湖边转了一圈，江克扬发现了这一次到湖边与前一次不同。前一次到国龙集团，湖边监控甚少，只有在总部、研究院和国龙地产附近才有较为密布的监控。这一次，湖边道路节点部位都安装了监控。

随着各类监控摄像头越来越多，看视频成为侦查员的必备功。不管走到哪一个地方，必然观察是否有监控，这是江克扬在办案过程中形成的习惯性动作。

“看来江州企业老板家人出事的风波还是吹到了国龙集团。”江克扬做出了判断，也明白侯大利与父亲见面的原因。国龙集团与丁晨光的厂房相比，防控措施差得很远，如今增加监控，总会对恶意者形成震慑。

国龙研究院的一间房屋内，有人在监控画面中注意到了随处溜达的江克扬。

“王队，这人四处张望，有点儿可疑啊。”

“你看这个挎包的背法，这就是外勤人员的典型背法。不会错，气质完全符合，就是一线侦查员。”

“王队，这么肯定，太神了吧。”

“哈哈哈，我又不是小神探侯大利，哪有这么神。这是江州重案大队的人，名字记不清了，应该姓江吧。他是侯大利搭档，我们一起办过案。”

“他一个人在这边做什么？出来办事，不会一个人吧。”

“侯大利应该也在。看来监控有盲区，没有完全覆盖。”

半小时后，画面中出现了侯大利。

坐在越野车上，侯大利戴上手套，顺手打开音响。这是侯大利开车前的典型动作，江克扬非常熟悉了，不仅熟悉这个流程，连音乐旋律都烂熟于心，经常哼唱出来。音乐声中，越野车很快来到湖州高速公路道口。姜青贤早就等在道口，碰面以后，一行人没有进城，而是直接前往红山机械厂老厂。

红山机械厂是大厂，人数最多的时候达到万人，机械厂附近小镇热闹程度不逊于县城。红山机械厂医院设备好，医生水平高，县城里的人都习惯在红山医院看病。如今时代变化，人去楼空，红山机械厂老厂区空空荡荡，除了少数有人居住的房屋，其余房屋缺少维修，破败不堪。水泥地面的裂痕无人修补，杂草茂盛。

姜青贤、侯大利和江克扬来到红山机械厂内部墓地。这块墓地埋葬着从建厂以来牺牲、死去的工厂前辈和家属，牺牲的员工多为中年人，自然死亡的员工和家属多数年长。

来到墓地左侧角落，姜青贤指着一块墓地道：“这就是李沪娟。”

李沪娟的墓碑很简单，没有照片，只有出生时间和死亡时间。按照湖州习俗，子女早逝，父母不会留名字，只会留下兄弟姐妹的姓名在碑上，比如兄李沪生之类。但是，这块碑上没有李沪生的信息。

侯大利下车之时便提着一个黑袋子，来到李沪娟墓前，从黑袋子里取出香烛和纸钱，撕开塑料包装。很快，香烛青烟袅袅升起。侯大利轻车熟路上香以后，直起腰，道：“李沪娟的爸妈对于女儿之死耿耿于怀，迁怒于李沪生。这应该是李沪生的心理弱点，如果要突破，就得从这点入手。”

江克扬道：“这块墓地虽然朴素，但是非常干净，周边没有杂草，没有青苔，这和其他墓有区别。李沪娟父母在上海，年龄大，不太可能把墓地弄得这么好，应该是有人维护。”

姜青贤完全没有料到侯大利会为李沪娟烧香烛和纸钱，这个不寻常的举动让其对眼前的年轻人心生好感，肃然起敬。他指了指隔得不远的另一个墓，道：“那是张伟的墓。”

侯大利来到张伟墓前，点燃香烛后，道：“死亡时间一致，夏爽提供的情报很准确，张伟和李沪娟是同一天遇难。姜支，张伟父母就在这边？”

姜青贤道：“我问过当地派出所。张伟的母亲有些疯癫，精神状态时好时坏。张伟的父亲身体不好，肺部有大问题，老是咳嗽。这对夫妻就要守在儿子这边，不愿意到条件更好的阳州工业园。”

三人离开墓地，来到张伟父母的家。张伟父母的屋子是老格局住房，客厅和厨房都很小。刚到门口，便听到接连不断的咳嗽声音，声音很大，轻易穿透木门。

张伟父亲耳朵不太灵，民警只能用力敲门。

张伟父亲身体功能严重衰退，就如一辆即将报废的汽车，肺部有问题，听力不行，记忆也不行，有阿尔茨海默病前兆，面对警察询问，东拉西扯，不知所云。

“别问老头了，我晓得。”个子矮小的女人站在门口，眼神直直的，道，“小伟就是被李沪生害的。”

张伟母亲站在门口，一口气说了二十来分钟，大部分段落都是无意义的事情。侯大利调动了所有精力来捕捉话里的有用信息，总结起来有两条，一是李沪生小时候是乖娃娃，长大了变成坏人，坏得流脓，和社会流氓混在一起，把张伟拖下水。张伟从来不跟社会上的人来往，李沪生就是害人精。二是李沪生把张伟害死了，还把李沪娟也害死了。

侯大利趁着张伟母亲稍稍停止的时候，抓紧时间问道：“李沪生是三哥，张伟是老几？”

张伟母亲脱口而出：“他们都是疯子，蠢货，还学桃园结义，小伟根本不想和他们结拜的，就是李沪生，硬拉着。”

侯大利道：“张伟是老六吗？”

张伟母亲原本还能交流，突然之间，情绪爆发，大吼大叫：“你们是什么人？是不是还想要害我家小伟！”

张伟父亲爆发出一阵惊天动地的咳嗽，嘴巴里开始有血沫。他身体完全垮了，缩于屋内，和外面世界隔绝了，眼中只有老伴。老伴在这一段时间好不容易正常一些，如今被打扰，又将有一段时间不得安宁，他气得猛拍桌子，让来人滚出去。

下楼时，陆续有人打开门，站在门口观望。出现在门口的都是不愿意离开红山机械厂的老年人。从衣着、神情等方面看起来，他们仍然活在以前的岁月里，被快速向前的时代远远抛在身后。

侯大利早见惯了受害者和施暴者家庭的各种惨事，站在楼下，仍然会心情沉重。作为侦查员，他的职责是抓住凶手。抓住凶手，仅仅能缓解当事人情绪，甚至情绪都不能缓解，更不能减弱当事人受到的伤害，对结局于事无补。可尽管如此，抓住凶手仍然被全社会看得很重，因为这是威慑，是减少犯罪的重要手段。

在永发煤矿挖出四具尸骨以后，随即又发生了黄大森被枪杀案，省命案积案专案二组的注意力集中在黄大森被枪杀案，暂时放弃深入“挖掘”李沪生的工作。谁知道“有心栽花花不开，无心插柳柳成荫”，关键信息居然来自夏爽。

姜青贤与侯大利在高速路口握手告别，讲了一个新情况，道：“我接到最新消息，吴佳勇今天离开湖州，在江州道口下高速，他的车进了长盛矿业地下车库。”

湖州刑警支队专案组和秦阳刑警支队专案组各自行动，与省命案积案专案二组单线联系，互相之间没有接触。长盛矿业是秦阳刑警支队侦查员的重点监控地区，姜青贤收到消息时，侯大利也接到相同消息。

坐上越野车，侯大利道：“吴佳勇和杨永福凑在一起，又要起什么幺蛾子？”

江克扬揉了揉太阳穴，道：“如今的吴佳勇不是当年的吴佳勇，两个煤矿的资金被冻结，服装厂被冻结，个人银行资金被暂时冻结。没有钱，他就是丧家之犬。”

侯大利道：“丧家之犬最危险，而且，以他们的布局水平，应该在外面还有资金，不可能全部放在银行，被我们一网打尽。”

音乐声中，越野车窗外的树木迅速掠过。江克扬跟着音乐哼唱几句后，道：“吴佳勇很少在江州露面，这一次到江州到底打什么鬼主意，说不定又要起波澜。”

“穷途末路，真要打什么鬼主意，就是他们灭亡之际。”侯大利朝车窗望去，目光变成一只雄鹰，在天空中飞翔。

矿业大厦顶楼，吴佳勇和杨永福坐在玻璃房内。吴佳勇抬头朝空中看了一眼，道：“我怎么感觉有人在盯着我们。”

杨永福道："舅舅，你怎么成了惊弓之鸟。"

吴佳勇抬头望着天空，道："不是我成了惊弓之鸟，而是天空中有一张大网。据可靠消息，从秦阳来了一支队伍，你是他们的监控对象。"

"舅舅，消息可靠吗？"杨永福很想知道吴佳勇的消息来源，问了几次，都没有得到答复，明白舅舅口风甚紧，不会透露其消息来源，索性不再追问。

吴佳勇道："绝对可靠。"

"兵来将挡，水来土掩，也就这么回事。"杨永福为人极为警觉，已经察觉到身边异常。他提前做了很多预防工作，并没有太在意此事，甚至还有一种把警察耍得团团转的快感。

看着外甥的神情，吴佳勇想起了多年前的自己，叹了口气，道："我以前觉得自己算无遗策，做什么事情都能看三步，步步为营，一切尽在掌握中，警方根本抓不到我。"

杨永福道："事实就是如此，警方就算知道有问题，也只能干瞪眼。"

吴佳勇道："前些年，你舅舅身边有交情过命的铁哥们儿，做什么事情还算得心应手。十几年下来，大哥、二哥、老六折了，如今三哥又进了看守所，回想往事，总觉得是一场梦。现在我还能站在你这边，那是三哥扛下了所有事情。人性是不能考验的，公安审人很厉害，如果三哥扛不住，那我也得进去。"

杨永福道："舅舅，你怎么变得这么多愁善感，这不是你的风格。我不太相信结拜这一套，兄弟就是拿来出卖的。所以，我没有兄弟，一切都靠自己。"

"经历的事情多了，年龄大了，每个人都会变。时代不一样了，我们这群人就是被后浪拍死的前浪。"吴佳勇停顿下来，取了一支烟，默默地抽。

在姐夫和姐姐相继离世以后，吴佳勇曾经对外甥担负起监护人职责。外甥经受父母相继离世的打击后处于一种奇怪的状态，没有太过悲伤，神情麻木，不愿意出门，偶尔玩玩游戏，更多时间则是什么事情都不做。吴佳勇担心外甥心理出问题，便将其送到秦阳读高中，后来又弄到一所民办学院。外甥自作主张离开民办学院以后，有很长一段时间处于失联状态。

杨永福是姐姐的唯一血脉，他失踪后，吴佳勇带人疯狂寻找，一无所获。等到外甥再次出现时，鼻子已经由朝天鼻变得笔直挺拔。鼻子的改变让整个人的面貌发生了巨变，他在第一时间都没有认出眼前英俊的小伙子是自己的亲外甥。而且，外甥改变的不仅仅是相貌，还有精神状态。以前的外甥是压抑到麻木的少年，改变后的外甥显得阳光帅气。

接触一段时间后，吴佳勇发现其实外甥仅仅是外表发生了变化，内心仍然阴冷。这种气质和性格与姐姐完全不一样，却和姐夫杨国雄如一个模子刻出来的。他经常想起“性格决定命运”这句话，因此揪心外甥最终的命运。

两人都没有说话，只是抽烟。最终，还是吴佳勇开了口，道：“该了结的事情，我替你办了。你和朱琪结婚，挺好的，踏踏实实过日子。”

杨永福道：“我有自己的打算。”

吴佳勇脸色渐渐阴沉下来，道：“为了我的仇恨，兄弟们付出了巨大的代价。10月18日以后，不管结局如何，我都会彻底退出江湖，不会再帮你，也帮不了你。”

杨永福道：“10月18日，如果失败，怎么办？”

“如果失败了，那就是侯大利命不该绝，命太硬。永福，听舅舅一句话，该放手时就要放手，你舅舅也算强横吧，还有一帮过命的兄弟，现在结局如何？死的死，逃的逃，坐牢的坐牢。我以为两个煤矿就是摇钱树，结果怎么样，他们轻飘飘一个冻结就把你舅舅弄成穷光蛋。在政府面前，我们都是脆弱无比的鸡蛋，看起来很硬，其实根本经不起对方的一根小手指。千万别小瞧了警方，也别高估了自己。常在河边走，很难不湿鞋，这是铁律。警方可以失败九次，他们失败了无所谓，继续办案。我们哪怕成功了九次，只要一次失手，那就会万劫不复。”

吴佳勇谈的都是真心话。年少轻狂时，认为世界虽大，也可以横着走。随着年龄增长，终于明白自己当年是多么可笑。从外甥的表情来看，显然对自己的说法不以为然，其心态就和自己年轻时一模一样。他再次想起早逝的姐姐，暗自叹息，道：“你和侯大利到底有什么深仇大恨，非要置他于死地？我很好奇。”

杨永福淡淡地道：“侯国龙逼死了我爸，这一点就足够了。”

吴佳勇感觉已经将自己一颗心都剖给了外甥，但是外甥明显没有完全说实话。谈话到此时，他知道没法深入下去，道：“希望10月18日能顺利，不管舅舅能否解决问题，这都是最后一次。我不准备留在山南了，想办法出国，以后，我们见面的可能性就很小了。”

杨永福沉默良久，道：“或许，我们能在国外见面。”

8月15日是让人痛苦的日子。侯大利在当天要穿上正式礼服，到江州陵园给田甜扫墓。8月过完就是9月，9月过后就是国庆。国庆过完，侯大利便会陷入另一场焦虑，那就是每年都会到来的10月18日。

闹钟响起，侯大利坐在床边，从抽屉里拿出相册。这个相册里有杨帆从小到大的照片，比她父母家里的还齐全。平日，他将照片放在抽屉里，难得翻看。但每到10月18日，他必然会逐张细看。照片中的杨帆被时间封印，不再随时间改变容颜。容颜未变，生命力却在十年前永远消失。

杨帆遇害前，侯大利对生死没有实质意义上的概念，表面上明白，实则对“人死如灯灭”没有真正理解。杨帆遇害后，他的人生从此就少了一个人，自己的喜怒哀乐、爱恨情仇从此与死去之人没有关系。

这是大悲哀。

“十年生死两茫茫，不思量，自难忘。千里孤坟，无处话凄凉。纵使相逢应不识，尘满面，鬓如霜。

夜来幽梦忽还乡，小轩窗，正梳妆。相顾无言，惟有泪千行。料得年年肠断处，明月夜，短松冈。”

侯大利行动力很强，平时并不多愁善感，今天是杨帆遇害十年的日子，没来由又想起了苏东坡的《江城子》。这首词穿越了时间和空间，每个字都如子弹，在侯大利心脏中射出弹孔，流出无尽哀伤。

他又看到杨帆和张小舒同框的那张照片。那时，两人都还是小女孩，身穿演出服，站在舞台上，笑得很开心。杨帆肯定无法想到自己将在未成年时就失去生命，张小舒不会想到母亲会在不久以后永远失踪。少女时代的杨帆和张小舒就这样奇异地同框了，侯大利感觉到冥冥之中似乎有一股力量在安排自己的命运。

合拢相册后，侯大利到楼下健身房撸铁。这是雷打不动的规定动作，不管什么情况，都会坚持。在朱琪家的后山看到陡峭悬崖之后，他再一次意识到杨永福身体素质很强，不敢稍有懈怠。

张小舒来到健身房时，带了两瓶水。

“我成为懒虫了，你们每天都比我要早。”樊勇站在门口，看着挥汗如雨的两人，大声道，“大利，我们今天不戴拳套，再来看一看你的擒拿手法。我学了几手拆招，你以前的招数不灵了。”

两人在健身房对抗是常事，若是不使用反关节技，以散打规则对抗，樊勇占上风。若是不戴拳套，贴身搏斗，多数时间是樊勇被制伏。

两人面对面而站，樊勇的手刚刚贴到侯大利身体，侯大利就出手如电，抓住樊勇手指，然后垂直往下。樊勇知道侯大利喜欢抓手指，即使有所防备，仍然没有躲过。人的手臂、手腕、肩肘连接在一起，是能够活动的整体，无数次吃亏的樊勇想要顺势反转，使用刚从武警朋友那里学会的传统跤技，出其不意摔倒侯大利。他在交手前使用了小手段，假意说是有拆招，实则想要用跤技突袭。

侯大利抓住樊勇手指以后，没有多余动作，直接蹲下。樊勇空有一身力气，手指受制，只能跟着往下蹲。刚刚蹲下，就见到侯大利的手指指在自己的太阳穴上。

“不好玩，你这人越来越阴险了。”樊勇站起身，揉了揉隐隐发疼的手指，对张小舒道，“女性的力气小，可以学一学大利的阴招。他的阴招简单利索，适合女性。但是要练到他的这种水平，不容易。”

张小舒道：“我对擒拿没有心得，这半年，天天打沙袋。”

沙袋底端有一块明显的破损痕迹，这是长时间击打的结果，樊勇想到要害部位被痛击的惨状，打了一个寒战，道：“你们太般配了，都喜欢阴险毒辣的招数。真有坏人从后面抱住张小舒，那就会断子绝孙。”

张小舒微微一笑，道：“革命不是请客吃饭，对同志要像春天般温暖，对敌人要像秋风扫落叶。我的力量小，若是被坏人控制，这是自救，必须一击致命。”

从健身房出来，侯大利又到常来餐厅吃早饭。他表面如常，内心却是一点儿又一点儿沉下去，忧伤如春雨，浸透身体每个细胞。

回房间换上夏季常服时，侯大利脸上再无一丝笑容。站在镜前，换上常服的自己特别陌生：长袖制式衬衣，制式领带，佩戴软式肩章、丝织胸徽牌、警号牌，制式单裤，扎制式内腰带，礼仪警帽，制式单皮鞋。

十年生死两茫茫，在这个特殊的日子，侯大利准备穿最正式的着装去面对杨帆。

越野车离开刑警老楼。张小舒在走道上望着消失的车尾，站了一会儿，这才开车到单位去。

单位难得清闲，李建伟主任到省刑总开会，张小舒手中没有特别着急要办的事情。她坐在办公室，喝了一口江州毛峰。往日特别鲜嫩的清茶失去神韵，寡淡无味。她心神不宁，拿起专业书翻看几页，实在读不下去。

张小舒用短信跟李建伟主任请了假以后，准备前往江州陵园。从水库中发现母亲遗骸之后，张小舒时常到陵园与母亲聊天，有时谈工作，更多的时候谈个人生活，把十来年未聊的话题统统聊一遍。今天她又到江州陵园，与侯大利有关，也可以说与侯大利无关。

侯大利到花店买了一大束鲜花。当他将鲜花放进越野车时，两个营业员在店内窃窃私语。

“哇，这个警察好帅，买了这么多花，肯定是送给情人。”

“哼，警察能有多少工资，舍得花2000元买花。你看那辆豪车，一般人哪里买得起。这个警察绝对是贪官。”

“我才不管是不是贪官，长得帅，还有钱，这就足够了。如果他是送花给我，那我这辈子就没有白活。”

"你怎么像个花痴，好歹也是勤工俭学的大学生。"

"大学生怎么了？我就要当花痴。"

两人正在议论，一个年轻人骑着自行车出现在面前。一个女孩子道："黄小军，刚才有一个穿警服的年轻警察买花，哇，挑了我们最贵的花。这个警察好帅，你以后穿警服，肯定没有他帅。"

来者正是黄卫的儿子黄小军。黄小军不用猜想，便知道女孩子说的是谁，道："那是侯大利，我师兄。"

女孩瞪大了双眼，道："他就是侯大利？哇，又帅又有气质。他的气质很特别，很有男人味。黄小军说选择读刑侦系不是受父亲影响，而是受侯大利影响，我以前不相信，现在我相信了。侯大利买了这么大一束花，是送给谁？要是他能送花给我，死了都值。"

"你这个乌鸦嘴。"黄小军突然间灵光闪现，道，"如果我没有记错，这两天应该是他女朋友遇害的日子。肯定是的，他的女朋友杨帆就是在10月中旬遇害的，我研究过这个案子。"

几人议论之时，侯大利开着越野车来到江州陵园。他下车后，给杨勇打了电话，确定其位置。

杨勇说话时气喘吁吁，道："我原本已经准备从医院出门了，接到电话，有一个手术，病人非常危险，下了病危通知了，我得回手术室。我不放心你阿姨开车带着黄桷上高速，等到手术做完，我们再过去。你不用等我们，先去吧，晚上一起吃饭。不说了，我要进手术室了。"

捧起鲜花，侯大利走上陵园石梯子。

江州陵园依山而建。山坡对面有另一个山坡。老五坐在树下，用望远镜观察陵园，道："侯大利抱着花，正在朝山上走。一个人，穿警服，不知道有没有武器。"

老七坐在车中，用懒洋洋的声音道："侯大利是扫墓，又不是办案，肯定没有武器。他就是一个普通人，没有三头六臂。五哥一朝被蛇咬，十年怕井绳。我假装上坟，找个机会，靠近开枪，他绝对跑不掉。"

原计划有两个，一个是由老七提出来的，逼近侯大利，然后突然开枪。另一个是老五喜欢的方式，在盘山道路上，将侯大利开的车撞下山崖，就和上一次撞翻那辆跟踪车辆一样。

老七决定用自己的方式解决问题，提起香烛，沿着石梯子走了一段，便瞧见侯大利。

侯大利和往常一样，点起香烛以后，准备在杨帆墓碑前烧纸钱。按照江州陵园往常的管理规定，可以在墓碑前烧纸钱，放鞭炮则必须在指定的地方。他刚点燃纸钱，两个穿着陵园制服的保安走了过来，客客气气请侯大利到指定地点烧纸钱。“不能在墓前烧纸钱”是最近才改的规定，保安们经常和上坟的人发生冲突，导致脾气很坏。警服在此时起到了关键作用，保安们放低了声音，详细解释。

等到点燃的纸钱烧完，侯大利提起剩下的纸钱和鞭炮，在两个保安的陪同下，沿石梯而下，到指定地点烧纸钱。

老七慢慢接近侯大利时，另一家人点燃了鞭炮。鞭炮声音猛然响起，震得人五官失灵，老七抓住此良机，握住装在纸钱袋子里的左轮手枪，逼近侯大利。

在远处观战的老五站了起来。

震耳欲聋的鞭炮声响起后，侯大利稍稍退后一步，准备等这家人的鞭炮结束，自己上去烧纸钱、放鞭炮。虽然没有在墓前烧纸钱，但是在纸钱上写有杨帆的名字，料想杨帆在另一个世界也能收到。他习惯性地观察四周，眼角的余光瞧见了一个男子正朝自己走过来。这个男人提着纸袋，表面上和众多上坟者一样。不同之处在于此人气质凶悍，身体如即将扑出的猛兽。

侯大利脖子上的汗毛一下竖了起来。

多年来与犯罪分子做斗争，再加上众多老板家人出事，侯大利第六感超强，不等来者靠近，当机立断，沿石梯朝上跑，准备躲进墓地。如果来者追上来，就可以利用众多墓碑，找机会制伏对方。如果来者没有追上来，则可以远离来者，继续观察。

老七没有料到侯大利如此机警，顾不得隐藏，扔掉纸袋，平举左轮手枪，对准侯大利后背扣动扳机。

子弹在侯大利的肩膀激起一朵血花。

侯大利弯腰跑动，利用墓碑遮挡身体，低头寻找可以迎击凶手的武器。可江州陵园是江州最好的墓地，维护人员尽职尽责，墓前没有石块等杂物。

鞭炮声震天，烧纸钱的人和保安没有听到枪声。

老七接连开了三枪，没有让侯大利倒下，继续追击。侯大利拐进墓地另一区之后，突然失去踪迹。这个区域的墓地最为昂贵，除了墓碑，前面还有数平方米不等的“庭院”，是极好的掩体。侯大利找到一个插香小罐，握在手中。面对危局，他非常冷静，躲藏之前，在另一块墓碑上抹上血手印。

老七瞧见血手印，蹑手蹑脚靠近，突然举枪蹿出。墓碑前空无一人，耳中传来风声，老七急忙闪身，只听到砰的一声响，一个重物砸在耳朵上。若不是他有闪身动作，这个重物必然会砸中后脑。

小罐破碎，割掉了老七的半边耳朵。他向前蹿了几步，这才回头，对准扑过来的身影又开了一枪。

子弹穿过侯大利的手指，形成一朵血花。

侯大利没有退缩，右拳狠狠地打在老七脸上。在扑上来之前，他将钥匙夹在手指之间，这样就能给对手造成更大伤害。

钥匙戳在老七的眼窝边上，冒出一串血水。

两人非常凶狠，短时间之内，互相重创对手。

对手持枪，侯大利没有恋战，矮身，又闪进墓地。

老七眼部疼痛难忍，又瞅见保安出现，便沿石梯往下跑，在坝子前还摔了一跤。他飞快启动汽车，开出陵园，拨通电话：“老五，侯大利受了伤，他如果追过来。在路上撞他。”

侯大利紧随其后，开动越野车，紧追凶手。

另一座山上，老五沿路拼命往下跑，来到停在小公路上的货车前。

小公路是废弃小煤窑的专用道。小煤窑废弃日久，小公路长满野草，勉强可用。从江州陵园方向下行的汽车转过一个大弯后，恰好会经过专用道和主公路的连接处。由于刚刚转过大弯，汽车必然减速，在此处发动袭击，小车肯定来不及躲闪，成功率很高。更妙的是沿着小路爬上山顶，恰好能看到不远处的江州陵园，利于观察。

老五踩点后，形成了完整的撞车方案。老七坚持要抵近攻击，用最直接的方式解决问题。面对自信心十足的老七，老五只好妥协，将汽车撞击方案列为保险方案。

当侯大利和老七在墓地追逐时，老五意识到老七有可能会出问题，提前往下跑，刚到坡底，果然接到了老七的电话。他跳上货车，等待猎物。

此时，越野车咬住了江州皮卡车。

在最初受伤之时，侯大利所有注意力都在与对方搏斗之中，没有感到疼痛。握着方向盘的瞬间，左手如被火烧般疼痛，他抬起手看了一眼，左手小手指已经连根被打掉，鲜血朝外涌。

“我刚在江州陵园被袭击了，袭击者持左轮手枪。”侯大利用右手打电话，左手握方向盘时伤处着实疼痛，打电话时身体一直在发抖，特别是牙齿相碰，发出“咔、咔”的声音。

江克扬最熟悉侯大利，听出异样，跳起来，道：“你受伤了？”

侯大利声音嘶哑地说道：“我开车跟紧枪手。枪手的车牌是江A×××××，车型是江州皮卡。枪手脸部受了伤，被我用钥匙戳伤了眼睛。”

江克扬记下要点，叮嘱道：“别跟得太紧，枪手肯定不是一个人行动。”

打完电话以后，侯大利系上安全带，猛踩油门。越野车发出轰鸣，逐渐接近江州皮卡。转过一个大弯时，江州皮卡意外地停在前方，侯大利正在减速，忽然听到汽车轰鸣，从草丛里突兀地蹿出一辆货车。这辆货车出现的角度刁钻，速度快，侯大利发现大货车加速撞来时，已经来不及采取动作。

一声巨响，越野车被撞飞，滚下山坡。沿着山坡翻了七八圈以后，倒扣在沿山公路中间。

撞击以后，老五跳下货车，喘着粗气跑到皮卡车前，道：“老七，怎么样？”

“我的眼睛被插伤了。侯大利太歹毒，一定要弄死他。”老七从驾驶位置出来，捂着眼，鲜血从手指间冒出来，沿着鼻翼往下流，滴落在胸前。

老五坐上驾驶位，开着皮卡车下行，转过一个弯道，见到倒扣在地的越野车。老五下车，抽出匕首，去查看侯大利的情况。

一辆小车响着警报，飞速朝上开来，警笛刺耳。

张小舒从办公室到车库后，又坐在车上犹豫，一会儿担心自己过于主动会被侯大利轻视，一会儿又觉得自己是去看母亲，与侯大利无关。最终，她还是选择遵从内心的真实想法，前往陵园。盘山而上，张小舒听到一声巨响，随即看见一辆越野车从前面的山坡翻滚下来。这是侯大利的越野车，她不可抑制地狂喊起来。

小车转弯后，她见到皮卡车上跳下一人。

警笛刺耳，对老五这类行走在黑暗边缘的人有天然的威慑力。老五打了个哆嗦，抬头见一辆拉着警报的小车猛冲过来，来不及查看侯大利的情况，赶紧闪到一边。

张小舒驾驶的小车狠狠地撞向皮卡车。

老五见到警车驾驶室上坐着额头上满是血的女人，骂道：“张小舒，你找死！今天就送你们一对臭男女上路。”

他拉开车门，抓住张小舒的头发，用力朝车下扯。

张小舒左手抱住方向盘，右手摸到警用甩棍，来不及甩开，用前端朝老五捅过去。老五原本以为张小舒受了伤，没有反抗之力。谁料这个抱住方向盘的女人突然暴起袭击，甩棍狠狠地捅在自己嘴巴上。剧痛之下，老五退后一步，吐出一颗门牙。他勃然大怒，举起匕首，乱刺过去。

张小舒被安全带束缚，无法移动身体，只能伸手抵挡匕首。匕首接连刺中张小舒的手臂，鲜血飞溅。

老五缩回手，准备猛刺一刀，解决问题。

这一刀刚刚刺出，老五手腕就被拉住。满脸是血的侯大利抓住袭击者手腕，用力反扭，只听得咔嚓一声响，老五惨叫一声，胳膊被扭曲到一个夸张的角度，关节脱臼，匕首掉在地上。侯大利用力反向扭动关节，让疤脸汉子疼痛之下失去反抗能力。他趁机弯下腰，捡起了掉在脚边的匕首。

老五下车时，老七坐在江州皮卡车上用毛巾裹眼睛。被警车撞击之后，左眼痛得要命，几乎昏厥。他从剧痛中恢复过来时，见到老五已经失去反抗能力，提起左轮手枪冲了出去，发出野兽般的吼叫。

“张小舒，开车，往前撞。”侯大利大吼了一声，用老五作为挡箭牌。

张小舒重启汽车，稍稍退后，猛打方向盘，准备撞击老七。

弹巢里只剩下两发子弹。向汽车射击，精度不够，老七趁张小舒调整小车方向之机，枪口对准了侯大利。

老五忍着疼痛，身体拼命往下沉，想给老七制造射击机会。侯大利则用力拉起疤脸汉子的胳膊，矮下身体，躲在其背后，寻找用匕首给枪手致命一击的机会。

双方对峙两三秒，老七朝着侯大利稍稍露出的额头接连开了两枪。他耳朵掉了半只，眼睛受重创，体力下降，没有机会给左轮装弹，不敢赤手空拳同时对付两个人，更担心增援的警察到达，便绕过皮卡车尾部，钻进驾驶室，发动汽车。

张小舒是第一次经历面对面的生死之战，没有经验，不免手忙脚乱。等到调整车头之后，枪手已经钻进皮卡车。

皮卡车挤开小车，没有再发动袭击，径直离开。老七透过后视镜观察，只见满脸是血的男警察慢慢直起了腰，五哥倒在地上，不再动弹。

“啊……啊……”控制疤脸汉子时，侯大利肾上腺素激增，精神高度集中，没有感觉断指处的疼痛，皮卡车走远，他这才感受到左手断指处钻心疼痛，忍不住叫了起来。

张小舒没有追赶皮卡车，顾不得处理自己手臂上的伤口，开始检查侯大利受伤部位。当看到侯大利左手小指彻底被打掉时，哇地哭了出来。

第八章
解开两面人身份之谜

“危险还没有完全解除，你别哭。”侯大利蹲在疤脸汉子身边，打量这个开货车撞翻自己的家伙。如果不是自己习惯用安全带，且越野车性能优越，很有可能就交待在这里了。

疤脸汉子仰面倒在地上，额头中了一枪，已无生命体征。

侯大利顾不得处理伤口，来到公路边，朝下张望。江州皮卡在盘山公路上逃窜，转急弯时也不减速，有两次都差点儿冲出公路。侯大利再给江克扬打电话，道：“江A×××××，下山了，要跑。”

江克扬知道侯大利正在驾驶越野车追赶江州皮卡，听到这个说法，心里咯噔了一下，明白肯定出了什么意外，道：“大利，没事吧？”

侯大利道：“没事。越野车被撞翻，我和张小舒都受了伤，不算严重，江州皮卡跑了。”

江克扬松了口气，道：“宫局已经做了安排，通向江州陵园的所有道路都设了卡，江州皮卡插翅难飞。”

“有两个人行凶。一名枪手打了六发子弹，打空了弹巢。开车往下走时，有可能还会装填子弹，一定要小心。另一人开货车撞了我。撞我的那人被我制住，枪手逼近开枪，把开货车的打死了。”交代了具体事情，侯大利彻底放松下来，咧着嘴巴，抽着凉气，把受伤的左手举在面前。

“疼吗？”张小舒顾不得处理受伤的手臂，到车尾厢提出应急包，捧起侯大利的左手，轻轻吹了吹气，似乎这样就能减轻侯大利的痛苦。

“当然疼啊。这根手指废了。你的手臂也在流血，先处理你的手臂。”肩膀中枪，手指断掉，还有不明撞伤，在危险暂时解除以后，疼痛如浪潮般一浪接着一浪。侯大利脸色惨白，不停倒吸凉气。

张小舒道：“我这是抵抗伤，皮外伤，不要紧。断指落在哪里？我们去找回来，准备续接。”

侯大利道：“被子弹打成这样，估计接不上了。”

张小舒生气道：“你不是医生，别下结论，在哪里受的伤？”

山下传来密集的警笛声，增援的警力终于赶到。发生枪战、公路搏命、江州皮卡逃跑，分为三个阶段，总体用时却很短。宫建民得到江克扬报告以后，一分钟都没有耽误，调集警力，赶往现场。

等到警车上来，侯大利问道：“抓到江州皮卡没有？”

最先来到的是当地派出所的一名民警和一名辅警，头发花白的民警从车上拿出警戒线，道：“找到皮卡车了，没人，我们上来拉警戒线。陈支已经到了，在指挥抓捕。侯组长，救护车马上到了，你再坚持一会儿。”

“保护好现场，别乱动。我要去找断指。”侯大利把现场交给了派出所民警，坐上张小舒的车，又回江州陵园。

两人来到墓地，遍寻四周，没有找到断指。找不到断指，意味着侯大利会失去左手小指，张小舒对站在一边的保安道：“还有谁来过？”

保安道：“下边在放鞭炮，声音大得很。我们真不知道出了什么事情。”

一名保安看着侯大利的断指，小心翼翼道：“刚才有两只野狗在这边窜，有可能被它们叼走了。”

张小舒的眼泪刷就下来了，发了火，道：“你们怎么不保护现场，让野狗跑进来。”

“我们真不知道啥情况。”保安躲避张小舒刺人的目光。

张小舒不甘心，继续在墓碑附近寻找。当宫建民走上墓地时，她才放弃寻找断指，眼泪如断线的珍珠一般往下滴落，抽泣道："宫局，没有找到大利的断指，接不回去了。"

宫建民看见侯大利惨白的脸色，道："枪手弃车了，我们正在追捕。车上有太多痕迹，还有血迹，枪手这次露出大马脚，绝对跑不掉。"

侯大利道："这伙人与黄大森被杀案有关，也与上次撞车有关，手法一模一样。"

宫建民道："现场交给重案大队，你的任务是治伤。"

侯大利捧着左手，道："这点儿小伤，就别和我爸我妈说了。和他们说了，帮不上忙，还要添乱。"

救护车过来后，宫建民将现场指挥权交给陈阳，立刻前往阳州机场，准备和即将飞回国的吴小卫见面。

救护车上，医护人员发现侯大利的伤口已经得到基本处理，便为张小舒处理伤口。侯大利这才发现张小舒伤得并不轻，手臂上有三处长长的刀伤，有一刀非常接近动脉，如果刀尖稍稍偏一点儿，后果难料。生与死，就在一瞬间，极具偶然性。他在这一刻突然失神，想起牺牲得非常突兀的未婚妻。

等到医护人员处理完毕，侯大利坐在张小舒身边，罕见地温柔，道："你怎么过来了？"

"给母亲扫墓。"张小舒说到这里，顿了顿，朝着医护人员看了一眼，道，"我知道今天是什么日子，想要陪你。"

侯大利道："我抢了匕首，制住了一人，另一名枪手还有两发子弹。如果不是你及时出现，我有可能交待在这里。谢谢你。"

张小舒凝视侯大利，很想说"同是天涯沦落人"，只是有医护人员在身旁，这句话便不好说出口。

在医护人员的安排下，两人躺下休息，不再谈论。

一小时后，侯大利从手术室出来。

望着侯大利受伤的左手，张小舒眼泪忍不住又往下滴。侯大利安慰道："幸好是左手的小手指，没有太大用，掉就掉了，不影响其他功能。”

江克扬道：“我们去看了现场，这是针对你的杀局。”

几个人正在议论，关鹏局长出现在手术室，打量了侯大利一番，道：“还能工作吗？好样的，跟我到重案大队，大家在汇总情况。”

侯大利、江克扬跟随关鹏局长前往指挥中心，其他人则回刑警老楼。

在医院时，人来人往，大家都没有讨论具体案情。进入车内，侯大利急急忙忙地问道：“有什么新进展？”

江克扬道：“凶手弃车后，抢了一辆摩托车，冲进大山。”

侯大利道：“吴佳勇和杨永福是什么情况？”

江克扬道：“杨永福和朱琪正在办结婚仪式，搞得热热闹闹。杨永福在结婚仪式上用的真名，正式对外承认是杨国雄的儿子。他们都有不在场的证明，如果抓不到凶手，这事就和他们没有任何关系。狗胆包天，向省厅的人下手，真是嫌命长。”

侯大利举起左手，道：“在他们眼里，我不是省刑总侦查员，我是侯国龙的儿子。他们这是最后的疯狂。”

指挥中心会议室里，参会侦查员将目光集中到侯大利身上。清除了血迹和污渍，侯大利鼻青脸肿，手缠绷带，肩部有包扎，狼狈不堪。参会侦查员都在一线摸爬滚打多年，每个人都曾经负过伤，侯大利的“惨状”让他们感同身受。

关鹏进入会议室以后，会议室嗡嗡的议论声立刻停止。他径直来到侯大利面前，道：“上天要叫谁灭亡，就得先让其疯狂。凶手狗急跳墙，这是自取灭亡之道。这一段时间不要单独外出，小心驶得万年船。”

关鹏一语双关，侯大利听得清楚明白，道：“这点儿小伤，不算什么。省命案积案专案二组了解的情况多，不能缺席。”

这次案情分析会，分管副局长宫建民没有出现，支队长陈阳和滕鹏飞带队抓人，由关鹏局长亲自主持。

侯大利简明扼要讲述案发经过：扫墓时，遇到枪手。追逐枪手时，被埋伏在一旁的大货车撞翻；制伏开大货车的疤脸人时，张小舒出现。枪手连开两枪，一颗子弹打飞，一颗子弹打中疤脸人。

现场勘查室小林报告了勘查情况：第一，在江州陵园对面山坡上，找到了脚印和烟头，脚印与死者一致；第二，在大货车上找到望远镜，提取到死者的指纹，说明死者一直在观察江州陵园，掌握侯大利的动向；第三，在大货车上找到一部手机，指纹是疤脸人的；第四，找到六枚弹壳，四枚弹壳出现在江州陵园，两枚弹壳在公路上，弹壳、弹头与黄大森案发现的弹壳、弹头为同一型号，是不同枪支发射出来的同型号子弹，国内没有此类枪弹；第五，在江州皮卡上提取到五个人的指纹，有三个人的指纹最多，其中一人是死亡的疤脸人，另一个人大概率是枪手。这两个人的指纹都没有在指纹库中比对成功。另一枚指纹在指纹库中比对成功，此人叫蒋兵，曾经因为寻衅滋事被处理，留下指纹。

小林调出蒋兵的照片，道："蒋兵在秦阳城郊的洗车场工作，据秦阳支队调查，江州皮卡曾在洗车场洗过车。蒋兵是洗车场最后一道工序，留下了不少指纹。洗车时间是昨天上午9点37分。我们在秦阳三处监控点发现了这辆皮卡车，在江州一处加油站的监控点发现了皮卡车，车牌号已经由海州车牌变成了江州车牌。经查，两个车牌都是假牌。"

历史上，江州、湖州和秦阳都曾经在山南省江州道管辖范围内。江州、湖州和秦阳田土相接，人民相亲，语言相近，被省内戏称为"江湖秦"，海州尽管与秦阳接壤，却与"江湖秦"三地在人文、习俗、语言上大不相同。江州刑警支队在办案时，目光探向海州的时候不多。

侯大利在小笔记本写下"海州，面包车、聋哑人"，然后打上着重号。由于注意力集中在案子上，忘记了伤口，左手压住笔记本时，不小心触碰到伤口，一阵钻心的疼痛如电流般出现，让他疼得直咧嘴。

临时抽调过来的法医报告：疤脸人腿上有一条出现不久的刀伤，从刀伤形状来看，与那把镰刀形成的伤疤一致；疤脸人右手肩关节、肘关节脱臼；致命原因是额头中枪；死者的衣物上没有显示其身份的物品。

听到这里，关鹏局长插了一句话，道："我说句题外话，平时多流汗，战时少流血。省命案积案专案二组有一个好作风，所有人每天都在健身房训练，雷打不动。如此自律，值得大家学习。我们想一想，如果没有每天坚持训练，在中枪的时候，大利面对穷凶极恶的对手，怎么能够制伏对手？换位思考，在座诸位能做到吗？我不希望你们成为烈士，我最怕面对孤儿寡母，每次面对的时候，非常难受，然后是那种无法排解的压抑，我相信大家都曾经体会过。”

会场陷入沉默，心跳声可闻。

DNA室张晨报告了DNA比对情况：提取到疤脸人的血液和枪手的血液，准备进行DNA比对。

技侦支队赵刚副支队长报告道：“我们定位了枪手电话的位置。”

关鹏道：“现在还能定位？”

赵刚报告道：“还能。”

关鹏道：“这伙人有反侦查经验，圈定范围后，要扎紧包围圈，一只苍蝇都不能飞出包围圈。”

一组组长杜强报告：疤脸人与葛向东提供的老五画像极为接近，疤脸人很有可能就是吴佳勇团伙中的老五；老五的具体名字暂时不详。

各组汇报基本情况以后，关鹏局长道：“现在可以很明确地说，杀害夏晓宇父母的凶手就是吴佳勇团伙中的二哥和老五。二哥、老五都死了，老三李沪生死猪不怕开水烫，一句话都不说。陈阳和滕鹏飞在指挥抓捕另一个枪手，这个枪手没有出现在葛向东的画册中，比吴佳勇年轻，是新出现的人。此人非常重要，绝不能再出现第二个黄大森。”

散会之后，关鹏局长让侯大利单独留了下来。平时单独面对时，关鹏对侯大利的态度接近长者对待小辈的态度。今天，关鹏坐在椅子上，眼光低垂，陷入沉思。侯大利没有打扰关鹏，静静地坐在椅子对面。

几分钟后，关鹏微微抬头，道：“在会上有些情况没有公布。老袁一直在追查黄大森房间里出现的海洛因。用这种量级的海洛因来陷害人，是大手笔，一般的毒贩做不了。老袁认为杨永福、吴佳勇团伙与贩毒团伙有联系，我赞同这个观点。由于在深挖两面人和幕后黑手，禁毒支队一直没有明面上调查贩毒团伙，但是，凡是与杨永福、吴佳勇团伙有关联的事情，老袁都会派人暗中调查。在蒋兵所在的洗车场，监控摄像头拍到了老五和另一个枪手的真实画面。老袁把视频送到了禁毒总队，总队让几个线人过来辨别，有一个线人发现枪手是很神秘的上家。那个线人只是隔着玻璃见过枪手一面，就再也没有发现踪迹，这次，总算逮着此人尾巴了。禁毒的方总队高度重视此案，等会儿就会赶过来。枪手的事情你就不必管了，他骑摩托车进入巴岳山，被围得水泄不通，插翅难飞。”

回到刑警老楼，侯大利走上四楼，停了十几秒钟，朝张小舒房间走了过去。

张小舒受伤以后，和侯大利一样，没有给父亲打电话，怕父亲担心是原因之一，更主要的原因是这些年习惯于自己扛下所有事情。她没有参加案情分析会，回到刑警老楼，与105专案组以及省命案积案专案二组的同志们一起吃了饭，便回到寝室，看书、听音乐。

刑警老楼是老式建筑，有一面窗面对走道。当熟悉的脚步声从窗边传过来时，张小舒莫名地紧张起来。一直以来，她和侯大利的寝室相距不过数米。在其记忆中，侯大利的脚步声极少在自己门前响起。两人近在咫尺，心却远在天边，相遇往往在底楼健身房、餐厅（常来餐厅和底楼餐厅）、案情分析会和案发现场等几个场所。

今天，侯大利的脚步声和敲门声终于停在门前。

走进张小舒的房间，侯大利习惯性地观察环境。空气中有淡淡的香气进入鼻腔。这是普通的洗发水味道混合着年轻女人散发出来的体香，普通到极点，却有家的气味。室内有一些女性用品和小摆件，在桌子旁边有一个旧琴盒。电脑的音箱算是房间里比较贵重的物品，哀婉又深情的旋律从音箱里飞出，与飘浮的香味纠缠在一起。

“什么曲子。”

“*My Way*，欧美著名英文流行曲，旋律源自法国名曲《一如往日》。”

“你的伤，怎么样？”

“标准抵抗伤，没事。”

“好险，刀口离动脉很近，想起来就后怕。”

“子弹若是偏一点儿，就是要害部位。想起来，我也后怕。”

两人想要说点儿什么，说出来的话偏偏又寡淡无味。受伤以后，张小舒脸色略显苍白，没有化妆，纯素颜，清纯如暗香浮动的蜡梅。侯大利内心深处的琴弦轻轻跳动了数下，浮现出一丝异常。他捕捉到这丝异常之后，缓缓地站了起来，道："你受了伤，早些休息。"

"你比我伤得重，还活蹦乱跳，我这点儿小伤，用不着早些休息。"话虽然如此说，但张小舒感受到了真诚的关心，心里甚是甜蜜。

同样甜蜜的还有举办了结婚仪式的朱琪。

朱琪对悄悄领证始终心怀不满，想到杨永福反复强调的"小不忍则乱大谋"，还是同意暂时不办仪式。当杨永福在床上提出在10月18日办一个小型仪式时，她还以为是哄她开心，得知杨永福从阳州购买了婚纱，这才相信公开办结婚仪式是事实。从筹备仪式到完成仪式，朱琪沉浸在幸福之中，连长盛矿业办公楼都去得少了。

朱琪换下礼服，在房间稍事休息，然后来到客厅。客厅沙发上，丈夫阴沉着脸，右手夹着一支烟。朱琪皱眉道："永福，别在房里抽烟。"

杨永福摁灭香烟，挤出笑脸，道："我陪舅舅抽一支。他抽了几十年，我们今天办结婚仪式，舅舅代表我的家人，一支烟都没有抽。"

爱屋及乌，朱琪对吴佳勇很是尊敬，问道："舅舅呢？"

杨永福道："舅舅在房间接电话。"

朱琪坐在丈夫身边，道："你不高兴？"

杨永福微笑道："很高兴啊，就是有点儿累。"

房间里，吴佳勇的声音罕见地颤抖："老七，别灰心，巴岳山这么大，肯定能躲起来。"

老七坐在山顶，俯视着如蚂蚁一般的搜山人群，道："很难走掉，我没有想到江州警察反应这么快，来了这么多人。他们有备而来，我们落入圈套了。"

吴佳勇道："老五怎么样，落到警察手里了吗？"

"我们低估了侯大利，五哥完了。警察肯定会定位，我要丢手机了。勇哥，如果这次跑不脱，我这条命还给你了。”老七朝山下望了一眼，取出手机电池，用石头砸碎手机，然后将手机碎片丢进山中小溪中。

五哥被侯大利抓住以后，老七的左轮手枪只有两颗子弹。这些年来，他独自在海州发展，凭着心狠手辣，杀出一条血路。这条路如此血腥，老七不再是跟在吴佳勇屁股后面的小老弟，已经成了响当当的人物。他遇到危险时，根本没有思考，当机立断，立刻朝老五和侯大利开枪。打死侯大利，事情就解决了。打死了五哥，事情也解决了。

开枪以后，老七开车下山，迎面遇到警方设置的检查站。他掉转车头，抢了一辆路过的摩托车，冲进巴岳山。甩脱警察以后，摩托车没油了。他弃车，沿密林朝西走，准备穿过秦阳，回海州。

警察来得很快，老七惊恐地发现所有路口都有警察，还有大批武警、民兵出现在山下。这些人从不同方向开始搜山，密密麻麻，不留缝隙。

丢弃手机以后，老七拿起顺道捡来的两个矿泉水瓶子，钻进刚刚发现的山洞。钻进陌生溶洞有两种危险，第一种危险是溶洞不够深，进入溶洞成为瓮中之鳖；第二种危险是溶洞太深，岔道太多，进去以后迷路，可能永远走不出来，困死其中。尽管进入溶洞有无法预料的危险，在无路可逃的情况下，仍然不失为一条活路。

打完电话，吴佳勇颓然地丢下手机。

亲爱的姐姐死了，亲爱的沪娟死了，二哥死了，老五死了，三哥进看守所了，老七被警察团团围住，世界遗弃了自己，活着没有意义，一时之间，整个世界灰蒙蒙一片。吴佳勇俯身朝楼下看去，人生如蚂蚁，忙碌得没有任何意义，无数次，他都有跳楼的冲动，今天这个冲动特别强烈，人生苦短，还这么苦累，不如一跳了之。

在窗口站了一会儿，吴佳勇控制住情绪。姐姐早逝，只留下杨永福。沪娟死了，他没有生儿育女，杨永福是他的外甥，也是吴家这一支脉留在世间的唯一骨血。他努力咧嘴笑，笑了几回，这才走出房间。

吴佳勇脸带微笑，道：“永福结婚了，舅舅也就彻底去了一桩心事。好好和朱琪生活，忘掉过去，甩下包袱，开启新生活。”

“舅舅放心，我们都很努力，会把家庭和企业都经营好。”朱琪换上了婚纱，没有穿低胸衣服，打扮得相对保守。

尽管吴佳勇面带微笑，杨永福还是看出舅舅内心的焦灼，道：“舅舅，你平时难得来，多玩几天。”

吴佳勇道：“你们新婚宴尔，我就不打扰你们了。等旧事结束，舅舅就要彻底休息一段时间，用年轻人的话来说，世界那么大，我想去看看。”

今天是结婚大喜之日。尽管杨永福还不知道发生在江州陵园的事，却察觉出舅舅神情有异，道：“舅舅，不管处理什么事情，都不急于一时。”

“你的妈妈，对我来说不仅仅是姐姐，更接近妈妈的角色。你结婚了，我的职责就减轻了，可以给姐姐交代了。”吴佳勇自嘲地笑了笑，道，“我有事先走，祝你们新婚快乐！朱琪，我用一用你的电梯。”

这一段对话，吴佳勇和杨永福能够明白，传到朱琪耳中纯粹是另一个味道。她还以为吴佳勇要去处理永发煤矿的事，道：“舅舅，有什么需要，你开口就是。”

吴佳勇从湖州来到江州时带有一个双肩包，就如普通旅行客。他一瘸一拐走到电梯前，挥了挥手，道：“你们回去吧，好好生活。”他走进电梯，转过身，通过缓缓关闭的电梯门，看到了外甥阴沉如冰的脸。

吴佳勇的心随着电梯一起下降，沉入无底深渊。

在三楼，吴佳勇走出电梯，走进没有监控的安全通道。此安全通道旁边有一条排水管，能直达楼底。这是矿业大厦的侧墙，绿化带，偏僻，没有监控。杨永福成为朱琪的男朋友以后，吴佳勇仔细研究过矿业大厦，寻找其可利用的破绽。之所以要研究矿业大厦，当时并没有明确目的，纯粹是出于习惯。发现这条水管之时，他便想到如果要神不知鬼不觉地离开大厦，排水管便是捷径。

吴佳勇观察四周后，戴上手套，钻出小窗，沿排水管如猴子一样往下滑落，轻轻落在地面。从钻小窗到落地，也就几秒钟的时间。

吴佳勇喜欢单杠、双杠，还喜欢爬山，属于那种穿衣显瘦、脱衣见肉的类型。一条腿受重伤后，如果不是用顽强毅力坚持做恢复训练，吴佳勇多半会长期坐轮椅。他的伤腿到现在恢复得挺好，只不过为了给人行走不便的印象，有意在鞋上做了手脚，一只鞋的底子厚一些，一只鞋的底子薄一些。包括二哥、三哥在内，没有人知道吴佳勇的双腿基本恢复，这留给他很多活动空间。

下地以后，吴佳勇蹲在草丛中观察了一会儿，确定安全以后，从背包里取出天然气公司的工作制服和帽子，找出眼镜和假胡须，稍加打扮，变成了长着络腮胡子的中年工人。他随手撬开一辆自行车，从正门离开。

骑着自行车走了两公里，吴佳勇丢弃自行车，沿着江州河走了一段，找到早就准备好的黑色小车。

坐上汽车后，吴佳勇换上便装，从双肩包里取出通行证，放在驾驶室前，开车直奔刑警新楼。由于有通行证，黑色小车顺利进入刑警新楼，来到地下停车库。

在参加婚礼的时候，吴佳勇顺手牵羊弄了一部手机。到达地下室以后，他用这部手机打了电话。几分钟以后，一个稍胖的中年人走出电梯，来到黑色小车前。吴佳勇俯身，推开副驾驶门，道："进来啊，里面舒服些。"

中年人钻进车门，紧绷着脸，拿出笔记本，用笔写道："你怎么到这里来，想要做什么？"

吴佳勇道："你还是这么谨慎，没必要。"

中年人冷冷地望着吴佳勇。

吴佳勇道："别用这种眼光看我，我们是朋友。什么是朋友，同过窗、下过乡、扛过枪、嫖过娼。"

中年人又写道："什么事？"

"安排一个人进看守所，和李沪生一个监舍。"这是吴佳勇最后的秘密武器，秘不示人。如今到了最后关头，到秘密武器发挥作用的时候了。

中年人明白吴佳勇想要做什么，摇摇头，写道："办不到，李沪生是重点人头。”

吴佳勇道：“这是最后一次，办完这一次，我给你一把钥匙，里面有你想要的所有东西。”

中年人用力摇头，写道：“我已经被怀疑了。你赶紧离开江州，越快越好，否则走不掉。”

吴佳勇道：“看守所所长曾经是你的部下，你替他挡过刀，有过命交情。”

中年人不停摇头，写道：“办不到。”

吴佳勇冷笑两声，道：“既然做不到，那就一起完蛋。这是最后一次，我以李沪娟的名义发誓。这里有一张卡，给看守所所长，他爱财。”

中年人低头想了一会儿，写道：“让我想一想，能不能找到办法。”

吴佳勇道：“事情办成了，我给你钥匙，你想要的东西就在房间里，另外还有一百万。我是什么人，你清楚，说过的话，绝对不会反悔。我被抓了，如果扛不住审讯，那就是鱼死网破的结局。”

中年人写道：“你不相信李沪生？他是李沪娟的哥哥。”

吴佳勇道：“各是各的事，各算各的账。”

中年人脸色阴晴不定，写道：“我是泥菩萨过河！！吴小卫回来了。”

吴佳勇道：“那是你的事情。让人进看守所，需要犯什么事，由你来定。我的要求是把人调到李沪生所在监舍。这事以后，我们这辈子再也不见面，对你好，对我也好。”

中年人写道：“没用，巴岳山还有一个，逃不掉。”

吴佳勇恶狠狠道：“那是我的事。”

十来分钟以后，中年人离开黑色小车，坐电梯直接回到办公室。

刑警支队绝大多数侦查员都前往巴岳山参加抓捕，留守人员不多，只有几间办公室开了门。支队政委洪金明从市局开会回来，接连抽了几支烟。内勤王大姐路过，又退了回来，道：“稀罕啊，政委今天抽烟了。你戒得挺好，为什么破戒了？”

洪金明猛吸一口，道：“我怕枪手又成为第二个黄大森，躲进大山中，找不到。”

内勤王大姐自信满满道：“这次不一样，枪手跑不脱。政委，少抽点儿烟，身体要紧。”

“最后一支，抽完就不抽了，永远不抽了。”洪金明揉碎烟盒，塞入用纸杯做成的临时烟灰缸里。

王大姐离开以后，洪金明打通老婆的电话，道：“儿子晚上回来吗？让他回来，我给他做排骨。好久都没有给儿子做饭了，手痒了。”

“破了大案吗？难得这么有闲心。我把儿子和他女朋友叫回来，出去吃，还是在家里吃？”丈夫这一段时间心情焦灼，洪金明妻子看在眼里，疼在心里。今天丈夫难得高兴，居然主动约吃饭，洪金明妻子料到支队肯定是破了大案。

洪金明道：“在家里吃，不去馆子。我难得做一次饭。你不用买菜，我买。平时都是你操持家务，我袖手旁观。今天我全程服务，让你享受一次。”

洪金明妻子笑道：“大老爷能回家吃饭，我就享受了。今天居然全程服务，那我就是受宠若惊了。”

放下电话，洪金明发了一会儿呆，到档案室去了一趟，找出自己曾经办过的几个得意案子，细细翻看，回想办案时的点点滴滴，黯然神伤。从档案室出来，他顺便又拐进物证室。

物证室老邢硬邦邦地问道：“老洪，查什么？老规矩，先登记，再办事。”

洪金明笑眯眯地坐了下来，道：“没事，随便转转。”

“滕麻子运气差，先抓黄大森，费了九牛二虎之力，结果没有找到一根毫毛。再抓这个枪手，如果再抓不到，那就真是衰到家了。”老邢曾经做过滕鹏飞的师父，尽管滕鹏飞已经是副支队长，在私下场合，还是称之为滕麻子。

洪金明道：“枪手有很强的反侦查能力，真要逃脱了，也怪不得滕麻子。你的腿怎么样，下雨天还疼吗？”

老邢自嘲道：“只要天气变化，必然疼，比天气预报准多了。”

洪金明感慨道：“一线侦查员，有谁不带伤。我们认识的同事，牺牲的也有十来个吧。”

老邢道：“这些小伙子平时个个骚话连篇，真遇上事，该往前冲还得冲，不含糊。老洪，今天怎么回事，这么多愁善感？”

洪金明站了起来，道：“走了，去等陈阳和滕麻子的好消息。”

下午3点半，洪金明提前离开办公楼，开车到江州陵园。他在陵园外的商店买了六份香烛和一瓶酒。

第一份香烛放在累死在岗位上的老局长墓前。

墓碑上的照片中，老局长头发梳理得整整齐齐，目光炯炯。

看着老局长的照片，洪金明觉得往事历历在目，仿佛正发生在眼前，道：“吴局，感谢你培养我。这二十来年，我办了好多大案，95%都经得起历史考验，也算对得起你的教导。敬你一杯，老领导。”

第二份香烛放在离逝的雷帮国面前。

雷帮国是个大嗓门，说话犹如吵架，在案发现场和洪金明有无数次争执，各不相让。洪金明道：“雷神，你这一辈子立功无数。在丁丽案中没有发现精斑，算是你工作中的重大瑕疵。但那是历史条件局限，责任不在你。敬你一杯，你是真性情，活得痛快，死得也痛快，大家提起你，都说一声好。”

第三份香烛放在牺牲的李超面前。

洪金明道：“李大嘴，你是我带过的兵。这辈子长了一张碎嘴，喜欢碎碎念，有时真讨人嫌。牺牲得很英勇，没有留下污点，比我强。敬你一杯，喝个痛快。”

第四份香烛放在牺牲的田甜面前。

洪金明道：“田甜，我是看着你长大的。你爸爸田跃进是个人物，比我厉害。他进监狱，与我有关，这一点非常抱歉。你爸进监狱以后，每次看到你冷冰冰的表情，我就特别愧疚。长江后浪推前浪，前浪死在沙滩上，这句话是对的。侯大利是了不起的警察，我和你爸都不如他。

我真没有想到你会突然牺牲。敬你一杯，原谅洪叔叔。”

第五份香烛放在秦力面前，倒满一杯酒。

秦力仍然是桀骜不驯的表情，目光锐利得能冲破墓碑的束缚。

洪金明与照片中的秦力对视良久，将酒洒在墓碑前，道：“秦力，你龟儿子被弟弟拖累，田跃进看到那个六个手指的血手印，我也看到了。你不愿意妥协，和田跃进一样，硬碰硬，做人不留余地。在为人处世上这是大缺点，在当警察上这是大优点。我和黄卫不如你和田跃进。我知道，胡卫是被你干掉的，你多次说过，若不当警察就要替天行道。这是你的手法，利落、干净、从容。这一辈子，论佩服的人物，你算一个，滕麻子算半个，侯大利算一个。你若不被拖累，支队长或者政委的位置要由你来坐，甚至能走到更高的位置。山中无老虎，我才当了大王。敬你一杯，秦力，好汉子，来世再当兄弟。可惜，我和你注定不能留一张穿警服的照片在墓碑上。”

第六份香烛放在了黄卫面前，倒满一杯酒。

洪金明久久没有说话，将酒洒在墓碑前，道：“黄卫，田跃进、秦力、吴小卫，这是我带过的最强小组，个个都是精英，老局长多次和我说起，你们四个人都是当支队长的料，可惜，我们这个最强小组命运多舛，最后几乎全军覆没，不是几乎，就是全军覆没。我这个当大哥的，做得不好，全是我的错。你和我站在秦力和田跃进的对立面。秦力下手狠，做掉了胡卫，否则你也和我一样，早就东窗事发。20世纪80年代末90年代初，那个混乱年代，大家的想法和现在不一样，规则意识不强，胆大妄为，为所欲为。这是客观原因，主观原因还是贪和欲，一步错，步步错，一时贪念，一时纵欲，留下了无穷悔恨，这是我的问题，也是你的问题。你比我好，没有留下把柄，可以从头来过，每次都冲到最危险的地方，用生命洗刷了罪过。你一直不肯说出和秦力有什么矛盾，估计也和胡卫有关，那时我们都年轻，真糊涂啊。如果时光倒转，能再来一次，我宁愿牺牲，也不愿意妥协。如今，关局、宫局和侯大利在做局查我，以为我是傻瓜。我不傻，只是犯了大错，无力回天。黄卫，好兄弟，我到另一个世界来找你。”

江州陵园在不久前发生了枪击案，已经加强了保安工作，有两组保安穿戴整齐在墓地巡逻。洪金明原本想在墓地多站一会儿，见保安在远处虎视眈眈，便提前离开陵园。

洪金明到菜市场买了小排和一些时令蔬菜，回到家主动烧排骨。他结婚不晚，要小孩却很晚，当田甜参加工作之时，儿子洪枫还在读初中。

洪枫带着女朋友回来，进屋就闻到久违的香味，道：“太阳从西边出来了，我爸至少有几年没有烧排骨了。”

洪枫的女朋友好奇道：“你又没有看到厨房里是谁，怎么断定烧排骨的是叔叔？”

洪枫道：“妈妈长期烧饭，但是论水平，还是我爸烧得好吃。我最馋我爸烧的排骨，从小就馋。他平时事情多，难得烧一回，今天可得好好解馋。”

洪金明听到客厅说话声，端出排骨，笑道：“香喷喷的排骨来了。老婆，把酸菜肉片汤也端出来。”

洪枫道：“哇，小玲有口福了，烧排骨和酸菜肉片汤，这是我爸的两道拿手菜。”

菜上齐，洪金明拿了瓶珍藏的好酒，道：“今天喝一杯。”

洪枫道：“爸，什么喜事？”

洪金明妻子道：“你爸是案痴，还能有什么喜事，肯定是破了案。”

洪金明倒了一杯，一饮而尽，由于喝得急，咳嗽起来。咳得厉害，他拿了纸巾擦眼泪，道：“知夫莫如妻，破了件陈年大案。这个案子不再纠缠我，我终于可以放心了。”

这是一顿其乐融融的晚饭，洪金明多喝了几杯，讲了好几个冷笑话，逗得大家直乐。饭后，微醺的洪金明道：“老婆，我到办公室去，你就别等我了。”

洪金明妻子心情不错，道：“自从嫁给你，你在办公室睡觉的时间数不胜数，早就习惯了。10月份了，别开空调。”

离开家门，洪金明的笑脸瞬间消失得干干净净，脸上挂满寒霜。他步行前往刑警新楼，一路走，一路落泪，到了刑警新楼门前，前胸完全被打湿。

洪金明写了一封信给关鹏局长，在结尾写下："一时贪念，一时纵欲，铸成大错，悔之晚矣。我的代价太大，希望年轻的同志以我为戒，每一步都要谨慎。"

凌晨，刑警新楼传来砰的一声巨响。

关鹏刚刚躺下，接到宫建民电话。宫建民道："洪金明跳楼了。"

凌晨3点，省命案积案专案二组组长侯大利、江州公安局副局长宫建民来到关鹏办公室。

关鹏盯着电脑里洪金明的遗书照片，如石头一般，长时间一动不动。

宫建民和洪金明曾经是搭档，合作愉快。从情感上，他不希望两面人是洪金明。虽然真相大白，洪金明就是两面人，但他对其跳楼自杀还是有恻隐之心。

遗书有三页，洪金明着重讲述自己误中了吴佳勇的圈套，拿了不该拿的钱，上了不该上的船。吴佳勇以此为要挟，让自己脖子上的绞绳越陷越深。他深感后悔，以死谢罪。

"建民，你怎么看这事？"关鹏完全没有挖出两面人的欣喜，眼里布满血丝，神情压抑。找不出两面人，让其心焦，找出了两面人，让其心伤。

"笔迹是洪金明的，纸上只有洪金明的指纹，视频显示没有外人进入办公区。表面尸检情况，符合高坠。是否中毒或是其他情况，要解剖以后才能得出结论。从遗书内容来看，符合洪金明经历和心境。在洪金明的抽屉里找出抗抑郁的药，以及在阳州看病的诊断书，从诊断书的时间来看，出现抑郁状况的时间不短。我在支队的时候，他就抑郁，我居然一点儿都没有发现。有时候发现他情绪不高，也就以为是案子上的事情。最后一个电话来自长盛矿业的一名管理者，此人自称电话丢失，还没有来得及挂失。技侦提供了电话轨迹，曾经到达过刑警新楼。从电梯的监控来看，洪金明恰好是在那一段时间曾经到过地下车库。洪金明在自杀前，应该与吴佳勇见过面，正是此次见面，让洪金明选择了自杀。据洪金明妻子称，洪金明昨天很反常地在上班时间买菜，然后为家人做了饭。现在看来，洪金明在当时已经下定决心要自杀。在洪金明下楼前，有一辆挂有通行证的车进入车库。通行证是长青刑侦大队的，车牌也是刑侦大队的。经查，车牌和通行证都是假的。”

尽管洪金明留有遗书，但宫建民仍然严格走程序，丝毫不敢大意。

关鹏用手擂了擂桌子，道：“吴佳勇参加杨永福的婚礼，是怎么离开现场的？”

宫建民道：“吴佳勇行走不方便，在参加婚礼时还在使用拐杖。我们的人一直在盯着他，没有发现他离开长盛矿业。唯一的可能是吴佳勇从三楼的一根排水管道滑下来。老谭看过脚印，确认就是吴佳勇的脚印。”

关鹏脸上一副恨铁不成钢的神情，道：“上一次关江州来了一次金蝉脱壳，这一次吴佳勇又在眼皮子底下跑掉。案子结了以后，重案大队要总结经验。如果失职，对相关责任人按照规矩处理。”

宫建民道：“我们的人在婚礼现场，看着吴佳勇走进杨永福的大房间。有人盯住了出入口，不管是从专用电梯、通用电梯还是安全通道到达一楼和车库，都会被发现。长盛矿业只有一层车库，两个通道，全部都有人。谁都没有想到，平时走路都困难的吴佳勇能够从排水管逃跑。”

关鹏打断了宫建民的解释，道：“不要找客观理由。总而言之，工作不够细致，对重点人物了解得不够深入。”

关鹏局长平时很讲究工作方法，这几句话已经是很重了，宫建民暗自叹了口气，接受领导批评。

关鹏独自抽了烟，抽了一半，将香烟摁灭，道：“吴小卫提供了什么情况？”

宫建民道：“吴小卫这些年一直在国外，从来不跟国内亲戚联系，他的父母也定居国外。我们一直在查找吴小卫的联系方式，始终没有找到。不久前，吴小卫的表哥打电话给我们，才知道吴小卫即将陪重病的父亲和母亲回国，估计还是有落叶归根的想法。吴小卫最初比较抗拒我，听到我的名字就挂断电话。我再打过去，讲了秦力和黄卫的事。他得知秦力和黄卫都不在了，田跃进还坐了牢，这才同意和我见面。他的说法和洪金明遗书里的提法基本一致。从现在掌握的情况来看，田跃进和秦力是一派，黄卫和洪金明是一派，吴小卫年龄最小，那时刚调来，与大家关系都不错。秦力突然辞职的原因，他至今不知道。吴小卫知道田跃进的妻子甘甜多次被人死亡威胁，还明确说是胡卫的人干的。”

关鹏摇头道：“吴小卫没有完全说真话，没有特别的事情，他不会走得这样坚决。”

宫建民道：“吴小卫中途沉默了很久，说出另一件事，洪金明与胡卫、杨国雄走得比较近，他有一次跟着田跃进、秦力到夜总会找人问情况，无意中见到洪金明和胡卫勾肩搭背。甘甜刚被人用枪顶了头。秦力当时就要发作，被田跃进拉住了。”

关鹏道：“那秦力袭击黄卫，除了为了弟弟秦涛，还有更多原因？”

宫建民道：“逻辑上是这样的，证据上无法支撑。洪金明的遗书主要谈自己的事情，对其他人、其他事语焉不详。黄卫和秦力都不在了，胡卫、杨国雄以及黄大磊死亡，以前的事情是一个谜团，没有证据，永远解不开了。”

关鹏又拿起香烟，扔了一支烟给宫建民，又扔了一支给侯大利，骂了一句粗话，道：“涉及其他民警吗？”

宫建民道：“基本不牵涉其他民警。据洪金明自述，他只是为吴佳勇提供了一些信息，没有做别的事情。这么多年没有暴露，也没有引起大家怀疑。”

关鹏用力敲了敲桌子，道：“什么叫提供了一些信息？说得很轻巧，这是内外勾结，泄露机密，是犯罪。”

短暂沉默后，关鹏将目光转向侯大利，道：“你怎么看？”

侯大利道：“遗书中没有提及杨永福？”

宫建民道：“人之将死，其言也善，洪金明没有必要撒谎，他应该只和吴佳勇单线联系。他是老刑侦，知道人多嘴杂的道理，和吴佳勇单线联系才符合他的风格。杨永福是孤狼，吴佳勇是犯罪团伙。杨永福的信息以及面包车等人，都是来自吴佳勇。从目前来看，两面人就是洪金明，幕后黑手应该分为两个部分，一个是杨永福孤狼犯罪，另一个是吴佳勇团伙犯罪。打掉了吴佳勇团伙，杨永福就没有信息来源，翻不起大浪。我现在最操心的是吴佳勇，此人是我见过的最狡猾的犯罪嫌疑人，明明是幕后主使，涉嫌多起谋杀案，偏偏没有直接证据。只有抓住枪手，突破李沪生，吴佳勇最终才能现出原形。"

关鹏抬手看表，道："现在凌晨3点20分，4点钟，相关人员开会。早上7点，我去找市委赵书记。建民跑一趟省刑总，汇报相关工作。"

侯大利回到刑警老楼，睡到早上6点，尽管睡眠时间不够，生物钟还是发挥了强大作用。他翻身起床，习惯性地用手撑床，疼痛瞬间袭来，如电钻刺手。他龇牙咧嘴地倒吸凉气，等到疼痛消失，这才下楼。

在四楼走道，恰与张小舒面对面相遇。侯大利问道："抵抗伤还疼吗？"

张小舒很喜欢侯大利不太"正经"的说话方式，道："我的伤是抵抗伤，也是皮外伤，不怎么疼了。你的伤属于肢体缺失，今天别锻炼啊，必须得休息。江州陵园管理太差，居然让流浪狗进陵园，当时把我气惨了。"

侯大利道："被近距离枪击，找到了断指也够呛。这就是命吧，我到陵园的次数比较多，还是第一次遇到流浪狗。"

两人习惯早起，又无法锻炼，就到常来餐厅吃早餐。吃完早餐不过7点，侯大利和张小舒刚走回刑警老楼，便见到一辆商务车停在院内，李永梅、宁凌和三个年轻小伙子站在车旁。

李永梅远远地看见儿子左手和肩膀的绷带，平日在下属面前打碎牙齿和血吞的老总顿时变回浅眼窝子母亲，眼泪从眼窝冲出来，一颗颗掉落在地面。她抓住儿子左手腕，道："你图个啥啊，手指都没了。疼吧，儿子，肯定很疼。"

侯大利拍了拍母亲肩膀和后背，感觉稍稍胖了些，朝宁凌笑了笑，以示感谢。

“干妈在昨天夜里得知你受了伤，连夜就和我赶回江州。我们回到江州时还特意到刑警老楼看了一眼，你的房间关了灯，便没有打扰你。”宁凌彻底告别模仿杨帆的时代，留了一头小波浪，穿一件竖条纹衬衫，衬衫柔软顺滑有光泽，优雅知性，将细腰完美显现出来。

侯大利道：“昨天你们过来的时候，我还在指挥中心没有回来。”

李永梅细瞧儿子脸上的青肿痕迹，道：“鼻青脸肿，手指掉了一根，还说没有什么大事。我订了一台防弹车，还有半个月才到江州。你的那台越野车摔了吧，不要修，先坐我的那辆车。别担心我，我现在很谨慎，平时坐商务车，我和宁凌坐中间，除了司机，前面一个，后面两个。这种小心翼翼的日子，真是烦透了。”

与幕后黑手有关的事暂时不能公开，侯大利便没有接话，介绍道：“这是张小舒，在市局法医室工作。”

李永梅知道女法医张小舒在追求自己儿子，看过张小舒照片。从相貌和学历来看，张小舒配得上儿子。但有两点让李永梅不满意，一是张小舒的法医职业，仍然让她内心发怵，田甜意外牺牲更是让她对整个警察系统都有戒心，不希望儿子另一半也是警察；二是张小舒母亲遇害，父亲事业不顺，这让人觉得张小舒运气有点儿衰。

尽管有两点不满意，但李永梅清楚地知道儿子是犟脾气，认准的事情九头牛都拉不回来，便将这两点不满埋在内心深处。她阅人无数，从张小舒看儿子的眼神，以及儿子看这个女子的眼神，便觉得这一对还真有可能成功。她松开儿子的手，道：“谢谢小舒啊，今天晚上有空没有？在江州大酒店，家里人吃顿便饭。”

张小舒大大方方道：“阿姨，如果没有特别的案子，我晚上有空。”

李永梅没有想到张小舒毫不掩饰自己的态度，有些意外，也有几分喜欢，道：“那就说定了，不管多晚，不见不散。儿子，晚上必须过来啊，晓宇也要来。你受了伤，应该休息的。”

经历了婚变，李永梅一度非常受伤，心情低落。这一段时间，她逐渐调整心态，将注意力集中到湖州广场建设项目。母亲状态转好，侯大利由衷高兴，再次叮嘱她要注意安全。李永梅道："你放心，我很注意安全，平时基本不出门，出门就前呼后拥。回江州，这么多老朋友，弄得我特别不自在。"

侯大利道："那三个人信得过吗？"

"三个小伙子的父亲或者母亲都是国龙集团的老员工，都经过部队培养，信得过。你白天肯定有事，那晚上见，我们先走了，上午还要见好几个人。"在以前，儿子时常提醒要注意安全，李永梅并不是特别在意。夏晓宇父母出事，才让她意识到危险就在身边，引起高度警惕。

李永梅乘坐的商务车前往江州大酒店时，与一辆崭新的宝马错身而过。

宝马车司机肖霄用眼角的余光瞧了一眼商务车，心道："阳州牌照，一百多万的商务车，这是谁啊？"

宝马车来到金色天街，停在金色酒吧门口。金色酒吧在夜场总是人声鼎沸、音乐震天，到了早晨和上午，就如被霜打的茄子，完全没有精气神。肖霄叫开大门，与不停打哈欠的阿代打了招呼。

阿代道："老板刚到，在办公室等你。我刚睡了两个小时，接到老板电话，有啥急事，非得这个时候来。"

肖霄也打了个哈欠，道："我比你只多睡了一个小时，眼圈还是黑的。老板发神经，这么早叫我们过来。他是做新郎的人，应该睡在老婆身边。"

阿代关上大门，道："我去睡觉，你走的时候叫我。"

肖霄来到杨永福办公室，推门而入。

杨永福穿白衫衣，坐在办公桌后面，又酷又帅。他用手指了指办公桌对面的椅子，道："找我什么事，急急忙忙的？"

肖霄直接坐在办公桌前，拉了拉裙摆，将白生生的大腿露在杨永福眼前，调侃道："做新郎的日子爽透了吧。"

杨永福目光毫无顾忌地停留在她的大腿上，自嘲道："一对新婚人，两副旧行头，能有多爽？"

肖霄道："我们滚过好多次床单，为什么不能做两副旧行头？"

杨永福故意很惊讶地道："我们之间的感情是纯洁的，别说得这么庸俗。"

"那就让我们纯洁的友谊更加升华。"肖霄转变了姿势，扭了扭屁股，坐在杨永福腿上，身体紧贴，热烈亲吻。

"这就是你说的急事？"

"嗯，这事难道不急吗？你和别的女人睡在一起，我心如刀绞。"

"我们是青梅竹马，感情胜似兄妹，吃醋很庸俗。"

"你的手别停啊。我就是要搞得很庸俗。"

肖霄的皮肤如玉般光滑，和朱琪相比有更多青春的鲜味，杨永福的身体很快就有了强烈反应，抱起肖霄，来到隐蔽小房间。房间隔音效果极好，不管弄出多大声音，外面都听不到。两人非常投入，十来分钟以后，喘息声和碰撞声才渐渐停息。

肖霄枕在杨永福的胳膊上，黑色长发在床单上散落成一朵花。她在情郎耳边叹了口气，道："无论再庸俗的感情都需要谈钱的，如果我有朱琪在长盛矿业的地位，那么和你在这里滚床单的便是朱琪，我就成了另一副旧行头。你别急，我今天过来找你不是谈新婚人和旧行头的。我感觉不对劲，总觉得不对劲，准备出去旅行，来一趟说走就走的旅行。兵马未动，粮草先行，我得拿点儿费用，以前我们谈好的费用。"

"你要走？"杨永福撑起手肘，神情严肃起来。

肖霄道："不知谁吃了豹子胆子，敢袭击侯大利。侯大利是省公安厅的人，袭击他，那就是厕所里打手电——找死啊。我听说好多警察、武警把巴岳山围得水泄不通，袭击侯大利的人除了投降，只能是死路一条。我还年轻，想多活两年。"

杨永福胸中不停起伏，长长地呼了一口气，道："杨可现在什么情况？"

肖霄继续在杨永福耳边低声道："我等到日久天长，才在酒吧巧遇杨可。你说我容易吗？杨可是那种没有吃过苦，不知道天高地厚的小女生，被帅哥们迷得晕头转向。现在就和关江州一样，成了瘾君子，还被帅哥弄到一起乱搞，我那里还有视频，精彩纷呈。"

杨永福眼前一亮，道：“有视频？”

“非常精彩，高清视频，放出去以后，绝对轰动，杨可就是下一个关江州，甚至比关江州还要惨。田甜的妹妹变成瘾君子，视频四处传播，不知道侯大利看到视频会是什么心情。”说到这里，肖霄眼睛亮闪闪的，异常兴奋。

杨永福瞧见肖霄的兴奋模样，伸手抚摩其光滑皮肤，等到肖霄翻身过来时，便裸身走到屋外，拿回一个包，道：“钱在这包里。全是现金，警方查不到你我身上，你可以放心用这笔钱。”

临出门时，肖霄将一个U盘交给了杨永福，道：“你想要的，都在里面。”

交了U盘后，肖霄转身离开这间充满着欲望、阴谋和刺激的小房间。行走之间，临时扎起的马尾跳来跳去，充满青春气息。

杨永福望着跳动的马尾，想要说几句话，话到嘴边，又被牙齿嚼成碎片。他在电脑上打开U盘，调出视频，果然如肖霄所言，视频精彩异常。

杨永福想到侯大利看到视频后的震惊表情，握紧拳头，用力挥动。

吴佳勇以瘸腿为伪装，利用在长盛矿业大厦参加婚礼之机，逃出警方监视。此人下一步会有什么行动，这是当前必须面对的问题。

省命案积案专案二组对此进行了分析，其思路如下：

一、“被诅咒的名单”，包括关百全、张大树、李兴奎、程宏军、李明全、黄大磊、夏晓宇、秦永国、丁晨光和侯国龙等人，后来还增加了帮助李明全外孙做手术的杨勇。

二、“被诅咒的名单”上的人大多遭遇了灾祸。关百全和关江州这一对父子双双进入看守所，关江州杀了继母，一尸两命，性质恶劣，难逃一死；关百全包庇小儿子，难逃法网；张大树的女儿张冬梅遇害，杀人者是其女婿邱宏兵；李兴奎的儿子李小峰被关在看守所，故意杀人罪随时可能落下来；李兴奎的妹妹李兴梅在2002年被人捅伤脊柱，瘫痪后一直坐轮椅，至今没有找到凶手；李明全的外孙在多年前差一点儿被撞死；杨勇的女儿杨帆遇害；秦永国的弟弟秦永强在矿井出事故，当场死亡；夏晓宇的父母双双遇害；侯大利在江州陵园遇袭。

三、杨国雄最恨的两个人是侯国龙和丁晨光，这两人到目前与其他人相比还没有受到致命打击。

丁晨光的女儿丁丽遇害与杨永福没有关系，是另一起案件。女儿遇害后，丁晨光心灰意懒，远走南方，近年才回江州。丁晨光回江州以后，生活在厂区，深居简出，几乎不在厂区外活动。厂区弄得和堡垒一样，外人难以进入。其家人在何处，无人知道。

侯国龙排在“被诅咒的名单”第一名，本人没有受到致命伤害。杨帆遇害与侯国龙有极大关系，也与杨勇有关系。但是，杨帆只是侯大利的女朋友，没有结婚，严格意义上不算其家人。江州陵园，侯大利反戈一击，导致老五中枪。论损失，吴佳勇团伙损失更大。

吴佳勇如果执意要报复，目标很可能就是侯国龙及其家人、丁晨光及其家人以及未受到伤害的程宏军及其家人。

省命案积案专案二组将分析结论上报给省刑总。

一小时不到，侯大利接到了老朴用座机打来的电话。

提起洪金明，老朴非常感慨：“两面人和幕后黑手是硬币的正反面，打掉一面，另一面就现出原形。洪金明啊洪金明，居然跳楼了。得知他跳楼的消息，我心情复杂，什么话都说不出来。十年前，洪金明在组织抓捕时，左胸被捅了一刀，刀尖稍稍偏一点儿，就是心脏位置。我读了洪金明的那封遗书，他说的确实是心里话，一时贪念，一时纵欲，犯下了无法挽回的大错。唉，这事值得总结的地方太多太多，一线办案民警职级不高，但由于工作特殊性，权力不小，事关人的命运，必然会面临诱惑。挡不住诱惑，就是不归路。”

老朴用力挥动折扇，发出哗哗的声音：“我看了你们的报告，和我们的判断基本一致。你们要明确一点，吴佳勇团伙是人不是神，伤害丁晨光的可能性不大。程宏军及其家人以前没有受到过伤害，原因不明，这不代表以后不受伤害，也不代表以后就要受到伤害。我们锁定的第一重点是侯国龙以及家人，重中之重就是国龙集团这边。第二重点就是程宏军及其家人。策略是在侯国龙和程宏军周边设重兵，守株待兔。其他地方放小组，确保不出意外。”

侯大利是省命案积案专案二组组长，担负挖两面人和幕后黑手的任务，所以能够参加江州市公安局的高层决策。但是在省刑总，他是一个纯粹的新人，决策时没有发言权，只能执行，很难知晓省刑总的通盘考虑。他通过老朴得知省刑总把工作重心放在父亲这边，稍稍放心。

与侯大利通话之后，老朴又给阳州刑警支队副支队长张阳打去电话，叮嘱其要特别注意保护杨勇、秦玉和杨黄桷。

“朴哥，支队和中队抽调了四五十人，持续半个月，一点儿动静都没有，大家真的非常疲惫了。杨勇、秦玉生活极有规律，从不乱跑。我们每个人手里都有案子，在这里空耗，耗不起啊。情报是否可靠，还要守多久？”张阳在省城担任过多年的重案大队大队长，和老朴数次合作，结下深厚的战斗情谊，知道省刑总如此安排肯定有道理，但还是忍不住在老领导面前发起小牢骚。

“才半个月就疲了？当年你们支队长为了抓一个命案逃犯，连续蹲守了七十多天，这才成功抓捕。吃得苦中苦，才能办大案。牢骚可以发，事情要办好。我们面对的犯罪分子不是一般人，是山南省近些年罕见的高智商犯罪，同时又很凶残。不出事则罢，出事，就是大事。你小子千万不要掉以轻心，阴沟里翻船。”

打完几个电话后，老朴喝了一口江州毛峰，再读省命案积案专案二组的报告，左思右想，又给侯大利打电话，要求其绝对不能单独行动，执行任务时必须配备警械。听到侯大利保证以后，仍然不放心，道：“虽然说一线侦查员经常受伤，可是你参加工作才几年啊，受了多少次重伤，这个频率太高。身体是革命的本钱，以后工作还很漫长，没有好的身体怎么行。”

侯大利道：“朴老师，或许我会转行。”

老朴断然道：“你不会转行，我敢肯定。”

侯大利刚刚放下电话，杨勇、秦玉和杨黄桷走进刑警老楼。

四楼105工作组小会议室，杨勇、秦玉坐在沙发上，杨黄桷安静地坐在窗边，看街景，用眼角的余光偷偷打量侯大利。

杨勇望着侯大利的左手，道："伤得严重吗？"

侯大利道："小指缺了点儿，不算严重。"

秦玉眼光没有离开侯大利半白的鬓角，道："我们才从江州陵园回来，十年了，时间过得太快。"十年时间，她以为能够平静面对大女儿，可是站在墓碑前，看着照片中神采飞扬的女儿，才明白女儿遇害就是扎在心口的毒刺，永远都不能拔除，说话间，眼圈便红了，"我本来要在18日过来，阳州警方不同意。这一次是女儿十年忌日，无论如何得来，我再三请求，他们才同意让我们回江州，还派了两名同志陪同。"

杨勇愤怒道："袭击大利的凶手，肯定就是杀害小帆的凶手。凶手到底是谁？对我们有如此深仇大恨。"

侯大利道："离水落石出的那一天不远了。"

杨黄桷从窗边走到侯大利面前，道："我和爸爸妈妈还给田姐姐上了香，杀害田姐姐的凶手被当场打死了。哥哥，抓到杀害我姐姐的凶手，是不是要枪毙？"

侯大利道："我们国家有死刑，对于这种罪大恶极的罪犯，肯定要枪毙。"

杨黄桷脆生生道："我长大了，和哥哥一样，也要当警察。"

杨黄桷已经长成少女模样，五官与姐姐杨帆有六分相似，漂亮、有特点，但谈不上沉鱼落雁、闭月羞花，这让杨勇和秦玉很是欣慰。如果杨黄桷和姐姐一样漂亮，那就麻烦了。

侯大利脱口而出："不行。"

"为什么哥哥能当警察，我不能当警察？"杨黄桷的眼睛异常明亮，这是和姐姐最神似的地方。

"社会有光明也有阴暗，永远都是如此。生活在阳光里，人的幸福感更强。长期接触阴暗，不管是谁都会受到影响，幸福感会减弱。我希望妹妹生活在阳光里，享受生活。"这是侯大利发自肺腑之语，也不管杨黄桷能否听懂，就明明白白、认认真真地表述出来。

“我知道哥哥的意思，爸爸也常说类似的话。君子不立危墙之下，我们要远离黑暗，前面一句是爸爸经常说的，后面一句就是哥哥刚才的意思。但是，总得有人面对黑暗吧，如果人人都逃避，世界就会更加黑暗。”杨黄桷生活在特殊家庭里，从记事起便知道姐姐遇害，家中气氛原本好好的，往往会因为一句与姐姐有关的话，气氛会突然降到冰点。在这种环境下长大，她格外早慧，比起一般的“小大人”还要“小大人”。

“面对黑暗的事情就交给哥哥，你应该面对光明，做更有创造力、更有价值的事。”交谈之时，侯大利仿佛看到了另一个聪慧的“杨帆”，心中酸楚，难以排遣的忧伤又在心中密布，他控制情绪的能力很强，迅速压制负面情绪，对秦玉道，“听说我受伤，我妈今天上午过来的，住在江州大酒店。我爸我妈离婚后，江州大酒店是我妈的产业。你们应该很久没有见面了，中午过去吃饭。”

此时已经接近午饭时间，侯大利陪着杨勇一家人和两名阳州公安来到江州大饭店。杨勇、秦玉和李永梅多年未见，在江州相遇后，想起这些年各自的艰辛和困顿，秦玉和李永梅不禁抱头哭泣。

杨勇在一旁潸然泪下。

侯大利最见不得这种场面，没有劝阻，走到另一边。宁凌跟过来，轻声道：“干妈对世安厂的日子念念不忘。她经常和我说，在世安厂的那几年是这辈子过得最舒心的几年，一家三口天天在一起，邻居关系和睦，杨帆就如女儿一般，有点儿好吃的都端来端去。”

侯大利道：“我爸妈有世安厂情结，那是他们的春青年代。”

宁凌有些发愣，道：“大利哥，我们老去，回忆青春时，最温馨的、最能让人记住的是什么？我有点儿害怕，干妈还有世安厂，可我的青春灰蒙蒙一片，没啥可回忆。”

侯大利道：“我的记忆太好，这么多年过去，很多细节如刀砍斧凿，忘都忘不掉，这同样让人痛苦。我宁愿什么都想不起。”

午餐之后，杨勇、秦玉和杨黄桷一家人离开。侯大利送至车库，叮嘱道：“杨叔，千万千万注意安全，不管多忙，每天都要接送妹妹。”

杨勇道："吃过一次大亏，再不警惕，我们就太愚蠢了。你秦阿姨为了接送黄桷，专门学会了开车。我们还在黄桷屋里安了报警器，她只要按一下报警器，我们就知道。"

从杨勇的叙述中，侯大利明白杨勇还没有完全理解坏人的狠毒。只是作为普通家庭，能做到这些，也算很不错了。

下午，省命案积案专案二组与秦阳刑警支队专案组开了一个隐蔽的碰头会，研究杨永福和肖霄的动向。

晚餐，夏晓宇带着妻子林风来到江州大酒店。

侯大利则和张小舒一起前往。两人下楼时，樊勇和秦东江已经在院中等待。面对侯大利惊讶的目光，樊勇道："湖州支队专门派了两人陪杨帆父母到江州。在特殊时期，为了安全起见，我和老秦送你们过去。我还真不开玩笑，老朴给我们提了要求。"

秦东江劝道："大利，小心驶得万年船，你们到了江州大酒店，我们回去就行了。"

侯大利是干脆人，没有推辞，接受了同事们的善意。

侯大利左手手指缺失，无法握方向盘，相较之下，张小舒的抵抗伤不影响开车。她坐上驾驶座，道："经常坐你那辆越野车，次数多了，就感觉不到是豪车。幸亏车辆性能好，否则从山坡滚几个圈，够呛。"

张小舒以前要上舞台之时，有时是化妆师帮助化妆，更多时间是自己化妆。成为法医后，忙于工作，上舞台的时间日渐稀少，习惯素颜。今天要参加侯大利母亲的家宴，便拿出上舞台时的技术，精心化妆。侯大利坐在副驾驶位，注意到张小舒与往日稍有不同，眉眼精致，气质温婉，与前些日在江州陵园拼命的女子完全是两个人。

来到江州大酒店，樊勇摁了摁喇叭，自行离去。总经理顾英迎了过来，陪着侯大利和张小舒乘坐贵宾电梯直达顶楼。

来到顶楼，俯视江州城，往日热闹的市井便成为背景。张小舒还没有来得及欣赏夜景，便看见了林风。

夏晓宇、李永梅和宁凌在内屋议事之时，张小舒和林风到吧台前聊天。

林风是音乐教师，多次与张小舒同台演出，算得上熟人。张小舒见到林风的体态和穿着，道："怀上了？"

林风微红了脸，道："到底是医生，眼尖。我怀上了，还没有显怀。身体还是有反应，现在厌油，想吃酸的。"

张小舒道："还上课吗？"

林风道："晓宇让我不要上班，专心养孩子。我更适合上班，当全职妈妈很无聊。晓宇找了两个年轻人，天天在门口接送，害得我被取笑。我一直抗议这事，但抗议无效。估计最近要出国了，我是真不想出国，可是没办法。"

"这件事情必须听夏总的，安全问题，无论多么小心都不为过。"张小舒见过不少血腥的案发现场，思维方式已经与音乐教师完全不同。

林风想起夏晓宇父母遇害的惨状，叹了口气，道："晓宇表面嘻嘻哈哈，内心实际上很敏感，卧室放了一把镰刀，雪亮雪亮的。"

张小舒毫不犹豫道："重要的事情说三遍，必须得听夏总的，有备无患。"

"小舒，你当了警察，变化太大了。以前我们想法差不多，现在你怎么和晓宇是一个想法。"林风朝屋内望去，心道："晓宇平时眼高于顶，对李永梅却是尊敬得很。"

侯大利独自在窗前俯视江州城。

西下的阳光照在江州河上，江州河成为一条玉带。玉带穿过城区，给江州城增添一层淡淡的薄雾。发展日新月异的江州城即将进入夜晚，灯光让黑夜变得繁华。在灯光不能到达的地方，仍然有四处游荡的恶魔。犯罪是人类社会的顽疾，过去有，现在有，将来有。吴佳勇和杨永福这个团伙是秋后蚂蚱，就算反扑再厉害，也蹦跶不了几天。可是，这个城市必然还会有新的犯罪，有新的预想不到的困难。

隔壁房间，李永梅、夏晓宇和宁凌神情严肃。

夏晓宇道："这些天我都在回想以前的事，左想右想，在对待杨国雄的方法上，我们没有问题。杨国雄若是一朝得势，必然斩尽杀绝。我们想要和平共处，可他不想。打蛇不死随棍上，我们不是一个人，有很多跟着我们的老兄弟，不能做愚蠢的农夫。”

李永梅太熟悉夏晓宇，眉毛微竖，道：“你是什么想法？”

夏晓宇道：“这些事情与你和国龙哥无关，这是我的私事。父母之仇，是血海深仇。今天和永梅姐见了面，我准备让林风出国，到国外去住一段时间。”

李永梅警告道：“国内的环境和八九十年代有天壤之别，你别轻举妄动。警方给出的消息，杀害你爸妈的两个凶手都已经毙命。”

夏晓宇淡淡道：“吴佳勇和杨永福是罪魁祸首，警方需要证据，我不需要。他们还在逍遥法外，谁能忍？永梅姐放心，在江湖混了几十年，我做事有原则。我今天还想给宁凌提一个建议，放高龙一条生路。高龙不顾情义，强取豪夺了宁凌家的酒店，从道义上，他有亏，从法律上，他没有问题。这和吴佳勇和杨永福不一样，我和他们是血海深仇。”

宁凌从小尝够了家道中落的痛苦，骤然听到夏晓宇提出的“放一条生路”的建议，有些愕然。

李永梅接过话头，道：“我们就算想要放高龙一条生路，他也无路可走了。我们进入湖州前，高龙的资金链就出了大问题。为了挽救即将断裂的资金链，他非法集资，规模挺大，现在事情爆雷了。前两天，好几百个参加集资的群众打砸了湖州广场，高龙被立案侦查。”

夏晓宇道：“高龙在爆雷前，在不同场合大骂永梅姐和宁凌，他说国龙集团这条强龙压了地头蛇，没有国龙集团在旁边修国龙广场，湖州广场早就赚大钱了。他还说银行嫌贫爱富，赔着笑脸想把钱贷给国龙集团，硬是一分钱都不贷给自己。他放出狠话，要拼个鱼死网破。杨国雄的往事与高龙极为相似，冤冤相报何时了，得饶人处且饶人。我们穿皮鞋，有家有业，最好别和光脚的纠缠，不划算。”

宁凌微微扬起头，道：“夏总，高龙当年逼迫和算计我爸的时候，一点儿都没有手软。”

夏晓宇道：“我老了，开始前怕狼后怕虎。但是，我是发自肺腑地建议你，没有结下生死仇的时候，给对手一条路。”

李永梅道："现在说这些已经晚了。高龙负了一屁股债，把自己卖了都还不起，进监狱已成定局。"

事已至此，夏晓宇便不再提此事。

三人走出，夏晓宇见侯大利独坐于窗前，走过去，道："你和张小舒是什么关系？"

侯大利道："说不清道不明。"

夏晓宇道："能让你心乱，说明张小舒有魅力，这是我的观点，你是当局者迷。乱我心者，今日之日多烦忧。你不喝酒，那等会儿开一瓶香槟，与尔同销万古愁。"

坐在江州大酒店顶楼，有香槟、美食和美人，但侯大利有一半心思留在巴岳山。枪手遁于巴岳山，被及时跟进的警察团团围住。但受伤的枪手依然是枪手，极度危险。

第九章

在国龙湖边发生绑架案

巴岳山上，江州市公安局分管禁毒的柳副局长出现在抓捕一线，将刑警支队陈阳、滕鹏飞和禁毒支队老袁从溶洞中叫了出来。

柳副局长抹了把汗水，道："他打了几发子弹？"

滕鹏飞头发乱成一团，脸上全是灰，咬牙切齿道："这个龟儿子很冷静，我们进攻前扔了三枚催泪弹，在这种洞里浓烟弥漫，一般人受不了。这个龟儿子一点儿动静都没有，我们派出一个小组进洞查看，他迎面打来两枪，伤了一个民警。"

柳副局长道："洞有多深？"

陈阳道："我们找老乡来问过，这是野洞，深不见底，岔道很多，从来没有人走完过。枪手被堵在一条地下河旁边的小洞里面，催泪弹没有把他逼出来，估计通风比较好。我担心他通过错综复杂的小道逃跑。"

老袁道："如果没有逃走，那就说明已经进入死地。枪手是贩毒团伙的核心人物，如果能够活捉，价值极大。"

滕鹏飞道："枪手非常冷静，枪法好，极为顽固，根本不与我们谈判。"

老袁道："我建议困死他，活捉。"

柳副局长道："枪手被侯大利用钥匙戳伤了眼睛，拼命逃跑，到现在肯定耗尽了体力，是强弩之末。我们派人喊话，促使其投降。天亮之前，如果他拒不投降，那就很难活捉，可以选择强攻。"

商定策略之后，几个领导重新进入溶洞。

此处溶洞的入口处只能一人通行，高二三米，有些地方又矮下来，还得微微低头，前进四五百米，溶洞开阔起来，足有篮球场大小，高度达到四五米。溶洞在此出现地下河，膝盖深浅。警犬在地下河前止步，失去了方向。身穿防弹衣的警察和武警守住溶洞里的七条岔道，其中一条岔道前全是荷枪实弹的武警。

这条岔道约有一人宽，高度不足两米。武警中队长介绍情况："这条岔道很窄，只能一人通行，前行二百六七十米，稍稍宽了一些，能够两人并行。到了三百米左右时，有一处拐弯。我们的人刚刚拐弯，枪手就开了枪。我们对拐弯后的洞内情况不了解。"

柳副局长道："如果强攻，有多大把握？"

中队长扬了扬下巴，道："不考虑活捉，百分之百的把握可以击毙。"

柳副局长看了看手表，道："派人喊话，一小时后，枪手不投降，那就强攻。你们要做好准备，爆震弹调来没有？"

中队长道："准备就绪，随时可以使用。"

爆震弹是非致命武器，主要是对人的感觉器官、神经系统进行干扰，使人员丧失攻击能力。引信时间1～2.5秒，算上投掷时间可以说落地就炸。强光致盲爆震弹在掷出后，发出强烈闪光和高达180分贝的巨响。被炸者最直接的感受是心脏被震得受不了，基本处于半晕厥状态。

爆震弹虽然是非致命武器，可是在5米范围内仍有杀伤效果，在溶洞里效果会叠加。枪手本来就受了重伤，是否能活捉还很难说。

预审员周向阳经常做谈判专家的工作，走进溶洞，拿起喇叭，开始劝降。

溶洞深处，枪手老七为了躲避警犬追击，沿地下河走了一段，发现岔道以后，便不顾一切钻了进去。谁知这条岔道并不长，洞口越来越小，越来越窄，变成一条长缝。长缝的通风效果良好，还有细细的光线射进来，说明这个缝隙和山外能够连通。

溶洞山体坚固，老七站在缝隙前，面对仅能通风的小缝，无力回天，徒呼奈何。

老七没有束手就擒，借着几束光线，找到适合隐藏和反击的一块大石头。大石头背后就是地下河。当催泪弹抛进来时，他把头埋在水里。催泪弹的烟雾迅速从缝隙消散，没有造成太大影响。

时间一点点过去，细细光线不停移动，直至消失，溶洞漆黑一片。老七坐在大石头后面，凭声音判断是否有人进入。

在江州陵园，被侯大利用钥匙戳伤了眼睛后，没有得到治疗，此时坐在大石头后面，老七面部神经突突跳动，仿佛有人拿着红烙铁在实施酷刑。拐角处又出现老男人如乌鸦一样的声音，惹得人心烦意乱。喊话声遮挡住脚步声，在漆黑环境中，如果真有人悄悄摸进来，很难被发现。

伤痛、饥饿、脱水加上绝望，让老七体力衰退得厉害，情绪逐渐失控。当喊话的老男人谈到父母盼儿子回来之时，老七突然间暴怒起来，从巨石背后蹿出去，摸黑来到拐角处，朝着“乌鸦”的方向打了两枪。打完之后，他又躲到大石头后面。

“乌鸦”的声音稍稍停止，又继续出现在洞内。

对峙过程中，老七身体发烫，出现幻觉。在幻觉中，他似乎回到青年时代。那个时代，他就是无所事事的古惑仔，十天半月不回家，每次外出都要带匕首，走到哪里，吃到哪里。在一次冲突中，他和一群同样无所事事的青年因为偶发事件群殴了胡卫的亲弟弟，捅破了对方脾脏。很快，他在家门口受到袭击，再被带到城外的江州河边。

老七梗着脖子，不认尿。胡卫这伙人拿出关狗的大铁笼子，在铁笼子里还放着两个大石块。

被人塞进铁笼子，眼见着沉入水底时，老七在恐惧中见到了拿着毛笔的阎王，小便不争气地打湿了裤子。正在这时，吴佳勇出现，将箱子扔给胡卫的手下谭彪。在这一段记忆中，老七有深深的恐惧，还有就是吴佳勇高大的形象。

从此以后，老七便成为吴佳勇忠心耿耿的兄弟，与老五一起做了几起大事，包括弄死了秦永强这个心狠手辣的家伙。

杨国雄跳楼以后，吴佳勇离开江州。老七和老五远走海州，与二哥、三哥联系很少。如果不是有勇哥存在，他和二哥、三哥必然断绝了交往。

回想往事，老七紧紧贴在石头后，把左轮手枪放在胸前，神志渐渐模糊起来，脑中出现了少年时最喜欢的放有腊肉、四季豆的糯米蒸饭。多年都没有吃到妈妈煮的糯米蒸饭，尽管十来年吃香喝辣，这一刻，糯米蒸饭横扫各大菜系，占据了口、鼻、眼。突然，他听到极轻微的脚步声，神志瞬间清醒。他知道自己落在警方手里难逃一死，也知道反抗无用。闭上眼，他脑中莫名出现了很久没有见面的妈妈的面容，轻声说了一句“再见了，妈妈”，将枪口顶住下巴，扣动扳机。

枪手死了，法医和现场勘查技术人员进入溶洞，现场亮如白昼。灯光下，枪手的真实面貌暴露无遗，四十岁左右，子弹从下巴射入，从左眼射出，血流满面。

一条大鱼就这样死了，老袁捶胸顿足。

柳副局长完全能够理解老袁，安慰道：“别想活捉，这人抱着必死之心，我们很难活捉。如果为了活捉他，伤亡了我们的同志，得不偿失。线索断了就断了，以后还可以查，总算扫除了一个祸害。”

“这人不在葛教授所画几人之中，是我们没有掌握的对象。老二、老五死了，这个关键人物也死了，李沪生死不开口。我们就算抓到吴佳勇，事情也很麻烦。”

滕鹏飞蹲在死者身边，观察死者面貌，站起身后，习惯性地用力搓脸，弄得满脸麻子滚动。

柳副局长道：“前一次抓捕黄大森，费了多大的劲，结果让他跑了。别说你们一线指挥员，我都出现心理阴影了，只要得知有人躲进巴岳山，就会紧张得喘不过气。这一次总算没有让这人逃出包围圈，还是那句话，尽量减少伤亡，线索断了就断了，我们继续挖，总会出现新的线索。”

现场响起拍照的咔嚓声，领导们退出溶洞，把现场留给技术人员。

柳副局长和老袁离开，滕鹏飞和陈阳单独在一起，脸上所有笑容消失得干干净净，变得阴沉、愤怒，还有些迷茫。

陈阳道：“宫建民和侯大利一直在暗中调查，还以为我们不知道，都是老狐狸，谁又会比谁差。没有想到，真有内鬼，难怪吴佳勇那伙人敢这么猖狂。”

滕鹏飞苦着脸，道：“是多年前的事吧？”

陈阳道：“应该是。相关部门还会和我们谈话。”

滕鹏飞道：“那倒不怕，心地无私天地宽。”

陈阳道：“老洪一跳了之，倒是痛快，给老婆孩子留下一堆烂摊子。”

由于洪金明跳楼这档子事，即使击毙了穷凶极恶的枪手，两位一线指挥员也没有感到愉快，反而增添了重重心事。

天亮之时，村民们惊讶地发现搜山的警察和武警一夜之间走得干干净净，除了隐藏在灌木和乱草下的脚印，什么都没有留下。村民们聚在小院，谈论发生在眼前的大搜查，议论纷纷，争执不休。

村主任是刚从外地回来的中年人，两眼放光，兴奋道：“我跟着警察进过洞，那个洞很大，比那些风景区的溶洞还要大，我们可以搞开发。还可以特意设个景点，打死某某的地方。”

大搜查打破了乡村的宁静，给村民们带来了许多话题。此话题也变成了新闻，出现在江州报纸和电视台上。

潜藏多日的吴佳勇陷在沙发前，一动不动盯紧电视，电视有警察和武警搜山的镜头，有采访武警的镜头，还有老七被抬出来的镜头。尽管电视台有意在老七脸上打了马赛克，在走动间，吴佳勇还是看到了老七一闪即逝的脸。多年前，他从胡卫手里买下老七那条命的时候，老七还是扮演古惑仔的小镇青年，转眼之间，人近中年的老七以如此凄惨的结局过完了跌宕起伏的一生。

“人生一世，草木一秋，好坏任人评说吧。”

吴佳勇内心极度悲凉，人生在其眼中失去了意义。这种深深的无奈在沪娟遇害时便出现，从此盘踞在其内心深处，注定让他的人生如北冰洋一般寒冷。不管外表如何热情，那种孤寂和寒冷已成为心灵底色，如影随形。

江州的10月，是一年最舒服的时候，温度在二十摄氏度左右，不冷不热。孤坐房间，窗帘重重，密不透光。吴佳勇只觉得寒冷侵入骨头，肌肉不受控制地发起抖来。他将半旧羽绒服套在身上，这才挡住不断入侵身体的地狱之冷。

稍稍暖和以后，吴佳勇从贴身衣袋里拿出一个小相册。小相册只有驾驶证大小，适合放在衣袋里。小相册放在贴身衣袋有近十年时间，外表有磨痕，带着吴佳勇的体温和味道。

小相册放有五张老式照片，第一张照片是李沪娟五岁左右的照片。用现在的目光来看，五岁的李沪娟仍然很洋气。在同一时间，吴佳勇还是三线厂大墙外的野孩子，在山野间疯玩，穿打着补丁的衣服，鼻子下面总是留有鼻涕痕迹。

一道大墙，墙内墙外是两个世界。

第二张照片是李沪娟读初中时的照片。牛仔裙将少女的窈窕身姿完全展现出来。那时，吴佳勇初中刚毕业，考上高中。他迷上了县城里的录像馆，疯狂追看港片，从《英雄本色》一直到古惑仔系列，看了个遍。高二时，他和社会青年打架，被学校开除。

这是他人生的一个重大转折点。

第三张照片是李沪生、李沪娟、大哥、老六和吴佳勇的合影。一群青春少年坐在江州河边，除了李沪生和李沪娟文质彬彬、衣冠楚楚，其他的人都是一副谁都不理的乡村社会青年打扮和神情。

第四张照片是李沪娟和吴佳勇的合影。他们冲破了高墙阻拦，不顾父母反对，成为恋人。

他爱死了李沪娟不同于小镇少女的气质，这是另一个世界的人，有无比巨大的吸引力。

第五张照片是吴佳勇和姐姐吴佳宁的合影。那时吴佳宁还未遇到杨国雄，花一般的年纪却显得心情沉重，长姐如母，这不是普通的四个字，而是吴佳勇少年时期的现实生活。无数个夜晚，少年人饿得前胸贴后背，盼望姐姐归来。听到开门声，少年人以最快速度打开房门，接过姐姐递过来的吃食，一个馒头、一根玉米或是一个烧熟的红苕或土豆。

没有大姐，他的生活会悲惨十倍。

裹着羽绒服，翻看照片，吴佳勇总觉得一切不真实，以前的人生便如一场虚幻的梦。梦结束，值得留恋的人离他远去，留下孤独的人品尝人世间的无情和冷漠。

将小相册放回贴身衣袋，关灯以后，拉开窗，城市即将从黑夜中苏醒。吴佳勇振作精神，准备前往海州，用老五的人做最后一次行动，为唯一还挂念的外甥扫去心魔。

这些年来，吴佳勇和二哥一起精心设计了防火墙。防火墙起到了很好的作用，就算某个兄弟出事，也能确保警方需要的证据链必然出现断裂。李沪生进了看守所，吴佳勇依然在外面自由自在，这就是防火墙的作用。

世间万物都有阴阳两面，防火墙有巨大优点，也有明显弊端。吴佳勇不用亲自下场，保护了自己，同时也失去了对人和事的直接控制。当几个老兄弟出事以后，身边几乎没有可用之人。他就如一名老帅，搏斗到了最后，身边再无可用之将。

老七在海州贩毒，这是吴佳勇完全没有想到的事情。等到他发现老七贩毒时，老七已经成为一方人物，深陷其中，无法回头。

老五幼年时从孤儿院出来，有着很深的孤儿院情结。他在山州收留了一帮五六岁的小聋哑人。十来年时间，这群小聋哑人成为老五手中的一把枪。老五暗中经营赌场，看准肥羊后，聋哑人便出手，来去如风，快、准、狠，从未失手。

以前办事，吴佳勇直接给老五交代就行了。

如今老五死了，吴佳勇只能直接露面。他能通过老五的兄弟来招呼这些聋哑青年，只不过缺少养育过程，控制力远逊老五，必须花大价钱。好处是老五的兄弟和这些聋哑人不知道自己的底细，给钱办事，完事走人，干净利索，不留后患。

吴佳勇准备这一次使用聋哑人后，便彻底远遁，不再管这些人和这些事，哪怕身后洪水滔天。在下定决心以后，他拨通了久未联系的电话，道："老八，你不用回来了，游戏结束。你好好生活，要走正道，穷点儿㞞点儿都不要紧。"

打完这个电话，吴佳勇拿出药瓶，吞下褐色药丸，放下一切包袱，只等明天到来。

10月28日，早晨，飘起小雨，空气格外清新。

上午10点左右，在国龙湖边，陆续有出来散步的员工，还有零散游人。

国龙大楼和国龙研究院是国龙湖的核心，所有景色和建筑都围绕核心展开。大楼是行政中心，结构和装饰上讲究对称，整个建筑四平八稳。侯国龙平时在国龙大楼办公，有三面透视的大办公室，能够观赏国龙湖。

研究院是新派建筑，造型别致，现代感极强。乔亚楠在研究院的办公室面积和位置几乎与侯国龙办公室一致。夫妻俩各在一栋楼，站在窗边能遥遥相望。

两楼相隔四百多米，之间有大片草坪。草坪中间有车道和人行小道。

吴佳勇坐在越野车内，拿出二哥所画的示意图。示意图是二哥生前花大精力做出来的，准确标注了乔亚楠在研究院的办公室和休息室，以及她有可能带儿子侯大吉在草坪玩耍的时间和位置。

研究院前方有一块用木栅栏围住的小块草坪，与其他草坪略作分离。木栅栏只有30厘米高，是心理上的隔离，而非实质隔离，防君子不防小人。乔亚楠带儿子出现在草坪的时间是上午10点到12点。在这个时间段，只要有太阳，乔亚楠便会带儿子去游泳，然后在草坪玩耍。此处是研究院正前方，保安视线可及，除了一个保姆，没有其他人陪伴。

在草坪外的湖边公路上，不定时会出现国龙集团的运货车，运货车上标有"国龙货运"四个大字，开进研究中心车库，为食堂送菜。

这是一个可以利用的破绽。

二哥提出的方案是仿造一辆“国龙货运”运货车，等到乔亚楠带儿子出来时，以正常速度靠近，下车绑人。以老五手下人的速度，最多一分钟时间就能得手。国龙研究院的保安反应过来时，运货车早就开出国龙湖。国龙湖外有一处大桥，处理掉监控摄像头以后，在下面安排两辆接应车，到时抛弃运货车，用接应车将侯大吉转运至海州，隐匿起来。

采用这个方法，警方掘地三尺，也难以找到人。

危险点在于距离研究院很近，如果动作不够快，保安有可能追出来。

此时，坐在驾驶室看完示意图，吴佳勇无比想念意外死于夏晓宇父母家中的二哥、意外失手的老五以及被围捕而死的老七。

如果他们三人还在，事情就完全不一样。

首先，神通广大的二哥会持续跟进，把当下情况查得一清二楚。现在的示意图是二哥生前制作，距离现在有一段时间，情况是否有变化是未知数。吴佳勇在警方压迫下，没有再次踩点的精力、时间和人力，只能死马当成活马医，利用以前的资料。

其次，若是老五还在，自己只需要交代事情，剩下的事情就由老五搞定。如今老五走了，老五的兄弟讨价还价，拿现钱才办事。而且要求吴佳勇必须亲自跟随，否则不办。

最后，如果老七还在，他在外策应，对有可能的追击进行干扰，把握更大。

结拜兄弟们散尽，吴佳勇成了孤家寡人，深怀“英雄迟暮”之感，利用过期资料，带着不可靠的手下，进行一次风险极高的惊天赌博。如果在以前，他不会做这种疯狂的事情。现在形势变化，他失去了活在世上的理由，只想疯狂一把，帮助唯一还牵挂的外甥解决心病。

国龙研究院门外的草坪上，乔亚楠和儿子侯大吉终于出现，旁边有一个三十来岁的保姆。

二哥提供的情报异常准确，行动成功的可能性大大增加。吴佳勇肾上腺素狂飙，进入临战状态，内心深处的不安、惆怅和忧郁一扫而空。

吴佳勇接到了前方“国龙货运”打过来的电话：“吴老板，人出来了，我们负责拉上车，在城外交接。剩下的一百万,一分不能少。”

“钱就在车上，到时一手交钱，一手交货。”若不是一百五十万元现金，老五的结拜兄弟根本不会带人来参加行动。千金散尽还复来，能用钱解决的事不是大事，吴佳勇爽快地答应了老五结拜兄弟的开价。

“国龙货运”启动，行驶约300米，拐弯朝国龙研究院开去。

国龙研究院的一间办公室内，一男一女两名年轻警察盯紧屏幕。年轻警察后面还有两名躺在行军床上的警察，神情轻松地胡吹神侃。

看屏幕的女警察道：“乔亚楠和侯大吉出现了，在草坪玩。”

男警察打了个哈欠，道：“侯大吉每天到婴儿游泳馆，游泳后在草坪上玩，很正常。”

女警察提高声音，道：“有一辆国龙货运的车过来了。这是国龙送菜的车，每天都要送伙食团。这辆车的时间不对，平时都是早上8点钟送过来。”

男警察凑近屏幕看了一眼，道：“车牌是对的，应该是临时加的吧。”

阳州公安派了一个大组潜伏在国龙研究院。五十多天，一切正常，毫无异常之处，小组人员不免懈怠。

躺着说话的中年警察道：“时间不对吗？让国龙保卫科查一查这辆车。”

“不知哪个兔崽子提供的情报，根本不靠谱。”看监控的小吴发了句牢骚，拿起对讲机，准备与保卫科沟通。

另一个躺着的老警察道：“知足吧，这是条件最好的蹲守点。国龙研究院的伙食真好，这一段时间，吃了睡，睡了吃，我长了足足10斤。还有半小时，该我们去蹲车了。”

年轻警察小吴正在与国龙保卫科通话，看监控的女警喊了一声：“有情况。”

正在行驶的货车车厢打开，跳下来一个年轻女子。这个年轻女子跳下车时，摔了一跤。爬起来后，跌跌撞撞地跑，猛摇双手。

参加蹲守的小组反复研究过发生在江州的数起绑架案，防备的重点之一就是聋哑人团伙。从货厢中跳出的女子奔跑挥手的姿势奇怪，蹲守的警察立刻想到多次参与绑架的聋哑人团伙。

国龙研究院的保安看到跳车的女子，还没有做出反应时，路边蹲守的公安已经从车内冲了出来，朝年轻女子奔去。

“国龙货运”接近乔亚楠所在草坪时，在货车后面的吴佳勇只觉得一颗心都要跳出来。如果一切顺利，一两分钟后，侯国龙的宝贝儿子就会落在他手中。变故突生，货车慢慢接近目标时，尾厢突然打开，这和计划不一致。看到这一幕，吴佳勇的眼珠差点儿弹出去，意识到危险出现。当两个年轻男子出现时，他明白警方早就等着自己上门，这次赌博不可能成功。

吴佳勇暗自庆幸自己距离前面的“国龙货运”还有一段距离，掉转车头，原路返回。

在二哥到国龙湖踩点时，国龙湖没有设置进出口，行人能够随便进出。吴佳勇这一次前往国龙湖时，进出口设置有停车杆，湖边还增设了监控摄像头。由于没有实地查看，吴佳勇并没有感到异常。

当警方接应女子和控制货车时，国龙集团保卫科的监控中心也发现了问题。保卫科科长恰好在中心，从警经历让其反应格外迅速，立刻远程启动自动升降柱。

这是国龙集团新安装的出入口拦截设备，4秒钟升起，具有强大的防撞功能。

守门的两个保安接到通知后，刚刚将拦车杆放下，就见到一辆越野车冲了过来。他们闪到一边，拿起盾牌和叉子，望着缓缓升起的自动升降柱，齐声大叫：“快点儿升！快，快！”

吴佳勇猛踩油门，不顾一切朝前冲。越野车如发疯的野牛一般，趁着自动升降柱完全升起之前，想要强行闯出去。

在两位保安的呼喊下，自动升降柱终于在越野车来到前升了起来。

越野车转变方向，绕开升降柱，径直撞向岗亭。岗亭是铝合金框架，在越野车猛烈撞击下，四分五裂。

两个保安吓得魂飞魄散，迈不动脚步，眼睁睁看着越野车扬长而去。

一辆警车紧随其后，追着越野车屁股，发出刺耳的警笛声。

潜伏在国龙湖等待猎物主动上门，这是省刑总参与指挥的行动。阳州公安指挥大厅和交警指挥大厅迅速反应，利用监控系统，锁定吴佳勇所在的越野车。为了避免在闹市区出现伤亡，巡警、特警、交警等地面力量在统一调度下，从四面八方汇集，编织成一个大网，准备将吴佳勇的越野车逼至城郊的阳州河大桥。

不管到达哪一个路口，吴佳勇都会听到声声警笛，看到警灯闪烁。他没有办法选择，只能按照警方预留的线路逃跑。

十来分钟以后，吴佳勇驾车来到阳州河大桥。

前方，警灯闪烁，停有一排警车，警车前有路障，数十名警察严阵以待。后方，则是震耳欲聋的警笛。

吴佳勇自知大限将至，平静下来，拿出小相册，用力亲吻李沪娟的照片，眼见警车逼近，平静地说了句："沪娟，我来了。"

他狠踩油门，朝阳州河冲了过去。河岸距离河面有二十来米，越野车冲破岸边护栏，重重地砸向河面。

警方从阳州河里打捞起吴佳勇。吴佳勇额头流血，陷入昏迷状态。

老朴在第一时间来到现场，恰好看到护工正在将吴佳勇抬入救护车。吴佳勇紧闭双眼，脸色苍白，额头被紧急处理过，看不出伤口深浅。老朴拉住一名满头是汗的急诊医生，询问吴佳勇情况。

众多警察荷枪实弹，急诊医生明白从阳州河里捞出来的人绝对身负重案。眼前拿折扇的中年人有一种特殊的亲和力，亲和力中又透着些威严，他客气地道："伤得很重，我们尽力而为。"

老朴道："能不能救活？"

急诊医生道："难说。以我的经验，救活了，人也有很大可能废掉。"

救护车开走，老朴独自在河边抽了支闷烟。在阳州河大桥上善后的是阳州市辖区公安分局副局长，和老朴互不相识。老朴和他交流几句，便前往国龙湖。

国龙湖边，阳州刑警支队副支队长张阳见到老朴便热情得很，用力握手，不停摇晃，道："朴大爷，还是你老人家高明，坚持让我们盯在国龙湖。如果我们稍稍松懈，撤了队伍，今天就要惹出大麻烦。"

阳州刑警和省刑总接触最为密切，老朴身份特殊，但素来接地气，能力强，敢直言，能理解基层民警，阳州刑警私下都尊称其为朴大爷。其他地区的刑警与老朴接触得相对少一些，很少有人当面称呼朴大爷。

"我不当朴大爷，凡事抬得越高摔得越重，还是叫我老朴。人全都逮住了吗？"说话间，老朴朝国龙集团办公室望了一眼。

张阳心情不错，笑嘻嘻道："货车上的人，一个不少，全部被按住了。驾车的人冲进阳州河，算是一网打尽了。货车上的人只有一个人是正常人，其他全是聋哑人。"

"把手松开啊，热得慌。"老朴从张阳的大手中抽出右手，拿出折扇，呼啦啦扇动，道，"这伙聋哑人是惯犯，准备工作要细致。侯大利对这伙人研究得最深，你们做审讯方案前，找侯大利交流。"

张阳道："我们正在做第一次审讯的准备工作，聋哑学校老师建议我们到山州或者海州去找聋哑学校老师。我长知识了，原来手语也有地方派系，江州、湖州和秦阳的手语相近，山州和海州的手语与这边有明显差异。等到山州和海州的聋哑学校老师过来，得到下午五六点钟。"

现场相对简单，现场勘查技术人员很快撤场。老朴在国龙集团保卫科科长陪同下，进入国龙大楼。在办公室等了十来分钟，侯国龙出现在门口，道："老朴，久等了。小乔被吓着了，她如果问起这事，绝不能说我事先知道。"

老朴摇了摇折扇，道："我和大利怎么说？这小子精得很，瞒不住他。"

侯国龙道："可以和大利说实话，他能够理解。但是，绝对不能跟小乔说实话。说了实话，以为拿他们母子作诱饵，我是跳进阳州河也洗不清。"

老朴竖起大拇指，道："国龙老总有气魄。一般人遇到这种事，早就吓得躲起来。你能配合我们，才能一举扫除后患。"

等到秘书给老朴上了茶水，退下后，侯国龙叹了口气，道："吴佳勇丧心病狂，杀了夏晓宇的爸爸妈妈，还想要杀大利，我如果退让，就会没完没了，迟早惹火上身。上帝要让谁灭亡，就先让他疯狂，这句话说得太对了。我经常和手下讲，跟着政府走，配合警方，这才是聪明人。"

除了吴佳勇，还有杨永福，后者更为阴险。老朴不知道侯国龙到底知道多少，没有深谈此事，提醒道："吴佳勇受了重伤，还要审讯。现在还不能说完全胜利，还得保持警惕。"

侯国龙点了点头，道："小乔吓得够呛，我让他们母子俩出去度假，休息一段时间再回来。"

送走老朴，侯国龙站在窗边，脸黑如墨，慢慢抽雪茄，良久，拿起座机，拨通了夏晓宇的电话。

夏晓宇前往阳州之时，侯大利等人已经来到了阳州刑警支队，在会议室与张阳等人碰面。

稍作寒暄，侯大利开始详细介绍情况，道："在陈菲菲案中，出现了三个人的精液，一是受害者陈菲菲体内的精液，是一个人的。二是受害者陈菲菲衣服上的精液，有两个人的。一个人的DNA与'8·3'案件受害者比对成功，另一个人的DNA没有在数据库，一直没有比对成功。我建议第一步就是比对DNA。"

讲到这里时，他内心莫名紧了紧，尽管吴佳勇团伙受到致命打击，周涛仍然未能洗刷冤屈。吴佳勇团伙覆灭之时都不能解决此事，时间拖得越久，越困难。

江州刑警支队DNA室主任张晨主动道："我带来了没有比对成功的DNA数据，可以马上开展工作。"

阳州刑警支队DNA室主任和张晨一起离开会场，前往实验室。

"'8·3'案件至今未破，受害者是聋哑人。死者口、鼻、双耳有流柱状血迹，双眼肿胀瘀血。面部变形，鼻骨、右颧骨、上下颌骨骨折，手触之有骨擦感，上门牙脱落2颗，右颧部有4厘米×3厘米皮肤擦伤，左颧部有6厘米×3厘米皮肤擦伤，下唇有4厘米×2厘米皮肤创口，下颌部有10厘米×0.5厘米横形创口，左侧后颈部有12厘米×6厘米皮下瘀血，右肘部有4厘米×1厘米皮下瘀血，余未见明显异常。尸体右手腕上有文身，文有一个‘忠’字。”

侯大利讲述尸检报告的数字时，没有看笔记本，一个个数字从嘴边弹跳出来。

江克扬、吴雪等人都知道侯大利记忆力强悍，又天天埋在卷宗里，听到这一串数字毫不吃惊。阳州刑警久闻“神探侯大利”之名，却没有直接感受，这一串极为流畅的数字飞奔而来时，这才明白“神探”之名不虚，皆服气。

侯大利用相当肯定的语气道：“从数次绑架案的细节中，我们发现聋哑人处于性压抑状态。女聋哑人在关键时刻跳车，我怀疑与‘8·3’案件受害者有关。第一次审讯时，可以从这方面进行试探。”

充分沟通信息以后，阳州警方要等DNA比对结果，也要等山州和海州的聋哑老师到来，便请省命案积案专案二组的同志到市公安宾馆稍事休息。

父亲的妻子和儿子差点儿被绑架，从情理上，侯大利得去国龙集团。

有一次，侯大利在国龙集团进门遇阻，恰好遇到副总经理朱强，这才得以进门。这对侯大利来说是一件小事，但对总裁办来说，这件事就是大事。他们吸取教训，采取系列措施，确保侯大利来到国龙集团后一路顺畅。

侯大利走进大楼，保安立刻站起来敬礼。一分钟时间不到，一名身材匀称、衣着得体的女子便出现在侯大利面前。来者是国龙大酒店总经理李丹，她看了一眼侯大利受伤的左手，微笑道：“老板在楼上，我们先上去。”

“李丹姐，你不是在国龙大酒店吗？”侯大利知道李丹是母亲李永梅信任的人，突然间出现在总部，觉得有些诧异。

“你爸让我到总裁办，现在两边跑，忙得团团转。”进入侯国龙所在楼层，李丹低声道，“晓宇哥在和你爸谈事，稍等两分钟。”

江州毛峰格外鲜嫩，不耐久泡。茶水淡时，夏晓宇从书房出来。

从表情来看，夏晓宇似乎从父母遇害的打击中回过神来，至少表面如此。他亲热地拍了拍侯大利肩膀，道：“小手指掉了，不影响功能。男子汉大丈夫，谁不会掉点儿零件。”

侯大利道：“晓宇哥纵横江湖，一个零件都没有掉。”

夏晓宇道：“我和你不同，你是国家的人，遇到危险必须往上冲，出了事，国家给你兜底。我是自己对自己负责，必须小心翼翼，否则如何死的都不知道。你好好和你爸谈一谈。父子俩一个臭德行，互相不理，其实心里还是想着对方的。”

侯大利的成长期，侯国龙忙于生意，疏远了儿子。等到发现儿子变成纨绔子弟后，侯国龙将儿子送回江州。这个行动在当时是自然而然发生的，是对多数家长来说很正常的举动，却深刻地改变了侯大利的命运，也改变了侯国龙和李永梅的命运。父子俩自此产生隔阂，难以消解。

父子面对面而坐，大眼瞪小眼，明明血脉相连，有很多事情要交流，坐在一起又不知从何谈起。大眼小眼瞪了一会儿，侯国龙和侯大利又同时开口。

侯大利伸了伸手，示意父亲先说。

侯国龙道：“袭击你的人，也是吴佳勇的人，和到国龙湖的人是一伙的？”

侯大利道：“两人都死了，吴佳勇还未苏醒，暂时不能确定。”

“在家里，又不让你拿证据，用不着这么严谨吧。”儿子犟得如石头，按李永梅的话来说，父子俩就是一个德行。侯国龙想起李永梅说这句话时“无可奈何”的神情，心情黯然。

“我说的是实话。两个死者都是吴佳勇的结拜兄弟。从逻辑上来说，吴佳勇脱不了干系。但是，是不是吴佳勇在背后指挥，确实拿不出证据。”侯大利觉得自己语气太硬，将话题换回到父亲这边，道，“阳州警方守在国龙研究院，爸是知道的吧？”

“难道不对吗？吴佳勇在暗，我们在明，下不了狠心，就是坐以待毙。我知道这事瞒不了你，但是你不能和小乔提起。谁都不愿意当诱饵，是不是？”说到这里，侯国龙语气尖锐起来，瞪起眼，气势十足。

侯大利苦笑道：“没有证据的事，我怎么会乱讲。今天过来，我想说的是不能放松警惕，丁总在这方面做得很好，平时住在厂里，弄得跟堡垒一样。”

侯国龙打断儿子，道：“你不用遮遮掩掩，有话明说。你不方便说，那我就把话挑明了，反正我不用讲证据。你在担心杨永福，我知道此人比起吴佳勇有过之而无不及。别问我是什么渠道得到的消息，猪朝前面拱，鸡朝后面扒，各有各的办法。小乔和你弟弟要出去一段时间，避避风头，散散心。我和你妈都从世安厂子弟中挑了退伍军人当保镖，绝对可靠。你们警方在保护杨勇一家人，保得了一时，保不了一世，迟早要撤走。我让夏晓宇买下杨勇隔壁的房子，平时安排两个人值班。我比警方自由，没有那么多条条框框。对我来说，这就是保卫科科长职权范围内的事，简单得很。”

得知父亲如此安排，侯大利发自内心地道了句“谢谢”，又问了一个老问题：“爸，我还有一个疑问，当年你到底做过些什么，杨国雄如此恨你？”

“你问过好多遍了。”侯国龙陷入回忆之中，“杨国雄与黑道勾结，不守规矩，不讲市场规矩，认不清大势，犯了大忌。我明白时代在变化，打打杀杀行不通，所以按照市场规矩办事，配合政府工作，与银行关系良好。杨国雄是我的手下败将，输掉了底裤，失去了反抗的机会，这就是他恨我的主要原因。我不会做违法犯罪的事情，打下江山不易，存在很多侥幸。企业垮掉，也许就是一次失误，一夜之间。”

父子俩非常难得地单独吃了一顿晚饭。在侯大利离开国龙集团时，侯国龙感慨道：“十年了，我们是第一次单独吃饭，还谈了这么久。你还没有甩脸。”

侯大利站在爸爸身边，道：“注意身体，工作不要太拼了，年龄也不小了。”

侯国龙的心情一下阳光起来，道：“你别傻乎乎的，什么事情都往前冲，要学会保护自己。”

父子分手之后，侯大利回到公安宾馆，准备参加阳州刑警支队的会议。

侯国龙也准备开会，在前往会议室前，先到办公室，回了夏晓宇的电话。夏晓宇已经回到江州，看了来电显示，向陈雷做了一个稍等的手势，便进了里屋，道：“正在和陈雷谈，老大分析得很对，种种迹象显示，杨永福确实是对朱琪心怀歹意。我把事情脉络理清楚以后，找朱琪谈一次。”

侯国龙轻言细语道：“古话说得好，‘男人迷，一时痴，女人迷，无药医’。你要找好突破口，特别是杨永福和其他女人的事。把朱琪拉到我们的阵营，就是对杨永福最致命的打击。这些事情可以光明正大地做，不会犯任何错误。”

夏晓宇道：“老大放心，我别的不行，和女人打交道的功夫还是不错的。相较于爱情，朱琪更关注的还是财产和安全。更何况杨永福和肖霄、炮姐本身有一堆小辫子，根本不用离间，摆出事实，朱琪自然知道怎么选择。”

侯国龙道：“绝对不能用违法犯罪手段，一点儿都不能沾，合理、合法、合情，能摆到桌面来谈，这是我们的底线。”

打完电话，从里屋出来，夏晓宇坐在陈雷面前，跷起二郎腿，道：“杨永福和肖霄到底是什么关系？”

“肖霄经常单独进入杨永福办公室，滚床单是肯定的。炮姐、桐桐，包括死了的陈菲菲都滚过杨永福的床单，但是肖霄和杨永福关系不一般。”陈雷作为社会人，毁容前显得文质彬彬，毁容后，脸部变成“阴阳”两个部分。他笑起来时，一半脸笑，一半脸僵硬，看上去非常别扭，又很阴沉。

夏晓宇自顾自点燃烟，道：“具体来说，有什么不一般？”

陈雷道：“杨永福和肖霄从小就认识，肖霄的父亲肖卫星曾经是老板，与杨国雄关系还不错。后来生意失败，肖霄由白天鹅变成了野鸭子。杨永福和肖霄就是一对难兄难妹。”

夏晓宇道：“肖卫星也不是什么好鸟，最喜欢耍小聪明。”

“我有个兄弟叫阿代，比我小。我坐牢那次，他其实也有份，只是年龄太小，没有进去。夏总和我交代事情后，我就让他从外地回来，到金色酒吧上班。阿代机灵，如今是杨永福用得着的人，知道不少事。”陈雷从看守所出来以后，经营雷人商务。这个公司之所以能迅速成长，与夏晓宇暗中支持有很大关系。他后来进入房地产领域，更是得到夏晓宇大力支持，否则根本拿不下关键地块。

夏晓宇道：“把你知道的，全部讲出来，有关的，无关的，都讲，越详细越好。”

陈雷讲了一个小时，离开前，拿出一个盘，道：“再讲一个无关的事。今天上午，阿代拿到一段视频，其中有个年轻女娃到金色天街，与肖霄喝过酒。阿代说，这个年轻女娃是富二代，肯定是被人害了。我觉得有点儿意思，正准备去查一查是哪一家的女娃。”

视频打开，有聚集“溜冰”画面，然后又是男男女女在一个房间胡来。看到女娃面容之后，夏晓宇脸色瞬间阴沉，一语不发。等到视频结束，他问道：“这视频是哪里来的？”

陈雷道：“阿代说，圈子里都在看。”

夏晓宇道：“什么圈子？”

陈雷道：“吃‘粉’的圈子，大家看得很嗨，都想约这个女孩子。我觉得如此劲爆的视频迟早会传出去。夏总，你认识这个女孩吗？”

“能不能找到视频源头？”夏晓宇脸色阴沉。

陈雷道：“视频出现得很突然，源头不好找。”

夏晓宇打断他，用手指了指，道：“不好找，也要找。”

等到陈雷离开，夏晓宇找到侯大利的电话号码，没有拨打，想了片刻，又停下来。他拨通关鹏局长电话，说了两句后，叫车，前往公安局指挥中心。站在公安局指挥中心大院，夏晓宇有些担心地望了望阳州方向，心道：“一波未平，一波又起，这事又捅了大利心窝子。老伤口还在结疤，又被撕开。哼，老虎不发威，当真以为我是病猫。”

目光如穿云箭，刺破云层，转瞬到阳州，奔向阳州刑警支队会议室。

阳州刑警支队会议室里，侯大利心情着实不错，脸上洋溢着久违的笑容。这支穿云箭透过玻璃之后，射在侯大利的笑脸上。侯大利觉得脸部被蚊子叮了一下，用手揉了揉，精力继续集中到面前的案件之中。

在江州和阳州两个DNA室的共同努力下，短时间内完成比对。留在陈菲菲衣服上的精液与被抓获的一名聋哑人比对成功。此人参与了绑架陈菲菲案，这也就意味着周涛案的真相大概率水落石出。

阳州刑警支队首先审讯跳车报警的聋哑女子。

这是系列案件的突破口，老朴、省命案积案专案二组和阳州刑警支队诸位领导齐聚小会议室，观看第一次审讯。这次审讯与其他审讯不同之处在于有专门从海州请来的聋哑学校手语教师。

手语的输出渠道不靠喉、舌、唇、齿等构音器官，是一种特殊的语言形式，一种书写符号的视觉语言。不同地域之间、不同民族之间，使用手法有较大差异。某些手语一旦形成习惯，在特殊人群中得到约定俗成的认可，就如地域方言一样，形成自己的特点。

最初与女子接触的是阳州聋哑学校手语教师，他很快发现与女子交流不畅，此女子手语具有很多海州或是山州那边的特点。海州聋哑学校和山州聋哑学校接到邀请后来到阳州，四个聋哑学校老师在警方人员陪同下分别与跳车报警女子接触，综合判断，此女子手语来自海州，地方色彩很浓，特点突出。

跳车女子相貌还算清秀，身材高挑，接近一米七。如果不说话，从外表来看，是颇为出彩的女孩。她如一只受惊的小鹿，身体紧缩，双手放在腹部。

尽管有手语老师，审讯还是进行得特别缓慢。如果是正常人叙述，花不了多长时间。用手语表述，再通过手语老师翻译，信息在多次传达中失真，而在一些涉及定罪和量刑的细节，必须反复核实。

第一次审讯，初步查明：女子会认少量的字，比如吴平、男、女，1、2、3等数字，是半文盲。她的真名叫吴平，平时被人称为幺妹；她见过自己的身份证，平时由“干爸”保管。本人并不知道身份证的具体内容，包括真实年龄、民族、家庭住址等，皆不知，只是知道自己住在海州赵县。

必要程序以后，预审员开始询问“国龙货运”的运货车上有哪些人。

吴平用手语表述：同行的人有幺叔、大哥、二哥和四哥。幺叔是能说话的正常中年人，大哥、二哥、四哥是聋哑人。

预审员拿出一大沓照片，吴平指认了幺叔、大哥、二哥和四哥。

吴平交代，今天准备前往国龙湖，目的是绑架人。预审员分别给出一沓照片，吴平非常准确地指出了想要绑架的母子。

预审员拿出了老五的数张照片，包括中枪倒在地上的照片。吴平明显发愣，然后不停抹眼睛，手势飞快。

手语老师不得不经常打断她。

审讯进程慢，但效果明显，老五团伙浮出水面。

吴佳勇团伙中的老五是另一个团伙的老大。老五复制了勇哥的手法，在海州郊区有一家服装厂，经营了十来年。服装厂的地盘是老三线厂的集体企业，位置偏僻，雇用了很多残疾人。

在服装厂里生活了五个聋哑人，一女四男，女的就是吴平。这五人都是在幼年和少年时期就跟随老五，称老五为“干爸”。跟随老五时，吴平年龄尚小，加上聋哑，说不清楚身世，只记得从小跟随老五，在老五身边长大。其他几个人情况基本一致。

在数次绑架案和未遂绑架案中，多次出现四个男子，这一次前往国龙湖，只有大哥、二哥和四哥。预审员在询问三哥是谁时，自然而然出示了“8·3”案件遇害者照片。血淋淋的照片给吴平极大刺激。她猛然瞪大了眼，随即双手蒙眼，双肩猛烈抽动。

在商量审讯方案时，侯大利提出跳车女子极有可能与“8·3”案件遇害者有关，没有理由，就是直觉。从跳车女子看到照片的反应来看，确实如此。

花了半小时，吴平慢慢“道”出原委。

世界上总有一些阳光没有完全照到的地方，主流社会之外也总有一些偏离了主河道的小支流。吴平是天生聋哑人，不知父母是谁，忘记了被干爸收养之前的生活。从记事起她就和大哥、二哥、三哥和四哥生活在一起，老五就是他们的干爸。

干爸教给他们手语和简单的文字，让他们能够互相交流。

预审员询问为什么干爸懂手语，吴平摇头，不知道原因。她甚至不知道干爸的名字，从小到大，干爸就是干爸。大哥、二哥、三哥和四哥就是哥哥，尽管四哥年龄应该更小，她仍然叫其为四哥。

五人相依为命，形影不离，成为一个特殊群体。长大以后，大哥会炒菜和煮饭，二哥最强壮，四哥跑得最快，三哥最聪明，学会开车，技术很好，会认的字也最多。三哥是后天因病致聋，还能简单发音，说几句话。尽管幺妹听不到三哥说什么，可是三哥能说，这就让其对三哥充满崇拜。

“8·3”案件之前，吴平和老三谈起恋爱。干爸不准他们谈恋爱，威胁如果谈恋爱，就要打死他们。残疾人心理特殊，这个小群体长期与外界隔离，行为更为偏激。老三和幺妹暗中准备逃跑。

这五人在一起生活了十几年，一天都没有分离过，任何一点儿细微变化都逃不掉其他人的眼睛。逃跑计划失败。老三和吴平被捉住以后，干爸开始抽老三耳光。抽老三时，老三没有反抗，和以前一样默默承受。当干爸抽吴平耳光时，老三突然如火炮一样被点燃，跳了起来，狠狠地打了干爸鼻子一拳。如果老三不反抗，估计打一顿就完事，就和小时候一样。干爸是第一次遭遇反抗，而且被打出鼻血，气得暴跳如雷。他追上去，拿棍子猛打老三。其他人在干爸命令下，一起殴打老三。

这时有一辆大车出现，车灯非常亮，司机经过时大声吼骂，威胁要报警。干爸和其他几人匆匆上车，将老三扔在路边。

侯大利脑海中有“8·3”案件的细节。

在“8·3”案件中，现场勘查于8月3日早8点17分进行。现场位于西城胜利路段东西公路水沟边的草丛，尸体头东脚西，右侧卧于公路南边的草丛中，尸体南137厘米的路沟斜坡上有一个东西方向、长163厘米的圆形木棍，棍上沾有血迹。

副支队长老谭判断：现场草丛里没有发现足迹，不仅没有行凶者的足迹，连受害者的足迹也没有。从血滴痕迹来推断，死者是在公路上被袭击，摔入公路边的草丛。凶手扔掉木棍，然后离开，没有在草地里留下足迹。能显示死者身份的身份证、手机之类的物品，显然是在死者遇袭前就被拿走，否则，凶手会在草地上留下足迹。

吴平交代的情况与现场勘查完全相符，也与老谭的判断基本相符。唯一不同的是老谭认为能显示身份的身份证、手机之类的物品是被凶手带走了，但实际上受害者根本就没有能够显示自己身份的物品。

预审员询问吴平是否参与殴打三哥时，吴平双手蒙脸，无声哭泣。稍稍平静以后，她用手语反复表示被干爸逼着用木棍打了三哥。

侯大利完全能够理解吴平的行为。斯德哥尔摩综合征是指被害者对于犯罪者产生情感，甚至反过来帮助犯罪者的一种情结。这是身体和精神被双重控制的产物，当年宁凌被王永强绑架之时，同处于地下室的被绑架者李晓玲在短时间就产生了斯德哥尔摩综合征，不敢反抗王永强，甚至还帮助王永强对付宁凌。吴平受到长时间的双重控制，在干爸的威胁下，选择参加殴打三哥，是本能反应。

彻底调查清楚“8·3”案件之后，后面的调查就水到渠成。

预审员问道：“10月28日，你乘坐货车来到国龙湖，为什么跳车？”

吴平用手语叙述了四个原因。第一，吴平在“8·3”案件之后，发现自己怀孕了，其他人还不知道。这事迟早要被人发现，如果被发现，后果如何，不知道。想到三哥被打的惨状，她深为恐惧，经常在半夜做噩梦，吓得发抖。第二，这是吴平和三哥的孩子，她想要生下来。第三，吴平对干爸的情感很复杂，简单地说是又害怕又依赖。如果干爸仍然在，她或许不会跳车。这一次，干爸很久没有回来了，这是以前从来没有过的事情。吴平和其他人都觉得干爸也许不会回来了。第四，他们并不畏惧幺叔，私底下视其为外人。

有了这四个因素，吴平看见了国龙湖这边的保安，选择了跳车。她没有自首的概念，也没有觉得是做了错事，跳车是母性觉醒后的自保行为。

老朴摇动折扇，道："从逻辑上是通的，老五对这群有残疾的人实施了精神控制。这个吴平是关键点，突破了这一点，其他残疾人也就没有办法抵抗了。拿下他们的幺叔，水到渠成。"

"8·3"案件和国龙湖未遂绑架案基本清楚以后，预审员按照审讯方案，开始调查发生在陈菲菲身上的强奸案。此案非常蹊跷，在陈菲菲的身体里找到了属于周涛的精液，侯大利等人又从陈菲菲的外套上找到了另外两人的精液。三人的精液在陈菲菲案中同时出现，让此案疑点重重。从逻辑上讲，周涛涉案的可能性极小，可是迟迟无法获得没有涉案的关键性证据，难以洗脱身上的污水。

吴平坦承参与了所有与面包车、皮卡车有关的绑架行动。而且还特别交代，除了在江州参与绑架，还在海州多次抢劫。这是搂草打兔子的意外收获，也证明老五收养了这一群残疾小孩，有一个重要目的就是用于抢劫和绑架。

涉及陈菲菲案时，吴平非常平静，手势清晰，情绪稳定。

据吴平叙述：干爸交了一个小瓶子给二哥。当那个女人被拖上车以后，二哥就将小瓶子里的东西塞进那个女人身体。二哥和三哥还将自己的东西弄到了女人的衣服上。

从其身体语言和手势来看，吴平并没有认为抢劫、绑架和猥亵是违法犯罪行为，完全没有这方面概念。在她的世界里只有干爸、大哥、二哥、三哥和四哥，这几人做的事情都是对的，至于其他人，则都是与自己无关的外人。

吴平所言，与侯大利以前的推测基本一致：吴顺源装扮成清洁工人，租住刑警老楼的房子，在大树上安装监控器。他在刑警老楼垃圾桶里弄到带有精液的避孕套，误认为是侯大利的精液。老五带人绑架陈菲菲以后，用避孕套中的精液诬陷了精液主人。这一招非常狠毒，基本上是一剑封喉，很难化解。

至此，周涛强奸案基本上水落石出。

在接下来的讯问过程中，又一个疑惑被解开：张英在文化宫南门被绑到车上以后，幺叔曾经使用手机打电话。当时，面包车上有幺妹，还有大哥、二哥、三哥和四哥，没有杨为民。杨为民猥亵张英的嫌疑可以彻底排除。

预审员让吴平辨认杨永福在整容前和整容后的照片。吴平对杨永福毫无印象。

在省刑总统一指挥下，海州刑警支队搜查了老五的老巢，找到老五和五个聋哑人的身份证以及相关物品。到了这时，警方才破除身份迷雾，知道老五的真名叫杜健康。从名字来看，老五的父母对其寄托了美好的希望。

幺叔叫杜绍富，是杜健康的隔房兄弟。吴平供述之后，突破杜绍富就相对简单。杜绍富心存侥幸，只承认这一次未遂的绑架案。警方在近一段时间都在和反侦查经验极为丰富的吴佳勇团伙打交道，取证极难，这一次终于遇到一个不算聪明的家伙，如获至宝，加大审讯力度。

杜绍富很快就被警方突破，竹筒倒豆子，把杜健康的底细交代得非常彻底。

据吴平交代，她本人和其他小伙伴的手语都是杜健康所教。杜健康为什么会手语，吴平不清楚。

谜底由杜绍富揭穿。杜绍富交代，杜健康的父母都是聋哑人，父亲是后天因病聋哑，母亲是先天聋哑。正是由于尝够了残疾之苦，父亲为儿子取名为杜健康，希望其能健健康康。在父母热切希望之下，杜健康身体健康，不仅没有遗传性疾病，而且身体比一般小孩子还要强壮。杜健康十三四岁的时候，穷困一生的父母相继去世。

杜健康走出校门，没有再读书，背起行囊，离开家，外出打工。

杜绍富再次见到杜健康之时，堂兄已经发达了，开小车回到村里。杜绍富对杜健康开小车回村引发的轰动效应记忆深刻，在生意失败后，毫不犹豫地投奔了堂兄。

杜健康的服装厂并不赚钱，真正赚钱的是地下赌场。他是海州一带有名的地下赌场老板，利用流动赌场躲避警方打击。杜绍富平时不参与地下赌场的管理，只负责管理服装厂。每当杜健康在地下赌场发现肥羊时，便由杜健康、杜绍富带着几个残疾人参加抢劫。倒霉的肥羊可遇不可求，每年弄到一两单就赚翻。

抢劫肥羊是由杜健康精心策划，被抢的人都是赌徒，自认倒霉，没有报警的。

说到抢肥羊以后，杜绍富很愤怒地对预审员说起："我搞不明白杜健康为什么要到江州绑人，绑了人，又不要钱，完全是脱了裤子放屁——多余的圈圈。"

预审员顺势问道："你们到江州抢劫、绑人，谁接应你们？"

杜绍富道："我们在海州抢肥羊的时候，都得提前看看地形。到了江州，我们就和傻子一样，全听杜健康安排。没人接应，我不骗人。"

预审员拿出老二、老三、吴佳勇、老七、杨永福等人的一沓照片，交由杜绍富辨认。杜绍富见过老二和老三，还和他们在一起吃过饭。他没有见过吴佳勇和杨永福，甚至没有听说过这两个人。

杨永福如熊猫一样，被其舅舅吴佳勇严密保护起来，没有露出破绽。

拿下了吴平和杜绍富以后，大局已定。会议室内烟雾缭绕，所有人既疲惫又兴奋。桌上放了一大盆鸡蛋面条，每人盛了一碗，吸吸溜溜地吃得极为香甜。

"没有找到与杨永福有关的线索，很失望吧。"老朴坐在侯大利身边，放下碗，用纸巾擦油嘴。

"杨永福是地雷，不引爆，迟早还要出大事。"

如今挖两面人和幕后黑手的工作基本结束，秦阳和湖州针对此案成立的专案组迟早要撤，侯大利颇为担心杨永福会逃脱制裁。

老朴道："心急吃不了热豆腐，吴佳勇团伙核心骨干一个都没有逃脱。这个团伙有核心骨干，反侦查经验丰富，经济实力强，还有信息渠道，是近年来少见的犯罪团伙。没有吴佳勇团伙支撑，杨永福的行动能力受到极大限制，孤掌难鸣，翻不起大浪。"

第十章
白玉梅之死真相大白

10月30日清晨，侯大利睁开眼睛，发现刚刚6点。他莫名有些心烦，在公安宾馆后面的小院内散步。秋风袭来，落叶飘飘落地，铺满小径，风景如画。他走在画中，烦闷始终无法消除。

经过历练，侯大利很能沉得住气。周涛脱困成定局，还得走必要程序。为了避免节外生枝，通过官方渠道为妥。他忍住冲动，没有给105专案组的同志打电话通报此事。

侯大利在小径走了几圈，手机响起，是关鹏局长的电话。关鹏局长在清晨打来电话，不是好事，侯大利停下脚步，整个身体微微绷起来，目光由平和变得锋利，道："关局，有什么指示？"

关鹏局长道："你还在阳州公安宾馆吧，暂时不要回江州，在宾馆等陈支和禁毒支队的王大队。"

侯大利内心咯噔一下，没有追问要在阳州公安宾馆等待陈阳的原因。等待是漫长而焦灼的，特别是明知有大事却不知何事。好在答案来得很快，刚到上班时间，侯大利接到张小舒电话，张小舒的声音在电话里非常焦灼，道："你赶紧上网，看江州论坛和山南论坛，查看你能找到的所有论坛，还有一些免费下载的网站，都有视频。"

侯大利道："什么视频？"

张小舒道："田甜妹妹的视频。视频中还专门提到是田甜的妹妹杨可。"

侯大利立刻明白了支队长陈阳和王大队到阳州的原因，转身就跑，准备回寝室用笔记本电脑。跑了几步，他努力控制情绪，放慢脚步，关鹏局长已经知道此事，想必已经采取了措施，心慌、急躁，除了降低判断力，没有任何好处。

"如果特意提起杨可是田甜的妹妹，那就是冲着我来的，杨永福在捣鬼。"走到楼梯口时，侯大利有了判断。此时，他并不知道杨可遭遇了什么样的噩梦，以为只是出现"不好"的视频。

回到宿舍，打开电脑，侯大利先是打开江州论坛，发现了好几个帖子，写的是"田甜妹妹的淫荡表现"，视频已经被删除，人群还不肯散去，评论区仍然热闹，跟帖无数。帖子里污言秽语不断，不仅涉及田甜的妹妹杨可，有好几个帖子将壮烈牺牲的田甜以及侯大利本人牵涉其中。这两个帖子有不少跟帖，侯大利的根底被完全披露出来。无数人痛骂官商勾结。

在山南阳州的一个大型论坛，侯大利发现了还未被删除的视频。视频场地是KTV包间，四男两女出现在视频内，不着寸缕，行为不堪入目。

视频出现瞬间，侯大利脑袋轰地发出一声震响，震响在脑海中持续爆炸，久久不散。稍稍平静，他想起关江州。关江州在审讯中强调自己被做局，在不知不觉中染上毒瘾。这一次禁毒支队王大队要到阳州，那杨可的事情自然与毒品有关。杨可极有可能被人下套，才会做出这种事情。

早上9点，刑警支队长陈阳和禁毒支队王大队长来到阳州公安宾馆，借用公安宾馆小会议室召开碰头会。

参加碰头会的除了省命案积案专案二组，还有老朴和阳州刑警支队副支队长张阳。参会人员都是多次配合的老熟人，略作寒暄，便播放与杨可有关的视频。出于侦办案件需要，大家都细看视频。杨可是田甜同母异父的妹妹，就这样毫无遮拦地暴露在众人面前，让侯大利深感耻辱。

一股怒气凝结成实体，侯大利疼得难以呼吸。

陈阳摸出一包皱巴巴的烟，发给大家，道："滕麻子在查这一群人。已经找到KTV包间，是隆兴夜总会的场子。吴开军、唐山林死了以后，隆兴夜总会萧条过一阵子，风头被金色天街系列酒吧盖过。这一段时间，隆兴夜总会又死灰复燃，生意渐渐好了起来。"

"肖霄曾经是吴煜的情人，熟悉隆兴夜总会。她最近到隆兴去过没有？"侯大利声音嘶哑，如野兽一般。

"你和滕麻子的思路接近，把注意力放在肖霄身上。肖霄主要活动在金色天街，这一段时间多次到隆兴串场、唱歌，有时也陪客人喝酒。"陈阳又指了指咽喉，道，"没事吧？"

侯大利咳嗽两声，道："肖霄和杨可有没有交集？"

陈阳道："我们查了内外监控，从时间上来看，应该有交集，但是室内监控没有发现她们在一起的画面。"

"肖霄是骗人精，见人说人话，见鬼说鬼话，这种本事炉火纯青，学不来，天生的。李友青到现在都相信肖霄的父亲是受了工伤，这才做点儿小生意，根本没有想到肖霄是大户人家出身。邱宏兵从根子上相信肖霄才是他的真爱，至死没改。两个大学生为了她争风吃醋，一个丢了性命，一个毁了人生。杨可十五岁，涉世不深，自以为是，藐视父母，反抗权威。她遇到肖霄，根本没有抵抗力和分辨力，被骗得团团转，不知不觉进入陷阱。"

侯大利声音嘶哑，说到这里，出现了破音。他想起视频中杨可的疯狂画面，用力捶了桌子，发出咚的一声响。

支队长陈阳拍了拍侯大利肩膀，道："事情发生了，急也没有用。"

侯大利想到田甜冷冷的面容，忽然升起不祥之感，道："田甜性格有极端的成分，杨可或许也有。昨晚在论坛上出现了视频，我们能看到，杨可或者她的家人也能看到。我担心会出事。"

阳州刑警支队副支队长张阳安慰道："杨可和他的爸妈都没有报警，应该还没有看到视频。"

侯大利道："我早上起来就觉得不对劲，浑身不对劲，应该有事情要发生。我们到甘甜家再说。"

诸人来到小区，暂时没有上楼。杨可未满十八岁，是未成年少女，由侯大利先和甘甜联系。

第三次拨通电话，甘甜才接通电话，声音懒洋洋的，道："大利，有事吗？"

侯大利压抑着急切的心情，道："妈，你在哪里？"

甘甜道："我在美国，和几个朋友旅行。这边是深夜，还在睡觉。你有什么事情？"

侯大利平静地道："你尽快回来吧。"

甘甜这才想起侯大利身份，一扫懒洋洋的声音，道："大利，你找我有什么事？是你杨叔出事了吗？"

侯大利道："杨叔没事。和杨可在一起玩的朋友出了事，我们要找杨可。"

甘甜的声音一下高了八度，道："我睡觉前还和杨可通了话，她很正常。大利，别吓我，到底什么事情？"

甘甜在大洋彼岸旅行，从其反应来看，肯定没有看到国内论坛。侯大利道："那我们先找杨叔，你赶紧回来，不要耽误。"

侯大利是省刑总侦查员，遇到的事肯定是大事。甘甜挂了电话以后，越想越不对，越想越着急，便给老公打电话。谁知老公电话关机，甘甜在屋里如热锅上的蚂蚁——团团转。她再给侯大利打电话，总是占线。

终于打通侯大利电话，甘甜声带哭腔："父女俩的电话都关机，杨阿姨平时10点左右到家。我给杨阿姨打了电话，她还有10分钟左右就到小区，你们等一会儿。大利，到底有什么事情，你不要瞒我。"

侯大利安慰道："主要调查和杨可有关联的其他几个人。"

甘甜道："事情严重吗？千万别出事啊，杨可才十五岁。"

侯大利道："等到调查结束才能知道准确情况，我们还在联系杨叔。"

侯大利含混的回答像是旋涡，一下就将甘甜拉回到多年前的混乱岁月。那时丈夫田跃进惹恼了黑社会，她被人用枪顶在额头。那个凶恶的人大声学枪响，她被吓得当场尿失禁。回家以后，不论甘甜如何哭泣，田跃进都没有说出到底惹了谁。大女儿的未婚夫和丈夫一个德行，这让甘甜心急如焚，欲哭无泪。

十来分钟后，杨阿姨出现在门前，径直来到侯大利面前，道："昨天杨总到江州去了。"

侯大利问道："杨总到江州做什么？"

杨阿姨望着侯大利鬓间白发目不转睛，道："你就是大利，经常听甘甜聊起你。杨总在江州有生意，这一段时间经常过去。"

侯大利道："杨总和杨可经常关手机吗？"

杨阿姨摇头，道："两个人同时关机，第一次遇到。"

杨家是阳州并不多见的叠拼别墅，住在上叠。杨阿姨打开房门后，领诸人来到杨可房间门口，介绍道："我昨晚走的时候，小可在家里。她身体不舒服，没有出去玩。"

侯大利道："她生病了吗？"

"没有生病，就是精神不太好。我本来想带她到医院去看一看，小可不愿意去。这孩子是我带着长大的，什么都好，就是性子倔。小时候跟我谈起姐姐，还说想和姐姐一起玩。"杨阿姨说话时，抓住门把试了试，没有能够开门。敲门，里面无回应。

侯大利道："杨可在家，你确定？"

杨阿姨道："肯定在家，门反锁了。"

"拿钥匙开门。"说这话时，侯大利神情不知不觉变得严肃起来，目光如刀。

杨阿姨原本神情还轻松，此时紧张起来，赶紧去拿钥匙。房门从里面反锁，钥匙打不开。侯大利不再犹豫，退后一步，猛踹房门。房间里，杨可睡在床上，脸色苍白。桌上笔记本电脑依然打开，旁边是一瓶安眠药。侯大利用手在杨可鼻尖探了探，又摸了摸脉搏，立刻打120。

杨阿姨被吓傻了，腿软得站不起来，等到医护人员将杨可抬上担架时，她扑了上去，抓住担架，大声呼喊杨可。

侯大利拉开杨阿姨，道："别妨碍医生抢救。"

杨阿姨哭道："小可还有救吗？"

医生擦着汗水，道："再晚几分钟，那就没救了。"

经过急救，到了午饭时间，杨可转到普通病房。杨可父母皆不在医院，长辈也不在阳州，便由侯大利缴费、签字。

办完一系列手续，侯大利走回病房，和另一名女警坐在杨可床前。

杨可睁开眼睛时，头痛欲裂，看见了侯大利，道："你怎么在这里？走开。"她想吼叫，声音却很微弱。

"警方已经拿到视频。吃药是软弱的行为，现在要做的就是把害你的人找出来。"侯大利望着田甜同母异父的妹妹杨可，感情复杂。他没有安慰杨可，而是用激将法。

杨可紧闭着眼，道："我一直在回忆，找不到是谁害我。"

侯大利道："谁带你去的那个房间？"

杨可的眼角流出泪水，道："我不知道，我真的不知道，那一段记忆完全没有了。我记不起来了，真的记不起来了。"

侯大利道："仔细想一想，谁最可疑？"

杨可泪流满面，不停摇头。

电话响了起来，来电显示是杨鹏的名字。侯大利拿起手机，走到屋外。杨鹏折腾了一夜，刚打开手机，便接到妻子电话。在电话里，妻子歇斯底里大吼大叫，杨鹏最初纳闷妻子在大洋彼岸为什么知道自己在和情人幽会，多听几句，这才得知女儿出了事。他打通侯大利电话，得知女儿吃了大量安眠药被送到医院急救，急忙往外走。

地板砖有水，拖鞋不防滑，咚的一声，杨鹏重重摔倒在地。

小情人听到响动，醋意满满地道："你嘴巴硬得很，其实怕老婆，老婆一个电话，吓得屁滚尿流。"她走到门口，望着四仰八叉躺在地上的杨鹏，惊得说不出话。

杨鹏顾不得处理额头上的大青包，狼狈不堪地爬起来，与小情人匆匆告别，一路踩油门，从江州赶往阳州。他来到医院，在病房中见到紧闭双眼的女儿，正要说话，便被侯大利带了出来，留下一名阳州女警和杨阿姨在病房。

阳光照在侯大利鬓间白发上，对杨鹏有一种说不出的威压。杨鹏躲开了眼前年轻人如刀般的目光，道：“小可为什么要吃这么多安眠药，现在怎么样了？”

侯大利道：“已经在普通病房了，没有生命危险，身体很虚弱。”

杨鹏喃喃自语道：“会不会留下后遗症？我在江州，昨天谈业务，喝醉了，手机又没电了。到底怎么回事？”

侯大利道：“事情很严重，你要有心理准备。”

杨鹏在前往阳州的路上，脑袋想得要爆炸，都猜不出女儿自杀的原因，得知女儿吸毒以及在KTV包间发生的事情，他用手撑住墙，这才站得住。昨天晚上的小情人不过是一时之欢，女儿才是他的心头肉，在侯大利车上看了几眼视频，尽管有警告，杨鹏仍然感到魂飞魄散。

侯大利道：“杨可还在医院，你要坚强一些。等一会儿，江州警方要找你做笔录。”

“那几个龟儿子，我要把他们碎尸万段。”杨鹏靠在椅子上，大口喘粗气。

“这一段时间，寸步不离，守着杨可。出医院以后，找专业机构戒毒，必须坚决、彻底隔离有可能接触到毒品的环境。”侯大利说起这段话时，想起关江州，咬紧了牙齿。

支队长陈阳、禁毒支队王大队以及阳州刑警再次来到医院，找杨鹏和杨可，准备做笔录。

省命案积案专案二组诸人没久留，上高速，回江州。进入江州城以后，侯大利和江克扬直奔刑警新楼，与副支队长滕鹏飞见面。

洪金明是深藏起来的两面人，江州刑警支队每个人都深受震动。尽管没有牵涉其他民警，整个支队的气氛还是挺压抑。侯大利来到刑警支队，遇到熟悉或者不熟悉的侦查员时，总觉得仍有明显的隔阂感。一组组长伍强见到侯大利和江克扬时也是客客气气，没有玩笑话。交谈两句，便匆匆离开。

相较伍强等侦查员，滕鹏飞相对自然一些，将侯大利和江克扬带到小会议室，递矿泉水，散烟。他搓了搓脸上的麻子，道：“杨可吃安眠药自杀了，抢救还及时，总算没有出大事。”

“杨可是在江州染上的毒瘾，是在不知情的情况下。这和关江州的说法非常接近。”侯大利将烟头用力摁灭在烟灰缸里。

滕鹏飞深吸了一口烟，缓缓道：“我们搜查了隆兴夜总会，在出现视频的房间找到了录像设备。隆兴那边的人否认在室内安装录像设备。我们搜查了所有房间，就只在一个房间找到录像设备。偷录者是有针对性录下了与杨可有关的视频，针对性非常强。”

侯大利道：“那就意味着安置设备的人熟悉隆兴夜总会，近期必须活动在夜总会，还与视频中的几个犯罪嫌疑人有交集。视频中的那几个小子怎么说？”

“那几个小子年龄不大，二十岁左右，都是捡不起的社会烂人。经过调查和审讯，他们认识杨可，在隆兴夜总会曾经聚在一起玩。其中一个烂仔提供了线索，肖霄和杨可曾经和他们一起喝过酒。但是没有人说得清楚，是谁给杨可吃了药。那些烂仔交代了很多事情，把毒品上线都供了出来，不会特意隐瞒与杨可有关的事情。在他们眼里，杨可的事情就是屁大一点儿事。”

腾鹏飞拿出厚厚的卷宗，放在桌上。

听到“肖霄”两个字，侯大利很明确地判断这又是一次“鱼竿模型式”犯罪，出手的是肖霄，背后策划者是杨永福。还是和以往一样，肖霄能找到很多种借口推卸掉责任。

侦查活动必须依法而行。

肖霄和杨永福涉案的可能性很大，但是在证据不充分的情况下，没法采取进一步措施。随着挖两面人和幕后黑手工作告一段落，秦阳刑警支队和湖州刑警支队的专案组相继撤出。

离开江州前，秦阳刑警支队专案组向省命案积案专案二组移交了所有材料。侯大利一头扎进材料中，寻找可能遗漏的蛛丝马迹。时针在嘀嗒声中过去，秋日阳光射进屋，形成光柱，无数灰尘在光柱中沉浮。不时有电话响起，都未影响光柱中飘移的灰尘。

侯大利与宁凌通话以后，将闹铃定在下午4点半。

老五杜健康团伙覆灭，揭开了周涛精液出现在陈菲菲身体里的诡异谜团。案发之时，江州市检察院介入此案。侯大利等人发现陈菲菲衣服上另外两个人的DNA之后，检方态度发生了明显变化。但是在取得关键性证据之前，此案的定性不会改变。市检察院调取了审讯吴平的视频和笔录，这才算是取得了关键性证据。

下午4点20分，一辆小车开进刑警老楼。驾驶位和副驾驶位坐着永梅集团保卫科的年轻人，宁凌和朱朱坐在后排。

车停稳，宁凌下车，回头道："下车啊，我们去找大利哥。还得快点儿，到看守所宜早不宜迟。"

"周涛强奸了那个女的。这种事，谁都受不了，我难受得不行，这才分手。现在真相大白，我还是想和周涛在一起。不知道大利是什么态度，我担心大利不接受我。"朱朱心事重重，旧话重提，啰唆如祥林嫂。

宁凌笑道："这是你和周涛的事情，用不着和大利哥扯上关系。"

朱朱道："周涛心思单纯，是理工直男。他特别信任大利，如果大利对我有了成见，周涛多半就会有其他想法。"

"大利哥见过大世面，表面上严肃，看起来不好说话，实则洞察世事，人情练达，绝对不会为难你。我很肯定这一点。"宁凌前往江州前，和侯大利通了电话。她很注意策略，提出在4点半左右和朱朱到刑警老楼，然后一起去看守所。侯大利没有拒绝这个提议，宁凌便明白了侯大利的真实想法。

两人刚上楼梯便遇到侯大利，朱朱神情紧张，下意识地退到宁凌身后。侯大利神情平和地道："现在到看守所正合适。坐我的车吧，宽大一些。"朱朱怯生生地道："大利，还有谁要去？"侯大利道："朱支、王涛和张小舒要过去，主要是105专案组的人。"

坐在侯大利小车后排的一刹那，朱朱悬在心头的那块大石头终于落了下来。

侯大利左手受伤，不便开车，坐在副驾驶位置上。他回头对朱朱道："你得去准备个盆子。等到周涛出来的时候，跨过火盆，彻底甩去霉运。"

朱朱赶紧下车，到超市买盆子。

"大利哥，你也信这些？"宁凌熟悉这辆车，坐在驾驶位，轻抚方向盘。

侯大利道："世界上不可测的因素太多，谁都看不透，所以我们必须心存敬畏。跨一个火盆，无伤大雅，至少可以有心理安慰。而且，让朱朱虔诚地做这些事，周涛看到眼里，就算心里有点儿小想法，也会烟消云散。"

这一番善解人意的话让宁凌颇为感动，她侧身，目不转睛地看着侯大利，道："大利哥，不知谁有福气，能成为你的妻子，有可能是张小舒吗？"

侯大利想起了病床上的杨可，苦笑道："我这人麻烦缠身，离得越远越好。"

十来分钟后，朱朱提着铁盆子，气喘吁吁地跑过来，解释道："我打电话问了个懂这方面的熟人，他说走出看守所后要烧火盆，可以用铜盆子或铁盆子，不能用铝盆子，还建议找点儿朱砂和红豆。我运气真的很好，找齐了。"

小车开到看守所时，朱林、王涛和张小舒已经在院子里和看守所所长聊天。5点半左右，周涛出现在大家面前。他提着袋子，短发，透出青色头皮，神情迷茫。

朱林笑呵呵道："周涛，大难不死，必有后福。晚上喝一顿。这一段时间没有喝到酒，酒量肯定减了吧。"

宁凌用力推了推朱朱，道："别愣着，过去啊。"

这一段时间里，朱朱同样受尽煎熬，心中有苦，无处诉说。她抱紧周涛，泪水哗哗往下流。周涛刚从看守所走出，没有适应新环境，被女友拥抱，手足无措，偷偷看了看守所大门，醒悟过来自己确实获得自由，这才抱住朱朱。

张小舒见到朱朱和周涛相拥而泣，泪水不受控制，打湿双眼。

相拥痛哭一场，朱朱极为虔诚地布置火盆，让周涛跳过火盆，丢掉霉运。

跳火盆前，周涛还是下意识地朝看守所张望。跨过火盆以后，朱朱拿着新衣服，陪周涛到车内换掉旧衣服。周涛道："在这里换啊？"朱朱红了脸，道："换吧，又不是没有看过。"

周涛在车内换衣，其他人聚在一起聊天，谈论这起离奇的案子。

侯大利的手机响了起来，是湖州刑警支队姜青贤副支队长的电话。由于姜青贤熟悉吴佳勇团伙的情况，在湖州专案组撤出以后，便被调去审讯李沪生。侯大利看到姜青贤的电话号码，朝旁边走了两步，这才接通手机。

姜青贤道："突破了，白玉梅案有重大进展，我这边正在通知张志立。你赶紧过来，叫上张小舒。"

突破白玉梅的案件在侯大利预料之中，却仍然让他激动得差点儿跳起来。他强压激动心情，来到朱林身边，道："我和张小舒要到湖州，李沪生应该是交代了白玉梅的案件，具体情况，电话里不宜细说。"

朱林眼睛发亮，接连说了五个"好"，提醒道："你的手不方便，别开车。张小舒开车的技术还不行，心情又激动，不能开车。让江克扬送你们过去。"

侯大利来到张小舒身边，轻言细语，似乎怕惊到眼前的女子。

"为什么我要到湖州？李沪生在湖州看守所，是不是交代了与我妈有关的事情？"张小舒的第六感如相控阵雷达一样打开，接收到侯大利与平时语言不一样的信息，莫名紧张起来，仿佛被大手握住喉咙，脑袋晕乎乎的。她用力深呼吸，这才摆脱了缺氧的感觉。

朱林在退休前，是冷峻的支队长。退休后，职业色彩减退，变成了一个心地柔软、善解人意的退休老头。他对其他人招了招手，道："我们先回去，侯大利和张小舒就在这里等着。"

王涛原来还准备招呼侯大利和张小舒，看到朱林不停眨眼，以为这是给两人创造单独在一起的时间，坐上车，笑道："朱支，他们天天住在老楼，真要发生什么，早就发生了。"

宁凌更加敏感，道："朱支，张小舒脸色变了，出什么事了？"

朱林道："湖州姜青贤打来电话，估计与白玉梅有关。"

遭遇了一场从天而降的劫难，周涛和朱朱都有劫后余生之感，十指紧扣，望着窗外另一对男女，朱朱喃喃自语，道："希望抓到杀害张小舒妈妈的凶手。"

车开走，留下侯大利和张小舒在看守所外面等候。

张小舒心情复杂，头发随轻风微微飘动。

"我以前盼望我妈妈突然打开门，出现在眼前，或者是我回家推开门，妈妈出现在客厅，这是我小时候最常做的白日梦。在上课时偶尔会走神，突然做起白日梦，梦中情节都和我妈妈有关，我是多么盼望妈妈神奇地出现。发现了妈妈尸骨后，仍然没有击碎我的白日梦，我还在幻想妈妈神奇地出现在我的眼前，哄我，安慰我，责骂我，不管如何，只要是她，做什么都可以。"

张小舒叙述得很平静，泪水无声滑落："妈妈在十几年前就已经离开了我和爸爸，是永远离开，再也不回来。就算破了案，对我妈妈来说，也没有实质意义。对我们来说，破案的意义在于心理安慰。知道是谁害了我妈妈，知道凶手被绳之以法，这只是对我和爸爸的安慰。让我们以后的生活不至于艰难，对生活有个念想。"

张小舒的心里话触动了侯大利的心弦。杨帆遇害，彻底改变了他的人生，让他由国龙集团的接班人变成山南刑警的一员。正如张小舒所言，破案对活着的人才有意义，是否报仇对于遇害者已经失去意义，在遇害的那一刻，遇害者的人生便戛然而止。除了对这一点高度认同，侯大利也有自己的想法："我们可以换个角度来看这个问题。我和你遇到的是相近的事，我经常这样思考，杨帆的想法是什么？如果还有另一个世界，她一定会默默地等待我为她复仇。我要找出杀害杨帆的凶手，是为了给自己一个安慰，同样也是杨帆意志的延伸。"

张小舒道："有另一个世界吗？"

侯大利道："我不知道，但是我希望有，可能真有。"

张小舒道："这是你安慰自己的方法。"

侯大利道："不管是安慰我自己，还是按杨帆的意志做事，最终都是让施害者受到惩罚。每次想起凶手还在逍遥法外，我就格外难受，觉得自己无能。每个人的精神世界都不一样，是由外在和内在共同构成的，我所做的事以及我的想法构成我的精神世界，只要不违背法律和公序良俗，能够逻辑自洽，那就有意义。另外，从职业角度来说，命案必破，不管多久，我们坚持不懈追查凶手，这是对犯罪最好的震慑。在杨帆案子真相大白之时，我的人生的一个重要阶段就结束了。这一段经历将埋藏在心灵深处，不是遗忘，而是深藏。人生天地之间，若白驹之过隙，忽然而已，我想要寻找以后人生的意义，从目前来看，做侦查员是适合我的职业，我能在工作中寻求到人生意义和心理安慰。"

"人生天地之间，若白驹之过隙，忽然而已。"张小舒默默地回味着这一句话，越发伤感。

一阵手机铃声，打破了张小舒的思绪。张志立声音激动，在电话中说起湖州警方的通知，想要知道更多情况。张小舒暂时从伤感中逃脱出来，安慰情绪失控的父亲。随后，她给姑姑张勤打电话，请姑姑开车送父亲到湖州。

安排完这事，张小舒还想和侯大利聊一会儿，江克扬已经驾车来到看守所门口。一个多小时后，他们与副支队长姜青贤见面。

姜青贤道："白玉梅案是省刑总挂牌的案子，终于破了。我们按照大利给出的建议，详细分析了李沪生家庭、成长环境以及犯罪经过，找到他的弱点，制订了有针对性的审讯方案。在看到从水中打捞吴佳勇的视频以后，我们又播放了李沪生父母劝其自首的视频，李沪生终于彻底崩溃，交代了所有细节。说起来就是一句话，实际过程更加艰难。"

张小舒怯生生地问道："我妈妈真是这伙人杀害的吗？"

姜青贤点了点头，道："为了与秦永国抢夺煤矿资源，双方互杀，吴佳勇这边的张伟和李沪娟是被秦永强炸死在煤矿里的。吴佳勇以牙还牙，绑架并杀害了白玉梅，扔进湖里，还敲死了秦永强。"

虽然从母亲遗骨已经能分析出她临死前的遭遇，可是听到这里，张小舒仍然大受刺激，脸色苍白，摇摇欲坠。

侯大利抱住要摔倒的张小舒，扶其坐下。张小舒没有流泪，在椅子上缩成一团。张志立、张勤和汪建国脚跟脚也来到湖州刑警支队。张小舒在侯大利面前脆弱，见到父亲以后，瞬间变得坚强起来。

张志立事业失败，妻子失踪，长期孤身一人，暮气重重。得知妻子逝去的真相，双手抱头，头埋在膝盖处。张小舒坐在父亲身边，强忍伤心，安慰道："杀害妈妈的凶手全部落网，只有一个活着，其他几人全部横死街头，这就是报应。"

"最后落网的那一个，会不会被枪毙？"张志立曾经是女儿眼里的大山，如今，他老了，变得脆弱，视女儿为依靠。

张小舒很理智地道："那得看情况，从他交代的情况来看，不会。"

张志立仰天长叹："天老爷，你不公平。"

等到张志立情绪稍稍平静，副支队长姜青贤向白玉梅家人介绍了案情。案情介绍相对简单：主谋是吴佳勇，制订方案的是吴顺源，动手的是杜健康和吴军；李沪生的交代符合白玉梅小腿骨折和肋骨有刀伤等细节。

尽管已经知道了案件的结果，姜青贤介绍案件之时，张志立、张小舒、张勤、汪建国等人仍然潸然泪下。正义没有缺席，但是来得太晚。而且到来之时，吴顺源、杜健康和老七吴军已经毙命，主谋吴佳勇成为植物人，主动交代的李沪生把自己完全择开在命案以外。这对张志立和张小舒来说是一次不完美的复仇，深有遗憾。

离开湖州刑警支队后，汪建国、张勤陪同张志立、张小舒父女，回江州陵园，给白玉梅烧香烛。

省命案积案专案二组侯大利和江克扬则在支队办公室观看审讯视频。

自第一次审讯以后，李沪生一直以沉默对抗预审员，如厕所里的石头——又臭又硬。其心理防线被预审员经过千辛万苦突破之后，则是事无巨细，统统讲了出来。

"银沟煤矿和红源煤矿的资源划分是一本糊涂账，市、县两级的国土资源管理部门为了各自利益，发放了自相矛盾的采矿证，这是两家煤矿起纠纷的根源。银沟和红源两个煤矿早在20世纪80年代就因矿界问题多次发生纠纷。由于历史原因，红源煤矿位于银沟煤矿的心脏部位，即中间是红源煤矿的采矿范围，上下是银沟煤矿的采矿范围，矿界重叠，布局极不合理。为了解决矿界问题，江州市国土局曾经调整两个煤矿的采矿范围，并形成了会议纪要。再后来，省国土资源厅委托第三方运用全球定位高科技手段对矿区井田进行控制测量，结果发现市县两套图纸都出错了。至于图纸怎么会出错，各有各的说法。当年，杨国雄和秦永国是八仙过海，各显神通。这些都是十几年前的事情了，一团乱麻，查都查不清楚。我跟随吴佳勇到银沟煤矿，主要是负责生产、技术上的事。我后来能管理煤矿，主要经验就来自那一段时间。”

当侦查员询问到白玉梅时，李沪生略有沉默，道：“白玉梅是牺牲品。杨国雄是银沟煤矿老板，秦永国是红源煤矿老板。两方为了争夺资源，大打出手。秦永国的弟弟秦永强手下有一大帮人，沾亲带故，非常彪悍，杨国雄的人被打得抱头鼠窜。吴佳勇为了帮姐夫，带着我们几个结拜兄弟来到银沟煤矿。那时候吴军还不是我们的结拜兄弟，他就是吴佳勇的马仔。后来老六死了，他才成为我们的结拜兄弟。我和老七关系很一般，特别是离开银沟煤矿以后，和老七来往更少。”

……

“银沟煤矿是杨国雄强占过来的。他当时想以低价买矿，原来的老板不同意。杨国雄和胡卫混在一起，胡卫手下高宏峰就把原来的煤矿老板打成重伤，砍手臂，挑脚筋，事情做得比较过。市里重案大队田跃进盯着此案，高宏峰还拿枪威胁过田跃进的老婆。胡卫、高宏峰都死于非命，我认为就是田跃进下的手。这些事情我只是听说，没有直接参与。前一段时间，江州刑警支队政委洪金明跳了楼。洪金明跟胡卫有来往，还和杨国雄走得近。”

……

“吴佳勇不是杨国雄的马仔，他是过来帮忙的。我们几个结拜兄弟都是跟着吴佳勇走，吴佳勇排行老四，但是我们都叫他勇哥。秦永强比他哥哥秦永国要厉害得多，是个火炮脾气，遇火就炸，带人打伤了银沟煤矿的工人。吴佳勇带着我们过来后，勉强打成平手，有来有往，互有损伤。事情升级是银沟护矿队堵了秦永国的车，将秦永国暴打一顿。不久后，老六陪着我妹妹下到矿井，给吴佳勇送鸡汤。我妹妹李沪娟和吴佳勇在谈恋爱。沪娟和老六来到2采区的运输巷，恰好发生爆炸。我妹妹沪娟和老六当场被炸死。这件事情之后，我爸我妈就和我断绝了关系，离开山南，搬回老家。吴佳勇和我妹妹感情很好，杀红了眼，绑了秦永国的情妇白玉梅。我没有参与这件事情，只是听说白玉梅先是被吴佳勇强奸，然后又被敲断了腿，还被捅了刀子，最后塞进皮箱扔到月亮湖。捅刀子的是老五，敲腿的是吴军，出主意的是二哥吴顺源。我胆子小，被吴佳勇的疯狂举动吓住了，后来专心做技术搞管理，不再管江湖上的事。白玉梅失踪后，秦永国和秦永强两兄弟变成疯狗，秦永强在城里袭击过吴佳勇，吴佳勇的小腿中过一枪，跛了。秦永强最后还是栽在吴佳勇手里，被敲死在坑道。这是一报还一报。”

……

“杨国雄跳楼之前，我们都知道杨国雄不行了。吴佳勇利用管理银沟煤矿的机会，弄到一笔钱，回到湖州买了两个煤矿。我胆子小，主要负责管理煤矿，其他事情不参加。二哥吴顺源有一肚子歪门邪道，为了让吴佳勇站得拢又走得开，设计了股权模式，弄了个顶罪的段成发。段成发平时由吴佳勇联系，我从不管这事。在煤炭价格最低的时期，吴顺源还专门辟出一个井，在外面找了一些低智商的流浪汉，免费挖煤。这事伤天害理，是吴顺源在用人，我根本没有沾过流浪汉的事情，真的一点儿都不知道。上半年是否有新人，我不知道，是真不知道。”

……

“我认识杨永福，很早就认识。杨国雄跳楼以后，我就再也没有见过他了。警官，我什么事情都讲了，与杨永福有关的事情没有必要藏着掖着，犯不着。我也不能乱讲，知道就知道，不知道就是不知道。”

……

看罢审讯视频，侯大利一语不发。

姜青贤道："大利，有什么不对吗？"

侯大利摇了摇头，郁闷道："白玉梅案破了，解开了很多谜团，包括与洪金明有关的事。只是，吴佳勇成了植物人，吴顺源、吴军和杜健康都死了，聋哑人团伙没有接触杨永福。我们掌握的指向杨永福的线索就此断掉。"

在金色酒吧后墙，侯大利见到了在来回溜达的滕鹏飞。

"你上次说金色酒吧存在秘门，找到了。"滕鹏飞用脚踢了踢后墙，一道隐蔽的小门就静悄悄出现，小门开启得非常隐蔽和顺滑。

"这次审几个吸毒的小子还是蛮有收获，他们多次在金色酒吧进行交易。我们查封了金色酒吧，进行彻底搜查，找到这个后门。后门不大，从里面控制，外面打不开，刚刚能出入一辆摩托车。"

金色酒吧后墙画有现代风格的装饰画，条纹交错，这道后门巧妙地利用了装饰画，在外面瞧不破这道机关。出了后门，朝左行约50米，有一条狭窄小道，小道后面有一片小树林。

侯大利朝小道走了一段，指着一个监控摄像头，道："监控是后来才安装的，在黄大森遇害前，这里没有监控。这是杨永福给自己留的后门，随时出入。如果骑摩托车，几分钟就溜得没有人影。戴上头盔，监控也认不出。"

滕鹏飞摊了摊手，道："逻辑没有问题，现在找不到证据。吴佳勇成了植物人，什么话都讲不出，让人头疼啊。我们询问了肖霄，肖霄把所有事情都推得一干二净。她说夜场有很多男男女女，作为歌手，经常陪客人喝酒，有时喝多了，逮谁都是朋友。杨可和关江州一样，本人不知道什么时候中了招。"

论对肖霄的了解，无人能胜过侯大利。他早就猜到是这个结果，没有惊讶和气愤，指了指酒吧，说道："当务之急是让杨可戒毒。"

滕鹏飞道："祝贺大利又破了一件命案积案。我还得为周小丽的事情头疼，不希望这个案子成为命案积案。周小丽是长盛矿业总裁办的人，朱琪这个总裁，心脏不是一般大。”

“朱琪太单纯，意外执掌了长盛矿业，很多事情都被蒙在鼓里。”吴佳勇团伙覆灭以后，侯大利心中有喜有忧，喜的是查清了周涛强奸案和白玉梅遇害的真相，忧的是杨永福涉案的线索就此中断。如果迟迟不能突破，省命案积案专案二组留在江州就没有太大意义，移师秦阳是迟早的事情。

警方办案讲证据，没有证据寸步难行。夏晓宇办事就相对简单，很多事情只要自己相信，便可以实施。在山南省矿业论坛的发布会结束以后，他在省政府指定的会议宾馆找到了朱琪。

黄大磊被炸死，朱琪的朋友在茶楼被炸死，朱琪外婆家后山发生了枪击案，还有一次定制店未遂的爆炸案，朱琪被吓破了胆，深居简出，没有保镖和杨永福陪同，绝对不在外面活动。长盛矿业集团是省内重点矿山企业，历来都要在矿业论坛发布会上发言。由于分管副省长参会，朱琪尽管不是太乐意，还是出席了会议。

杨永福原本要陪同参会，由于金色酒吧内有毒品交易之事，被警方传唤，无法参加省矿业论坛发布会。

夏晓宇趁此机会，在论坛指定的五星级宾馆茶室里成功约见了朱琪。夏晓宇是江州企业界风流倜傥的大人物，国龙集团在江州的全权代表，背景深厚，手眼通天，这也是朱琪愿意和夏晓宇相见的原因。

夏晓宇的身材保养极佳，配上西服，一点儿没有油腻感。

朱琪在西服上配了一朵小花，与花瓶时代相比，少了些妩媚，多了些端庄。

走进茶室，茶艺师退出，夏晓宇扯下领带，双手撑在桌上，目光犀利，道：“朱总，今天谈的事情很惊悚，甚至有点儿天方夜谭，但是，我敢保证，百分之百真实。”

朱琪被夏晓宇的神情吓了一跳，脸上笑容消失，双手抱在怀里。

夏晓宇道：“不久前，我家里出现变故。‘变故’这个词不准确，我就直说吧，我的爸妈被人杀害了，杀害之后，凶手还纵火焚尸。这件事情，你听说过吗？”

此事在江州老板圈中轰动一时，朱琪听说过不同版本，道：“嗯，知道夏总家发生的事，有一个凶手死在后山。”

夏晓宇道：“我们家后山死了人，你们家后山也死了人。黄大森为什么知道你要去外婆家后山？又是被谁枪杀？”

黄大森死在朱琪外婆家后山，非常怪异，里面有很多不解之谜，这成为朱琪心病。夏晓宇为了让朱琪不至于反感，从自己家遭遇谈起，道：“我先说杀害我父母的凶手，死在后山的那位叫吴顺源，是吴佳勇的结拜兄弟，排行老二。后来在江州陵园因为袭击侯大利不成功被反杀的叫吴军，是吴佳勇的结拜兄弟，排行老五。吴佳勇排行老四，平时被叫作勇哥。吴佳勇的两个结拜兄弟无缘无故跑去杀害了我的父母，我百思不得其解。”

朱琪脸色骤变，道：“吴佳勇是吴佳勇，杨永福是杨永福，不能扯到一起。”

夏晓宇苦笑道：“我也不想扯到一起，朱总听我继续讲，这事和你性命相关。你别激动，如果有不同想法，等会儿再反驳。我说的话句句属实。我是什么身份，用不着在朱总面前说假话。我再讲另外一件事，老机修厂修配车间拆迁的事，有一个老工人张正虎意外死亡，他的女儿张英被一伙人绑了。绑匪用江州二建杨为民的手机打电话，导致杨为民被警察抓走，吃了大亏。新琪公司在修配厂原来只有一块地，江州二建退出后，新琪公司将整个修配厂地块都吃了下去。”

朱琪道：“这是正常商业操作，我们接盘，实质上是帮二建擦屁股。”

夏晓宇道：“这帮绑匪后来被抓了，供出很多事情。金色酒吧有一个歌手叫陈菲菲，先被强奸，再被杀。有一个警察叫周涛，他的精液在陈菲菲下身出现，在看守所被关押半年。这是个非常离奇的案子，现在破获了，绑陈菲菲的人和绑张英的人是一伙，是一群聋哑人。这一群聋哑人来自海州，是老五吴军的手下。真相是二哥吴顺源捡了周涛使用过的避孕套，将里面的精液塞入陈菲菲下身。吴顺源的脑回路很清奇啊，能用这种方式来诬陷警察。在湖州永成煤矿，吴佳勇的手下抓了一群流浪汉来当苦力，这是21世纪，有这种操作法，脑回路实在清奇，也是二哥吴顺源的主意。”

朱琪脸色极为难看，道：“你说的都是真事？”

夏晓宇道：“绝对真事，没有一个字造假。前一段时间，在江州曾经流传过一份名单，这份名单和杨国雄有关。侯国龙、丁晨光、张大树、李兴奎、秦永国还有我，都在这份名单上。这份“被诅咒的名单”很准，我弄了个备注，每个人后面都有近年来发生的惨事。”

拿起名单，朱琪越看越是心惊。夏晓宇所言全是最近发生在身边的真事，从名单上来看，这件事的起源很有可能真的就是丈夫杨永福的父亲。舅舅吴佳勇牵涉其中，很难说杨永福与这些事情没有关系。

夏晓宇在前面的叙述牵涉到吴佳勇和杨永福，暂时还与朱琪没有直接关联。夏晓宇见朱琪已经有了疑虑，继续抛出重磅炸弹：“难道你就从来没有怀疑过，为什么黄大森知道你到定制店的时间，还知道你到外婆家的准确时间？”

这个问话如长刀，一下就扎在朱琪要害。她愤怒道：“周小丽是内鬼。周小丽和黄大森关系很深，是周小丽提供了我的行踪。”

夏晓宇神情平和，娓娓道来：“在定制店那次未遂爆炸案中，知道你下午2点去定制店的人很少吧。按正常思路，知道你时间安排的人在此事后必须调离，当时为什么没有这样做？”

“公安来调查过，没有查到什么啊。”朱琪说到这里，也疑惑起来，暗道：“对啊，当时为什么不把身边人全部调换了？”

夏晓宇道：“杨永福精明强干，做事严丝合缝，这是长盛矿业很多人的评价。未遂爆炸案后，杨永福负责调查内鬼，在处理此事时大失水准，居然把总裁办的人全部留下。公安没有查出问题，并不意味着没有问题，如果我来办这事，最稳妥的办法就是大换血。前一次茶楼爆炸案，你们就搞了大换血。为什么这一次不换人？我认为杨永福是故意留下所有人。”

朱琪原本多疑，此刻心中突兀地长出一根尖刺，极为难受。

夏晓宇又道：“周小丽失踪以后，手机出现在高速路口，人机分离，凶多吉少。黄大森利用周小丽获得你的行踪。两人是同谋，暂时找不到黄大森杀害周小丽的理由。在你回外婆家的时候，杨永福原本要去，突然有事，没有参加。他早上7点多出发，10点多钟才到矿上。你想一想这些事情的蹊跷之处。杨永福要借用周小丽引出黄大森，有很多办法，没有必要把黄大森引到墓地，置你于危险之中。”

朱琪在夏晓宇面前还没有松口，道：“不可能，杨永福是我丈夫，没有任何理由做这些事。”

夏晓宇冷笑道：“丈夫、丈夫，一丈之内才是夫。”

夏晓宇拿出一张照片，道：“你认识这个人吗？”

朱琪是金色酒吧投资人，但嫌弃酒吧档次低，没有去过，不认识肖霄。

夏晓宇道：“这人叫肖霄，是金色酒吧的歌手。肖霄的爸爸是肖卫星，以前也是老板，和杨国雄是朋友。肖霄和杨永福从小就认识，算是青梅竹马。肖卫星和杨国雄后来都破产了，一对难兄难弟。肖霄经常和杨永福滚床单，这在金色酒吧是公开的秘密。给你看一段视频，是金色酒吧的内部视频。”

这是经过整理的金色酒吧视频，有四段视频，每次都标出进入杨永福办公室的时间，以及离开办公室的时间。在这四段视频中，肖霄在杨永福办公室的最短时间也有42分钟。

在朱琪心目中，杨永福绝对忠诚于自己，随叫随到。见到这几段视频，她胸口不断起伏，道：“你怎么拿到了这几段视频？”

夏晓宇道：“恰好有个小兄弟在金色酒吧，碰巧找到这几段视频。这个其实不重要，重要的是肖霄和杨永福之间的关系，既滚床单，又是同伙。肖霄成为邱宏兵的情人后，邱宏兵用很残忍的方式杀害妻子张冬梅。肖霄和李小峰在望城山庄翻云覆雨，结果陈菲菲死在了李小峰家里。李小峰是黄泥巴落到裤裆里，不是屎也变成屎。肖霄曾经还是吴开林儿子吴煜的情人，结果吴煜死于非命。肖霄就是一条毒蛇，出现在哪里，哪里就有灾难。她和杨永福穿连裆裤，你可以推断杨永福是什么人。杨永福整容以后，通过化名接近你，目的是通过你占有长盛矿业。他达到目的之时，也就是你莫名其妙意外死亡之日。你不是普通人，是长盛矿业的老板，这就是你的罪过。吴佳勇这伙人杀人如麻，肖霄是蛇蝎心肠，杨永福偏偏在你面前成了小绵羊。朱总，当断不断，必受其乱。”

在朱琪心目中，杨永福是完美丈夫，骤然听到反差极大的事，犹如晴天霹雳。作为长盛矿业的女老板，朱琪的思维方式由漂亮花瓶向生意人彻底转变，再加上爆炸案和未遂爆炸案的影响，导致其疑心很重，对夏晓宇这一番话倒是信了七八成。

“为什么要和我说这些？”朱琪脸上彻底失去血色。

夏晓宇咬牙切齿道：“我的父母死得惨，吴佳勇和杨永福是元凶，我要报仇。你如果不想落得我爸我妈、邱宏兵、张冬梅、李小峰、关江州一样的下场，必须相信我。”

朱琪紧缩身体，拼命回想当日矿业广场服装定制店出现炸弹后的细节。警方在矿业广场疏散人群时，自己曾经在广场旁边要求杨永福开除总裁办所有的人员。杨永福最初也认为有内奸，似乎还提到孙望。后来，他借用警方的调查结论，劝说自己不开除总裁办的人。这个细节原本已经被淡忘，夏晓宇今天讲了许多事，让她疑心大起。

夏晓宇加了一把火，道：“我说的是真话还是假话，有一件事情可以验证，在你外婆家后山，黄大森用过火药枪。你仔细回想一下，黄大森被枪杀那一天，杨永福是不是身体受伤，而且是火药枪的枪伤？我这里有一张火药枪枪伤的照片，你可以和杨永福身体的伤痕做一个对比。”

火药枪有钢珠和碎片，伤痕很好辨认。朱琪说话开始颤抖，道：“那天，杨永福确实受过伤，他说是摔倒后的擦伤。伤口被纱布包住，我没有看到当时的伤痕。拆了纱布以后，留下的伤疤就和这张照片差不多。”

朱琪看到杨永福胳膊上的伤痕时，很心疼，根本没有怀疑其他。火药枪枪伤和杨永福的伤疤一模一样，这让她明白杨永福确实说了谎话。谎话就是大河河堤的缺口，只要产生，就会越扩越大，直至信任崩塌。她脑中乱成一团，杨永福一会儿温柔似水，一会儿又变得凶神恶煞。她按住太阳穴，喃喃自语："我该怎么办？"

"如果朱总是普通人，那无所谓。匹夫无罪，怀璧其罪，这是我们当老板的人必须记住的话，想一想关江州、李小峰、邱宏兵的惨状，还犹豫什么，必须和杨永福一刀两断。我建议不要和杨永福对质，对质没有任何意义，甚至有可能激起他的杀心。你想一想张冬梅、李小峰、邱宏兵、我爸妈这些人，惨得不能再惨。"

夏晓宇缓慢地再抽出一张照片，这是他预备的重磅炸弹，道："给你看一张照片，这是邱宏兵的生活照，你注意胸口的那条项链，能认出这是什么吗？"

朱琪摇了摇头，道："有点儿像骨制品。"

夏晓宇道："这是邱宏兵用张冬梅指骨做成的项链。"

朱琪如被火烫一般，丢下照片。

夏晓宇道："这个社会很残酷、很现实，你是大老板，不对别人残酷，到时会死得很惨。"

朱琪是真被那个指骨项链吓住了，面如死灰，道："我该怎么办？"

夏晓宇面无表情道："先下手为强，与杨永福彻底切割。国龙集团有最好的会计师团队、律师团队和保安团队，可以帮助你做方案。下手要快、狠、准，趁着杨永福没有反应过来，将其踢出长盛矿业。等到杨永福被踢出长盛矿业以后，你再慢慢收拾局面。千万不要有妇人之仁，否则死无葬身之地。每次你要心软的时候，想一想张冬梅的骨头被邱宏兵做成项链。"

指骨项链是最恐怖的故事，朱琪被吓得魂飞魄散。她在省城与夏晓宇仔细策划之后，才从阳州回到江州。在这期间，几个副总裁齐聚省城阳州，召开董事会，将杨永福踢出长盛矿业。另有职业经理人、律师、会计师和保安带有朱琪的委托书，以迅雷不及掩耳之势接管新琪公司。

朱琪回到江州以后，在长盛矿业办公大楼顶楼生活，任何人未经同意，不能上顶楼。所有保安都得到严令，绝对不允许杨永福进入办公区和生活区。

这一次行动极为利索，短短几天时间，杨永福被打回原形，失去从长盛矿业拿到的一切。

杨永福第三次来到长盛矿业大楼，被保安粗暴拦下。前两次，保安都是苦口婆心劝说，口称杨总。第三次，保安翻了脸，摸出橡胶棍，骂道："杨永福，你要害得我丢工作，老子就对你不客气。"

杨永福很想一刀捅翻保安，但望着陆续出来的保安，只得忍下这口气。

保安拦人是工作，翻脸在情理之中，让杨永福郁闷的是朱琪就如人间失踪一样，彻底消失，打不通手机和座机，QQ不在线，一个油头粉面的律师受委托要办理离婚手续。杨永福在律师面前发了火，道："一日夫妻百日恩，我们好歹是夫妻，就算要离婚，总得见上一面。"律师不急不躁，冷冷道："到民政局办离婚手续的时候，朱总会出面。"

再次吃了闭门羹，杨永福只能怏怏而返。他太了解朱琪，知道朱琪就算想要翻脸，其能力也不足以做出这么干净利索的事情。翻脸如此彻底，绝对是受人蛊惑。杨永福没有开车，无所事事地在街上走了一会儿，在即将到金色天街之时，他给长盛矿业总裁办一个年轻的女助理打了电话。这一次，总算打通了电话。

"杨总，我被开除了。"女助理的声音不再清脆悦耳，充满火气。

杨永福道："为什么被开除？"

女助理愤怒道："我也不知道，总裁办和保卫科所有人都被开了。"

杨永福道："到底发生了什么事情，总有些征兆。朱总是不是在阳州开会时见了谁？"

女助理道："我没去阳州。听大家议论，说是朱总和夏晓宇见了面，黄家的几个人到了阳州。回到长盛矿业后，一切就变了。我的手机被搜走，不久前才还给我。"

放下电话，杨永福这才明白了是国龙集团夏晓宇插手了长盛矿业的事。夏晓宇是自己的仇人，仇人插手长盛矿业，逻辑上讲得通。夏晓宇是国龙集团的得力走狗，有能力拿出一套让朱琪深信不疑的说辞。朱琪本来耳根子就软，肯定中了夏晓宇的圈套。他仔细回想自己曾经出现的破绽，每次都补得很及时，并没有明显漏洞。他走到金色酒吧门前，看着封条，突然间醒悟过来，这一次不是警方办案，并不讲究证据之间环环相扣，夏晓宇只要让朱琪相信就行。那个蠢女人，肯定是被夏晓宇下了套。

“我真蠢，明明知道夏晓宇这些人是无耻之辈，还放松了警惕，没有给朱琪打预防针。”大错已经铸成，杨永福深恨大意失荆州，狠抽了自己一巴掌。

朱琪是复仇计划的一个重要支撑点，如今夏晓宇等人在朱琪面前设置了一张大网，隔绝了杨永福与朱琪接触的可能性。这一刀来得异常凶猛，让杨永福面对熟悉的长盛矿业徒呼奈何。他转身离开被封的金色酒吧，来到江州第一人民医院。

往日无所不能的舅舅躺在床上，身体萎缩，整个脸凹陷下去，没有任何活力。最初警察还守在医院，现在警察撤走，杨永福承担起照顾舅舅的职责。

坐在床边，杨永福欲哭无泪，只觉得天昏地暗，世上有许多妖魔鬼怪出没。

当年压倒父亲的最后一根稻草就是侯国龙串通了银行和地下社会，彻底断了父亲寻找资金的所有通道。夏晓宇则不断搞下三烂的小动作，让父亲面子无光，甚至深感耻辱。杨永福在仰望长盛矿业时，被保安驱赶的耻辱如闪电般从头顶贯入，深深理解父亲为什么如此痛恨侯国龙和夏晓宇。

望着舅舅完全失去生气的脸，杨永福深刻体会到舅舅的重要性。没有了舅舅支持，他变成了盲人、聋人和缺失手脚的残疾人，能量减少了一大半。杨永福从小性格孤僻，没有左右逢源的本事，这个性格影响了他的行为方式，更喜欢做一个隐身于黑暗中的孤狼。如今舅舅这个“大哥”结束了“大哥”生涯，他只能再次以孤独的孤狼方式来宣泄自己的仇恨。

杨永福给护理舅舅的护工算了工资，又多给了一百元钱，准备离开医院。

护工拿了钱，道：“有件事情想和你说。我在这个科室有好多年，看得多了。你舅舅这个情况不太好，手指发凉，嘴唇颜色发绀，呼吸也难。随时可能出事，你要有心理准备。”

杨永福不愿意相信护工的话，道：“我舅舅福大命大，一定挺得过去。需要增加费用，提出来就是了。”

走出医院，杨永福非常郁闷，打通肖霄电话，希望能够见一面。

肖霄声音慵懒，道：“我出来旅游了，在西藏的湖边，这里真可以洗涤自己的灵魂，让身体彻底放空。”

杨永福压抑着怒火和失望，道：“什么时候出去的，也不和我说一声。”

“你这么忙，又是小别胜新婚，我不打扰你了。”肖霄嗅觉极为灵敏，得知吴佳勇落网以后，便准备离开杨永福。她没有立刻离开，而是在等待时机。警察问话结束以后，她便带着这些年的积累，离开山南，到了岭西省。

这一句“小别胜新婚”让杨永福无比酸楚。杨永福在与朱琪接触时，更多是在扮演一个好男人，而并非真实的生活。在这个时间点，他很希望肖霄能够在身边，只有在肖霄身边，他才能真正放松，恢复自我。

“你什么时候回来？”

“我也不知道，可能，要在外面生小孩。你新婚大喜，我也得有自己的生活，不能在一棵树上吊死。”

“你怀孕了！谁的？”

“不知道，百分之五十是你的。如果你真想知道真相，那就等着亲子鉴定吧。”

放下电话后，杨永福情绪复杂。

深夜，电话响起，杨永福赶到医院时，舅舅吴佳勇停止了呼吸。

第十一章
最后一战

11月10日，省刑总在江州召开了山南省公安厅命案积案第二阶段工作会。侯大利代表省命案积案专案二组做了交流发言。

会后，老朴来到省命案积案专案二组驻地。他用折扇轻轻拍打手掌，道："杨帆案，有几成把握？"

侯大利叹了口气，道："吴佳勇和他的结拜兄弟都死了，线索中断。我们眼睁睁看着杨永福来去自由，无法对其采取措施。杨帆案的侦查工作进入死胡同。除非，杨永福犯案，给我们机会。"

老朴道："你继续留在江州，还是到秦阳？"

侯大利在老朴面前没有掩饰真实情绪，道："在黄大森案上，杨永福有重大嫌疑。支队询问了朱琪，朱琪证实在黄大森被枪杀当天，杨永福肩膀受了伤。当时伤口已经包扎，朱琪没有看到伤口。取下纱布后，她记得伤疤的样子，伤疤不像是擦伤。滕支队把杨永福盯得很紧，上了技术手段。如果没有新线索，二组也只能移师秦阳。"

"办案就是这样，必然会有遗憾。"老朴在会后找侯大利谈话，主要原因是担心在杨帆案失去侦办条件以后，大利会出于个人原因，不希望现在就转到秦阳。

两人聊了半个多小时，一起来到会议室，与省命案积案专案二组其他同志见面。座谈会上，大家原本准备谈一谈前期工作，谈着谈着，主题自然而然转到杨帆案。到了这个地步，杀害杨帆的凶手渐渐露出水面，让大家深恶痛绝的吴佳勇犯罪团伙全灭，这给了凶手逃脱的机会。在目前形势下，除非有重大线索浮出水面，否则很难突破。

座谈会结束后，老朴又到四楼看望住在老楼的105专案组成员。以前居住在四楼的105专案组成员有周涛、张小舒、易思华等人。如今，易思华回到经侦支队，担任了经侦支队二大队指导员。周涛从看守所出来以后就在家休息，暂时没有归队。105专案组的同志只有张小舒常住老楼。

老朴笑呵呵地道："小舒，杨主任两次谈到你。对一个年轻法医来说，能入杨主任的眼，很不容易啊。"

张小舒道："我是学临床医学的，还得补课。"

老朴道："我们省的法医有四分之一是学临床医学的，挺有后劲。省命案积案专案组在下一阶段要调整，到时把你抽过来，跟着跑一跑大案，这样进步更快。费厅长专门讲过这个问题，凡是重点培养的干部，轮番到命案积案专案组来过一趟，是不是有真本领，到专案组试一试就知道。"

张小舒道："如果真有这种可能性，我想进二组。"

老朴原本想要住在刑警老楼，谁知宫建民副局长亲自到市委小招给老朴开了房间，还约了晚上在小招外面吃炸串。经过湖州三案和挖两面人工作，老朴认可了宫建民，同意一起吃顿炸串。

送走老朴，侯大利回到五楼，坐在摆满卷宗的小会议室，情绪慢慢低落。如果挖不出线索，就要移师秦阳。这样一来，杨帆案很难推动了。每次想到这里，他的内心深处便如针扎一般疼痛，心情灰暗。

独自在阴影里，隔壁房间传来了说笑声。平时，侯大利能够融入集体，和大家一起谈笑风生，还可能说几个荤段子。此时此刻，往日情景再现，他觉得有一层玻璃把自己罩了起来，说笑声传来，又被玻璃罩弹开。

侯大利振作精神，打开投影，将与杨永福有关的视频放出来。这些视频有一部分是江州刑警支队在办案时的勘查视频，还有一部分是秦阳刑警支队专案组的监控视频。戴志剪去了无效视频，综合出来的视频仍然是海量。

侯大利没有进行特别挑选，无力地靠在椅子上，微微仰头，面无表情，让光影投在自己的脸上。时间一点一点流走，隔壁说笑声消失，光影反复践踏侯大利。到了凌晨2点，视频播放到朱琪外婆家后山。这是目前最有可能是杨永福直接参与的案子，侯大利看过无数遍，这段视频完全印在头脑中。

刚看过对朱琪的询问笔录，侯大利确定杨永福在此中枪。

看完第二遍，他隐约觉得遗漏了什么。

看完第三遍，他靠在椅子上，半睡半醒，案发现场的细节如一块块拼图一样，在脑海中重组。这是独属于侯大利的绝技，其他人学不来。

突然，侯大利睁开眼睛，挺起腰，再看第四遍现场勘查视频。

看完第四遍视频，他几乎是从椅子上弹起来，又找来侦查员所画的现场图。对比以后，他把目光集中到凶手左轮手枪弹壳出现的位置，在白板上画出延长线。

侯大利看此案的勘查视频、照片和示意图时，总是觉得遗漏了什么。到底遗漏了什么，始终没有找出来。今天，他终于明白以前为什么会生出忐忑之感。

此时已是凌晨4点，侯大利强迫自己回屋睡觉，在半睡半醒的这一段时间里，脑海中反复出现火药枪射击的场面。6点半，准时起床，他没有到楼下锻炼，把平时起床稍晚的戴志拉到小会议室。

戴志打着哈欠看延长线，瞬间清醒，道："大利是在找铁砂？这个想法太异想天开吧。枪击现场是野外，不比室内和井内。就算找到铁砂，几场暴雨后，铁砂也没有意义。"

侯大利道："你别急着否定，我觉得有可能性。黄大森是站在草丛里射击，低于凶手位置，铁砂从下往上，打伤了凶手肩膀。从铁砂的延长线来看，铁砂有可能擦过了凶手的肌肤，打在了后面的梨树上，意外留下证据。你不要用这种眼神看我，从射击延长线来看，这是有可能发生的事。”

戴志道：“就算在后面的梨树上找到了铁砂，也有可能找不到凶手的DNA。”

侯大利道：“最坏的结果就是竹篮打水一场空，和现在一样，我们没有损失。”

尽管侯大利的想法听起来荒诞不经，但是其以前“战绩”太过耀眼，有无数次“捅破窗户纸”的事例，陈阳支队长抱着死马当成活马医的态度，安排勘查室小林前去现场复勘。

实际工作中，大多数案件勘验一次就可以完成，个别案件需要进行第二次或多次勘验，也就是复勘现场。复勘现场是对现场勘查的验证、补充和升华，对案件侦破具有至关重要的作用。

朱琪外婆家后山发生了凶杀案，距今有一段时间。当地派出所在滕鹏飞副支队长要求下，封锁后山，不让人出入。后山果树是由朱琪舅舅所种，原本不指望梨子赚钱，觉得后山空着就不应该，种点儿梨子，好歹可以吃上自家种的水果。后山还有其他人家的坟，只有清明和年节才有人上香。这就为复勘现场打下了基础。

侯大利、戴志、江克扬、江州刑警支队勘查室小林、当地派出所和村社干部一起上山，技术员全程摄像。小林跟在侯大利身后，沿石板路来到黄大森被枪杀之处。

侯大利手持激光笔，小心翼翼来到黄大森被枪杀的位置。他最初采取站姿，激光笔径直地射到土坎上。激光笔的落点是密密的杂草和松软的土层。

小林不停摇头，道：“草深，土软，腐层厚，没法操作。”

戴志始终觉得侯大利的想法匪夷所思，从现实来看，确实没有操作性。

侯大利没有放弃，脑中浮现出黄大森倒在地上的影像以及弹壳掉落的位置，道：“黄大森落脚在草丛，肯定有目的，目的是什么，那就是袭击朱琪。既然是袭击朱琪，那么他就要防备被山下人看见，极有可能蹲着或坐着。听到山顶方向传来脚步声，他才转过头，慌忙开枪。”

侯大利弯下腰，半蹲在草丛中，激光笔斜向上。这一次，光点落在土坎上的梨树上。梨树结满硕大果实，即将成熟。在勘查照片中，黄大森被枪杀当天，梨树也有果实，比现在略小。

侯大利举起放大镜观察梨树的树干和果实，时间突然间变慢，慢得让派出所民警和村社干部打起哈欠。小林、戴志等内行跟在侯大利身后，大气不敢出。

“看，有三颗排在一起的黄花梨有外源性斑痕，朝向石板路。”侯大利将放大镜交给戴志。

戴志看完，沉默不语，将放大镜交给小林。

侯大利道：“其他梨子没有类似痕迹，这是受创后留下的斑痕。你们再看，树干上也有疑似损伤的地方。一个来月，树干伤口还比较明显。”

陪同过来勘查现场的民警们和村民干部陆续过来观察这三颗黄花梨。

小林知道找到铁砂的意义，小心翼翼取下这三颗黄花梨，装进物证箱。他又切开了梨树树干。很遗憾，在梨树树干上没有发现铁砂。

在离开朱琪外婆家后山时，素来冷静的侯大利深觉忐忑，紧张起来，悄悄祈祷：“黄花梨中有铁砂，铁砂中带有凶手的DNA。”

回到勘查室，在诸人围观和摄像镜头下，小林切开了表面斑痕最大的那一颗黄花梨。在第二刀时，梨肉里出现黄褐色小块，三粒。侯大利紧绷的心这才慢慢松了下来，数滴汗水沿着后背滚落。

切开第二个黄花梨后，挖出两粒疑似铁砂的黄褐色小块。

切开第三个黄花梨后，挖出两粒疑似铁砂的黄褐色小块。

三颗江州黄花梨，共挖出七粒黄褐色小块。

DNA室张晨主任按程序取走七粒黄褐色小块。

等待结果时，侯大利、戴志、江克扬等人聚在副支队长滕鹏飞办公室。

滕鹏飞见到侯大利后，便竖起大拇指，道：“我滕麻子素来不服人，现在是真服了侯大利，侯大利的脑回路和一般人不一样，能把困难的事弄得很简单，化腐朽为神奇，这就是神探，了不起。但是，找到铁砂和铁砂中有凶手的DNA是两回事，这种巧合，得运气爆棚才行。”

侯大利道：“冥冥之中自有天意，杨永福的运气总归有用完的那一天。他还没有回江州吗？”

滕鹏飞神情复杂地看着侯大利，道：“朱琪和杨永福反目以后，杨永福就离开了江州。前几天，杨永福都在湖州明杨县高马镇。昨天夜里，杨永福的手机最终停在湖州市区靠近公园的地方。今天上午，你们去朱琪外婆家复勘之时，重案大队的人在湖州南公园的一处垃圾箱里找到了杨永福的手机。据南公园管理人员讲，垃圾箱得好几天才会有人清理。”

“杨永福曾经玩过失踪，这次旧事重演。他如果躲藏起来，等到我们失去警惕之后再出来作案，防不胜防。”侯大利下意识地握紧了拳头，压在桌面上。从吴佳勇团伙最后的目标来看，杨永福如果再作案，多半就与侯大利的至亲有关。

滕鹏飞叹了口气，道：“除非有证据能够指向杨永福，否则，他要到哪里去，我们没有办法。吸毒人员没有指认杨永福，他们之间没有交集。我们可以想办法让杨永福短时间留在江州。时间长了，不行。我们不能违法办案，隔壁虎视眈眈。”

侯大利道：“和吸毒人员有交集的人是肖霄，这是典型的鱼竿模型。”

下午5点，DNA室传出令人振奋的消息：从黄花梨中取出的铁砂提取到人类DNA，此人类DNA与杨永福的DNA比对成功。

前一次在黄大森枪击案后，江州刑警支队询问过杨永福，杨永福有一套完整的不在现场证明，而且细节真实，小道边的一堆屎都是存在的。这一套证明越是完整，越是不能解释为什么在黄花梨中会出现带有杨永福DNA的铁砂。

杨永福在眼皮底下消失，脱离警方掌控，侯大利扼腕长叹。

依法行事，这是一把双刃剑。为了规范行为，不得不损失效率。从个别案件来看，依法行事会约束警方的行为，让某些特殊的犯罪分子逃脱制裁。从长远和整体来看，这是正确和理智的选择。侯大利回到刑警老楼时已经控制好情绪，召集全组商量对策。

樊勇道："杨永福人间消失，等到人们的警惕性消失后再突然现身，这是最难防范的。明枪易挡，暗箭难防。我们对被诅咒人员的保护是有具体限制的，不可能长时间盯着这一批人，警力有限，根本办不到。"

樊勇话音刚落，所有人的眼光都望向了秦东江。秦东江左顾右盼后，道："我有不同的想法，老克和樊傻儿都有些刻舟求剑，没有用发展的眼光看问题。现在不比当初，杨永福第一次消失的时候，年龄小，不引人注意。这一次他是畏罪潜逃，是惊动省厅的大人物，想要再回江州来作案，难度增加十倍。如果我是他，跑得越远越好。"

樊勇道："杨永福是那种睚眦必报的人，这一次，舅舅死了，还被朱琪狠狠砍了一刀。我认为，杨永福崩溃了，狗急跳墙，肯定要找朱琪麻烦，爱的反面就是恨，爱有多深，恨就有多深。"

秦东江道："杨永福是利用朱琪，谈不上多深的感情。重点还是在那份'被诅咒的名单'上。"

省命案积案专案二组对杨永福了解甚深，每个人都从自己角度谈想法。侯大利突然站了起来，低头，在小会议室转圈。诸人都习惯侯大利的习惯，知其在此时往往心无旁骛，便继续讨论。

过了一会儿，侯大利走到会议桌前，双手撑在桌上，道："杨永福要在近期作案。"

江克扬道："是在近期吗？"

侯大利很肯定地道："听了大家的讨论，我很有启发。杨永福肯定会在近期作案。理由很简单，我们在黄花梨中发现了铁砂，在铁砂中提取到杨永福的DNA，这是刚刚发生的、极少数人知道的事。杨永福几乎是在我们寻找铁砂的同一时间丢弃了手机。丢弃手机时，他本人不知道我们已经找到了关键证据，丢弃手机就是一个特殊的心理变化，他下定决心要动手。朱琪生活在长盛矿业大楼，出入都有保镖陪同。杨永福对其恨之入骨，但是没有办法下手。我认为在这种情况下，杨永福更有可能迁怒于人，找其他人的麻烦。他这人阴险，喜欢向弱者下手，特别危险的就是'被诅咒的名单'中的老弱和女人。如果我的估计不错，就在这几天，肯定某一家会出事。杨永福并不知道我们从铁砂中提取到DNA，他有可能潜回江州，也有可能在江州以外找目标下手。”

江克扬狠抓了两把头发，道：“目标不明确，分布太广，防不胜防，无法安排警力蹲守。”

这也是让侯大利感到为难的地方。

侯大利接到关鹏局长电话，前往市公安局指挥中心。

关鹏局长也在为如何防备杨永福再次行凶伤透了脑筋。最好的防御就是进攻，经市公安局局长办公室研究以后，江州市公安局成立了抓捕杨永福的专案组，由宫建民任组长，陈阳和滕鹏飞任副组长，动用所有能够动用的力量，调动最新技术，取得省公安厅支持，争取排除杨永福这颗定时炸弹。

会议结束，侯大利走出指挥中心。天空阴沉，黑云快速移动，眼见着一场暴雨就要来到。他查看江州新闻，新闻中有预警：晚上8点开始，在山南东部和南部有暴雨，局部可以达到大暴雨。

每到10月，山南省东部和南部就有暴雨。在十年前的10月18日，暴雨中，杨帆在世安桥遇害。今年雨水比往常更多，到了11月，仍然有暴雨，这就比较罕见。在阳州的一间普通住宅，杨永福站在窗边，抬头望黑云。他的脸色灰暗，脸颊消瘦，目光凶狠，就如一条被饿了许久的毒蛇。朱琪背叛、舅舅死亡、肖霄远去，三件事情，如三把尖刀插在心口，让他原本就抑郁的心情如被拴了秤砣一样急速下滑。

杨永福感觉有一团地狱之火在燃烧，必须释放，否则这团火会吞噬自己，让自己陷入无比痛苦的深渊。

天空似乎漏了一个大洞，大雨突然间就砸向地面。这种暴雨，持续的时间往往不到一个小时，然后戛然而止。

等到雨水结束以后，很多人家会开窗迎接新鲜空气，这就是一次绝好的机会。雨后攀房最大危险是墙面湿滑，为此杨永福购买了攀岩的全套装备。有了专业装备和由防盗网、空调架构成的城市墙面，对高手来说，攀上十二层楼房就是小菜一碟。

舅舅死去，不仅是对杨永福情感上的重创，还大大削弱了杨永福的行动能力。在舅舅生前，自己需要什么信息，说一声，舅舅都能很神奇地想办法弄到。包括现在所住的这间房，是舅舅多年前以其他人的名义买下，以备不时之需。只有舅舅和杨永福才知道这套住房，属于两人才知道的秘密。

舅舅和他的兄弟们出事以后，杨永福想要搞到信息就难于上青天。

杨永福目前手里有杨可、杨黄桷和侯大吉三人的详细资料，包括这三人所住小区具体房号，所读幼儿园、小学情况和平时活动轨迹等情况，搜集得很详细。除了这三人，他缺乏其他人的准确、详细的信息资料。

这场雨比以前持续的时间要长，到晚上8点左右才停下来。雨水停下，无数人家打开窗，享受难得的新鲜空气。

杨永福骑着摩托车出现在杨黄桷家所住小区，停车，在黑暗中拿起望远镜观察十二楼靠南端户。端户亮起灯光，窗门打开。在灯光照射下，隐形防盗网在望远镜的镜头中异常清晰。这种隐形防盗网更多的是防小孩坠楼，真要破网而入，对有心人来说是分分钟搞定的事。

凌晨，户外无人，绝大多数房间陷入黑暗。杨永福戴上装备，沿着事先侦查好的路线，从底楼往上爬，目标就是杨黄桷所在的靠南端户。

杨家住在十二楼，楼层处于整幢楼中间段。按照杨勇的理解，这是最安全的楼层，不管从上还是从下都很难进入。他的想法从常理上不错，只不过这种想法防的是君子，防不住有特殊技能的犯罪分子。

杨永福借着防盗网或者空调外机，从一楼到十二楼，灵巧若猴，如履平地。到达十二楼后，他站在窗外放置空调的水泥板上，稍稍停歇，向内窥视。

房门虚掩，客厅未关灯，一束柔光照在熟睡的小女孩杨黄桷的脸上。杨永福准备得很充分，除了攀登设备，还带有剪刀和吸入麻醉剂。他剪断隐形防盗网，从打开的窗探入右脚，再将身体重心移进屋内。站稳后，他小心翼翼地朝床边移动，额头撞在一个小物品上。

一个小小的风铃隐于黑暗中，风铃上挂着杨帆五岁时印在玻璃饰品上的照片。夜深人静，风铃的响声格外清脆。

睡在床上的杨黄桷平常睡得挺沉，妈妈秦玉喊起床时都费劲，今天，这一阵清脆的风铃声如一根尖刺，刺在了她的耳膜上。她睁开眼，看见床边黑影，正要呼喊，嘴巴已经被捂上。在黑暗扑过来的时候，平时的训练发挥了作用，杨黄桷右手自然而然放到靠墙按钮上，用力按了下去，随即失去知觉。

杨永福用带有吸入麻醉剂的毛巾捂住小女孩嘴巴，只要把小女孩绑在身上，从原路退回地面，就能神不知鬼不觉地带走杨黄桷。谁知，一阵尖锐的铃声刺破了黑暗，发出让人心悸的惊叫声。

按钮是新设置的报警器，连接到客厅、父母的住房以及隔壁房间。隔壁房间被夏晓宇买下，并与杨勇的家打通。四名得力的保卫科人员分成两班，日夜守在杨家。此事由夏晓宇派心腹操办，施工人员全是精兵强将，短时间完成了改造。

铃声大响，杨勇跳了起来，摸起放在床边的菜刀，朝女儿房间冲了过去。隔壁房间的两名保卫科人员都是退伍武警，休息时没有脱衣，听到铃声，提盾拿棍，动作灵敏，比杨勇快得多。

两个年轻人冲到门口，打开灯，恰好见到杨永福抱起杨黄桷。

“放下！”

“放下！”

“别动！”

灯光下，杨永福脸色惨白，用刀尖顶住杨黄桷脖子。杨黄桷没有动静。

一个年轻人眼尖，看到了破损的隐形防盗网，上前一步，用身体封住窗口，拦住杨永福的逃跑路线。另一个年轻人拿着盾牌和短棍，和杨永福对峙。

杨勇挥动菜刀，大吼道：“放下人，我们放你走。”

秦玉站在客厅给刑警支队副支队长张阳打电话，在拨打电话时，她的手哆嗦得厉害，觉得话筒声音格外漫长。终于接通后，她望着小女儿房间，低声哭诉："张支，有人闯进我家，绑了我女儿。我们把他堵在屋里，你们快点儿来啊。"

杨永福的计划是悄悄绑走杨黄桷，有人质在手，就能把侯大利肆意拿捏。谁知，人算不如天算，绑人不成，落入陷阱。他用刀顶住杨黄桷的脖子，道："滚开，否则，刀就捅进去了。"

一个保卫科年轻人道："你只要敢捅，我发誓，一定打死你。"

杨永福神情扭曲，似笑又似哭，道："老子早就不想活了，有杨帆的妹妹陪葬，也值了。"

"你把刀拿开。我女儿怎么样？"杨勇最初想要拼命扑进去，看到小女儿的脖子被刀尖捅出血点，不敢上前。

杨永福道："现在还死不了。"

"你用药麻醉了我女儿吗，剂量多大？"杨勇看到丢在一旁的毛巾，医生的本能立刻涌出，担心用量过大。

杨永福看到惊慌失措的杨勇，愤怒中涌出一丝快感，道："剂量多大，这不是我考虑的事情。弄昏了下手，这才是我考虑的事。你们让开，否则我就真捅下去了。这是动脉吧，我一刀捅下去，割开动脉，神仙都救不了。杨勇是外科医生，不是很牛吗？我把你女儿的颈动脉割开，你能救得活吗？你拿菜刀，很牛吗？跪下说话。秦玉在外面，你想要干什么，给老子进来，也跪下。"

杨勇看着女儿的脖子，丝毫不敢挣扎，双腿发软，跪在杨永福身前，喃喃道："放了我女儿，我做人质，求求你，求求你。"

秦玉进来，也跪在杨永福面前。

杨永福道："你刚才在干什么，是不是给警察打电话？"

秦玉拼命摇头，道："我没有给警察打电话。你是谁，为什么要来绑我女儿？"

杨永福道："你猜一猜，我是谁。"

杨勇的眼睛突然直了起来，双眼瞬间变得通红，道："你就是杨永福，就是你杀了杨帆，是不是？"

杨永福的脸上慢慢出现笑容，似乎还在回味杨勇的话，道："那天，也有大暴雨，我喜欢暴雨，哈哈哈。”说到最后几个字时，他的脸扭曲起来，脸上的疤痕变成一条条毒蛇的芯子，往外嗞嗞喷毒液。

杨勇看着眼前的恶魔，哀号道：“天哪，你为什么要害我女儿，为什么啊？我就是做鬼，也不会放过你。”他爬起来，疯狂地挥动菜刀朝杨永福扑过去。

杨永福脸上肌肉扭曲，捏紧杨黄桷的脖子，将其提起来，迎向菜刀。

秦玉猛扑上去，死死抱住杨勇，哭劝道：“杨勇，冷静点儿，不要冲动。”

杨黄桷睁开眼睛，还没有搞明白眼前的状况，咳嗽起来。听到小女孩的咳嗽声，所有人安静下来。杨永福皱眉，转头看了一眼丢在一旁的毛巾。他在毛巾里浸泡了吸入麻醉剂，还以为杨黄桷会睡很久，没有料到她转眼就醒了过来。

女儿咳嗽，让陷入疯狂的杨勇瞬间清醒过来。杨永福是使用毛巾捂鼻子，吸入时间短，浓度不够，加上又没有持续用药，所以女儿短时间苏醒了。这种剂量对身体损害不大，杨勇稍稍心安。

杨黄桷猛烈咳嗽一会儿，哇地大哭起来，拼命挣扎。杨永福为了控制杨黄桷，用力扼其脖子。杨黄桷被扼得喘不过气，小脸通红，眼泪涌了出来。

两个保卫科年轻人试图救人，看到刀尖始终不离杨黄桷的脖子，不敢轻举妄动。

这不是杨永福预设的场景，如果一刀刺杀了杨黄桷，痛快倒是痛快了，但自己多半走不出这间房。以一敌三，再加上一个女人，在室内环境下，凶多吉少。他秉性凶狠，又喜欢算计，在这关键时刻，犹豫起来，思考脱身之策。

杨永福不敢真下狠手，人死了，人质就没有了。杨勇这边投鼠忌器，不敢冲上去。双方各有顾忌，对峙起来。

这时，楼下响起警笛声。

杨永福怒道：“秦玉，你说谎，该受惩罚。”他在杨黄桷胳膊上扎了一刀，鲜血立刻冒了出来。

保卫科年轻人最为冷静，道："没人报警。报警器连着派出所，只要铃响，派出所就会知道。"

杨永福道："你们是谁？"

年轻人在服役期间多次见过类似场面，非常冷静，道："我们是谁，你不用管。你现在被包围了，肯定出不去，现在投降，还可以算是自首。"

楼下的警笛声越来越多，越来越响。

杨永福用刀指着面前的人，骂道："投降，别做梦了，今天，我就没有打算活着出去。"说完，他又在杨黄桷胳膊扎了一刀。

两刀下去，杨黄桷被吓傻了，不敢挣扎，也不敢哭泣。

楼下警灯闪烁，灯光穿过玻璃窗，在墙上变成惨白色。从现在情况来看，警方应该早有准备，自己就和舅舅一样，自以为聪明，却一头撞进了大网。杨永福不知道能否逃脱，担心狙击手从窗口射进子弹，神情越来越凶狠，在杨黄桷腿上再扎一刀，吼道："秦玉，你去拉上窗帘。"

这一刀刀扎在女儿身上，痛在母亲心中。秦玉带着哭腔道："我去拉，我去拉，求求你，别伤害小孩子。"

秦玉前往窗边的时候，浑身软得不行，几步路，犹如走过了铁索桥。站在窗前，她望着楼底的警车以及围观的人群，想起人生艰难，突然产生从窗口跳出去的想法。跳出去以后，一了百了，是不错的选择。只是，女儿还在歹徒手里，她没有跳楼的自由。

"提供一辆车，我离开，否则就杀死她，鱼死网破。"窗帘拉上后，警方狙击手就会失去目标。杨永福彻底放弃了从窗口离开的打算，准备以杨黄桷为要挟，让警方提供车辆，这是唯一能够逃脱的机会。

杨勇喃喃自语道："你放了我女儿。"

杨永福又举起了刀，道："我数三声，然后同归于尽。"

杨勇情绪开始崩溃，道："你放了我女儿，你放了我女儿！"

从门口传来一个声音，道："杨永福，你还以为能走掉吗？你除了投降，没有机会了。"走进来的是阳州刑警支队副支队长张阳，他握紧手枪，子弹上膛。

杨永福缩在杨黄桷身后，道："不要往前走，再走一步，我就杀了杨黄桷。哈哈，有杨帆妹妹陪我一起上路，这辈子也值了。"

杨黄桷的胳膊和大腿都受了伤，鲜血淋漓。小姑娘忍着疼，流着泪，望向父母，暗暗摆手，示意父母别过来。

女儿如此乖巧，秦玉更是悲伤，悲伤得每个毛孔都在滴血。她发现丈夫情绪完全垮了，担心他不顾一切去抢女儿，赶紧用力抱住丈夫。

张阳背后有几名便装警察，虎视眈眈。

杨永福这一次前往杨勇家，吸取了舅舅大意失荆州的教训，做了充分准备，除了登山工具、麻醉剂、匕首等工具，还借鉴了黄大森的经验，制作了炸药。黄大森曾经是放炮员出身，制作爆炸品的手段极为高超。杨永福在制作爆炸品方面是一个二吊子，业务不精通。他费尽心力制作了一个炸弹，威力如何，能否精确遥控，均没有把握。

炸弹更多用于威慑，如果炸响，自己的死期也就到了。

此时，面对带有武器、随时可以开枪的警察，杨永福用刀顶在杨黄桷脖子处，另一只手从双肩包里摸出方形物，道："你们别逼我，看清楚啊，这是炸弹，你们敢上前一步，那就同归于尽。"

黄大森制造的爆炸案仍然让所有人余悸未消，杨永福来自江州，有矿山背景，制造出炸弹的可能性极高。张阳等人判断杨永福没有手枪，原本想制造让杨永福分神的事件，然后三人扑上去制伏他。

现场出现炸弹，原计划无法实施。

出现炸弹的消息迅速传达到省刑总以及阳州市公安局，省刑总刘真总队长、市公安局领导都来到现场，靠前指挥。

杨家所在大楼的群众被紧急疏散，侦查员、武警占据了整栋楼的关键位置，另有武警的三个狙击小组潜伏在另一栋楼，对准了窗口、小区门洞以及大楼天台，确保杨永福出现破绽以后，能够一击命中。

省刑总谈判人员骆援朝前往杨家，与杨永福对话，稳住其情绪，防止出现类似吴佳勇"鱼死网破"的局面。

熟悉杨永福情况的省命案积案专案二组全体成员、105专案组以及江州刑警支队陈阳、滕鹏飞等人接到命令后，立刻前往省城阳州。

侯大利、宫建民、陈阳、滕鹏飞、江克扬、吴雪等人乘坐江州市公安局的指挥车，随时与一线指挥员联系。侯大利透过车窗看着急速倒退的行道树，用平静的表情对抗内心极度的焦灼。杨帆死后，杨黄桷成为杨勇夫妻的精神支柱，如果杨黄桷遇害，杨勇夫妇必然崩溃，能否活下去都难说。

“在黄大森被枪杀案时，凶手就有攀爬能力，为什么如此粗心大意，没有提醒杨叔注意来自窗外的威胁。”这个念头与十年前杨帆遇害后的自责合流，让侯大利内心深处如被硫酸浇过。

指挥车上传来声音：“建民，你们这边谁最了解杨永福？”

宫建民道：“费厅，最了解杨永福的是侯大利，省命案积案专案二组组长。他和我们一起在指挥车上。”

费龙道：“让侯大利保持通话，谈判组要随时提问。”

骆援朝的声音传过来：“侯大利，杨永福带有炸弹，引爆的可能性大不大？”

侯大利道：“杨永福为人阴狠，做事喜欢谋划，不到走投无路，不会引爆。”

骆援朝道：“到了走投无路，会不会引爆？”

侯大利短暂沉默，道：“会。”

骆援朝道：“我随时问你，你要有心理准备。”

侯大利道：“明白。”

与侯大利通话以后，一线谈判人员改变了策略，与杨永福达成了协议：警方退出杨黄桷卧室，条件是警方要定时与杨黄桷通话。

警方退出房门，杨永福暂时松了口气，找来杨黄桷的杯子，喝了大半杯水。他望着怯生生的杨黄桷，道：“你比一般人漂亮，但是没有你姐姐漂亮。”杨黄桷紧闭双眼，不敢去看眼前的恶魔。杨永福望着杨黄桷流血的胳膊和大腿，道：“你房间有没有纱布、绷带之类的？”杨黄桷摇头，呼吸渐渐粗了起来。

杨永福对外面吼道：“送点儿纱布和止血药，只准一个人进来，是女的。送点儿水，要没有开过的瓶装水，不要耍花样，我会先给杨黄楄喝。”

一名女侦查员送水送药进卧室以后，确定杨黄楄是皮外伤，暂时没有生命危险。

杨永福隔着一道门，与警方对峙。

高速公路上，一辆指挥车和两辆警车从江州赶往省城阳州。指挥车的车速慢得让侯大利每个细胞都爆燃起来。他恶狠狠地告诫自己：“要救杨黄楄，必须冷静。当前最重要的任务就是给骆主任提供信息，这个比到现场更重要，安全到达就行，不能忙中出错。”

见识过大风大浪，侯大利很快控制住焦灼、愤怒等负面情绪，表情平静、语调舒缓地与骆援朝沟通。

骆援朝问：“杨永福还有没有亲人？”

侯大利道：“有姑姑杨国莲，还有叔叔杨国志。”

骆援朝道：“杨国莲和杨国志，能否起到劝解作用？”

侯大利很明确地道：“不能。杨永福从来不跟他们接触，关系淡漠。”

骆援朝道：“杨永福的妻子朱琪，是否有用？”

侯大利道：“两人在闹离婚，不要提朱琪，火上浇油。”

骆援朝道：“杨永福会造炸弹吗？”

侯大利道：“他了解矿山，会做炸弹。但是，他没有在一线操作过炸药，我认为造炸弹的水平不如黄大森。”

骆援朝喜欢侯大利这种简洁、明确的回答，能有效帮助谈判人员厘清思路。他接触过侯大利，相信这位小神探的判断。

与此同时，另一名谈判人员正在与朱琪通话。此名谈判人员也提到了杨国莲和杨国志，朱琪声音尖锐地道：“千万不要叫这两个人过来。杨国雄自杀以后，杨国莲和杨国志没有照顾杨永福，而是急着抢夺剩下不多的钱财，连杨国雄的金戒指都被带走了。杨永福提起这两个人，恨得牙痒。”

谈判人员道：“你能不能过来劝解？”

朱琪道：“我正在和杨永福闹离婚，过去是火上扔炸药雷管。”

朱琪放下电话，对跷起二郎腿喝茶的夏晓宇道："夏总，你说的都是真话，杨永福确实是披着羊皮的狼。如果不是你，我怎么死的都不知道。每次想起邱宏兵挂着的项链，我就要做噩梦。这两年，我和一个杀人犯住在一起，杀人犯的刀随时会割断我的脖子，想到这一点，我就吓得浑身发抖。"

夏晓宇放下茶杯，走到窗前，从长盛矿业最高层俯视江州城，道："如果不是我们逼一下杨永福，他还不会这么快就现出原形，那就真成了一颗定时炸弹。经过这件事，所有噩梦都会过去。"

"杨永福绑了杨家小女儿，希望那个小女孩能够脱险。"朱琪走到夏晓宇身边，与其肩并肩站在一起，望着街道上如蚂蚁一般的行人、如火柴盒一般大小的车辆。

夏晓宇道："杨勇也是我的老朋友，可惜命不太好。我相信过了这一关后，从此平平安安。"

朱琪道："夏总很有信心。"

夏晓宇道："实话说，我没有信心。这不是演电影，是真刀真枪，意外随时都可能发生。或生或死，就在一瞬间。但是，我是真不着急，应该做的事，全部都做了，现在是专业的人去做专业的事。国家的暴力机器，肯定比我们有办法，我们空着急没有用处。"

朱琪由衷道："我希望长盛矿业和国龙集团能有深度合作。"

夏晓宇道："那是自然，都是从江州做起来的企业，根脉相连。国龙老总还等着和你喝茶。"

"我很期待。"朱琪想起被警察团团围住的现任丈夫杨永福，暗自叹了口气。与安全和财产相比，爱情是浮云，她的内心一阵轻松。

高速公路上，一辆警车里的侦查员也谈到杨永福。

"杨永福被困在房间里，插翅难飞，落网是定局。我最担心小姑娘，杨永福丧心病狂，什么事情都做得出来。"江克扬开车时戴了一副手套，很有些侯大利风格。

张小舒坐在副驾驶位，双手合十，祈祷杨黄桷能够平平安安。

朱林靠在后座椅子上，揉着太阳穴，道："这种事最考验指挥员，稍有失误，人质就会受伤害。人质死亡，指挥员的前途也就完了，一辈子抬不起头。我担任支队长那几年，处理过两次人质事件，在现场，那真是急火攻心。压力之下，我恨不得替换人质。可绑匪根本不准我这种青壮年男性靠近。”

张小舒仍然双手合十，神情忧郁地道：“如果迫不得已，我也愿意替换杨黄桷。”

“非常危险，九死一生，你不怕吗？”朱林深深地看了张小舒一眼。

张小舒沉默了一会儿，道：“怕，很怕。我希望永远不要做这种选择。刚才是脱口而出，没有经过大脑。”

江克扬道：“放心吧，不会让你去替换杨黄桷的。阳州刑警支队有作风泼辣、经验丰富的女侦查员，不会让法医交换人质，更何况你还是菜鸟。”

几人正在聊天，张小舒接到指挥车上宫建民的电话。

宫建民道：“我刚接到刘总队电话，杨黄桷急性哮喘发作，必须进医院，否则就有生命危险。骆主任反复和杨永福商谈，杨永福答应放杨黄桷离开，但是提出要交换人质。他提出由你去交换杨黄桷。”

宫建民的话似乎从天边传过来，听起来如此不真实，张小舒有些蒙，反问了一句：“由我交换杨黄桷？”

宫建民道：“杨黄桷有哮喘，突然发作。如今使用了治疗急性发作的喷剂，略有缓解，但是情况仍然不乐观，随时有生命危险。你们还有11分钟能到达阳州高速路北，有交警在高速路口接应你们，给你们开道，用7分钟能到达事发地点。你要有心理准备，替换杨黄桷。”

张小舒刚才只是随口一说，没有料到事情急转直下，真要由自己去替换杨黄桷。在这一瞬间，她大脑一片空白，仿佛所有脑细胞的联系全部断开。

宫建民道：“你在听吗？”

这一句天外来声让张小舒大脑中的空白区又一点点填满。她声音干涩，道：“我在听。有一个要求，我进去以后，送点儿食品，一定要有高度白酒。”

宫建民道："要白酒？"

张小舒道："整瓶，高度白酒。"

挂断电话，车内只剩下发动机轰鸣声。

侯大利在车窗前，看着指挥车后面的警车。警车由江克扬驾驶，张小舒坐在副驾驶位置。张小舒似乎感应到前车有人注视，抬起头，与侯大利目光相对。

在这一刻，两人没有回避对方的目光，就这样对望。

车至高速路口，侯大利跳下车，让张小舒坐上指挥车。

侯大利道："杨永福没有枪，只有炸弹和匕首。不要让杨永福绑住手脚，找机会猛击他的下身。用尽全力，绝不能保留。"

张小舒道："我就是这个打算，你要给他们说，一定要想办法送瓶高度白酒，我的酒量好，和小天姐一样。我就说害怕，喝酒麻醉自己。"

侯大利道："沉着冷静，注意观察，动作要狠。"

张小舒道："我妈是被吴佳勇这伙人害死的，我绝不能让杨永福再害人。"

侯大利道："注意观察炸弹的起爆方式，一定要活着出来。"

车到杨家小区，张小舒与侯大利目光相对，随后紧紧拥抱。

卧室内，医生已经准备好呼吸机等设备，只等杨黄桷出来。杨勇的力气被抽空，瘫坐在地上，无助地看着大口喘气、双脸憋得青紫的小女儿。秦玉跪在门前，道："求求你，医生不进来，就送呼吸机进来。"

杨永福坐在杨黄桷身后，依然拒绝让呼吸机进屋，道："让张小舒快点儿过来，磨磨蹭蹭。杨黄桷出了事，就怪张小舒磨蹭。"

门外传来急促的脚步声，张小舒等人出现在杨家客厅。为了不刺激杨永福，侯大利没有发出声音，躲在杨永福看不到的地方。

在骆援朝的陪同下，张小舒来到卧室门口。

杨永福道："你是侯大利的女朋友吧？"

张小舒没有回答这个问题，道：“我来替换杨黄桷，赶紧放了小女孩。”

杨永福道：“那就把衣服脱了，只剩内衣。你要理解啊，这是防止你带武器。法医也是警察，我不得不小心。”

江州的秋天并不寒冷，气温在二十摄氏度左右。张小舒脱下外套，只剩内衣。在这个特殊时间点，她没有羞涩，坦然地看着杨永福，扬起双臂，道：“我没有带武器，你让小姑娘出去。”

杨永福目光如扫描仪，在张小舒身体上来回移动，道：“啧啧，没有看出来，身材还不错嘛。侯大利那个龟儿子，凭什么把好东西都占完了。”

张小舒道：“放人。”

“你把这个线圈挂在身上，坐在我前面，杨黄桷才能离开。”杨永福用刀尖顶着杨黄桷的脖子，取下挂在杨黄桷身上的炸弹。

张小舒走进杨家时，还是挺害怕的，浑身肌肉僵硬。进入房门，与杨永福对视以后，恐惧感反而奇异地消失了，脑中闪现出母亲的遗骸，愤怒油然而生。她想起侯大利所言，在观察杨永福的同时，用手掌轻轻靠了靠大腿。参加工作以来，天天在健身房打沙袋，手掌根部变得厚实，这也是她的底气来源。

炸弹呈四方形，绑了一圈布带，还有一根长鞋带。杨永福从杨黄桷身上取下炸弹后，长鞋带仍然套在他的左手腕处。为了控制杨黄桷，杨永福套着炸弹的左手还抓住了杨黄桷的衣领。

张小舒明白杨永福的炸弹还得靠拉动。杨永福骤然遇袭后，身体如果有应激反应，那就糟糕了。想到这一点，汗珠从额头、后背钻了出来，顺着皮肤往下滑落。

“你和侯大利谈恋爱，上过床没有？”杨永福肆无忌惮地欣赏张小舒的身体，故意发出“啧啧”的声音。尽管形势如此严峻，他还是产生了掌握他人命运的畅快感。眼前之人是侯大利的恋人，畅快感翻倍。

“赶紧让小姑娘离开。”张小舒戴上炸弹，坐在床前，背对杨永福。她暗自庆幸杨永福没有捆绑她的双手，如果双手被捆住，苦练日久的技术就没有施展的可能性。

杨黄桷呼吸急促，嘴唇青紫，眼角的余光盯着放在脖子上的刀尖。

杨永福的眼睛如长出一双手，贪婪地“抚摩”张小舒，道：“我问你话啊，不要装得这么高傲，脱了衣服，女人都差不多。”

张小舒提高声音：“放人，小姑娘快不行了。你要想离开这里，绝对不能伤害了小姑娘。”

张小舒进门以后，非常镇静，还命令自己放人。这和杨永福的预期不太一致。他觉得无趣，又担心小姑娘真死了，这才收刀、松手，让杨黄桷离开。

杨勇坐在地上，眼见着女儿走出来，想要站起来抱住女儿，可腿软得不行，根本站不起来。站在门口等候的侦查员一把抱起杨黄桷，交给等在一旁的医生。

杨永福对门外的骆援朝道：“老头，张小舒到了，侯大利应该在，你让他过来，我要审一审他。”

骆援朝朝侯大利点了点头。

侯大利走到门口，望了一眼只穿内衣的张小舒后，朝杨永福略略扬起下巴，道：“杨永福，我来了，你有话说话，有屁放屁。”

杨永福从第一次见到侯大利便极不喜欢这个人，到现在更加厌恶，呸了一声，骂道：“你这人，最大毛病就是太傲，以为自己真是高人一等，杨帆之所以死，就是因为你这种样。”

“我傲我的，关你屁事。”侯大利深知杨永福的性格，在此时服软没有任何用处，反而会让杨永福更加猖狂。

侯大利在此时还不服软，杨永福气得发狂，道：“张小舒，你在我手里，侯大利还故意来气我。他根本没有把你放在心上，不爱你，你就死了那条心。”

侯大利淡淡道：“杨帆死了，我就没有爱过任何人。”

张小舒明知侯大利这样说是为了保护她，仍然格外难受。她望着自己最爱的人，努力不让泪水流出来。

杨永福继续刺激侯大利，问道：“被一枪干掉的田甜，你没爱过？”

侯大利神情平静，道："男子汉大丈夫，别黏黏糊糊。有什么要求可以提出来，别做这些没有档次的事情。"

杨永福的情绪突然间又变得极为恶劣，道："你少唱高调。侯国龙害死了我爸，把我们家的财产全部夺走，我爸我妈是被你们逼死的。你这一辈子吃香的喝辣的，没有受过罪。这几年，我吃过多少苦，这全部都拜侯国龙所赐。"

侯大利打断他的话，道："你杀了杨帆？"

杨永福的歇斯底里犹如突然被按了暂停键，安静下来，过了几秒，暂停键解除，他恶狠狠地道："好白菜都被猪拱了，你不是好人，在阳州做的那些烂事，以为我不知道。满十四岁那天，就和艺校的漂亮妞上了床，那个漂亮妞都十八了。"

尽管身处危局，张小舒的眼睛仍然圆睁。从她认识侯大利开始，侯大利便是不苟言笑、办事认真的模样，没有不良嗜好，是一个非常标准的好男人。听杨永福说起侯大利少年时代的纨绔生活，犹如天方夜谭。

"你别听泥鳅瞎说，这是他自己做的事情，怪到我的头上。"侯大利瞳孔微微收缩，随即恢复正常。

当年李秋曾经说起过10月18日到江州来玩是受"自己"邀请，而侯大利百分之百没有邀请过李秋。他当时正忙着和杨帆谈一场不那么正式的恋爱，眼中只有杨帆，没有李秋、大屁股和烂人这些阳州哥们儿。他后来特意询问过李秋这三人，三人都发誓说没和杨永福有过联系。

"别看你现在人模狗样，本质上就是烂人。自己做过的坏事，还要推给李秋。"杨永福伸手，解开张小舒胸罩后面的扣子，顺便摸了一把细细的腰身。

谈话之时，侯大利一直寻找制伏杨永福的机会。手枪上膛，插在后腰，只要有机会，他会上前一步，击毙杨永福。

"杨永福，你好歹也是个人物，别太猥琐了。张小舒没有带武器，你让她穿上衣服，这是秋天了，冷得很。"侯大利在杨永福面前，刻意不用警方语言，而是使用一个富二代面对富二代的语言，很强势。

站在更远处的骆援朝道："午饭时间过了，大家肚子饿了。我叫点儿外卖送过来。”

侯大利又道：“杨永福，有什么要求赶紧提出来，别耽误大家吃饭。脑袋掉了碗口大个疤，你要送死，也别当饿死鬼。你有什么要求，也得填饱了肚子才有力气。”

客厅里飘来了烧白、红烧肉的香味，侦查员们有意弄出声响。

折腾了半天，杨永福消耗极大，确实也饿了，便同意送饭进来。

张小舒双手遮在胸前，道：“我很冷，能不能带点儿酒来。喝一点儿，身体舒服一些。不喝酒，我要崩溃了。”说到这里，她为了把杨永福的注意力带偏，不管不顾地扣上胸罩，大哭起来，道，“我就是一个新法医，靠技术吃饭，又不是刑警。我才参加工作，你给我身上绑炸弹，我害怕啊。我要喝点儿酒，不让我喝一口，那我就不当人质了，大不了拼个你死我活。”

突然响起来的哭声，吓了杨永福一跳。这才是一个人质应有的态度，他又固执地解开胸罩上的扣子，还威胁不准扣上。

骆援朝劝解道：“张小舒别哭了，我们送瓶白酒，没有开封的。”

喝白酒，装醉，猛击杨永福要害，这是侯大利和张小舒制订的计划。骆援朝总觉得这个计划犹如儿戏。

饭菜、白酒和瓶装水送进屋。杨永福点的食物是饺子，这样就可以用一只手抓起来吃，始终保持一只手控制张小舒。

到了计划的关键点，能否成功就在此一举。张小舒顾不得羞涩，没有再去扣胸罩，一把抓过酒瓶，拧开瓶盖，仰起脖子，咕噜咕噜，眨眼就喝了大半瓶酒。

杨永福嘴巴嚼着饺子，半张嘴，眼睁睁看着张小舒把一瓶酒喝了下去，反应过来时，一瓶酒已经进了张小舒肚子里。他急眼了，道：“喂，你干吗，不要命了？”

一斤白酒下肚，暖洋洋的热感迅速从腹部升起，张小舒故意挤出几个酒嗝儿，手指伸进喉咙，意图弄出点儿呕吐物。对醉酒的人来说，这是有效的催吐办法，对张小舒来说，这点儿酒就是开胃酒，远远达不到呕吐的程度。她用力抠了数下，这才干呕起来。

“你喝这么多酒干什么？”杨永福很谨慎，躲在张小舒背后，绝不露头。

张小舒扔掉酒瓶，用手遮住胸口，回过头，哭诉道：“杨永福，你浑蛋，把炸弹挂在我身上，我害怕啊，我害怕，你不知道啊？”

杨永福左瞧瞧右瞧瞧，道：“你害怕，为什么要来替换杨黄桷？”

张小舒继续哭诉道：“我不想来，是他们命令我来的。求求你，我还不想死，你赶紧提要求吧。”

“我没有想到会被困在这里，这是陷阱。”

杨永福在这一段时间也想了无数方案，包括“要一辆车，不准警方跟随”等，这些方案都不完美，警方有很多破解办法。杨永福办事素来讲究算无遗策，这种粗糙的方案让其一时下不了决心。他忽然间想起肖霄，对今天爬楼绑人的事略有后悔。肖霄在失踪前劝解自己放下沉重的包袱，离开山南，彻底为自己活一回。他拒绝了肖霄的提议，执意留在山南，这才造成了现在的被动局面。

“我才参加工作，恋爱都没有谈成，就这样死了，死不瞑目，早知道这样，我就不当法医了，去医院当医生，比现在好一百倍，我脑子有病，才要当警察。爸爸，你快点儿来救我啊……我后悔啊，读大学的时候，有男生追我，我没有同意，现在那男生读了博士，帅有什么用，又不能当饭吃……侯大利就是榆木疙瘩，除了看卷宗，就是看卷宗，年纪轻轻，就和老头一样……刚才你问我和侯大利上过床没有，上个鬼，我们连嘴都没有亲过，顶了天就是牵了牵手，牵手的次数一只手都能数过来。”

张小舒头脑格外清醒，故意装成醉酒模样，絮絮叨叨。她将手指伸向喉咙深处，用力抠，终于，一股带着酒味的胃容物喷了出来。借着这个机会，她猛地站了起来，呕吐物乱喷。

“你别乱动，弄响炸弹，炸你个粉身碎骨。”杨永福怕炸弹被这个醉鬼弄响，又怕门外藏有狙击手，赶紧跟着张小舒站了起来。

张小舒卖力表演，就是等着杨永福站起来。如果杨永福一直坐在自己身后，苦练多时的绝技没法实施。当杨永福站起来抓住自己肩膀时，张小舒突然发动，手掌猛击杨永福的下身。

这一掌又猛又狠又快，打在杨永福的命根子上。突如其来的疼痛让杨永福惨叫一声。

张小舒开始呕吐之时，侯大利便默契地站在门外。张小舒挥手之时，他便用力蹬地，如一支离弦之箭，朝着杨永福扑过来。这个时候，爆炸随时可能发生。他和张小舒一样将生死置之度外，只有一个念头，抓住杨永福左手，不让他拉动鞋带。

杨永福的命根子受到致命重击，身体不受控制，弯下腰。侯大利扑过来，抓住他的左手，用力掰杨永福的大拇指。只听到咔嚓一声响，杨永福的大拇指被反向掰断。

剧烈疼痛让杨永福再次发出惨叫。

张小舒怕杨永福用匕首伤人，后背靠紧杨永福，再次猛击其要害部位。

侯大利用胳膊夹住杨永福左手，让其无法动弹，取刀，割断绑在杨永福左手腕的绳索："张小舒，绳子断了，到窗边丢炸弹。"

张小舒跑到窗边，将挂在身上的炸弹脱了下来，扔出窗。众多侦查员一拥而入，死死压住杨永福。侦查员给杨永福戴上了背铐、黑色头套。杨永福痛得不能直立，眼泪、鼻涕、口水、尿液一起往外涌。他被身强力壮的侦查员拖行，离开卧室。

现场勘查人员立刻进入，固定证据。

大楼外，警戒线拉了很大一圈。炸弹落在警戒线内，没有爆炸。

死里逃生，侯大利和张小舒紧紧拥抱在一起。

解救行动，生死就在一瞬间。张小舒只觉得浑身力气全部被抽走，软得站不起，瘫在侯大利怀里。

"哎哟。"侯大利忽然叫了一声。

张小舒惊道："受伤了？"

侯大利左手小指受伤，还未好。制伏杨永福时，他根本没有顾及自己的伤。危机解除，肾上腺激素分泌减弱，疼痛猛然袭来。

朱林坐在杨家客厅抽烟，看到在窗口拥抱的侯大利和张小舒，颇为欣慰。

江克扬笑道："这一对成了，有情人终成眷属。"

"早点儿结婚，早点儿生娃，千万别拖。"朱林思路转回案子，道，"以前我们认为王永强是杀害杨帆的凶手，后来发现不是，希望这一次能找到杨帆案的真凶。如果这一次找不到，那就难了。"

江克扬信心十足地道："肯定就是杨永福，跑不了。有绑架案在身，我们可以从容不迫审讯。"

经历艰难险阻，终于将杨永福绳之以法，骆援朝、侯大利、张小舒、张阳、朱林等人沉浸在幸福之中，乘坐电梯下楼，最感兴趣的话题奇异地转到张小舒能喝多少酒。

在大家的追问下，张小舒道："我们家族的女性都能喝酒，小天姐最多喝过三斤，我平时没喝多少，但是没有醉过。喝酒以后汗水比较多，我们都开玩笑是天生有六脉神剑，能将酒逼出去。"

大家这才发现张小舒额头仍然在流汗，外套湿了一圈。

成功解救人质，没有伤亡，骆援朝笑得格外开心，道："我最初还担心你们的方案过于简单，没有想到有奇效。越简单的方案越可靠，这是真理，得上警院教材。现在回想起来还是很悬，如果杨永福不让你们带酒，怎么办？"

"我这一年跟着大利练习的绝招就是打击犯罪分子的要害，当时情况特别紧急，我脑中只有这一个念头——喝醉酒来麻痹杨永福，让他站起来，然后打他。如果真不能带酒，那只能扔掉胸罩站起来，这才能最大限度麻痹杨永福。"

张小舒说话时，额头上还在冒汗水。

楼下，除了侦查员，还有五个西服革履的人。在现场，侦查员都穿便衣，便衣以行动利索为主，西服革履在现场比大熊猫还罕见。

侯国龙接到电话，中断会议，从会场直接来到杨勇家小区。他看见儿子身边还有一个姑娘，那姑娘挽着儿子，紧绷的脸皮缓了缓。

侯大利正在和张小舒说话，忽然觉得周遭有些异常，抬头便看到了父亲。

侯国龙上前一步，四个西服革履的人仍然站在原地。侯国龙道：“张小舒，你很好。我替杨勇、秦玉谢谢你。”

“侯叔叔好。”张小舒是第一次与侯国龙面对面，但是在杂志封面上多次见到这位山南首富，一眼就认出眼前沉稳如山的中年人。她有些紧张，不知道说些什么好。

侯国龙觉得张小舒眼熟，眉眼有些像杨帆，气质又和田甜相近。他沉默几秒，对侯大利和张小舒道：“抽个时间，你们到家里吃饭。”

他朝朱林打了个招呼，又朝骆援朝和张阳点了点头，带人离开。

诸人来到阳州市公安局刑警支队，这时才得到消息：杨永福的炸弹主要材料是浓硝酸、浓硫酸、甘油、苏打等化工用品，皆可在化工商店购买。除了击发系统比较简陋，威力不小，足以给房间内的人造成致命杀伤。

得知炸弹威力，侯大利汗水唰唰往外冒，后怕得不行。

杨永福受伤很重，右侧睾丸被打爆。

睾丸是男性最脆弱的地方之一，此处受到攻击，男性会痛得生不如死，恶心呕吐，失去战斗力，严重时会发生昏厥或休克。侯大利传授给张小舒的“绝招”，主要目的就是应对被犯罪分子控制的极端情况。这种极端情况往往一辈子都遇不上，遇上之后，长期训练形成的肌肉记忆或许能救命。张小舒长期练习的绝招在关键时刻终于派上了大用场。

杨永福被生擒，后续还有很多工作。省刑总指定江州刑警支队侦办此案。

手术之后，江州刑警支队组织第一次讯问。侯大利最为了解杨永福，知道第一次讯问只有法律上的意义，真正要撬开杨永福的嘴，还得做艰苦细致的工作。

制订审讯方案时，骆援朝特意来到江州。他听完汇报，道：“大利对杨永福研究最深，你觉得如何突破？”

铁嘴钢牙周向阳端着茶杯，慢条斯理地喝茶。

侯大利早有思考，从容道："杨永福自负，喜欢算计，出手凶残，按照吴雪的说法，是一个精致利己主义者。既然他是精致利己主义者，如此孤注一掷，肯定有非常重要的原因。要从动机着手，避开犯罪结果、犯罪事实和犯罪行为，直接进入杨永福的内心深处。"

骆援朝道："老周是什么想法？"

周向阳放下杯子，道："我赞成大利的想法，杨永福为什么要绑架杨黄桷，这是关键，他必须说清楚。"

骆援朝点了点头，道："英雄所见略同。动机包含了内在驱动力，在犯罪嫌疑人的记忆里非常容易被激活，强奸与性欲有关，贪污与物欲有关，绑架杨黄桷肯定有原因。这是大方向，细致的方案还得琢磨。纲举目张，重点突破，让所有案子都浮出水面。"

大方向定了以后，主审由周向阳担任，配审则不断换人。

整个审讯过程比预想更加曲折、困难，杨永福困兽犹斗，始终沉默。警方不断根据实际情况调整方略，对杨永福施加全方位的心理压力。最终，杨永福心理防线被突破，从父亲跳楼开始，讲述了所做过的案子。

"我爸最早制造摩托车，摩托车最早出海，不是江州最早，是山南最早。说一声江州企业界的教父，不为过吧。我爸是被侯国龙纠集一伙人合伙谋杀的，杀人首犯侯国龙成为首富，经常出现在报刊、电视上，成为政府座上宾，被人羡慕，受人尊敬，世界上最荒谬的事，莫过于此。我爸在临死前，多次和我谈起害过他的那些人。我当时年龄小，不懂事，没有觉察到这是我爸的临终遗言。我爸不是要我为他报仇，只是在临死前仍然不服气，心中苦闷，不吐不快。"

……

"我爸跳楼，公司破产，我从天上摔到地上，家里没钱，债主上门，虎落平阳被犬欺，以前所有对我好的人，全部现出原形，歧视我，还打我。杨国莲和杨国志都是我爸的同胞，跑到家里，推倒我妈，拿走了值钱的东西，包括我妈的手表、我爸的戒指。他们后来还报了我失踪，把我家仅剩的一点儿东西全部拿走。这就是亲人，让我对人生很失望。我妈病死后，我没有办法在江州立足，转学到秦阳五中。在那里，没有人认识我，我活得比较自在。李兴奎妹妹的事，就是我在那个时期做的。当时我骑摩托车回江州，给我妈上坟，在街上见到李兴奎的妹妹李兴梅，我对此人印象很深，跟随上去捅了刀子。这一刀捅在她的后背上，听说她后半生只能坐轮椅了，很过瘾啊。捅了李兴奎的妹妹，我是临时起意，害怕警察来找我。后来平安无事，警察根本没有出现。很长时间，我想起捅人的感觉，都特别兴奋。夏爽的脸也是我划的，背叛我爸的女人，下贱，活该。若不是有人出来，就不是划脸这么简单。那些欺负过我们家的、欺负过我的，都得血债血偿。”

……

“秦阳五中是烂学校，每年考不上几个大学生。我后来读了阳州电子科技学院，和肖霄的江州技术学院差不多，烂到极点。肖霄和我一样，都是从云端落到地面，虎落平阳被犬欺。从小到大，我和舅舅最亲，舅舅在我心目中就是大英雄。我没有想到舅舅居然不为我爸我妈报仇，是个尿包，便想着自己复仇。我不甘心在民办学校混日子，就到南方去了。舅舅曾经给了一些钱，我积攒下来，拿着这笔钱做了整容，主要是把鼻子修整了。长得帅，也是资源。那时不理解舅舅，后来才想明白，舅妈死了，舅舅怎么会不复仇，他只是不想让我沾上这些事。我从南方回来，向他坦白曾经做过的事，包括李兴梅、杨帆和李明全外孙。舅舅苦着脸，一言不发地看着我。他劝说无用，这才开始帮我。”

……

“李明全是一个小小的芝麻官，没有级别，最多算是一个股级干部，居然还为难我爸。特别是我爸经营困难的时候，多次故意制造困难，还在开会时训斥我爸，太可恶了。但是，他这人对侯国龙的走狗夏晓宇又是另一番态度，点头哈腰。当大官的至少表面上客客气气，这些芝麻官蹬鼻子上脸。我在世安老场镇撞了李明全的外孙，当然是骑摩托车，骑的是我爸生产的江州牌摩托车。我原本以为李明全的外孙必死无疑，没有想到杨勇还将他外孙救活了。旧仇新恨，我要一块儿算。我认识孙虎，在舅舅家里见过。他们是什么关系，我真不知道，仅仅在家里见过一次。”

……

“现在回想起来，我爸的生意并不是无法收拾，政府出手、银行出手，注点儿资，我爸的生意就能活回来。我爸有煤矿，当年恰好在低谷，两年后，煤价一飞冲天，我爸立马就能翻身。我爸没有熬过这两年。侯国龙和政府、银行官员好得穿连裆裤子，在其间下了好多烂药，政府、银行对我爸不仅袖手旁观，还使绊子。夏晓宇更可恶，落井下石，联合了一帮烂人，如疯狗一样撕咬我爸。关百全明抢我爸的女人，毫不掩饰地羞辱我爸。我最恨的人就是侯国龙、夏晓宇和关百全。这三人在当时隔我太远，侯大利就在我眼前，所以我要报复侯大利，这只是报复侯大利的原因之一，侯大利本人也特别可恶。”

……

监控室，江克扬跟随侯大利一起了解过李明全外孙被撞案，由衷道：“大利，你的推测非常准确，基本复原了杨永福的作案过程。”

侯大利的脸色格外难看，道：“杨永福有种去找李明全、去找我、去找李兴奎，向小孩、女人下手，不是男人，太懦弱，太卑鄙。”

在预审员的追问下，杨帆遇害之谜就要浮出水面。侯大利感觉有一只无形的大手扼住自己的脖子，让他无法呼吸。

……

“在我们那几届初中和高中，不管是江州一中，还是学院附中，哪个人不把杨帆当成梦中情人。我从初中开始就知道杨帆，那个时候，侯大利还在阳州。如果不是侯大利回江州，杨帆肯定会答应我的。侯大利回来以后，杨帆这个贱人就移情别恋了。我还以为杨帆有多清纯，实际上就是一个贱人。我多次跟踪杨帆和侯大利，他们就在世安桥旁边的小草地摸摸搞搞。侯大利表面聪明，实则是傻瓜，根本没有发现我跟踪他们。杨帆确实没有答应过我，没有跟我谈过恋爱，刚才我就说过，如果侯大利没有回江州，她肯定会跟着我。我爸死了，我成了一坨狗屎，杨帆更是对我不理不睬。这个仇，你们说，我应不应该报？我说新仇旧恨，这是有道理的，第一，杨帆这个贱女人始乱终弃，见异思迁；第二，杨勇多管闲事，为李明全的外孙做手术；第三，侯国龙是我们杨家的生死仇人，侯大利抢了我的女人。”

……

“我捅李兴梅是临时起意，用摩托车撞李明全外孙是随便搞的。我就是特意要搞掉杨帆。为什么不搞侯大利，原因有点儿复杂，我要打碎侯大利最喜欢的东西，让他痛不欲生。我说实话吧，现在也不丢丑，侯大利牛高马大，我当时不一定能打得过他。10月18日，我知道市一中搞活动，冒充了侯大利的声音，给李秋打电话，约他到江州来玩。我和李秋见过面，他眼里只有侯大利，没把我瞧在眼里。我会模仿很多人的声音，是跟着舅舅学的，舅舅是跟着舅妈学的。舅妈就是李沪娟。我这辈子最喜欢三个人，我妈，李沪娟，杨帆，这三个人都死了，生活对我太残酷了。舅舅的几个结拜兄弟都跟着舅舅学过一点点口技，模仿人说话没有问题。侯大利是笨蛋，那天被李秋几个人缠住了。杨帆一个人回家。我就在世安桥上等她，想给她最后一个机会。”

……

监控室里，侯大利即将知道自己苦苦追寻的真相，额头上青筋突突乱跳。杨永福追求过杨帆，意料之外，情理之中。李秋等人在18日那天来江州，果然是圈套。当年，侯大利没有见识过人世间真正的黑暗，没有想到一个同龄人居然会有如此心机和手段。

……

“我在桥上等杨帆。没有想到世安桥如此热闹，王永强在草丛中，远处还有一个杀人犯石秋阳。如果知道这俩人看着我，我肯定不敢下手。王永强和石秋阳的事，是舅舅告诉我的，我舅舅有内线，就是跳楼的洪金明。洪金明是烂人，居然学着我爸跳楼。我其实最初也没有推杨帆下河的想法。杨帆和侯大利搞在一起，这是对我最大的侮辱。我没有想到，杨帆在桥上非常明确地拒绝了我，还表示我没有权利管她的事情。我凭什么没有权利管，我喜欢杨帆这么多年，连管一管的权利都没有吗？滑天下之大稽。我们谈崩了，杨帆背叛了我。在这一瞬间，我怒火蹿了起来，特别是看到那块小草坪，想起杨帆和侯大利搂抱在一起的场景，这就是背叛。我给了她警告，让她和侯大利这个烂人分手。我是想要拯救她，谁知杨帆毫不领情。我抓住杨帆的手，不让她离开，她居然用力推我。既然杨帆不仁，也就不怨我不义，我把她推下了河。本来她还有活命的机会，如果她答应和侯大利分手，哪怕口头答应，我就不会掰开杨帆抓住护栏的手。我给过杨帆很多机会，她不珍惜，怪不得我。”

……

监控室里，侯大利泪流满面，靠到墙角，双手抱头，把头埋在双腿之间，喃喃自语：“杨帆太傻了，为什么不答应他，口头答应就行，为什么？为什么？”

所有人都知道侯大利的心结，没有劝解，让侯大利抱着头，独自承受痛苦。人世间，有些爱，有些痛，语言无法劝解，只有时间才能消解这一切。

……

“我当时处于幻觉之中，杨帆落水，转眼被河水吞没，我清醒过来，想将杨帆骑的自行车丢进河里，这才发现手软得很，根本抬不起自行车。这时公路上来了客车，我就骑摩托车走了。后来，我到南方去了。回来的时候，听说侯大利当了警察。我一直看不起侯大利，仗着侯国龙有钱，想做什么就做什么。我不是杀人狂，没有胡乱杀人，王永强和石秋阳才是杀人狂。侯大利该死，死有余辜。杨帆落水后，很长一段时间，我都在想她，特别是在南方那一段最痛苦的时间。我陪任何女人睡觉，包括朱琪，都会把女人的面目在脑中置换成杨帆的相貌。”

……

“黄大森的事情是我做的，男人嘛，敢作敢当，就是我做的。这个人牛得很，平时不把朱琪放在眼里，看见我的时候，总是鼻子朝天，有什么可豪横的。我让七叔给我弄了点儿毒品，放在黄大森经常吸大麻的地方。我没有想到黄大森是个狠角色，会弄炸药，差点儿炸死朱琪。亡命几个月，居然又在矿业大厦安插眼线。警察是一群猪脑子，居然没有查出长盛矿业的内奸，我早就知道内奸是周小丽，还帮她掩饰。我就是要用周小丽来钓黄大森这条大鱼，结果成功了。我和舅舅在阳州、江州和海州都有安全屋，这是从《教父》电影里面学的。周小丽被我埋在了江州安全屋，就在江州老城胜利一路7号，靠近江州河的地方。我早上借故没有跟朱琪一起前往朱琪外婆家，到了金色酒吧，从酒吧后门出去，骑摩托车。在朱琪到达前，我先到后山。我发现黄大森提前到了，就攀岩上山，从上到下，用左轮手枪和黄大森对战。黄大森死翘翘，我受了伤。”

……

“你们还没有笨到家。那坨屎，我是在暴雨后拉的，为了更真实，有意用水冲烂。我就是想让黄大森干掉朱琪，借刀杀人计嘛。朱琪把我当奴隶，呼来唤去。拿到手的东西才是自己的，朱琪死了，我就是第一继承人。我没有想到你们居然从黄花梨中提取到我的DNA，这不是我的失误，谋事在人，成事在天。左轮手枪是七叔给的，他在南方边境买了两把，舅舅知道我做的事情危险，给了我一把。舅舅真心不希望我做这些事情，只是开了头，要刹车，谈何容易。打死黄大森后，我把左轮手枪丢在河里。原本以为需要用枪的时候，随时可以找七叔。哪里知道七叔被你们干掉了。我没有枪，否则你们捉我，没有这么容易。”

……

“舅舅给我提供了杨可、杨黄桷和侯大吉的详细情况，我的信息都来自舅舅。舅舅确实有本事，几个叔叔对舅舅是真心服气。如果在古代，舅舅就是宋江那样的江湖及时雨。舅舅死后，我没有了信息来源，没有了帮手。帮我的人主要是二伯、五叔和七叔。三伯主要负责经营，不知道我的事情。我舅舅很谨慎，二伯、五叔和七叔都在帮我，但是具体如何帮，他们互相之间都不清楚。我和他们单线联系。搞信息就数二伯最拿手。二伯遇害以后，舅舅说起避孕套的事情，当时把我惊住了，二伯的骚操作还真是防不胜防。舅舅一直劝我收手，他本人也想收手。每次我都想这是最后一次，做完这一次就收手，结果总是收不住。”

……

“五叔手下的聋哑人出现在江州，和我没有关系。杀人的事情都说了，我啥都不怕。邱宏兵的事情和我没有半毛钱关系，他杀老婆，和我有个狗屁关系，你们凭什么说我和邱宏兵有关系。江州就是这么一块地方，我和邱宏兵都是做生意的人，有接触很正常。肖霄和邱宏兵是什么关系，和我有个狗屁关系。我认识李小峰，都在做生意，怎么会没有接触。你们是不是有毛病，总是问这些莫名其妙的问题。关江州也是这样，我认识他，就是这样。”

……

监控室里，侯大利道：“杨永福明显在保肖霄。按照杨永福的性格，到了现在这个阶段，没有必要保任何人。肖霄在他心目中的地位这么高吗？他说过的最喜欢的三个女人中，没有肖霄。”

吴雪道：“我觉得两人之间的关系比表面上更紧密。”

侯大利道：“不管邱宏兵是不是受肖霄蛊惑，杀妻是事实，手段还特别残忍。关江州杀害继母也是事实，手段同样残忍，后果严重。只有陈菲菲案还有疑点，李小峰和陈菲菲的关系比较特殊，不是固定关系，是新近认识的。我认为李小峰的自我辩解可信，他和陈菲菲无冤无仇，没有必要用头孢加酒来害死陈菲菲，把自己送进监狱。”

如今“被诅咒的名单”上的绝大多数事情都找到了答案，不管背后原因，至少真凶已经伏法。唯独陈菲菲之死，李小峰至今喊冤，肖霄一问三不知，杨永福承认了杀害杨帆和黄大森、故意伤害李明全外孙、绑架杨黄桷，但是，他对涉及鱼竿模型的案件一概否认。

审讯结束，还有很多后续工作要做。

侯大利独自走出监控室，站在刑警支队走道的小阳台上。秋高气爽，万里晴空飘着朵朵白云。白云在高空移动，变幻出不同形状，似笑非笑，似哭非哭。十年追踪，杨帆案终于水落石出，侯大利的心情异常复杂，不是高兴，也不是悲伤，是一种对人生的悲恸。良久，他拨通了杨勇的电话，问道：“妹妹恢复得怎么样？”

杨勇道：“她从小就有哮喘，长大以后，很少发作。现在一切正常，回家了。我们平时经常给黄桷讲社会阴暗面，看《拍案说法》，让她认识人世间的丑恶。有了这些预防针以后，她比普通小孩的心理要强大。我和你秦阿姨正在商量，请张小舒吃饭，表示感谢。”

侯大利道：“小舒是我女朋友。”

杨勇道：“难怪杨永福要求张警官来替换黄桷。杨永福这个恶魔，必须下地狱，永世不得翻身。”

“杨永福刚刚交代，他杀害了杨帆。他讲的情况和现场勘查、王永强证言、石秋阳证言完全能够吻合，杨永福就是凶手。”侯大利费尽心力才说出这一段话，每个字如有千斤重。

电话另一边，传来玻璃摔在地面的碎响以及杨勇和秦玉撕心裂肺的哭声。

尾　声

2010年12月24日，山南罕见地下起大雪。山南雪少，以前下雪，雪未落地就在空中融化。今年，大雪覆盖了地面，白茫茫一片真干净。

杨可从戒毒所出来有一个星期。回家以后，她宅在家里，没有出家门。12月24日，奶奶过生日，杨可在爸爸、妈妈的陪同下到新开业的商业中心吃饭。

杨家陷入了与关家类似的困境，让杨可留在国内，家人担心以前的那帮人又来纠缠，导致复吸。如果出国，在国外更为宽松的环境下，杨可复吸的可能性翻倍。思来想去，甘甜说服丈夫，离开山南，带着女儿到岭西省发展。杨家原本在岭西省内有生意，这是一个可行的选择。杨家准备过了元旦便举家迁到岭西，非到万不得已，不回山南。

杨可跟在母亲身后，穿行于星跃商业中心，在人群中异常孤独。半年时间，她活在漫长的噩梦里，噩梦反复纠缠不休，让其生不如死。

在戒毒所的那一段时间，杨可最常做的事情是回忆在江州那一段疯狂的日子，找出陷害自己的元凶。杨可清楚地记得名叫肖霄的歌手主动结识自己，带自己喝酒。作为一名家庭条件不错的青春期叛逆少女，她觉得能跟肖霄这种社会“大姐大”在一起喝酒，是很酷的事情。等到混熟以后，肖霄便将自己介绍给那几个流氓，导致不堪的事情发生。至于何时误吸毒品，杨可实在想不起来。

反复梳理了整个事情，又听甘甜讲起金色酒吧老板杨永福绑架之事。杨可确定肖霄就是噩梦起源。让杨可失望的是警方并没有将肖霄绳之以法。肖霄被传唤以后，很快就走出刑警支队，理由是查无实据。

奶奶过生日，来了两桌人。所有人都很开心，杨可也装得很开心。吃完一块蛋糕，杨可内心苦闷，在大家互相敬酒之时，悄悄走出餐厅。

餐厅在五楼，四楼开有很多服装店。杨可下了一层电梯，在服装店胡乱逛。自从染了毒以后，她便脱离了正常生活，外出总有人陪伴。半年来，这是她第一次独自逛商场。

服装店旁边有两家体育用品商店。肖霄买了一套宽松运动衣，这是为显怀做准备。

自从杨永福绑架杨黄桷失败以后，肖霄一直在论坛和QQ群上关注大众对此事的评价。警方管控消息挺得力，除了解救人质成功的简短新闻，没有更多报道。几个QQ群和论坛里出现些小道消息，其中就涉及“被诅咒的名单”。作为局内人，肖霄知道前因后果，用超然眼光俯视网友的分析。

有一个名为“卫军”的网民分析得最为地道，接近真相。肖霄跟踪了网民卫军以前发过的帖子，终于发现卫军是黄卫的儿子黄小军。黄小军是山南政法大学刑侦系学生，算是侯大利的师弟。肖霄从杨永福那里获取了很多信息，略知洪金明、秦力、黄卫、田跃进等人的往事。黄卫死得早，很多事情湮没在时间中。黄小军作为刑侦系学生，以推理特长在网上有了一席之地。

每次看到黄小军的帖子，肖霄总觉得有些莫名其妙的荒诞感。

随着孕期反应强烈，肖霄的心态慢慢发生变化。孩子亲生父亲必然是死刑，意味着孩子出生就没有了父亲，这对孩子是不公平的。想起此事，肖霄便有些烦躁。

正在这时，一个电话打了过来。

看到号码时，肖霄几乎在这一瞬间做出了决定，接电话时，表情冷冷的，声音却格外狐媚，道：“我在星跃四楼，买了套运动衣。晚上有时间，好啊，我们去喝鸡汤，我家楼下有一家新开的鸡汤馆，味道非常鲜美。”说这番话的时候，她有了新计划，今天晚上要带着小奶狗上床，然后出去旅行，等到旅行回来，就说怀孕了。以早产为名，将孩子生出来。

打电话的小年轻原本心怀忐忑地给心中女神打电话，谁知对方爽快答应。这简直是天上掉了馅饼，丘比特之箭转了个弯，射中了自己。他立刻准备买鲜花，还有给女神的小礼品。

一切尽在掌握中，太阳在明天会继续升起。肖霄挂了电话，脸上露出微笑。

忽然间，脑后传来一阵风声。肖霄眼前一黑，重重摔倒在地。

杨可手持棒球棍，威风凛凛地站在肖霄身边。她看到肖霄后，想起自己被灌毒品，还有那段毁掉人生的肮脏视频，便抓起体育用品商店用来展示的棒球棍，走到肖霄身后，用尽全身力气，抡圆棒球棍，打在肖霄后脑勺上。

甘甜发现女儿不在身边，到餐厅外寻找，见人们都望向四楼，莫名心跳加速。她到了四楼，见到女儿手持棒球棍，与保安对峙。杨可大声道：“我打了110，要自首。你们别过来，过来我就不客气。”

地板上，躺着一个打扮精致的年轻女子，嘴、鼻都在出血。

杨可愤怒地道：“她就是肖霄，害我的那个人。妈，你别怕，我年纪还小。”

围观人群不知前因后果，见打人者如此嚣张，性急者已经骂了出来。

面对人群和女儿，甘甜茫然，无法应对，等到杨家人赶过来，才坐在地上痛哭流涕。

2010年12月26日，《阳州商报》报道了此事，标题是《十五岁少女挥棒打人，一尸两命》。

（全书完）

激发个人成长

多年以来，千千万万有经验的读者，都会定期查看熊猫君家的最新书目，挑选满足自己成长需求的新书。

读客图书以“激发个人成长”为使命，在以下三个方面为您精选优质图书：

1. 精神成长

熊猫君家精彩绝伦的小说文库和人文类图书，帮助你成为永远充满梦想、勇气和爱的人！

2. 知识结构成长

熊猫君家的历史类、社科类图书，帮助你了解从宇宙诞生、文明演变直至今日世界之形成的方方面面。

3. 工作技能成长

熊猫君家的经管类、家教类图书，指引你更好地工作、更有效率地生活，减少人生中的烦恼。

每一本读客图书都轻松好读，精彩绝伦，充满无穷阅读乐趣！